I0762447

OCÉANO exprés

EL LLAMADO DE LA ESTIRPE

EL LLAMADO DE LA ESTIRPE

ANTONIO MALPICA

exprés

EL LLAMADO DE LA ESTIRPE

Diseño de portada: Roxana Deneb y Diego Álvarez

D.R. © 2025, Editorial Océano de México, S.A. de C.V.
Guillermo Barroso 17-5, Col. Industrial Las Armas
Tlalnepantla de Baz, 54080, Estado de México
www.oceano.com

Primera edición en Océano exprés: mayo, 2025

ISBN: 978-607-584-076-5

Impreso en México / *Printed in Mexico*

Para mis tres Dietrich.

Primera parte

Luna menguante

Por fin, una luz.

Era mínima, pero después de tantas horas en completa oscuridad, fue como recibir el sol en los ojos. Casi le lastimó la mirada. Provenía de un foco en una esquina de la aséptica habitación que, al fin, pudo reconocer. Una colchoneta de rayas multicolores en el suelo escapaba de la monótona sobriedad de su encierro. Eso y una silla de madera podrida, a punto de venirse abajo, al lado de la colchoneta sobre la que abrazaba sus piernas. Una reja cuadriculada, de suelo a techo, dividía en dos la recámara de unos treinta metros cuadrados. La puerta metálica en la pared tras la reja y el foco componían el resto del sombrío cuadro.

Y nada más.

Sin ventanas. Sin sonidos. Sin compañía.

Sin esperanza tangible.

En su memoria, se sobrepuso un grito. Uno propio.

Lo reconoció como el grito que da aquel que sabe que no tiene fuerzas para luchar más y ha de rendirse.

Advirtió que no portaba sus anteojos, pero, extrañamente, parecía no necesitarlos.

Llevaba puesta la piyama y sentía unas ganas tremendas de llorar. Sabía que algo se avecinaba y la sacudió un sollozo. Alguien había encendido la luz del foco. Eso le decía que se había terminado la espera. No podía ser nada bueno.

—Por favor…

Descubrió entonces que no estaba sola.

En una esquina, recargada como si también le ocupara una espera similar, estaba una muñeca de barro.

Una muñeca que, adivinó al instante, pretendía ser una copia de ella misma. Llevaba recogido el cabello y portaba un vestido de ballet. Medía lo mismo que muchas que había acunado en su casa, cuando tenía edad para ello, pero algo había en ésta que no invitaba a la ternura. Parecía confeccionada por manos expertas, manos de artista: una hermosa muñeca de piel marrón con cabello natural y ojos brillantes que le hizo sentir una inmensa congoja.

Ladeaba la cabeza. Levantaba el mentón. Giraba el rostro. Movía la boca como un pez que se ve repentinamente fuera del agua.

La muñeca parpadeaba.

"Dios mío… ¿en dónde estoy? ¿Qué es todo esto?"

Escuchó un ruido del otro lado de la puerta.

—Por favor…

¿Cómo había ocurrido? Lo último que recordaba era haberse ido a dormir. Luego, el sueño. El grito dentro del sueño. Y, finalmente, el despertar en esa jaula fría y oscura.

—¿Por qué me tienen aquí? —se atrevió a exclamar en un hilo de voz.

Escuchó pasos. El rechinido de goznes y cerraduras. El golpe seco del metal contra el cemento. Por un momento, quiso creer que sus presentimientos eran infundados, que se trataba de un secuestro como cualquier otro pese a la inquietante presencia de la muñeca, acaso sólo un artefacto para producir miedo. Que podría negociar con su plagiario una estancia cómoda. Pedir libros, tal vez. Una televisión. El baño… ¿dónde estaba el baño? ¿Se le permitiría usar el baño?

En cuanto la luz del foco alcanzó a la figura que cruzó el umbral de la puerta, supo que su primer instinto no se había equivocado. Ése no era un secuestro como cualquier otro.

La realidad la golpeó como un mazo de hierro cuando intentó apoyarse en la silla desvencijada para replegarse al fondo de la jaula. Su mano, etérea, atravesó la madera.

"¿Estoy muerta?"

Gritó tan fuerte como pudo. No supo qué más hacer. Se preguntó si la jaula sería lo suficientemente resistente como para mantenerla a salvo de aquello que acababa de entrar.

Capítulo uno

... que camina por la Avenida de los Insurgentes... el cabello rojo ensortijado un millón de pecas en las mejillas y la mirada amarillen... cielo despejado con algunos nubarrones sobre el delta del Mississipi... cómo quieres que te siga queriendo después de lo que me hiciste, no tienes vergüen... las ventanas todas cerradas y monsieur Peverne pendiente de cualquiera de ellas sabe que su mujer podría apar... dos fichas más y termina el juego la mula de cuatros y la ficha dos-cinco es mi noche de suerte hace tanto que no ga... corriendo a 120 kilómetros por hora entre Santa Marta y Barranquilla con ella van sus dos hijos Felipe y Luisita, la niña...

—¡Sergio! ¿Me estás escuchando?

... concretamente la media docena de armarios que le encargó a un vecino de Salamanca porque los an... siete compases más arriba en donde está el do menor con séptima antes del tema prin... número de averiguación pre... la función de las tre

—¡Sergio!
—Disculpa, Alicia.
—¡Justo a eso me refiero!
Todo volvió de repente. Un nuevo número en el taxímetro, la mirada indolente del chofer esperando el cambio de luz en el semáforo, el ridículo zapatito colgando del espejo retrovisor, el rostro deslavado de la ciudad del otro lado de la ventanilla. El gesto adusto de Alicia. Y la angustia. Sobre todo, la angustia.
—¡Que no me voy tranquila! Estás raro y yo no me voy tranquila.

Sergio se pasó las manos por la cara, tratando de recuperar la compostura. Miró a los ojos a su hermana. La última frase le hizo recordar los últimos acontecimientos, el último mensaje en su celular. Le hizo pensar que él, menos que nadie, podría volver a estar tranquilo.

—¿Qué tienes? —insistió Alicia sin cambiar el tono de voz.

—Nada, te lo juro. A lo mejor sólo estoy un poco desvelado.

—Sí, claro, desvelado —resopló—. Sabes perfectamente que no me refiero a eso.

El taxi avanzaba sobre Viaducto. Aunque el tráfico no fluía del todo, cuando menos avanzaba. Sergio contaba inconscientemente los minutos para poder despedirse de Alicia, para volver a la colonia Juárez y hacer lo que tenía que hacer. Le dolía separarse de su hermana, pero tampoco podía continuar con esa incertidumbre. Oodak había señalado la fecha exacta. Ahora sólo le quedaba un camino: enfrentar lo que tuviera que enfrentar.

Con la frente recargada en la ventanilla del taxi, contuvo las ganas de llorar. Los últimos meses había estado preparándose para lidiar con el miedo, pero nunca hubiera imaginado esto. Se odió por ser tan ingenuo, por menospreciar la capacidad de sus enemigos de causarle daño.

—Todavía puedo cancelar el viaje.

—¿Qué dices? ¡Claro que no!

Sabía que era imposible ocultarle a Alicia su afectación. Era su hermana y lo conocía mejor que nadie, pero no por ello consentiría que renunciara al viaje que llevaba planeando desde el año pasado. Bastante malo había sido tener que mentirle y dejarla ir sola a Florida pese a todo lo que habían querido hacer juntos. Visitar Disney, Epcot, los Estudios Universal…

los Estudios Universal…

—Sé que no es lo de tu tocada, Sergio.

No, no era por eso. Pero algo había de cierto. Se había sumado a una banda de rock de la escuela para tocar en el Festival de las artes, el cual se llevaría a cabo en la semana de Pascua. Tenían puestas ya cinco canciones y no sonaban tan mal, aunque aún no tenían nombre. Habría valido la pena practicar más, pero, efectivamente, no era eso lo que le había hecho anunciarle a Alicia, con apenas dos semanas de anticipación, que no podría acompañarla a Florida.

—Sé que algo anda mal, Sergio. No te voy a obligar a que me lo digas, pero, o me das algo para irme tranquila, o cancelo el viaje.

Sergio conocía ese tono de voz. Su hermana pocas veces lo usaba. Cuando echaba mano de él, sabía que no estaba bromeando. No abordaría el avión si él no le ofrecía algo en compensación por sus mentiras.

—Está bien. Tienes razón. Tiene que ver con el Heldenbuch. Y con el viaje que hice a Hungría el año pasado.

El taxi se atoró en el tránsito. Sergio maldijo en silencio. Hubiera deseado bajarse del auto en ese momento y echar a correr.

—¿Cuándo, por amor de Dios...? —se afligió Alicia.

—A tu regreso te lo cuento todo —Sergio sostuvo la mirada de su hermana. Tomó su mano y la apretó con fuerza—. Te lo prometo.

—¿Todo?

—Todo.

Se lo debía. Sobre todo porque contaba con que, para cuando regresara de Florida, ya habría podido convencer a Julio, el novio de Alicia, de que valía la pena luchar. De que, sin él, no podía continuar. De que un mediador sin héroe no es nada.

Julio era la única persona que había conocido, además del teniente Guillén, con un halo de fortaleza tan evidente. Y sabía que no podría enfrentar lo que venía sin su ayuda. "Hacen falta héroes para darle sentido al Libro de los héroes", se había repetido un millón de veces. "Y los mediadores dan con ellos. Los involucran. Los guían." Pero Sergio se había resistido a tal llamado porque no quería continuar siendo mediador. Todavía abrigaba la esperanza de no tener que instruir a nadie en el arte de aniquilar demonios.

Pero esto era distinto. Ahora no había marcha atrás. Sabía que Oodak había ganado y que no podría rehusarse a obedecer su capricho. Pero no lo haría sin ayuda. No lo haría sin Julio, dado que Guillén había dejado de ser opción.

Siguieron en silencio hasta que llegaron a la terminal. No dijeron una palabra mientras Alicia pagaba el taxi y Sergio sacaba la maleta del portaequipaje; tampoco mientras caminaban hacia los mostradores de la documentación. Fue en la fila donde Alicia, traicionada por un impulso, atrajo a Sergio hacia ella y lo abrazó.

—Tengo un mal presentimiento.

—Pues no deberías. Voy a estar bien. Y tú también —intentó sonar convincente.

Ella le acarició el cabello. Trataba de ser fuerte, de sonreír.

—Sólo por si acaso, quiero que sepas que nunca me he arrepentido de ser tu mamá postiza.

—Mentira. ¿Ya se te olvidó la vez que inundé el departamento cuando tenía cinco años?

La fila avanzó y Sergio esperó a un lado de los mostradores mientras Alicia terminaba el trámite. Obedeciendo a un acto reflejo, sacó su celular y revisó el último mensaje: "Tienes una búsqueda pendiente, mediador. Empieza YA." ¿Cuántos mensajes similares había recibido desde la primera semana del año? ¿Más de cien? Lo mismo sucedía con su cuenta de correo electrónico, por no mencionar los papeles que le entregaban furtivamente en la calle o en el transporte público, o los mensajes susurrados al pasar por hombres y mujeres de mirada torva y sonrisa sardónica. "Inicia tu búsqueda, Mendhoza."

Por eso había cancelado su boleto a Miami dos semanas antes. Por eso había decidido no comentar con nadie su decisión.

Los mensajes se habían convertido en una presencia constante hasta el día anterior, cuando, por la tarde, se dio cuenta de que su celular no había repiqueteado en todo el día. Los mensajes por fin habían cesado. Y volvió el miedo, su viejo conocido.

El único contacto que había tenido en todo ese tiempo con Oodak ocurrió tres domingos atrás, en la fila de las golosinas del cine. Alicia lo esperaba en el interior de la sala. Sergio experimentó un terror tan repentino e inexplicable, que se sintió obligado a voltear, a hundirse en el pozo de esos ojos negros con los que había lidiado hacía unos meses. "Inicia tu búsqueda, Mendhoza. Tengo muchas maneras de convencerte, y no te van a gustar."

Desolación y tristeza. Horror. Eso y más podía provocarle el señor de los demonios con sólo mirarlo. No obstante, Sergio había adivinado algo que casi lo hizo reír: Oodak lo necesitaba. Y eso le daba poder sobre él. Por eso se había dado el lujo de ignorar cada uno de los mensajes, incluso de menospreciar las tres semanas que le había dado como prórroga antes de perderse de nuevo entre la multitud.

Tres semanas que se cumplían ese último domingo de febrero.

Ni siquiera se atrevió a palpar, en el interior del bolsillo trasero de su pantalón, el papel gris con el mensaje que había liberado, minutos atrás, el furioso torrente de sus miedos.

Alicia se reunió con él de nuevo; traía el pase de abordar en la mano.

—Listo. ¿Quieres que te invite a almorzar?

"En un mundo perfecto", pensó Sergio, "nada me gustaría más."

—Perdón, Alicia. Quedé con los chavos de la banda que íbamos a ensayar a las diez de la mañana —miró su reloj, procurando parecer convincente.

—No es cierto, pero bueno. Ya me había hecho a la idea de desayunar sola —estudió las instrucciones en su pase de abordar en un claro intento de no mirarlo—. Es un trato, Sergio Mendhoza. A mi regreso se terminan los secretos.

—Te lo juro.

—Todos.

—O que me parta un rayo.

Alicia lo abrazó apresuradamente.

Sergio no quiso mirarla a los ojos. Ella le revolvió el cabello cariñosamente antes de dar media vuelta.

"Tres semanas, mediador. Ni un día más. O te voy a despojar de algo que en verdad amas. Algo que, te lo juro, vas a lamentar perder más que tu propia vida." Ésas habían sido las palabras de Oodak.

La vio caminar por el pasillo, en dirección al primer filtro, con su computadora al hombro y el aire desenvuelto de quien sólo va a una convención internacional de farmacéuticos. Aguardó a que se perdiera de vista para correr hacia el sitio de los taxis. El tiempo que esperó le pareció infinito.

Capítulo dos

Miró el papel antes de llamar a la puerta.

Hubiera deseado reconocer la grafía, sólo para estar seguro, aunque en el fondo sabía que el autor no podía ser otro que Oodak. El plazo se había cumplido.

Ve a casa de Brianda y hazte responsable de tus actos.

Eso era todo. Lo había hallado en el piso, a un lado de la puerta del edificio, justo cuando él y Alicia salían al aeropuerto. Cualquiera lo habría confundido con un volante publicitario. Cualquiera lo habría dejado pasar. Pero no un mediador.

Trató de contener un rictus de dolor. Quería convencerse de que sería ella misma, Brianda, quien le abriría; de que todo sería una broma cruel, una nueva amenaza sin fundamento. Llamó a la puerta.

Fue la señora Elizalde quien acudió. Lo que se dibujaba en su rostro no podía ser bueno.

—Sergio, ¿no te habías ido de viaje?

—Eh... —le hubiera gustado preguntar por su amiga como si no supiera nada, pero no fue capaz de disimular. De hecho, sintió una horrible aprensión por no saber la magnitud exacta de la tragedia—. Tuve que quedarme por culpa de la escuela.

La señora se apartó, abriéndole el paso. Sergio entró, percibiendo de inmediato que el tiempo parecía haberse detenido en esa casa. Sobre la mesa estaba el desayuno de los padres inconcluso; el de Brianda, intacto. La señora, aún en bata, había sido incapaz de mover un solo cubierto, incapaz de desplazar la maleta que Brianda había puesto junto a la puerta de entrada la noche anterior, lista para recogerla al salir a la excursión que harían a Cuernavaca. El señor, sentado en el sofá sin moverse, apenas había podido arreglarse a medias para el paseo dominical.

—¿Y Brianda? ¿Está? —preguntó, tragando saliva. Supuso que Brianda estaba viva. De no ser así, ninguna amenaza podría tener efecto sobre él.

—Sí, pero...

—¿Pero qué?

—No despierta. No despierta con nada —fue la explicación repentina de la madre.

Sergio volvió a tragar saliva. Pudo imaginar la escena que había ocurrido en su ausencia apenas unos minutos antes. El desayuno servido, Brianda aún sin pararse de la cama, los gritos de la madre. "¡Levántate de una vez; vamos a llegar tarde con tus tíos!" El padre tomando café, mirando la tele... el descubrimiento. "¡Luis, la niña no despierta! ¿Qué dices? ¡Brianda no despierta! ¡Algo le pasa...!"

—Llamamos una ambulancia —concluyó la señora con un hilo de voz.

El padre, como un comparsa que espera la señal para decir sus líneas, salió del trance en el que se encontraba.

—Gritó tu nombre mientras dormía.

—¿Cómo? —replicó Sergio.

—Durante la noche. Gritó tu nombre —dijo, mirándolo con el rostro desencajado. Usualmente era un hombre fuerte, seguro de sí mismo. Ahora parecía a punto de desmoronarse. Sergio no pudo evitar sentir pena por él. Por eso no lo vio venir. Un segundo después, el señor Elizalde estaba encima de él, sacudiéndolo.

—¡Le ordené específicamente que no te viera!

—Pero... —Sergio comprendió en seguida. Era natural que el señor prohibiera a su hija cualquier relación con él. Lo que en realidad le sorprendía era que ella lo hubiera mantenido en secreto durante tanto tiempo.

—¡Dime que esto no tiene nada que ver contigo!

La señora, en vez de intervenir, volvió a sucumbir al llanto. Se sentó en una de las sillas del comedor y se cubrió la cara. La rabia de su marido era un reflejo de la misma impotencia que la había invadido desde que había intentado, sin éxito, despertar a Brianda.

Con los hombros de Sergio entre las manos, el hombre miró a su esposa como suplicando ayuda. Luego, simplemente se apartó de Sergio y se recargó contra la pared. Era como si hubiera envejecido años en una sola mañana.

—¿Por qué viniste? —dijo al cabo de un rato.

—Quería ver a Brianda —dijo Sergio, mintiendo a medias.

La señora tomó el teléfono distraídamente. Miró la pantalla.

—¿Por qué tardan tanto? —dijo en un susurro. Luego volvió a recluirse en el cerco de su dolor.

—Busqué drogas en toda su habitación y no encontré nada —afirmó el señor con más decepción que alivio.

—Brianda sería incapaz... —creyó necesario aclarar.

—Sí, lo sé —insistió el padre—. Pero, ¿y entonces...?

—¿Puedo verla?

Pensó que se lo negarían. No obstante, la señora asintió de un modo casi imperceptible mientras miraba el auricular del teléfono en su mano como si pudiera revelarle la posición exacta de la ambulancia que venía en camino.

Sergio se aproximó con cautela a la habitación de Brianda. Sabía que no podía hacer nada para aliviar el estado en el que se encontraba, pero al menos ya tenía una pista de la verdadera naturaleza de la amenaza de Oodak.

Ingresó al cuarto y, sobre la cama destendida, contempló el cuerpo desvalido de Brianda que yacía de lado. Su respiración era apacible y no había señales de violencia, pero esto sólo confirmó lo que había imaginado. Decidió darse prisa. Fue directamente a la cabecera de la cama y le apartó el cabello con gentileza para descubrir la nuca.

"Malditos", pensó.

La marca de arcilla, producto de la mezcla de sangre inocente, huesos triturados, reliquias ancestrales, fluidos corporales benignos y malignos, y hierbas sahumadas en el dolor y la enfermedad eran parte del ritual del desprendimiento. Se trataba de la escisión africana. El cuerpo astral de Brianda había sido desprendido de su cuerpo físico. Su consciencia estaba en otra parte, bajo el cuidado de alguna oscura y lejana entidad. La insignificante marca de arcilla en la nuca no revelaría nada a los médicos.

Según el Libro, formaba parte de las prácticas de brujería más antiguas. Sólo los más cercanos al Maligno eran capaces de lograr un sometimiento de tal naturaleza. Sergio había leído que tal estado era similar a la muerte, ya que el responsable de la escisión podía romper para siempre el hilo que unía cuerpo y alma si se lo proponía. De ser así, el alma jamás regresaría a ocupar su antigua morada. El cuerpo quedaría en estado de coma y, al cabo de un tiempo, ambos, espíritu y cuerpo, se transformarían en aire y cenizas. Vaho y polvo. Muerte en vida.

Tenía que dar con el vehículo del maleficio. Extraer el cabello del interior. Destruir el fetiche para devolver a Brianda al mundo de los vivos.

Sergio dejó ir el mechón de pelo y se inclinó a susurrar en el oído de Brianda:

—Vas a estar bien, te lo prometo.

En ese momento, la sirena de la ambulancia comenzó a reventar el capullo de silencio dominical. Los pasos apresurados de la señora Elizalde devolvieron a la escena su carácter trágico.

* * *

Guillén, café en mano, se sentó frente a su computadora y la encendió. Acomodó las cosas sobre su escritorio e hizo crujir la silla echándose hacia atrás, lo cual le recordó que no había bajado un solo kilo.

Pero también recordó que Mari lo quería así, y eso era motivo suficiente para no obsesionarse mucho con su peso.

Mientras la computadora arrancaba, echó un vistazo al periódico. Desde que había abandonado su labor de detective, veía con otros ojos ciertas noticias. Ya no le producían pesadillas los crímenes, aún si habían sido cometidos en su coordinación territorial.

Dio un clic sobre su nombre de usuario mientras canturreaba una tonada romántica que sonaba en la radio de un compañero a tres escritorios de distancia.

Era una vida buena. Y mucho de ello se lo debía a cierto muchacho con el que, por lo pronto, se comunicaba sólo por correo electrónico para sostener una inocua partida de ajedrez. El tablero, a un lado de la foto de Mari, protegido por un letrero que decía "NO TOCAR", esperaba el movimiento de Sergio.

Abrió su correo electrónico con satisfacción. Por lo pronto, sólo había perdido tres peones, una torre y un caballo. Tal vez sí lograría ganar esta partida. O, cuando menos, cantar un jaque.

Pero no había nada en su bandeja de entrada.

Hizo un mohín de disgusto y pensó en enviarle un mensaje por celular para reclamarle. Se había vuelto parte de su rutina: mover la pieza blanca de Sergio antes de comenzar sus labores. Pero esta vez su oponente se había olvidado, o quizá...

¿Valdría la pena preocuparse?

Tomó su celular. Dio con el número de Sergio. Iba a pulsar el botón verde cuando lo recordó.

"Claro... ¡Hoy se iba de viaje con Alicia!"

Se permitió una exhalación de alivio.

"Una semana entera, si mal no recuerdo. Tal vez más."

Cerró su correo electrónico. Tomó el papel que decía "NO TOCAR" y subrayó las letras con plumón rojo. Lo depositó en el centro del tablero.

Inició sus labores y volvió al canturreo.

Capítulo tres

—¡Está bien! ¡Lo haré! ¡Pero tienes que regresar a Brianda a su cuerpo de inmediato!

Era la cuarta vez que lo gritaba de pie en su habitación.

Y era la cuarta vez que no ocurría nada. Se sentó en su cama destendida, tratando de dar sentido a sus pensamientos. No tenía idea por dónde empezar. Sólo sabía que debía iniciar la búsqueda de Orich Edeth. Que no podía retrasarlo más.

Iniciar la búsqueda de Orich Edeth. Absurdo. Inverosímil. Estúpido. En un mundo con casi siete mil millones de almas. Imposible.

Al menos tenía claro que no movería un dedo si no se le aseguraba que Brianda recuperaría su vida de inmediato.

Y aun así, si nada ocurría... si nadie se manifestaba...

—¡Farkas, por favor! —exclamó a media voz, a punto de romper en llanto.

El rumor de la calle lo puso nervioso. Cerró la ventana. Volvió a su cama. Se solazó en una suerte de mantra que, desde el pasado enero, repetía cuando se sentía atribulado.

"El miedo dentro de mí. Dentro de mí. Dentro de mí todo el tiempo..."

Sabía que era la clave para no ser detectado por los demonios. Y había resultado. A los pocos días de su autoimpuesta disciplina, iniciada apenas tras su regreso de Hungría, hizo la prueba: un sábado fue a un centro comercial abriendo completamente sus sentidos, tratando de aislar todos sus pensamientos para concentrarse en esa sensación de miedo y repulsión que le producía la cercanía de un demonio. Y funcionó. Un hombre viejo de calva pronunciada que leía el periódico en una banca fue el objetivo. Sergio lo supo como si lo hubiera presenciado en una bola de cristal interior:

el hombre había asesinado, violado o torturado. Lo importante no era su fechoría, sino que su naturaleza demoníaca se manifestaba con toda claridad. Sergio se aproximó. El monstruo percibió el miedo en las cercanías como si lo olfateara. Levantó la vista del diario y aprestó la mirada. Pero Sergio atrapó inmediatamente el temor, lo hizo suyo pese a la dolorosa resistencia de su espíritu, como si apretara con el puño un carbón encendido. El demonio dedujo que se había equivocado y volvió al diario; y Sergio, a su casa. Buenos resultados, en efecto. Pero hay miedos contra los que nada ni nadie podían...

—¡Farkas! —gritó, interrumpiendo su tren de pensamiento.

Se le ocurrió que tal vez Oodak no estaba al pendiente de él, pero sabía que el hombre lobo sí, que Farkas era una presencia perenne en su vida. Y que contactar al señor de los demonios a través del licántropo no sería difícil si éste lo permitía.

—¡Farkas, por lo que más quieras!

Miró impasible su computadora. La había encendido en caso de que Oodak quisiera comunicarse con él. Nada. Se aproximó al escritorio. Miró con melancolía el tablero en el que sostenía una partida de ajedrez con Guillén a la distancia. Tomó un peón y lo volvió a depositar en el mismo lugar.

Entonces, el sudor frío... la asfixia...

El timbre del teléfono lo sobresaltó. Fue a atenderlo a la carrera. Tenía que ser él. Tenía que ser él, tenía que ser él, tenía...

—¿Bueno?

—Buenas tardes, estamos ofreciendo una promoción de tiempos compartidos en Cancún. ¿Está la señora de la casa? —dijo la amable voz del otro lado de la línea.

—No estamos interesados —bufó Sergio.

—Es una oferta muy in...

—Discúlpeme, pero no estamos interesados —repitió.

—Si no está la señora de la casa, tal vez podría hablar con...

—¡Que no estamos interesados! —se apartó el auricular del oído. Ya iba a colgar cuando alcanzó a escuchar, en la voz que se hacía cada vez más delgada, algo que lo hizo retomar el diálogo.

—¿Qué dijo? —volvió al aparato.

—Que tal vez podría hablar con Sergio Dietrich. Él suele ser bastante tonto y descuidado en sus decisiones. Si me lo pasa, tal vez podría convencerlo de comprar uno.

Lo supo al instante.

Una pausa. Un cambio de tono. Un resoplido muy familiar.

—*Poor* Sergio... *poor* Sergio...

—¡No me hagas perder el tiempo! Dile a Oodak que estoy dispuesto a hacer lo que me pida, pero tiene que liberar a Brianda.

Una nueva pausa. Una risa que se arrastraba.

—Yo no soy mensajero de nadie. Y no sé de qué diablos hablas.

—Sabes perfectamente que Brianda fue víctima de una escisión africana.

—¿Ah, sí? ¿Lo sé?

Se sentó en el sofá. Intentó serenarse. Farkas era su única opción para entrar en contacto con el señor de los demonios; no podía permitirse que el monstruo cortara la comunicación. Muy a su pesar, prefirió sosegarse y llevar la charla en otra dirección.

—Por favor... si no fue él, entonces, ¿quién?

—No tengo una maldita idea, mediador. Yo me comuniqué contigo porque tenía en mi celular una llamada perdida de tu parte, si es que entiendes la metáfora.

—¿Cómo doy con él?

—¿Por qué crees que lo sé todo?

No era lógico. Había sido Oodak quien lo había amenazado tres semanas atrás. Su sentencia había sido muy clara. No podía haber otra respuesta. Tenía que ser él. Y, sin embargo, quizá Farkas no sabía nada de ello. Se sintió desolado. Incapaz de colgar, pero también de seguir cuestionando al licántropo si éste sólo iba a responder con burlas, permitió que el silencio se sobrepusiera entre ellos por un larguísimo minuto, tratando de idear qué paso dar si no iba a contar con su ayuda.

Al fin, Farkas rompió el silencio:

—Se avecinan grandes cambios, Mendhoza. Creo que lo sabes.

—¿Ah, sí? ¿Lo sé? —lo remedó, un poco ufano.

—A veces no sé si celebrar o deplorar tu insolencia, Dietrich. Por lo pronto, me parece una cualidad muy divertida en ti. El punto es que...

Sergio tuvo que limpiarse una lágrima. Eran, en efecto, matices del miedo con los que no estaba acostumbrado a lidiar. Sintió, como siempre sucedía cuando interactuaba con Farkas, que éste lo observaba. Por ello se había detenido a mitad de una frase, como si estuviera esperando que Sergio se tranquilizara antes de continuar.

—A veces observas como nadie, y otras no ves más allá de tu nariz.

—No te entiendo.

—Creo que me entiendes perfectamente. Se te han dado claves muy claras, pero eres necio o tonto. O ambas cosas.

—Déjame en paz.

—No te haces las preguntas correctas, ése es el problema contigo. Y cuando haces la tarea, la abandonas a la mitad.

—Sólo dime qué hacer para salvar a Brianda, te lo suplico.

—Te lo dije la última vez. Te has hecho más fuerte, más valiente. Pero eso no basta. Sólo hay una forma de cumplir con tu destino: sobreponerte a eventos tan terribles que ni siquiera imaginas.

Tal vez lo mejor sería telefonear a Guillén, confesarle que aquello en lo que estaba metido lo había superado, que quería renunciar para siempre, que necesitaba ayuda, toda la que fuera posible.

—Te buscaré pronto, Mendhoza. Si no doy contigo, será porque nada de esto valió la pena. Será porque, desde el principio, fuiste una total pérdida de tiempo y aquellos quienes te confiaron el Libro cometieron un grave error. Estarás muerto. Pero igual te buscaré y, si resulta que aún vives, como te dije en Hungría, no habrá vuelta atrás. Pondré en tus manos lo único que te falta para continuar tu camino y enfrentar lo que te toca ser. Y te aseguro que no volverás a llorar como un bebé.

No sintió vergüenza pese a sus lágrimas. Probablemente porque el miedo que sentía no tenía que ver con las amenazas de Farkas, sino porque había comprendido que tal vez liberar a Brianda del maleficio no sería tan sencillo como él había creído en un principio. Que, en realidad, estaba más a merced de los demonios de lo que nunca imaginó. Se sacó la prótesis de la pierna en un acto involuntario.

—Hasta pronto, Mendhoza.

—Tú sabes algo, Farkas... te suplico que...

—Sólo sé que, a veces, no ves más allá de tu nariz. Y que si Nicte se introdujo tan fácilmente en tu casa aquella vez, con mayor razón lo puede hacer un demonio experimentado. Contemplarte mientras duermes. Susurrar blasfemias en tu oído. Esculcar tus cajones. Juego de niños, Mendhoza. ¿Estás preparado?

Por unos segundos, fue como si la línea se hubiera muerto; luego, como si apenas hubiese descolgado el teléfono. Como si hubiese imaginado la conversación y estuviera a punto de marcar un número.

Se sintió devastado. Estaba convencido de que no podría lidiar con eso, que una batalla tan desigual, tan injusta, terminaría por aniquilarlo. Levantó la mirada: apenas era la una de la tarde y el sol iluminaba rabiosamente las cortinas, dando a la estancia —a los impasibles cuadros de la sala, reproducciones baratas de famosas obras de arte; a la lámpara de piso con su pantalla amarillenta y su interruptor flojo; a los sillones y el sofá; a la ovalada mesa de centro, la gastada alfombra verde, los sencillos adornos— un engañoso aire de rutina.

Podría ser un domingo como cualquier otro, podría tomar su celular y marcarle a Brianda "¿Me acompañas a comprar tinta para la impresora?". "Claro, Checho, nada más le pido permiso a mis papás..."

Detuvo el tren de sus pensamientos como si quisiera evitar una tremenda colisión.

"Esculcar tus cajones", dijo Farkas.

Sin colocarse la prótesis de nuevo, se dirigió al escritorio de su cuarto saltando con su pierna izquierda. Abrió el cajón superior con un sentimiento parecido a la esperanza metido en el cuerpo Su sospecha no había sido infundada.

Extrajo el pedazo de papel y supo en seguida que hacía juego perfecto con el que le había ordenado ir a casa de Brianda. Los puso lado a lado, uniéndolos por un costado. Ambos eran recortes de una misma hoja; ambos, cuartas partes del mismo papel gris.

Idéntica grafía.

Debajo, encontró un pasaporte y unos pants de color café claro con vivos blancos y rojos doblados cuidadosamente.

Era todo.

Cuando menos, ya sabía por dónde empezar.

Capítulo cuatro

El hombre de tez cetrina contempló con beneplácito que todo estaba dispuesto: la tina de baño de porcelana blanca con brillantes patas doradas en forma de garra; los perfumes y afeites dispuestos delicadamente en una conchita; las toallas impecablemente dobladas sobre una mesa de madera. Una bañera perfecta. Una bañera llena, hasta la mitad, de sangre.

Por encima de ésta, envuelta en una bata ligerísima, había una chica amordazada, suspendida por las muñecas.

La escalera de tijera estaba a unos cuantos pasos. Y, sobre uno de los peldaños intermedios, la cuchilla.

Y los gritos.

Observó con deleite que la doncella de apenas unos veinte años gritaba con todas sus fuerzas a pesar del paño de la mordaza. Chillaba. Intentaba columpiarse en la soga.

Y, súbitamente, la música de cuerdas. Las polícromas, monstruosas y deformes estatuas. La chimenea.

Miró su reloj de pulsera. No hubo ningún preámbulo. Subió por la escalera, silbando. Sin preparación alguna, hizo un corte limpio sobre la piel del muslo izquierdo de la muchacha, abriendo la arteria femoral, consiguiendo un tibio estallido magenta. Arrancó la mordaza.

—Grita todo lo que quieras. A la Condesa le place este acompañamiento. Mientras más fuerte, mejor, así que no seas pudorosa.

Ella obedeció involuntariamente. Sus alaridos se sobrepusieron a la música, al tráfago de sus pensamientos, al eco repetido de una risa femenina.

* * *

Culmina la Krypteia y Brianda volverá a su cuerpo

E. B.

No tenía idea de qué era eso de la Krypteia ni quién podría ser E. B., pero seguramente tenía que ver con el pasaporte y con el atuendo deportivo que lucía en la sudadera un escudo que Sergio pudo reconocer fácilmente, pues pertenecía a una escuela privada de alto nivel económico que se encontraba en el sur de la ciudad. Revisó las prendas: ambas eran de su talla.

Abrió el documento y su sorpresa no pudo ser mayor.

Era él quien aparecía en la foto, pero el nombre no era el suyo. Su propia cara, en una foto exactamente igual a la que tenía en su propio pasaporte, lo miraba desde el cuadernillo.

Arturo Torremolinos Garza, decía la identificación, falsificada con maestría.

Entre sus páginas, Sergio encontró un tercer fragmento de la hoja gris. La letra era la misma que la de los anteriores:

Lunes, 9:00 AM. *Sé puntual.*

Sintió deseos de sentarse a la batería. Tomó las baquetas y golpeó los tambores con furia, sin ton ni son, sin método, sin tratar de acompañar ninguna melodía. Golpeaba y golpeaba, tratando de dar con ese pensamiento escurridizo que se había alojado en el rincón más oscuro de su mente. Lo hacía cuando necesitaba pensar con claridad y Alicia no estaba para impedírselo.

Últimamente tocaba en la noche o incluso de madrugada, pese a los gritos de los vecinos. Sólo lo hacía cuando sentía que algún presentimiento, alguna corazonada había asomado la cabeza para luego huir en dirección contraria. Terminó por arrojar las baquetas. Empujó con violencia los soportes de los platillos. Pateó los tambores. Gritó con todas sus fuerzas.

Lo comprendió súbitamente.

Se sentía así porque estaba solo.

El recuerdo de Farkas lo volvió a atormentar. "*Poor* Sergio. *Poor, poor* Sergio..."

No quiso resignarse. Era demasiado doloroso. No tenía nada que ver con el miedo o con el terror. Simplemente dolía, como si se le agrietara el corazón. En un impulso que no había seguido en más de un mes, se dirigió de nuevo al teléfono y marcó apresuradamente.

—Qué tal, señora, ¿está Jop?

—Hola, Sergio. No está. Salió a su club de cine. ¿Quieres dejarle algún mensaje?

—No se preocupe, le llamo a su celular.

Marcó el número de inmediato.

Uno, dos, tres timbrazos. El pulso se le aceleró. ¿Qué estaba buscando? ¿Una reconciliación? ¿Qué sospechaba de la supuesta Krypteia que lo había orillado a tal arranque?

Tal vez sólo se trataba de hablar con alguien, con quien fuera. Con un buen ex amigo, por ejemplo.

Cuatro timbrazos. Cinco. Creyó que sería enviado al buzón de mensajes.

—Qué onda —dijo Jop en el mismo tono aburrido y malhumorado que había usado desde principios de año.

—Qué onda. ¿Qué haces? —Sergio quiso aparentar soltura.

—Nada. ¿Qué pasó?

Sergio se preguntó por qué no le recriminaba, de entrada, sus mentiras. Sabía que el club de cine era una invención; lo había seguido en un par de ocasiones a la casona en Coyoacán, y al menos una cosa era clara: que si ahí se reunía algún club, Jop era el único miembro, pues nadie más había entrado o salido de la casa mientras él había estado ahí. No obstante, reprimió su inquietud; ya bastante deteriorada estaba su relación como para estropearla más con reclamaciones.

—¿No te ibas a ir de viaje? —preguntó Jop después de una incómoda pausa.

—¿Cómo supiste? —se interesó Sergio.

—Diego me contó.

—Ah... oye, Jop... —dijo después de un nuevo silencio.

—¿Qué quieres, Sergio? ¡Me tengo que ir!

—No, nada.

Cortaron la comunicación sin despedirse.

Sergio no supo cuánto tiempo pasó sentado en ese sillón, contemplando en la pared el avance de las sombras de la tarde, pensando que la última vez que su amigo lo había llamado "Serch" había quedado tan lejos en el tiempo, que quizá su amistad se había roto para siempre.

* * *

—¿Así que...?

—Sí, era él.

Jop puso su celular descuidadamente sobre la mesa en la que revisaba los papeles. La desazón que le había producido la llamada era obvia, así que se disculpó para ir al baño. Se puso en pie y salió de la habitación.

Recordó la primera vez que estuvo ahí: el miedo —y la fascinación— que le habían provocado los objetos de la colección de *monsieur* Gilles. Tener frente a sí una verdadera doncella de hierro le había causado pesadillas. Recordó haber puesto uno de sus índices sobre los clavos fríos y puntiagudos del interior, imaginando la sangre que habrían derramado, la carne que habrían horadado y los gritos... En cambio, ahora, pasaba frente al instrumento de tortura como si fuese un mueble más.

Lo mismo le sucedía con los cuadros diabólicos que adornaban las paredes, con las esculturas en los corredores, los ídolos en las vitrinas, las máscaras sobre el tapiz, las reproducciones, las imágenes y los símbolos, todo con un tema en común: el culto a Satanás. Tema que, ahora, casi le producía indiferencia.

Entró en el baño, el único lugar de ese piso en donde no había alusiones macabras. La gárgola del grifo del lavabo siempre le pareció anodina. Y aunque el espejo, el blanco mosaico y la taza de baño adquirían un tono infernal bajo la luz del foco rojo, no era más que un efecto artificial bastante inofensivo.

Se miró en el espejo. ¿Valía la pena tal suerte de iniciación? ¿Necesitaba, a sus trece años, tal vehemencia?

Se respondió que sí. Que ni la escuela, ni la computadora, ni lo experimentado al lado de Sergio y de Brianda lo hacían sentir tan vivo.

Y, sin embargo, no sabía con exactitud qué estaba buscando. Por eso seguía abrevando de todo lo que ahí se le ofrecía. Por eso, mientras más aprendía, más deseaba no detenerse. No hasta convencerse de que había encontrado aquello que lo eludía.

Se secó la cara con violencia y pensó en la conversación que recién había sostenido por teléfono.

—Ojalá te alcancen los demonios, Sergio —farfulló para sí—. Ojalá te alcancen...

Luego arrojó la toalla al suelo. Apagó la luz. Regresó al pasillo en penumbra.

Capítulo cinco

Sergio miró el último trozo de papel apenas descubierto bajo su almohada. El impacto fue mayor porque estaba a punto de ponerse la piyama, dispuesto a encontrar un poco de paz. La visión lo tomó desprevenido.

En ese momento, era presa de la misma lucidez vespertina que tuvo cuando, después de comer, volvió a su casa por el dinero que le había dejado Alicia en efectivo y se descubrió corriendo a una joyería en Insurcentro.

—Necesitamos saber la medida, joven —le dijo el dependiente.

—Pues no me la sé.

—Vaya, tome la medida y vuelva al rato. O mañana.

—No puedo. Es que… quiero que sea una sorpresa.

—Pues entonces calcúlele.

Sergio se probó, en el cartón lleno de agujeros circulares perfectos, uno que le quedara bien, y se decidió por el siguiente más pequeño. Pagó el trabajo, guardó la nota de reclamación y volvió a la calle. Pero fue en balde: ni el gesto ni el increíble nombre de la joyería —La Gran Fortuna— lo hicieron sentir mejor.

Una vez en casa, se dijo que "culminar la Krypteia" tal vez sería algo relativamente fácil. Se descalzó, se quitó la prótesis, buscó su piyama entre las cobijas y levantó la almohada. El áspid del miedo volvió a hincarle el diente.

¿Cómo haría una chica para bailar si no tiene voluntad para vivir?
Piensa, Mendhoza. Siete transiciones hacen siete cortes al
adminículo. Basta con quedar en segundo una vez para que
Brianda obtenga un corte. Dos veces, dos cortes. Tres veces…
Bueno, tú comprendes.

Estaba escrito con el mismo tipo de letra. Era el cuarto y último pedazo de la hoja gris.

¿Siete transiciones? Odiaba esa incertidumbre. Todo parecía indicar que el asunto no tenía mucho que ver con la busca de Edeth. Se sentó a la computadora y tuvo la idea de buscar el término en Internet, pero se arrepintió. Con toda seguridad, los resultados de su búsqueda no tendrían nada que ver con el nuevo reto que enfrentaría. Prefirió no crearse falsas expectativas.

El cuarto pedazo. Un hallazgo doloroso. Sabía que una escisión africana permitía ese tipo de crueldades. Y que pocas brujerías eran tan terribles y tan poderosas como ésa. Sabía que, aun si devolvieran a Brianda a su cuerpo, cada corte al cabello utilizado le restaría una parte de su consciencia, de su albedrío. Ése era el método que utilizaban en Haití para transformar a una persona en zombi. Siete cortes probablemente conseguirían un efecto similar. ¿Qué caso tendría rescatarla si al final no era más que una autómata, una muñeca exánime?

La buena noticia era que no podían hacerle ningún daño a distancia. Su cuerpo seguiría intacto independientemente de los terrores que padeciera su espíritu. Pero, ¿y su mente...? No. De pronto ya no parecía tan buena noticia.

Con un evidente temblor de manos apagó la luz y se arrojó de espaldas sobre la cama, como quien cierra los ojos para no saber más del mundo. Ocultó la cara en la almohada e intentó forzar el sueño.

Fue imposible.

Estuvo lidiando con el insomnio durante un par de horas. Eran las doce de la noche cuando dio la batalla por perdida. Se puso en pie. ¿Qué hacer? ¿Ver la televisión? ¿Jugar en la computadora? ¿Salir a la calle y correr hasta que la fatiga lo venciera? Se dirigió a la sala dando saltos, decidiendo que tal vez lo mejor sería...

... el disco compacto que me prestaste claro que te lo regresé si no... porque el rector no está para esa clase de tonterías aseguró el vicerrec-

tor esta mañana tras entrevista otorgada a… las balatas, te digo que las balatas o por qué… volando sobre una fila de cipreses majestuosos a las tres de la tarde… un martini seco, por favor, para mí y para mi esposa un… se le ve esperando quién sabe qué cosa tras el volante de un Volvo azul… mil ochocientos bolívares aquí lo tengo apuntado, por qué voy a engañarte… lamentablemente las placas del tórax muestran lo…

Se golpeó las sienes. ¡Y encima, eso! ¡Encima esa locura!

—¡Aaaaaaah! —gritó furioso—. ¡¿Por qué?! ¿Por qué yo?

Era la misma pregunta que se hacía desde que le había sido entregado el Libro de los héroes; la misma pregunta sin respuesta. Se desplomó en el pasillo y su pecho se agitó. Lloró sin lágrimas por unos cuantos minutos hasta que tomó una simple resolución. Volvió a su cuarto, se puso la prótesis y se abrigó un poco.

Esa noche, la plaza estaba particularmente sola. Se detuvo, frente a la estatua de Giordano Bruno. Era, también, una forma de sentirse cerca de Brianda, quien lo había iniciado en tan singular costumbre.

—¿Por qué yo?

La estatua permaneció en su férrea postura, pero Sergio no quería claudicar. Cuando sufrió los horrores de Belfegor, la estatua le había salvado la vida dándole la fórmula que aplicaba día con día para asimilar su papel como mediador. Pero el monje nunca había vuelto a salir de su mutismo. Y Sergio creía que ya era tiempo de que lo hiciera. Se lo debía. Por Brianda. Sobre todo ahora, que le parecía imposible apresar el miedo.

Pero nada. A menos que…

—¿"La venta de siete qué"?

Lo dijo en voz alta, pues no sabía si se trataba de un pensamiento propio o si era Bruno el que se comunicaba con él. Aguardó un poco más. ¿"La venta de siete abarrotes"?

Nada. Desechó el pensamiento.

—Está bien… —se encogió debido al frío—. Era de esperarse. De todas maneras, escúchame. Tienes que proteger a Brianda. No sé de qué se trata eso de la Krypteia, y no sé si voy a poder "culminarla". Pero sí sé que Brianda no se merece estar involucrada en esto. Y que debe salir, aunque yo nunca pueda hacerlo. Es una injusticia que se hayan fijado en ella por mi culpa. Tiene que volver a su casa, a su vida.

Una pareja joven apareció por la plaza. Sergio supuso que iban o venían de alguna cita romántica porque iban abrazados. Se sintió un poco tonto frente al monumento, y aguardó a que pasaran de largo para continuar, pero ya no supo qué decir. Clavó la mirada en los ojos de Giordano Bruno, en el grueso volumen que sostendría hasta el final de los tiempos, en un par de flores marchitas a sus pies.

—Aunque eso signifique que ella y yo no volvamos a vernos...

Un gato negro atravesó la plaza corriendo. Un par de ventanas vivas en el edificio de Brianda —ninguna de ellas del departamento de los Elizalde— se convirtieron en dos ojos acuciosos, inquisidores. La rodilla derecha empezó a darle comezón.

—Por favor —concluyó.

Pero no se sintió liberado. Era imposible descansar del peso de ese anatema.

Desolado, emprendió el camino de vuelta a casa.

Luna menguante

Cuando despertó, recuperó su sitio en la esquina más alejada de la reja. Gritó de nuevo, lloró, suplicó. Se debatió entre mirar y no hacerlo; temía que si le daba la espalda al monstruo, éste se introduciría en la jaula. Pero, al mismo tiempo, mirarlo era casi una necesidad, como deleitarse en una apremiante agonía.

—Por favor... —se oyó decir a sí misma entre sollozos.

El engendro se aproximó. Brianda se puso a la defensiva. ¿Qué hacer si corría el cerrojo e intentaba entrar? ¿Podría morir de miedo antes de que la tocara? ¿Podría tocarla?

Tenía la figura de un hombre, pero estaba cubierto por una capa infinita de insectos, arácnidos, roedores e innumerables bichos que peleaban por un sitio sobre la piel o las ropas del individuo. Alacranes, tarántulas, murciélagos, serpientes, ratas, vinagrillos, cucarachas y polillas se amontonaban unos encima de otros, revoloteaban, mordían, se empujaban por no perder el lugar que su anfitrión les concedía sobre su piel. Y cuando uno caía al suelo, volvía a trepar o a volar o a reptar en aras de recuperar su sitio. Era repugnante.

El monstruo hizo un movimiento con la mano para apartar con cuidado a los bichos que le cubrían la cara, que era, en efecto, la de un hombre. Fue entonces cuando se dirigió hacia la muñeca y, con un índice desnudo, le acarició la frente.

Brianda sintió el mismo tacto frío sobre su piel.

Luego se aproximó a la rejilla que lo separaba de ella.

Confrontar esa mirada, esa sonrisa, llevó a Brianda a un nuevo e insoportable límite de terror antes desconocido, y no pudo evitar desvanecerse una vez más. Su cuerpo astral quedó tendido en una postura descompuesta sobre el suelo.

Una rata se desprendió del cuerpo de su amo y corrió a agredirla, pero la reja le impidió llegar a ella.

—*Quelle jolie*... —escupió el monstruo, mientras la rata volvía al nido antropomorfo, como si temiera hacer enfadar al que le daba cobijo—. *I love it when they do that,* pequeña porquería. Ya te acostumbrarás, *ma petite*. Ya te acostumbrarás, *nasty* inmundicia. Y, *alors,* iremos al *next level*. Al siguiente nivel…

Capítulo seis

Nueve en punto. Se decidió a llamar al timbre de la casa en la que había sido citado. Llevaba, además del pasaporte falso, su cartera con todo el efectivo que Alicia le había dejado, sus llaves, su celular, su reloj y, como único atuendo, los pants, que le habían quedado como guante.

Aguardó sin suerte a que alguien le abriera la puerta o, cuando menos, le indicara que había notado su presencia. Era una casa grande, de dos pisos, con jardín y cochera, en una calle solitaria cerca del metro Constituyentes. Pero nada en el exterior anunciaba que estuviese habitada. De no haber sido por el cuidado que habían puesto en el césped y las flores brillantes, habría pensado que se trataba de una casa vacía.

Suspiró. Miró en derredor. Nadie caminaba por ahí. Tal vez podía tocar a la puerta de algún vecino...

Una llamada al celular lo arrancó de sus pensamientos.

—Hola, Sergio.

—Qué onda, Julio.

—Alicia me llamó ayer antes de salir a Estados Unidos. Me contó que no te habías ido con ella.

—Y te encargó que cuidaras a su hermanito.

—Más o menos. ¿Cómo estás?

Pese al fastidio que fingió sentir, agradeció en secreto la llamada. No podía negar que Julio le infundía la misma sensación de confianza que sólo el teniente Guillén le había sabido transmitir. No era un asunto menor. Reconocía que tal sentimiento confirmaba que Julio era el único que quizá podría ayudarle en la lucha que tenía por delante. Se preguntó si no sería buen momento para intentar involucrarlo. Para no sentirse tan solo. Para poder seguir su irrevocable camino del único modo posible según el Libro de los héroes: ayudando a aquel que debía de blandir la espada en contra de los servidores del Maligno. Lamentablemente, el infausto grimorio no decía nada sobre cómo convencer a un ejecutivo de cuenta de una empresa transnacional para que se uniera a esa lucha.

—Normal. Estoy en la escuela.

—¿Te agarré a media clase?

—No. Está bien. Estamos esperando al profe de Historia.

—¿Y en la tarde qué vas a hacer?

—Voy a ensayar con la banda.

—Bueno, ya no te quito más el tiempo. Si necesitas algo...

—De hecho, sí necesito algo.

—Sólo dilo.

—¿A qué se dedicaba mi papá?

Fue tan solo un segundo, pero Sergio pudo percibir, como tantas otras veces, su titubeo.

—Ya te dije que aquella vez me confundí, Sergio.

Sabía que, como Alicia, le mentía. La primera vez que se conocieron, Julio le había dejado entrever que su padre era artista. Pero cuando Sergio se lo preguntó a Alicia, ella lo negó todo. Le dijo que su padre había sido abogado y que, entre menos supiera de él, mejor.

—Y yo ya te dije que eres tan malo como yo para mentir.

—No es una mentira, Sergio. Yo...

Un lujoso Mercedes clásico de color gris, sin placas, se detuvo frente a la reja del jardín. Una mujer madura con el cabello teñido de rojo salió de la casa. Sergio supo que la dichosa Krypteia estaba por comenzar.

—Bueno, luego hablamos. Ya llegó mi maestro.

Colgó y se mantuvo atento. Era evidente que la señora había estado esperando a que llegara ese auto. Del vehículo se bajó un individuo alto y calvo. Si Sergio hubiera tenido que adivinar, habría dicho que se trataba de un guardaespaldas intimidante, robusto y mal encarado.

—Sube al auto, Arturo —dijo mientras abría una de las puertas traseras del coche.

La señora ya había alcanzado la reja. Sergio pudo leer en sus ojos cierta congoja. Algo no cuadraba, pero no podía detenerse a preguntar de qué se trataba todo eso.

—Hijo, haz tu mejor esfuerzo —dijo la mujer—. Y recuerda que te quiero.

El hombre, sin reparar en la señora, con voz fría e imperativa, demandó:

—Te digo que subas al auto.

Sergio intentó fingir lo mejor que pudo. Cuando hizo un ademán para despedirse de la señora, quedó al descubierto su reloj de pulsera.

—No puedes llevar nada contigo. Ni reloj. Nada —dijo el individuo de lentes.

—¿Cómo?

—Estaba en el contrato. Dale a tu mamá todo lo que traigas.

Sergio, contrariado, miró a la señora, quien no hacía nada por desmentir al hombre.

—Dame tus cosas, hijo —suplicó.

Sergio decidió aventurar una pregunta.

—¿El contrato de la Krypteia?

Algo nuevo se produjo en el chofer, quien miró hacia los lados, molesto, como si temiera que Sergio hubiera sido escuchado por oídos invisibles.

—Anda, dale todo lo que traigas a tu mamá.

Sergio temió estar siendo víctima de un plagio. Pero todo ocurría ahí, en la calle, a la vista de todo el mundo, aunque no hubiera nadie para dar fe de ello. Se estremeció. ¿Quién podría asegurarle que, de subir a ese auto, no estaría quemando sus naves? ¿Que no sería la última vez que le vieran con vida? No había notificado a nadie dónde andaría, ni a qué dirección se había dirigido. No había dejado en su casa rastro alguno de su destino. Pero no tenía alternativa. Entregó el pasaporte, la cartera, las llaves y el reloj a la compungida señora. Le dio también el anillo de oro blanco con las iniciales de Brianda. La señora torció la boca y reprimió un impulso por decir algo. Apretó contra sí las cosas de Sergio. Levantó la mano libre y la agitó.

—Sube al auto —ordenó el hombre una vez más.

Sergio obedeció. Si quería ver a Brianda abrir los ojos de nuevo, no había vuelta atrás.

La puerta se cerró de golpe y Sergio no pudo evitar notar que a la señora se le congestionaba el rostro y los ojos se le humedecían. No; algo definitivamente no cuadraba.

El hombre calvo subió al auto y arrancó de inmediato. Sergio supuso que quizá se trataba de un secuestro consensuado.

"Krypteia...", pensó para sí. "Krypteia."

* * *

¿Ya era tiempo?

Ésa era la pregunta que se planteaba Julio mientras conducía hacia Ciudad Satélite. Apenas pasaban de las 2:30 PM, así que el tráfico aún era indulgente. Una sola llamada telefónica bastó para hacer la cita, aunque sabía que con el maestro no tenía necesidad de tales protocolos.

—Quisiera comer con usted.

—Me encantaría, Julio. ¿A las tres?

Eso fue todo. Pero la desazón comenzaba a inquietarlo. Había dicho en la oficina que no regresaría después de la comida, y su jefe había asentido sin problema. Contaba, pues, con la tarde entera para dedicarla al maestro. Esperaba que, en algún momento, pudieran abordar el asunto y llegar a alguna resolución que le permitiera sentirse mejor al respecto. Pero no podía contar con ello. Si el maestro así lo decidía, no sería la primera vez que regresara a casa con sus inquietudes intactas.

Mientras avanzaba por el Periférico, se dijo que al menos podía ser sincero consigo mismo. Que amaba a Alicia y estimaba a Sergio. Que incluso esa desavenencia con Alicia sobre la ocupación de su padre había quedado fácilmente zanjada. "Tú me lo contaste en aquella reunión en casa de Eugenia, ¿no te acuerdas?" Alicia le concedió el beneficio de la duda y lo disculpó sin más preguntas. Entre él y Alicia, aparentemente, se levantaba ya ese puente de confianza absoluta.

En otros renglones, en cambio, se sentía mezquino. Y no le gustaba. Por eso, después de hablar con Sergio, decidió volver a visitar al maestro.

Cuando alcanzó a ver la fachada del local, el letrero de "Pianos Sonatina" que por tantos años mirara desde la ventana de su habitación de adolescente, sintió el mismo golpe de nostalgia que lo acometía en cada visita. Estacionó el auto frente al taller, tomó la bolsa con la comida que había comprado y se bajó del auto.

Echó un mínimo vistazo a la que fuera la casa de sus padres hasta el año anterior, cuando decidieron venderla para mudarse a Guanajuato. ¿Cuántas veces se habría asomado por la ventana de la derecha del segundo piso para contemplar al maestro entrar o salir del taller? ¿Cuántas veces habría ido hacia allá para charlar con él? Apartó la mirada para sacudirse el sentimiento de melancolía que amenazaba con invadirlo.

Entró en el taller. Nadie se encontraba a la vista. Puso la mano derecha sobre un piano vertical semidesnudo con la maquinaria expuesta. Tocó la única melodía que se sabía y con la que, en ocasiones, se anunciaba: era el tema de *Encuentros cercanos del tercer tipo*.

Por la puerta apareció el maestro, sonriente.

—Julio.

Se acercó a él y lo abrazó. Tenía aproximadamente quince años cuando el maestro se mudó ahí, abrió el taller, y lo acogió como amigo y confidente. Recuerdos del primer cigarro, la primera decepción amorosa y su primer trabajo ayudando con la ebanistería acudieron desdibujados a la mente de Julio. No comprendía el por qué del golpe de melancolía si había estado ahí el mes pasado.

¿Sería ya tiempo?

Se separó del maestro y lo miró a los ojos. Tendría, a lo sumo, unos cincuenta y cinco años. Era fuerte como un toro, aunque robusto y tal vez con unos kilos de más. En sus ojos se adivinaban la entereza y la determinación; en sus arrugas, la irremisible tristeza con la que se entregaba a su trabajo, a su soledad. Nunca admitió más aprendiz que Julio y éste, al final, había preferido marcharse.

—Maestro, tenemos que hablar.

Julio recordó con tristeza la tarde aquella en que, con música de Brahms en el aparato, el maestro se dignó a contarle su secreto. Cuando le dijo, tras las ventanas que lloraban lluvia, los pianos desmantelados, el humo con aroma a vainilla de su ruinosa pipa, su doloroso secreto.

—¿De qué, Julio?

—De sus hijos.

El maestro desvió la mirada al único retrato que adornaba las paredes del taller, el cual mostraba a una niña sosteniendo a un bebé muy arropado. La cámara había sorprendido a la pequeña sonriendo con ternura a su hermano en un gesto de prodigiosa naturalidad que sólo se logra cuando el fotografiado ignora por completo que su imagen está siendo capturada para la posteridad. Julio miró también la fotografía. No pudo evitar sentir un arrebato de cariño al contemplar la escena. ¿Qué edad tendría Alicia ahí? Forzó la memoria: doce años. Sólo doce años y tanta fortaleza...

—Mis hijos —musitó el maestro.

Julio le apretó un hombro y le instó a abandonar el taller por la puerta que conducía a la casa. Hubiera deseado que la melancolía se quedara ahí, flotando entre los pianos, pero en cuanto ingresaron a la oscuridad del inmueble, comprendió que no se desharía de ella en toda la tarde.

Luna menguante

Ahora le quedaba claro.

Podía dormir. Ésa era la única necesidad que conservaba en su condición incorpórea. No tenía hambre ni sed. El frío, ahora lo comprendía, era una simple ilusión.

Aunque sí podía padecer.

Miedo, por encima de todo, pero también dolor.

Dolor del alma; quizás el peor de todos. Pero también dolor físico. Dolor de muerte. El monstruo se lo había demostrado al acariciar la muñeca de barro con sus uñas afiladas. Aún sentía en el rostro el tacto vil. Eso no había sido una ilusión.

También comprendió que la reja y las paredes no eran sólo de utilería.

No podía traspasarlas. Aunque sus manos podían atravesar los demás objetos, no ocurría así con la reja y las paredes, o con el piso. Algo tenía que ver la ancha línea de sal que contorneaba la jaula.

Volvió a llorar. Otra realidad tangible.

A su memoria acudió la última visita del monstruo, la cual había tolerado sin desvanecerse. Una horrible pesadilla que la observaba pasivamente del otro lado de la reja, los ojos brillantes incrustados en la asquerosa capa de sabandijas. Brianda se refugió en una esquina de la celda, procurando no mirar.

Luego, de nueva cuenta, la soledad.

Y las preguntas: ¿sería reversible esa condición? ¿Podría recuperar su vida de antes?

¿Estaría muerta? ¿En el infierno?

Pensó en sus padres y en la escuela. Si su percepción no la engañaba, ya habían pasado cuando menos veinticuatro horas. Había faltado a clases por primera vez en el año.

¿La estarían sepultando ya?

Al final, pensó en Sergio.

Pensó que su situación actual la debía con toda seguridad a él. Sin embargo, no halló lugar en su corazón para odiarlo. Se sorprendió pensando que lamentaba estar muerta sólo porque no podría volver a verlo. Y se sorprendió temiendo por él.

De pronto, escuchó los goznes de la puerta del fondo del pasillo. Se preparó para la terrible visión murmurando una plegaria.

No obstante, por la puerta de la habitación no apareció el monstruo, sino un niño de unos ocho o nueve años.

O, cuando menos, así se lo pareció en un inicio.

Llevaba jeans negros, camiseta negra y el cabello largo y oscuro recogido en una coleta. Su brillante faz contrastaba con su indumentaria sombría. Pero Brianda no tardó en desengañarse. En cuanto la luz del foco le dio de lleno, notó que tenía los ojos rojos y que su cara estaba atravesada por relucientes ganchillos metálicos que la desfiguraban, tensando la piel en una mueca grotesca y permanente. En cuanto habló, comprendió que era un adulto.

—Soy todo oídos, princesa. Creo que ya debes haber soñado algo, así que… soy todo oídos.

Capítulo siete

Sergio miró hacia los lados. Jamás había estado en un cuarto de hotel tan grande ni tan lujoso.

Se aproximó a la ventana y miró hacia afuera a través de las cortinas. Era claro que debía esperar instrucciones; el papel que debía desempeñar en tan incomprensible montaje seguía siendo un misterio. Desde que el chofer lo abandonara a las puertas del Wellington, un hotel de cinco estrellas y dieciséis pisos en alguna ciudad de Durango, tuvo que seguir su instinto, ya que el calvo no le había dado mayores indicaciones.

Aguardó un momento en el vestíbulo esperando que algo sucediera, pero, pasados cinco minutos, se animó a preguntar en la recepción si había alguna reserva o algún mensaje a su nombre. Se presentó como Arturo Torremolinos. El hombre tras el mostrador, después de consultar su computadora, le extendió su llave electrónica y una bebida de cortesía sin mirarlo a los ojos. Una vez concluido el trámite, caminó hacia su habitación en el piso siete.

Después de veinte minutos de haber arribado al cuarto, encendió la televisión. No tenía señal. Suspicaz, levantó el auricular del teléfono. No se sorprendió al descubrir que estaba muerto. Fue a la puerta y confirmó que, contra todas las reglas de hospitalidad de los hoteles del mundo, ésta no podía abrirse. Forcejeó un poco sin éxito.

Aun así, su ánimo no era pesimista. Consideraba previsible que lo aislaran de esa manera. Le desagradaba la sensación de andar a ciegas, pero como no tenía alternativa, se descalzó y se arrojó de espaldas a la cama. Mientras se quitaba la prótesis, empezó a susurrar la fórmula que lo había acompañado desde el día anterior: "Brianda, no te rindas, por favor. Brianda, por favor, no te rindas..."

Pronto se quedó dormido.

Lo despertaron golpes en la puerta. La luz del sol luchaba por colarse a través del grueso cortinaje. Se puso en pie, sorprendido por haber dormido tanto y tan bien. Fue a la puerta y, después de atisbar por la mirilla, jaló la manija. Para su sorpresa, no tuvo problema alguno en abrirla. Un hombre que habría pasado fácilmente por hermano del hombre calvo del día anterior, lo aguardaba impasible en el corredor.

—¿Listo?

Por respuesta, Sergio volvió a la habitación sin cerrar la puerta. Su escolta lo esperó sin mostrar interés por lo que ocurría en el interior del cuarto. Sergio se colocó la prótesis fuera de la vista del individuo. Se puso los tenis e intentó peinarse frente a un gran espejo. Luego abandonó la habitación.

Cuando llegaron al restaurante, en la planta baja, Sergio comenzó a unir algunas piezas del rompecabezas. En una zona que estaba apartada del resto de los comensales por una cadena de plástico, se encontraba una amplia mesa alargada. En ésta, siete muchachos, todos varones, tomaban el desayuno. Siete muchachos, aunque había once lugares. Sergio ocupó uno de los cuatro lugares vacíos obedeciendo la señal de su escolta, quien, acto seguido, se retiró.

No perdió ocasión para escudriñar la mirada de los chicos. Ninguno hablaba. Sólo se miraban con recelo. Una cosa le quedó clara al instante: él era el menor. Todos rondaban los quince y dieciséis años. Detrás de ellos, un par de hombres vestidos de traje y anteojos oscuros hacían guardia.

En breve, un mesero trajo el desayuno de Sergio, lo depositó frente al muchacho y se marchó. Era idéntico al de los otros: jugo de naranja, fruta, huevos revueltos con jamón y café.

Entonces fijó la mirada en la mano izquierda de uno de sus compañeros. En la parte interna de la muñeca tenía tatuada una pequeña letra K de color púrpura rodeada por un rombo verde. Todos la tenían. Él también.

¿En qué momento había ocurrido? Por la noche, sí, pero, ¿cómo lo habían hecho? ¿Tan profundo había sido su sueño como para que pudieran tatuarle la muñeca sin que se diera cuenta? Sacó una rápida conclusión. Tal vez la bebida de cortesía...

Poco a poco fueron llegando los demás muchachos hasta completar los once asientos. Todos comieron en silencio, sin delatar sentimiento alguno. Solo un chico alto, de nariz aguileña y ojos verdes y vivaces se atrevió a levantar las cejas y esbozar una sonrisa cuando sus ojos se encontraron con los de Sergio. Parecía nervioso. Tamborileaba los dedos en el mantel rítmicamente.

Todos formaban parte de la Krypteia. Todos estaban ahí por alguna razón que Sergio desconocía. No podía dejar de preguntarse si los demás tendrían alguna noción de lo que estaba por ocurrir. A simple vista, parecían muchachos típicos; lo único que los distinguía es que la mayoría parecían bastante saludables (era obvio que algunos eran deportistas), y quizá que todos mantenían una actitud recelosa. Eso, desde luego, además de que todos llevaban una letra K de color púrpura y un rombo esmeralda en la muñeca izquierda.

Cuando al fin terminaron de comer, uno de los guardias miró su reloj y dijo:

—El transporte está esperando. No hay tiempo que perder.

Los once se pusieron en pie, causando que los demás huéspedes miraran en esa dirección. Se trataba de una comitiva singular. Parecía increíble que tantos chicos pudieran permanecer quietos durante tanto tiempo y que, además, salieran del lugar de manera tan ordenada.

Caminaron hacia el vestíbulo en la misma actitud silente. Ahí, otro hombre de cabello oscuro y sienes plateadas que vestía traje sport y suéter anudado al cuello, los esperaba. Tenía un rostro enigmático, y Sergio apreció que era el único que no precisaba gafas oscuras para desempeñar su trabajo. Tenía ojos minúsculos, cabello a rape y labios delgados. No sonreía y, aunque no era atractivo, tenía un aire de gran aplomo. El individuo llevaba una carpeta de piel en las manos, misma que abrió para corroborar algo en el papel que quedó a la vista. Sergio no pudo evitar reconocer que le producía cierta sensación con la que ya había lidiado antes.

—Muchachos, soy Nelson, su tutor y guía —se presentó—. Estaré con ustedes de aquí en adelante. Síganme, por favor.

Aparcado frente a la puerta principal, los esperaba un pequeño autobús. Sobre el costado derecho tenía una gran manta que llamó la atención de Sergio. Decía: "Cuarto retiro espiritual juvenil de San Andrés".

—Suban y pónganse cómodos —dijo Nelson, colocándose a un lado de la puerta.

Sergio sabía que esa sensación no era inventada, que un miedo como el que comenzaba a extenderse bajo su pecho no era una ilusión.

El minibús tenía exactamente diez asientos dobles, cinco por lado, y uno largo al fondo, donde Sergio tuvo que sentarse por ser el único lugar que seguía vacío. El lugar lo complació: desde ahí podía contemplar el autobús entero.

Nelson subió al final y, de pie, los confrontó por vez primera. No les obsequió ni una sola sonrisa.

—Buenos días.

Hubo muy apagadas respuestas.

—¿Apatía? ¿Nerviosismo? —preguntó Nelson con un tono de voz que hacía imposible saber si los estaba reprendiendo o consultando—. Es una suerte que Elsa no esté ahora con nosotros. Se habría sentido muy decepcionada.

Rostros claramente afectados. Algunos se reacomodaron en sus asientos, como si lamentaran haber iniciado con el pie izquierdo.

—Dense un poco de crédito —dirigió la mirada a sus papeles, sin reparar en la falta de entusiasmo que había conseguido con su frase—. Voy a pasar lista como mero trámite. Por supuesto, todos están aquí, pero les voy a pedir que, cuando diga sus nombres, se pongan en pie para que los demás puedan conocerlos.

—Orson.

Se levantó un muchacho bajo, de mirada torva y fuerte musculatura.

—Samuel.

Hizo lo suyo un chico de cabello encrespado y nariz ancha. Era el único que ostentaba bigote.

—Francisco.

Se levantó a medias un tipo moreno de fuerte mandíbula que no quiso mirar a nadie.

—Ar... eh... Elmer.

La evasión fue tan evidente, que Sergio trató de leer la razón en sus ojos, pero Nelson no levantó la mirada. Elmer, entretanto, ya estaba de pie. Era un muchacho alto, rubio, bien parecido y de sonrisa cínica, que a todas luces confiaba en sí mismo.

—Ignacio.

Se puso en pie el muchacho de nariz aguileña que le había sonreído a Sergio. Era el más alto del grupo y también el que parecía más mortificado. Sólo él saludó con un ademán a sus compañeros, mismo que nadie contestó.

—José —dijo un muchacho de cabello ensortijado, el único que llevaba anteojos.

—Alberto.

Sin duda, era el más imponente de todos. Tenía la cabeza rapada, un tatuaje de serpiente en el cuello grueso y nervudo, y varias cicatrices en los nudillos. Sólo llevaba una camiseta sin mangas. Había una suerte de odio en su mirada.

—Héctor.

Era el único que parecía rondar los catorce años. No era por su corta estatura o su figura un tanto enclenque, sino por su actitud aparentemente desvalida. Iba despeinado y ocultaba las manos dentro de la chaqueta.

—Óscar.

Un tipo muy moreno de apariencia simpática y cabello encrespado apretó los gruesos labios a manera de saludo cuando se levantó.

—Sebastián.

Se levantó un muchacho pálido y rubio de cabello largo. Llevaba una playera ajustada de Metallica que resaltaba sus músculos.

—Bien, pues no perdamos más el tiempo. Es momento de partir —exclamó Nelson.

Arrojó la carpeta al tablero del minibús y se sentó al volante.

—Oiga, olvidó usted al de allá atrás —dijo Óscar, impelido a hacerle notar su omisión antes de que arrancara el vehículo.

Varios giraron el cuello. Algo había querido poner en evidencia el guía, pero Sergio no atinaba a comprender qué. Y no le gustaba. Probablemente quería resaltar el hecho de su corta edad, o de su naturaleza más bien frágil, o... Sergio trató de sacar alguna conclusión, pero no lo consiguió.

Después de una estudiada pausa, Nelson se puso en pie y dirigió su mirada al fondo del autobús.

—Eh... sí, claro —recuperó la carpeta y leyó con desinterés—: Arturo.

Sergio se levantó de su asiento brevemente y volvió a sentarse.

Nelson regresó al volante. Encendió el motor. Puso algo de música. Avanzaron por las calles.

El silencio imperaba en el interior del autobús. Nadie se mostraba interesado en socializar, así que Sergio tampoco lo hizo. Veía con nerviosismo hacia el exterior intentando conjeturar qué seguía, hacia dónde los llevaban o si en algún momento alguien les explicaría de qué se trataba todo eso. En menos de quince minutos dejaron atrás la civilización; el paisaje ahora era por completo campestre: llanos interminables cubiertos de abrojos y cerros áridos delineando el horizonte. La carretera era de dos carriles y, por lo visto, poco transitada.

El sol estaba ya en lo alto. Serían más de las once de la mañana y el calor del desierto comenzaba a manifestarse. Todos sudaban. Sólo Nelson parecía de una pieza. A ratos seguía la música del estéreo con apagados canturreos y, a ratos, miraba por el retrovisor con interés. Sergio se encontró con su mirada en un par de ocasiones.

El letargo se iba apoderando de cada uno de los muchachos. El traqueteo de la máquina era hipnotizante. Poco después, no se oía más que el runrún del motor. No obstante, Sergio no perdía detalle de la carretera, de las nucas de sus compañeros, de los sentimientos que lo abrumaban.

Repentinamente, Nelson disminuyó la velocidad. Un letrero anunciaba: "Rancho Tres Guerras". El autobús dio vuelta a la derecha por un solitario camino de terracería. Avanzó con lentitud durante varios minutos hasta que al fin se detuvo frente a una cerca de alambre de púas que rodeaba varias hectáreas de terreno y se perdía de vista por ambos lados del polvoso camino.

—Bienvenidos a la Krypteia —dijo Nelson.

El ambiente se tornó inquietante.

—Abajo todos. ¡Abajo! —aunque no había en su tono de voz un afán agresivo, tampoco parecía estar bromeando.

En un santiamén ya estaban los once frente a la cerca. El sol inclemente los obligó a entrecerrar los ojos para no perder detalle de los movimientos de Nelson.

—¿Qué? ¿Creían que venían de vacaciones? —preguntó, forzando una sardónica sonrisa—. Quiero que miren hacia esa cima. Ahí está el Rancho Tres Guerras. En la estancia principal, sobre la chimenea, hay diez naipes. Sólo diez —recalcó.

No añadió nada más. Volvió al autobús con tranquilidad y lo encendió. Todavía no se reponían de la abrupta iniciación cuando el vehículo ya se había perdido por el camino de terracería.

Óscar fue el primero en reaccionar. Apartó cuidadosamente los alambres de púas y pasó a través de la cerca. En pocos segundos, ya estaba del otro lado, corriendo hacia el monte. Lo siguieron los otros. Sergio, en cambio, se quedó clavado en el suelo agreste. Comprendió perfectamente por qué Nelson no había querido presentarlo. Se trataba de una competencia y, desde el inicio, él lo había dado por descartado.

"Siete transiciones", recordó súbitamente. "Siete transiciones, siete cortes." Se sintió desfallecer. Los otros diez muchachos corrían a toda velocidad a través del escampado. "Basta con quedar en segundo una vez..."

El miedo en su interior se desató con ferocidad.

Corrió a la cerca y apartó dos alambres del mismo modo que habían hecho los otros para poder pasar. Se rasguñó un brazo con las púas y la sangre no tardó en asomar. Pero no tenía tiempo para conmiserarse de sí mismo. Echó a correr tan rápido como se lo permitió su prótesis. El primero en el grupo, Alberto, ya era sólo un punto en el terraplén. Se sintió cansado.

"Y ni siquiera he recorrido cien metros...", pensó.

Se detuvo repentinamente e hizo un cálculo mental.

Comprendió que era su única oportunidad.

No conocía las reglas y, por lo mismo, no podía perder el tiempo cuestionándose si las estaría rompiendo o no.

Volvió sobre sus pasos. Separó el alambre de púas, esta vez con un poco más de cuidado, e inició su carrera en dirección contraria.

Capítulo ocho

La señora Elizalde contempló el cuerpo de su hija sobre la cama del hospital.

Los médicos seguían desconcertados. Brianda parecía atrapada en una fase del sueño profundo, la de movimientos oculares rápidos. Parecía estar soñando todo el tiempo, pero no había modo de despertarla. Y no, no tenía que ver con drogas. Ni con algún oculto traumatismo. Mucho menos con males congénitos, virus o bacterias. Pero eso no era lo peor. No. Para la señora Elizalde, lo peor era verla temblar. Llorar. Debatirse contra algo en sus pesadillas y no poder ayudarla.

Entonces se preguntó por Sergio. Le molestaba que el muchacho no hubiera vuelto a llamar. Parecía haber perdido el interés por su hija. ¿Sabría algo sobre lo que le sucedía a Brianda? ¿Sería que, por alguna extraña razón, sentía remordimiento? La señora Elizalde ahuyentó dichos pensamientos de su mente.

Tomó la flácida mano de su hija. Se permitió un propio sacudimiento, el anuncio de su propio llanto, a punto de reventar.

* * *

Estaba agotado. Sediento. En varias ocasiones creyó que se desmayaría, pero, al final, lo consiguió.

Con la chamarra de los pants anudada sobre la cabeza, tras un par de horas, según su cálculo, consiguió llegar a la carretera principal donde se encontraba el letrero que indicaba la desviación hacia el Rancho Tres Guerras.

Pero el panorama no era muy alentador. La carretera era una plancha ardiente y, como ya había observado, no era muy transitada. Acaso tendría que esperar demasiado tiempo a que pasara algún auto. Para su fortuna, en ese punto se podía ver a varios kilómetros a la distancia en ambas direcciones.

A los pocos minutos, apareció en el horizonte un camión de redilas. En el aire sobrecargado de calor la imagen temblaba, brincaba, se tornaba difusa. Pero era real y no una alucinación, como creyó en un principio.

—Por favor… —murmuró con los labios partidos.

Lo había decidido durante su recorrido: se quitaría la prótesis y haría señas con ésta. Era un manera muy fácil de dar lástima, pero no quería correr riesgos innecesarios. Así que se apresuró a arremangarse el pantalón, quitarse la pierna y, haciendo equilibrio, hizo señales al camión que se acercaba.

No hubo suerte. Una ráfaga de viento tibio y sucio lo obligó a cerrar los ojos y a girar el rostro para ver que el camión, que transportaba costales, seguía su camino sin aminorar la velocidad.

Un rato después, vio un sedán blanco que venía de la dirección contraria. Misma estrategia, idéntica suerte. El hombre que conducía hizo una mueca de extrañeza, pero nada más. Sergio comenzó a deplorar su decisión.

Buscó un poco de sombra tras el letrero de la desviación, un filo de frescura para impedir que el sol le pegara en la cara. En la cercanía no se distinguía un solo árbol por raquítico que fuese; sólo había arbustos chaparros, hierba seca y tierra roja. Comenzó a creer que no sólo no podría con esa prueba, sino que moriría ahí mismo. Jamás darían con su cadáver porque nadie sabría dónde buscar.

De pronto, vislumbró una pick-up blanca. ¿Qué tan mala idea sería plantarse frente al vehículo para obligarlo a detenerse?

Aguardó. Volvió a quitarse la prótesis. Empezó a hacer señas.

Para su sorpresa, la pick-up aminoró la velocidad. Al pasar a su lado, el chofer y su familia lo estudiaron con interés, pero, después de dialogar un momento, el hombre volvió a acelerar. Sergio sintió como si la tierra temblara, como si alguien lo tomara por las piernas y lo introdujera en una bolsa enorme de plástico.

No supo cómo ni cuándo cayó dándose un golpe seco contra el asfalto. Sintió un dolor agudo en las rodillas y en el hombro derecho. Jadeó con el sol en los párpados.

Entonces, un motor. El ruido de caucho sobre grava. Pasos. Una sombra que lo protegía de los punzantes rayos del sol.

—¿Estás bien?

Sergio tuvo que hacer grandes esfuerzos para que, de su boca completamente seca, saliera un gruñido.

—¿Qué dices? ¡Deja te subo al coche!

Escuchó una portezuela abrirse y sintió que un par de fuertes brazos lo arrastraban sosteniéndolo por las axilas. Cuando abrió los ojos, vio que se trataba de un hombre con gorra de beisbol, camisa a cuadros y sonrisa chimuela.

Sergio cayó en el asiento trasero lleno de remiendos y dejó de tener el sol en la cara; se sintió rescatado. Hizo el amago de tragar saliva, se incorporó.

—Tengo que ir al Rancho Tres Guerras.

—¿Qué? Pero si ese rancho está abandonado…

—Por favor…

… copas de los abetos, en forma paralela a la línea del horizonte justo… nueve niñas saltando la cuerda en esa zona del parque donde está… sale del ascensor, camina hacia la puerta del edificio saluda al portero como si lo conociera cuando en… durante la tarde en el cibercafé Cienfuegos sobre la Costera le pide que se vean… ordena un filete miñón con Chardonnay, lo que nunca porque…

Se enderezó por completo, asustado. Vio que la camioneta avanzaba por la carretera principal.

—¡No! ¡Es en serio, señor! Tengo que ir…

—Pero ya te dije que ese rancho está abandonado desde hace como diez años.

—¡Bájeme entonces! —dijo, recuperando repentinamente sus energías—. Regréseme a la desviación…

—Cálmate, chamaco. Si por acá se llega más pronto.

—¿Cómo dice?

—Que por acá hay un atajo, loco.

Sergio vio que, efectivamente, el hombre se arrimaba a la orilla de la carretera y enfilaba hacia dos demarcaciones de la misma reja que rodeaba el rancho. No le costó trabajo reconocer el monte a su derecha. En la cima, se encontraba el Rancho Tres Guerras.

* * *

Jop llamó al timbre y esperó. Nuevamente lo había asaltado esa aprensión, ese sentimiento que lo abordaba a pocos pasos del recinto y que le hacía desear que no le abrieran la puerta.

Pero nunca había ocurrido. Nunca había tenido que llamar siquiera dos veces al timbre. Sabía que ésta tampoco sería la ocasión. Porque, en cierto modo, era como llamar a las puertas del pecado, y Jop sabía que el príncipe del pecado siempre tiene la entrada abierta para los que quieren ingresar a su mansión.

Lo sabía, así como también estaba consciente de que alguna intención oculta habría en tanta cortesía, en tanto interés en invitarlo a ese mundo. Resultaba imposible ignorar que algún pago a futuro esperaban de él. Lo sabía y lo temía.

Al final de las escalinatas se asomó un hombre de rostro barbado y brillantes ojos oscuros. Enfundado en una holgada camisa blanca de cordones, pantalón gris de lona y sandalias, lo saludó con un gesto amistoso.

Jop lo miró por entre las ramas de los árboles esqueléticos tratando de ahuyentar el sentimiento de desolación que lo había acometido. Metió una mano por el enrejado y corrió el cerrojo.

—Llegaste temprano.

—Más o menos.

—¿Necesitas ayuda?

Quizá se refería a la computadora portátil que llevaba al hombro, la cual le estorbaba para devolver la puerta negra a su lugar.

Pero a Jop más bien le pareció, por un momento, que se refería en realidad a esa congoja que le oprimía el corazón. El día anterior había visto el video de un auténtico aquelarre y, siendo honestos, no le había gustado en absoluto contemplar al demonio de faz monstruosa que se hizo presente entre las brujas.

—No, Farkas. Estoy bien, gracias.

Jop pudo, al fin, cerrar la reja. Forzó una sonrisa. Se echó a caminar hacia la puerta de entrada.

La mansión no tardó en engullirlo.

Capítulo nueve

—Qué bueno que te vi, mi chavo.

—Sí. Y gracias, de veras.

Había bastado una mentira a medias para que el buen hombre quedara conforme. Un retiro espiritual de la escuela. Una inofensiva travesura que lo había llevado a extraviarse. "En realidad," pensó Sergio, "la gente buena no suele ser muy suspicaz. Y menos cuando ven a un muchacho tirado bajo el rayo del sol en la carretera."

Se apeó del auto y caminó en dirección al inmueble maltrecho. Se sentía mejor, pero no quería abrigar ninguna esperanza. No sabía qué hora era, pero el sol había comenzado su descenso en la bóveda del cielo; quizá todos sus compañeros ya habían arribado. Echó un vistazo furtivo al autobús, sólo para cerciorarse de que se encontraba vacío.

De la casa principal del rancho sólo quedaba la endeble estructura. Las paredes estaban peladas y llenas de grafitis. No había un solo vidrio en las ventanas, ni una sola puerta que no hubiese sido arrancada del marco. Era fácil asumir que ésa era la meta a la que debía arribar.

Se aproximó con sigilo y entró en la ruina por donde alguna vez había estado la puerta principal. La luz cegadora del sol proyectaba sombras dispares sobre el suelo.

No había más mobiliario que una vetusta mecedora donde, fumando un puro, se encontraba Nelson. En cuanto se percató de su presencia, Sergio dudó si debía continuar. No esperaba encontrarse al tutor ahí.

El sujeto no le quitaba los ojos de encima. Pronto comenzó a negar con la cabeza.

—No eres un chico cualquiera, ¿eh?

Sergio no supo qué contestar. Nelson escupió el humo del puro con desdén.

—Anda, toma tu maldita carta.

Sobre la repisa de la gran chimenea, que seguramente había conocido tiempos mejores, se encontraban diez cartas relucientes de metal plateado. Sergio se acercó y tomó una, no sin delatar su sorpresa.

Sin contar la suya, restaban nueve cartas.

Había llegado en primer lugar.

—Si quieres, puedes volver al autobús, aunque, si fuera tú, no me perdería el espectáculo. Después de atravesar un profundo acantilado, los ánimos se caldean de una manera muy interesante.

Le hizo un gesto con la cabeza y Sergio se sentó en el suelo a contemplar las sombras que se arrastraban conforme avanzaba la tarde.

Nelson no volvió a decir nada. Eventualmente silbaba, o entrelazaba sus manos, tomaba agua de una cantimplora o encendía un nuevo puro. En raras ocasiones miraba a Sergio sin compadecerse de él ni reparar en que no había comido nada desde el desayuno, o en que tenía la cara enrojecida por el sol abrasador. De vez en cuando, miraba su reloj.

Sergio, mientras tanto, luchaba contra el miedo. Contra esa sensación de angustia que Nelson le transmitía. No tenía duda alguna de que era un emisario negro, que había cometido actos de la más vil naturaleza, pero aún no había confirmado su lealtad a Oodak. En todo caso, Sergio no podía darse el lujo, por el bien de su participación en la Krypteia, de que detectara su aprensión. Siguió luchando.

Al fin, apareció por la puerta el segundo participante. Francisco entró arrastrando los pies.

Cuando se enfrentó a la escena, no supo qué decir. Al igual que Sergio, tenía en el rostro la evidencia de lo que había sufrido.

Resoplando, fue a la chimenea, tomó su carta y se desplomó en el suelo, agitado.

A los diez minutos, apareció el tercero: Orson. Luego, el cuarto: Elmer. A la media hora, el quinto y el sexto llegaron juntos: eran Ignacio y Samuel. En seguida, el séptimo: Alberto. Todos estaban hechos añicos.

Por espacio de una hora, nadie cruzó el umbral de la puerta. El sol poniente pegaba de lleno en la cara de Nelson a través del marco de una de las ventanas. Acaso por esto decidió tomar las tres cartas restantes y salir de la casa. Todos lo siguieron.

Se plantó a varios pasos del porche, en la zona más céntrica de la hacienda. Un par de cobertizos flanqueaban lo que alguna vez había sido una pequeña fuente. Y ahí, en el borde de cantera circular, se sentó. Los muchachos se refugiaron en la sombra angosta a un lado del autobús. Comenzaba a enfriar; el sol se posaba sobre los cerros occidentales y pintaba el horizonte de anaranjado y violeta cuando Nelson se puso en pie. Miró a la distancia. Los cuatro restantes subían por la pendiente en fila india. Estaban tan agotados que parecían avanzar en cámara lenta.

Sergio comprendió a lo que Nelson se refería cuando le dijo que valdría la pena quedarse al espectáculo. Eran cuatro los que llegaban, pero sólo eran tres las cartas restantes. Supuso que sería el fin del juego para el cuarto, que regresaría a casa y se vería obligado a renunciar al premio. Un premio que, seguramente, muchos de ahí codiciaban más allá de sus fuerzas, o no se habrían roto de ese modo el cuerpo y quizás hasta el alma por conseguir una carta.

Ahora estaban todos de pie, tratando de no perder detalle. Nelson sostenía los naipes a la vista de todos.

El primero en alcanzar la plataforma de cemento sobre la que descansaba el rancho fue Héctor, quien, haciendo acopio de toda su energía, corrió como un títere desvencijado hacia Nelson. Tomó una de las cartas y fue a reunirse con los otros chicos. Ahí se desplomó y, pasando aire a grandes bocanadas, se enconchó sobre la tierra y rompió a llorar.

Luego consiguió su carta Óscar, quien también se hizo a un lado, presa de los estertores del esfuerzo desmedido.

La expectativa creció, pues José y Sebastián llegaban al mismo tiempo. En el rostro de José se dibujó un gesto de angustia al darse cuenta de que ellos dos eran los últimos; hizo entonces un máximo esfuerzo por darle más velocidad a su carrera. Sebastián, al darse cuenta de que se rezagaba, se arrojó a las piernas de José, derribándolo y haciéndolo perder los anteojos. José se giró, le propinó un puñetazo a Sebastián en la cara y éste, soportando el dolor y el estallido de sangre que manó de su nariz, se incorporó y volvió a sujetarle las piernas, impidiendo su avance. Tiró una vez más a José, se sentó a horcajadas sobre él y lo golpeó con furia. Luego, aprovechando la repentina ceguera de su contrincante, se levantó y corrió hacia Nelson. José se incorporó en seguida, pero ya no había nada que hacer. Estaba a un par de metros de Nelson cuando éste le entregaba la última carta a Sebastián.

Las lágrimas afloraron en el rostro del perdedor. Miró en derredor a todos sus compañeros, buscando algún tipo de simpatía.

Nelson intervino. De un bolsillo extrajo un pequeño frasco de cristal ambarino. Lo abrió y, sin permitir que José se defendiera, pronunció unas palabras en una lengua desconocida. Arrojó el líquido, negro como la tinta, sobre el cuerpo del muchacho.

Una mancha oscura lo surcó del hombro izquierdo al costado derecho. José cayó sobre sus rodillas con una mueca aterrorizada. Una repentina ceguera parecía haberse apoderado de él, como si su visión hubiera sido obstruida por imágenes espeluznantes que los otros no compartían.

—Hora de partir, muchachos —dijo Nelson en un tono carente de emociones—. Y traten de animarse. Les espera una muy buena cena en compañía de su anfitriona, Elsa Bay.

Los muchachos se miraron entre sí por unos cuantos segundos y luego, como autómatas, subieron al autobús, esforzándose por mostrarse indiferentes a lo acontecido. Sergio, en cambio, no podía apartar la vista de José.

—¿Vamos a dejarlo aquí? —se atrevió a balbucear.

—Está fuera —aclaró Nelson antes de subir—. Además, no estará solo por mucho tiempo.

Dirigió la mirada al cielo. Un ave negra de pico carmesí, una especie de zopilote, planeaba por encima de sus cabezas. A la distancia, otra similar se dirigía hacia ellos.

Sergio aborreció la Krypteia con todas sus fuerzas. Y a Nelson. Su magia era tan terrible como la que tenía a Brianda separada de su cuerpo, magia tan poderosa que ni el propio Libro la mencionaba.

Al dirigirse hacia el último sitio del autobús, advirtió en los cansados rostros de sus compañeros que la congoja era común. Que todos ellos reflexionaban sobre un solo y trágico punto: "Yo podría haber sido el onceavo en llegar".

"Corrección", se dijo apesadumbrado. "Yo debí haber sido el onceavo en llegar."

El autobús se puso en marcha a la par que la radio, que emitía una melosa canción *pop*.

En pocos segundos, dejaron de escuchar los gritos de José.

* * *

El teniente Guillén envió un tercer correo a la cuenta de Sergio. No le daba buena espina que ni siquiera respondiera sus inofensivas preguntas. "¿Qué tal Miami?", era todo lo que decía el cuerpo del mensaje.

Se rascó el mentón con aire preocupado mientras apagaba la computadora.

Capítulo diez

Se contempló a sí mismo en el espejo con la camisa a medio abotonar. Tenía la impresión de que algo había cambiado en su rostro. No tenía que ver con los estragos del sol en sus mejillas o sus labios. Era otra cosa.

Una vez que Nelson los dejó en el hotel y les ordenó estar listos para la hora de la cena, cada muchacho se refugió en su habitación sin obsequiar a otro con una mirada solidaria. Sergio se asombró de tan ruin mecánica. ¿Eso era la Krypteia? ¿Así sería cada día? No podía dejar de pensar en aquel mensaje descubierto en su almohada, allá en su lejana habitación: "siete transiciones".

Y apenas llevaban una.

La cabeza le daba vueltas cuando ingresó a su cuarto; cuando devoró las dos barritas nutritivas de la canasta a un lado del televisor; cuando bebió el litro y medio de agua en una sola sentada; cuando se duchó.

Siete transiciones…

Entonces, hizo la conexión mental: Elsa Bay. Las iniciales. ¡El mensaje en su cajón!

Trató de serenarse. Mientras se ponía la ropa de etiqueta inverosímil que encontró sobre la cama, estudiaba su rostro y reiteraba que algo había cambiado. Y no le gustaba.

Siguió abotonándose la camisa, que le ajustó perfecto. Luego se puso el saco y el pantalón, ambos de color negro. No supo qué hacer con las mancuernillas y las dejó sobre la cómoda. Se calzó los zapatos. Se puso, a su entender, la corbata, anudada de antemano. Se peinó. Se puso crema en la piel lacerada. Se le ocurrió hurgar en los cajones; con un poco de suerte quizá daría con algo que le permitiría no sentirse tan atrapado, tan a la merced de esa gente.

Mas no tuvo tiempo. Golpearon a su puerta y, al instante, ésta fue abierta desde afuera.

Se encontró con el mismo calvo de gafas oscuras que lo condujera en la mañana al restaurante. Con un gesto de asentimiento le hizo saber que estaba listo.

—¿Llevas el naipe?

Sergio asintió y enfilaron al elevador.

En vez de bajar al restaurante, subieron al doceavo piso. Caminaron por pasillos de alfombra roja y luz tenue hasta que se toparon con una puerta custodiada por otro de los guardias idénticos de traje, corbata y anteojos largos como diademas, negros como una noche sin luna.

Al entrar, Sergio se encontró una mesa alargada de doce sitios, mantel blanco y vajilla fina. Cinco de los otros muchachos ya ocupaban su lugar. Vestían un atuendo idéntico al suyo. Además de la mesa, el recinto albergaba un piano de cola, una pantalla para proyecciones, varios cuadros de bodegones y un gran ventanal con una vista estupenda de la ciudad iluminada.

Se sentó en una esquina de la mesa, a un lado de Ignacio, aquel chico alto de nariz ganchuda. La música suave que salía de un par de bocinas suspendidas del techo confería al lugar una atmósfera inquietante. Era como si ninguno de ellos hubiera puesto a prueba su voluntad ese día. Como si no hubieran abandonado a un compañero a su suerte. Un mesero tomó un vaso con sangría de una mesita aledaña y lo depositó frente a Sergio. Luego se retiró a una esquina a esperar a los faltantes.

—Es peor de lo que imaginé —susurró Ignacio, dirigiéndose claramente a Sergio, aunque todos los presentes alcanzaron a escucharlo. Ninguno, excepto Sergio, se mostró interesado en responder.

—¿Peor? —dijo, volteando hacia él.

—Sí. No creí que me afectara tanto ver reventar al primero.

—Eso es porque eres débil —espetó Samuel, el de bigote ralo, del otro lado de la mesa. Sonreía como quien descubre en falta a un colega y está dispuesto a traicionarlo sin que le tiemble el pulso.

Ignacio lo midió con los ojos y volvió a su bebida. Se mostraba arrepentido de haber hablado. Los otros chicos de la mesa no salían de su recelo. No comentaron nada. Uno de ellos, Óscar, jugaba nerviosamente con la servilleta de tela sobre el plato reluciente frente a él.

—Igual para mí —dijo Sergio, como si él también estuviera al tanto de todo lo que habría de ocurrir en la Krypteia.

Consiguió una fugaz sonrisa cómplice en Ignacio.

El resto de los muchachos arribaron pronto, todos con el frágil aplomo del novato. Era evidente que no sabían qué esperar. Sólo Orson, el musculoso, mantenía su rictus de enfado, pero acaso esa fuera una manifestación muy personal de disimulo.

Nelson apareció minutos después, ostentando un elegante frac blanco. Se veía fresco, como si acabara de despertar, con la sonrisa a punto y el cabello impecablemente peinado. Casi en seguida, se abrió una puerta interior del salón.

Se hizo un silencio absoluto. Pese a su disposición pesimista y desencantada, Sergio no pudo evitar sumarse al asombro generalizado. Fue, por unos instantes, como si todos hubieran padecido el impacto de una deslumbrante luz. Como si los aromas más deliciosos, la brisa más refrescante y la caricia más gentil se hubiesen materializado en el interior de cada uno de ellos, produciéndoles sólo sentimientos placenteros.

Si hubiera tenido que afirmar en ese momento que aquella mujer era la más hermosa que hubiera visto jamás —dentro o fuera de la televisión, o en el cine, o en revista alguna—, lo habría hecho sin titubear.

Parecía rondar los treinta años, aunque en realidad era imposible precisar su edad, mezcla de juventud y madurez, lozanía y experiencia. Su largo cabello caía, lacio y platinado, sobre sus hombros; sus ojos eran negros y enormes, y su piel, cremosa y sonrosada. Los labios eran gruesos y de un carmín intenso, y vestía un traje sastre de color negro a las rodillas tan sensual como formal, tacones altos y la dignidad de una emperatriz. Al igual que Nelson, sonreía.

La violencia del contraste entre la luz de la dama y lo que Sergio sintió a continuación fue arrebatadora. Tanto, que tuvo que abrir la puerta del encierro de su miedo. Fue como caer en un abismo. Creyó que el miedo se transformaba en terror, y nada temía más que Elsa Bay lo notara.

Como si lo hubiera sentido, ella dirigió sus bellos ojos a él con curiosidad, como si hubiese reparado en que lo conocía de otra parte. Sergio logró serenarse. Había sido tan solo un segundo, aunque un segundo aterrador. Sólo en presencia de otro demonio había sentido un miedo tan incontrolable, y éste había sido causado por el señor de todos ellos.

La dama se acercó a la mesa y ocupó el sitio de la cabecera más próxima a Sergio. Antes de sentarse, sonrió y estudió a todos los muchachos. Esta vez, evitó deliberadamente la mirada de Sergio.

—¿Nerviosos?

Algunos esbozaron sonrisas más francas.

Ella se sentó, arrojando la servilleta sobre su regazo con un gesto que parecía coreografiado. Luego puso una mano sobre una copa de cristal, la única en toda la mesa. Uno de los meseros se aproximó y, de una suerte de cáliz metálico, vertió un líquido escarlata en la copa. Elsa la levantó y dijo con solemnidad:

—Por los tres elegidos.

Los demás se sintieron obligados a responder de la misma forma. Acto seguido, la mujer hizo una seña a un par de guardias. Éstos, después de asentir, llevaron a los meseros del otro lado de la puerta y la cerraron tras de sí.

—En un momento cenaremos —dijo con dulzura. Aun su voz, pensó Sergio, era perfecta; su tenue acento extranjero le daba un aire de sofisticación y elegancia—. Sé que tienen hambre, pero no quiero dejar lo más importante para después. Muéstrenme sus cartas.

Los diez muchachos pusieron sobre la mesa los naipes metálicos, la K púrpura y el diamante verde a la vista.

—Supongo que ya les habrán informado quién soy, pero nunca está de más presentarse como es debido. Soy Elsa Bay y estoy a cargo de la Krypteia varonil en dieciséis países desde hace muchos años. La Krypteia, como bien se los explicaron en casa, es un sistema de selección para pertenecer a una élite universal. Damos con aquellos que son dignos y, una vez elegidos, los formamos y protegemos.

Sergio trataba de no perder detalle.

—La marca sólo pueden ostentarla los elegidos —mostró, en su mano izquierda, la marca con el diamante—. En cada Krypteia, sólo tres de los participantes resultan elegidos. Los demás... bueno... —hizo una pausa y dio un sorbo a su copa de vino—. El premio es apropiado para el riesgo que corren. Si culminan, no tendrán que preocuparse por nada en el futuro. Sus familias tampoco. Por eso están aquí. Tendrán el dinero suficiente y la protección de la élite para hacer lo que quieran. Todo esto financiado, como saben, por otros portadores del secreto. Poseedores de enormes fortunas y detentores de poderes supremos los protegerán, les asegurarán un buen futuro y les tenderán su mano siempre. El simple hecho de conocer la palabra los hace portadores del secreto. Y como nadie ajeno a la élite puede conocer el secreto... —sus ojos brillaron de tal forma que fueron terribles y seductores.

La inflexión cariñosa en su voz, así como su aire confiado y seguro, hizo que Sergio se sintiera tentado a concederle la razón en todo.

—Busquen la palabra y sólo encontrarán referencias a lo que significaba en la antigüedad: una ceremonia de iniciación espartana. Les aseguro que no encontrarán nada referente a esta selecta agrupación. ¿Por qué? Porque ningún miembro se ha atrevido jamás a traicionar a la élite; por ende, nadie ha revelado qué significa. ¿Quién se atrevería a desafiar a gobernantes y empresarios tan poderosos? Pero si aún el temor a enfrentarse a nosotros no fuera suficiente, piensen que todos los que conforman la élite disfrutan de los mismos privilegios. Todos gozan de poder y fortuna para el resto de su vida. ¿Quién sería tan ciego para renunciar a algo así? Es por ello que el secreto permanece. Es por ello que la élite es eterna e invulnerable.

Hizo una pausa estudiada. Terminó su bebida y se dirigió a la mesita aledaña para llenar su copa con el líquido que portaba el cáliz.

—Bien… —aclaró la garganta—. El procedimiento es sencillo.

Comenzó a pasearse en derredor a los congregados. Sergio advirtió que ella seguía esforzándose por no mirarlo.

—Son siete transiciones. En cada transición, un participante quedará eliminado. A partir de ahora, sólo habrá cinco cartas. Este número se irá reduciendo hasta llegar a las últimas tres transiciones, en las que sólo habrá una carta. Aquellos que no la consigan, quedarán en el grupo de los perdedores. Entre ellos obtendremos el nombre del participante que quedará eliminado.

Sergio sintió un nudo en la garganta. Aunque Elsa hablaba con un atisbo de sonrisa, lo que decía era terrible. Odió estar sentado ante esa mesa. No comprendía por qué Elsa Bay había decidido otorgarle un sitio en la contienda.

—Todos ustedes están aquí, entre otras cosas, porque tienen habilidades intelectuales superiores al promedio. Por esta razón se les reclutó. Así que no defrauden esa primera selección. No cometan el error de hace unas horas. Lo único que deben hacer es conseguir su carta. No hay forma de hacer trampa porque no hay reglas. Yo les pido una carta, ustedes me entregan una carta. Entre más cartas consigan, mayor será la compensación económica que sus padres recibirán en caso de que se queden en el camino.

Varios se miraban entre sí. Era patente que lo único que podían sentir unos por otros era odio; no eran más que contrincantes. Rivales en el peor sentido de la palabra.

—Lo más parecido a un reglamento es lo siguiente: no pueden abandonar la Krypteia. No pueden revelar su participación. No pueden comunicarse con sus padres, amigos o familiares. No pueden ayudarse entre sí y no pueden obstruir el camino de los otros. Memorícenlo. Fuera de esto, sólo me resta…

Estudió rostro por rostro. Cada uno se reflejó en sus oscuros y terribles ojos.

—Sólo me resta desearles suerte.

Entre los muchachos nacía el temor, la ansiedad, la inquietud. Nadie se atrevía a hablar, a diferenciarse del resto con un comentario, o alguna exclamación, o la manifestación de una duda. Todos, incluso los más pagados de sí mismos, querían permanecer cobijados por el anonimato que les ofrecía el grupo.

En ese momento, los meseros hicieron su aparición.

Luna menguante

Creía que se volvía loca. En la última visita, el engendro había permitido que algunas de las alimañas que cubrían su cuerpo se subieran a la muñeca. Ella sintió con tal certeza el hormigueo, el aletear, el trepar y el morder que creyó volverse loca.

Su grito fue atronador.

Pero había sobrevivido. Al recuperarse del terror, el engendro ya no estaba ahí. Y la impresión la había forzado a un frágil descanso, rendirse de espaldas al sueño y llorar intermitentemente.

¿Soñar? ¿Soñar dentro del sueño? Le parecía ridículo.

Sin embargo, eso era lo que le había pedido Bastian: soñar.

¿Por qué?

Tenía su propia teoría, pero no quería sacar conclusiones precipitadas. Sólo le habían pedido soñar y relatar sus sueños.

En el fondo, lo deseaba con todas sus fuerzas. Si con eso conseguía detener las visitas del monstruo, no anhelaba nada más que hundirse en el sueño hasta volverse una con él.

Pero no había podido dormir bien...

Y creía que se volvía loca.

Le consolaba pensar que, cuando menos, no estaba muerta; que ese lugar no era el infierno. El enano se lo había dejado entrever en su última visita y ella, consciente de que no tendría razones para mentirle, le creyó. Una mínima esperanza. Un motivo pequeñísimo para sentirse feliz. Un alivio débil, pero real.

La puerta al final del pasillo gimió durante unos instantes.

—No, por favor... por favor, no... por...

Se estremeció, suplicando desesperada. Aún tenía muchas lágrimas que derramar. ¿Cuándo acabaría ese suplicio?

Afortunadamente, era Bastian. Aun así, no pudo dejar de llorar. Últimamente era lo único que hacía.

—¿Y bien, princesa?

Brianda miró al pequeño hombrecillo de cara desfigurada. Sus ojos rojos estaban dirigidos hacia ella, pero era imposible decir si la miraban. Bien podría estar ciego como un topo y guiarse sólo por el aroma de aquellos a quienes causaba espanto.

—No he… podido… soñar nada, señor.

—Bastian.

—No he podido soñar nada, Bastian.

Tenía la cara congestionada por el llanto, la angustia era tan terrible que la obligaba a temblar como si pudiera percibir el frío y la temperatura fuese menor a cero. Su voz era una delgada imitación de aquella que tuvo en días más felices. A decir verdad, la consolaba un poco hablar con alguien, aunque se tratara de una especie de monstruo.

—Es una pena.

—Pero lo haré; sé que lo haré…

Bastian cruzó las manos detrás de su espalda.

—Pues esperaremos —dijo como si fuera un abuelo benevolente.

—¿Puedo hacerle un par de preguntas?

—Adelante.

—No estoy muerta, pero, ¿puedo morir estando aquí?

Por respuesta, Bastian fue a la esquina donde la muñeca pestañeaba y ladeaba la cabeza. La tomó en sus brazos y la acarició con el dorso de su mano. Brianda se tocó el brazo izquierdo.

—Es una ficción interesante, ¿no? Pero es ficción, nada más, no te preocupes. Si atravesara a tu réplica con una daga, sentirías el dolor, pero no sería más real que una pesadilla. Así que la respuesta es: no, nada de lo que hagamos aquí puede matarte. O causarte daño real. Felicidades.

Brianda no supo si sentir o no alivio por la revelación. Se frotaba a sí misma, tratando de borrar la sensación que había dejado el tacto imaginario, y a la vez tan real, de Bastian.

—¿Y la segunda?

—Esto… —controló su imperiosa necesidad de llorar— … es por Sergio, ¿verdad?

Bastian volvió a depositar la muñeca en la esquina.

—¿El Wolfdietrich? ¿Pues por quién más?

¿Estaría él enterado de lo que estaba padeciendo por su culpa? Tuvo un primer arrebato de odio. Ella no se merecía esto.

—¿En serio no lo sabes? —Bastian se anticipó a la pregunta que se dibujaba en el rostro espectral de la niña.

—¿Qué?

Bastian la estudió por unos instantes. Se acarició la barbilla y se recargó contra una de las paredes.

—O tu noviecito es tan ruin que te oculta demasiadas cosas, o es tan tonto que él mismo las desconoce.

—¿De qué hablas?

Bastian dejó salir un gruñido involuntario. Su rostro se transformó en el de un roedor de enormes incisivos. Fue solo un segundo, pero Brianda no pudo reprimir un gemido. Al siguiente instante, volvía a ser el mismo hombre de faz lacerada por el metal.

—Mira, princesa, la verdad es que nosotros tenemos todo el tiempo del mundo. En cuanto a ti... no estaría tan seguro. Las visitas que te hace Barba Azul son para asegurarnos de que el horror te llevará exactamente a donde te necesitamos. Pero tienes que poner de tu parte.

—¿Poner de mi parte? ¡Pero si yo...!

—Estoy seguro de que hay algo en tus sueños —Bastian la interrumpió—. Te hemos observado. En ocasiones, incluso hablas dormida, pero no podemos llegar al sitio en donde se desarrollan tales dramas sin tu ayuda. Tienes que esforzarte por recordar.

¿Entonces sí soñaba? Para Brianda fue reconfortante. Quizá lo único que debía hacer era desentrañar esos sueños, recordarlos, relatarlos y...

—¡Lo haré! ¡Se lo prometo! Pero...

—¿Pero?

—Pero, por favor, que ya no venga...

Bastian sonrió de nueva cuenta. Puso una de sus manos sobre la reja, sus afiladas uñas se incrustaron en los huecos de la alambrada.

—Eso es algo que no puedo prometerte. El miedo juega un papel muy importante en este proceso.

Brianda sintió que un terrible desamparo la envolvía en un gélido abrazo. Calladas lágrimas volvieron a asomar por sus ojos. Se desplomó en el suelo. Se abrazó a sí misma preguntándose si eso no sería, en cierto modo, mucho peor que la muerte.

Capítulo once

Pasada la media noche, los chicos marcharon a sus habitaciones sin hacer comentario alguno. El fardo del pesimismo los tenía abatidos. Elsa Bay les había revelado que lo ocurrido ese día no contaba, que apenas había sido una iniciación. En realidad, la Krypteia comenzaría al día siguiente.

Sergio, antes de que el guardia que lo acompañaba insertara la llave para abrir su habitación, se dijo que seguramente muchos de ellos —él mismo incluido— habrían abandonado el asunto ese mismo día de haber sido posible. Lo advirtió en la mesa. Y en los pasillos. En el ascensor le quedó más que claro al notar que Ignacio no dejaba de golpear el muro del elevador con los nudillos: tres golpes cortos, tres largos, tres cortos: un evidente sos en clave Morse dirigido a la nada. Sí, se veía que muchos estaban más que arrepentidos. Acaso todos. Pero era demasiado tarde.

Cuando la luz verde encendió en la cerradura, una mano se posó sobre su hombro.

Era Nelson.

—Elsa quiere verte.

Se contuvo para preguntar la razón. Sería inútil. De hecho, le parecía preferible enfrentarse a ella de una vez y dejar ciertas cosas en claro. "Yo cumplo con mi parte y usted con la suya, tal como lo prometió en su primer mensaje."

Subieron al último piso, el dieciséis. Tuvieron que acceder utilizando una llave especial, ya que estaba vedado al público en general. En cuanto salieron del elevador, Sergio se dio cuenta de que se trataba de un *penthouse* que ocupaba toda la planta. En el recibidor, dos guardaespaldas anunciaron la llegada de Sergio y Nelson por radio, y abrieron la puerta principal. Sergio se impresionó ante la suntuosidad del sitio: había una terraza iluminada con una piscina de color lapislázuli, vegetación tropical, bar y pista de baile. Elsa esperaba sentada en uno de los amplios sillones de cuero de la sala. Manipulaba un control remoto con la mano derecha.

—Elsa... —dijo Nelson.

—Un momento.

Ella pareció encontrar la pista que buscaba: una sutil música de concierto que dio inicio dulcemente.

—Berlioz —dejó escapar Sergio. Se arrepintió al instante. A su regreso de Hungría, le había dado por escuchar no sólo la música de Liszt, sino también de algunos de sus contemporáneos. La Sinfonía fantástica de Héctor Berlioz era fácil de identificar por la coloratura de sus cuatro movimientos.

—¡Insistes en sorprenderme! —exclamó Elsa, acompañando sus palabras con un ademán con el que indicaba a Nelson que debía retirarse. Éste obedeció, dirigiéndose al bar de la terraza.

La naturaleza malévola del demonio se manifestó en seguida, pese a su impresionante hermosura. El miedo le produjo a Sergio una leve taquicardia que temió no poder controlar. A solas con ella era más difícil. Prefirió no perder el tiempo.

—¿Cómo está Brianda? —preguntó con el semblante adusto.

Elsa se puso de pie y caminó hacia él.

—¿Qué dices? —tomó la cara de Sergio entre sus manos y le acarició el cabello. Él sintió el apremiante deseo de huir. El miedo amenazaba con romper el dique.

—Que cómo está Brianda —repitió él, dando un paso atrás.

Elsa forzó una mueca. Lo condujo con suavidad a un gran escudo con un enorme dragón mordiéndose la cola, rodeando tres colmillos horizontales; ocupaba casi toda una pared. Obligó a Sergio a sentarse en un sillón. Ella se acomodó en el sillón aledaño. A su lado tenía una carpeta negra con el símbolo de la Krypteia.

—En efecto, eres excepcional, Arturo. Ya lo decía tu informe, pero no lo quería creer —abrió la carpeta. La misma foto del pasaporte falso encabezaba un delgado grupo de hojas.

Sergio hizo un gesto de decepción. Si Elsa Bay no quería darle respuestas, tendría que conformarse con ello. No podía olvidar que era ella quien estaba a cargo de todo eso.

—No sólo no creí que terminarías la prueba, sino que jamás hubiera imaginado que llegarías en primer lugar. Por lo general, pierden el control. No razonan en lo absoluto y se comportan como chiquillos asustados. Pero no tú. No tú.

Hurgaba en el expediente, como si quisiera dar con el secreto.

—Muéstrame tu prótesis —dijo sin apartar los ojos de las páginas que escrutaba, como si se tratara de un mero formalismo.

Sergio levantó el borde de la pernera derecha del pantalón. Cuando Elsa retiró la mirada, volvió a dejarlo caer.

—No es común que admitamos a un chico como tú. Algunos de los miembros dijeron que era imposible que un... eh... discapacitado participara. Pero veo que estás encargándote de silenciarlos.

—¿Se puede saber por qué? ¿Es que la Krypteia sólo admite personas perfectas?

Elsa sonrió con descaro. Era una clara alusión a ella misma.

—En la élite no permitimos la más mínima grieta; ninguno de sus miembros debe significar una amenaza para el conjunto. Recuerda que una cadena es tan fuerte como el más débil de sus eslabones. Ésa es otra de las razones por la que estudiamos su historial con tanto empeño, por la que escogemos sólo tres al final.

A Sergio le costaba trabajo contener el miedo que sentía y que, como bestia en un incendio, intentaba a toda costa escapar. ¿Qué habría hecho Elsa para tenerlo en tal estado de ansiedad, de agitación? ¿Cuántos crímenes? ¿Cuántas masacres?

—Te mandé llamar porque tengo la impresión de que te conozco.

Sergio se sintió confundido. Era obvio que ella lo había metido en esto, que por alguna oculta razón había embrujado a Brianda y lo había obligado a participar en la Krypteia. Incluso le desconcertaba que no lo llamara por su verdadero nombre. Era absurdo, pero su instinto le ordenó quedarse callado.

—No es que necesite interrogarte. Es obvio que no frecuentamos los mismos círculos. Sólo quería observarte con más detenimiento sin que los otros muchachos se lo tomaran muy a pecho.

"Por eso me evitó durante la cena", concluyó Sergio. Aunque, aun así, algo no cuadraba en absoluto. La música de las bocinas le hizo añorar sus discos de *heavy metal*. Repentinamente se sintió muy cansado.

—En fin —concluyó Elsa Bay, mirando hacia la piscina—. No tiene importancia. Sin embargo, creo que vale la pena decirte que te observaré con interés. Pese a sus altos coeficientes intelectuales, ningún otro chico había hecho lo que tú en esa prueba: es decir, usar la cabeza.

—Tal vez ningún otro chico había sido "discapacitado" —los párpados se le cerraban.

—Ya deberías de estar en tu cuarto. La droga está haciendo efecto.

—¿Droga?

—Cada noche se les suminstra un somnífero en la última bebida. Así los preparamos para la transición siguiente. Aunque esto no lo saben todos…

¿Qué? ¿Elsa Bay estaba compartiendo confidencias con él? ¿Le revelaba un secreto que tal vez no debía conocer?

—Una última cosa —se animó a decir, antes de perder la conciencia definitivamente.

—Lo que quieras.

—Cumpla con su parte, por favor —le costaba tanto… articular las palabras…

—¿A qué te refieres? —se puso en pie y caminó hacia él.

… le costaba tanto… y no obstante… no debía…

Elsa Bay lo tomó de la barbilla por última vez para contemplarlo mejor. La cabeza de Sergio ya se había rendido y descansaba sobre el respaldo del mullido sofá.

—¿A qué te refieres, Arturo?

… no debía ceder… era… importante… era…

—Yo cumplo con la Krypteia… —susurró a duras penas, como si cada palabra pesara cientos de kilos y él tuviera que empujarlas hacia arriba, a lo largo de su tráquea, hasta su garganta, su boca, su lengua— … y usted… —finalmente se rindió a la oscuridad, al silencio, al vacío.

Elsa giró el rostro hacia la derecha, hacia la izquierda. Algo había en él que le causaba fascinación, interés…

Prefirió reincorporarse. Hizo una seña a Nelson a través del cristal. Éste acudió en seguida, abandonando un trago de whisky doble sobre el bar de la terraza.

—Te voy a hacer un encargo.

—Soy su esclavo, Condesa.

—No empieces con tu patética lisonjería; ya sabes que aún estás a prueba.

—Disculpe.

—El chico mencionó a una tal Brianda. Y ésta no aparece en el expediente. Quiero que averigües de quién se trata.

—Brianda —hizo el amago de apuntar el nombre en una libretita que sacó de su blanquísimo traje.

Elsa Bay no apartaba la vista del cuerpo de Sergio, de su respiración tranquila y acompasada.

—Tiene un peculiar interés en ella. Algo, por lo visto, de lo que no estoy enterada. Y, como comprenderás, eso no me gusta en lo más mínimo.

Una mirada de reprobación cruzó su faz y relampagueó en dirección a Nelson. Causó un efecto de descontrol en su subalterno, quien guardó su libretita sin haber anotado nada en ella. Un ligero temblor se apoderó de sus manos. Había cometido tantos crímenes que ya había perdido la cuenta. Sin embargo, no podía evitar sentir que, frente a Elsa, no era más que un pobre aficionado.

Extrañó la época en que sólo era el gerente de una tienda comercial con cuarenta y seis homicidios en su haber. Cinco años al servicio de la Condesa y aún estaba a prueba…

"Brianda", recalcó en su mente. "Brianda."

Segunda parte

Capítulo doce

En cuanto abrió los ojos, supo que había iniciado. Se apoyó en sus codos. Sobre el pecho tenía una tarjeta blanca con ribetes verdes y púrpuras, y la siguiente indicación:

Pereza
Una saeta, cuatro preguntas.
La inmovilidad es la muerte.

Ocupaba una cama rústica de madera en una habitación muy sobria de pequeñas dimensiones. Frente a él, había una cómoda con espejo; a su lado izquierdo, un cuarto de baño; al derecho, la puerta. Un cromo enmarcado de una escena bucólica era el único adorno en las paredes desnudas. A sus espaldas, a un lado de la cabecera, vio una ventana. La cama nunca había sido destendida, ya que lo habían recostado sobre las cobijas de lana. Hacía calor. Por la posición del sol, calculó que serían las cuatro o cinco de la tarde.

Se levantó y se asomó por la ventana. Pudo ver una iglesia con campanario, un kiosco y un parque minúsculo rodeados por edificios sencillos de una o dos plantas. Parecía la alameda de un pueblo como cualquier otro, excepto...

No tardó en advertir un detalle muy particular.

Había unas dos docenas de personas tiradas en las calles, en las bancas, en el parque. Era como si se hubiesen desmayado repentina y simultáneamente. Un hombre que vendía fruta estaba recostado, de pecho, sobre su carrito de madera. Una anciana había caído sobre su bolsa, de la cual habían salido rodando algunos guajes. Las alarmas comenzaron a encenderse en su cabeza.

¿Estarían muertos?

Se asomó un poco más y alcanzó a ver un letrero sobre la misma pared del edificio en el que se encontraba. "Hotel", decía en letras verticales. Estaba en un cuarto del segundo piso.

Trató de serenarse y volvió la mirada al interior. ¿Qué había dicho Elsa Bay? Que en la primera transición se entregaban cinco cartas. Sí, pero, ¿qué debía hacer exactamente? ¿Dónde estaban los otros muchachos? ¿Qué había ocurrido en el pueblo?

Mientras se hacía éstas y otras preguntas, se percató de que llevaba puesto un pantalón de mezclilla, playera de un azul neutro y tenis. Nada era nuevo, pero le venía perfectamente. La prótesis estaba bien colocada.

Revisó sus bolsillos, pero estaban vacíos. No le sorprendió; finalmente, la prueba había comenzado.

Se dispuso entonces a revisar hasta el último rincón de la habitación. Estaba seguro de que la primera pista tenía que encontrarse ahí dentro, y que no sería tan evidente.

Fue primero al baño y trató de dilucidar un patrón en el mosaico o en el dibujo. Nada. Fue al escusado, buscó detrás, miró en el interior del tanque. Nada. Se asomó debajo del lavabo, analizó el techo. Arrancó un pedazo de yeso de la pared. Y otro. Y otro más. Nada.

Volvió a la habitación principal. Empujó la cómoda para mirar por la parte posterior. Descolgó el cuadro para asomarse al reverso. Desgarró el cartón que protegía el cromo. Estudió con detenimiento a los pastores y sus rebaños. Nada. Nada. Nada.

A menos que… En el pedazo de pared que ocultaba el cuadro, alguien había trazado, con letra temblorosa, su nombre y la fecha de su estadía: Carlos Pinzón, 11-mar-2006. ¿Significaría algo?

Arrancó las cobijas de la cama. Las zarandeó. Miró el dibujo del colchón tratando de dar con algo. Le dio la vuelta. Se fijó en las costuras, en un agujero por el que asomaba la borra. Nada. Lo hizo a un lado y se dispuso a revisar los nueve tablones que lo sostenían. Los desmontó uno a uno, dejando a la vista el suelo. Revisó el cuadro hueco de madera que conformaba la base de la cama.

Nada. Nada. Nada.

Se sentó en el piso. Tal vez estaba equivocado. Tal vez tenía que salir y...

Entonces se percató de que el canto de uno de los tablones de la cama estaba pintado de verde. Y, sobre éste, había una letra morada. No, mejor dicho, una palabra. Se aproximó y lo confirmó. En efecto, parecía formar parte de una frase.

Sin perder tiempo, miró las otras tablas tomándolas por el borde más angosto. Todas estaban pintadas de verde. Un torrente de satisfacción lo invadió. Todas contenían una parte del mensaje. Se dispuso a ordenarlas tratando de dar coherencia a lo que estaba escrito. No le llevó mucho tiempo.

Entrega en la dieciocho el cuatro que está
entre la tercera de la nueve
y la verónica de la seis.

El pesar que lo acometió al leer el mensaje fue tan súbito como el alivio que había sentido al dar con la primera pista. Era tan críptico que no se le ocurría por dónde empezar. Lo meditó varias veces, pero nada venía a su cabeza. El sol se postraba sobre el horizonte, arrojando los últimos rayos del día sobre el mundo. Una ventisca anunciaba el cambio de temperatura.

Salió de la habitación después de haber memorizado el mensaje y bajó las escaleras.

Una señora robusta yacía sobre el mostrador de la recepción de forma desmañada, al lado de una televisión encendida sin señal. Un ventilador de grandes aspas giraba indolente en el techo.

Decidió resolver de una vez la duda que lo había asaltado. Para su descanso, pudo constatar que la señora respiraba. Intentó despertarla, primero con ligeras sacudidas y luego zarandeándola con fuerza, aunque ya se temía que no lo lograría. Se acercó a la puerta del hotel que conducía a la calle, pero se detuvo en el umbral. Tuvo un presentimiento.

La inmovilidad es la muerte…

Quizá fue el agudo silbido que desgarró la quietud de la tarde.

Se arrojó de espaldas hacia el interior del hotel, evitando apenas ser alcanzado por una flecha metálica que atravesó la puerta a toda velocidad y arañó el yeso de una de las paredes interiores.

—¡Pero qué…!

Se mantuvo recostado por unos veinte segundos, hasta que decidió arrastrarse un poco más hacia el interior del hotel evitando ser visto por la puerta.

Lo asaltó otra idea: una saeta. Una sola.

Corrió el riesgo y se puso en pie. Fue a la puerta nuevamente.

Vio que una diabólica sombra caminaba sin prisa en su dirección. Se trataba, literalmente, de una figura negra del tamaño y la forma de un hombre, pero sin rostro y con cuatro cuernos curvos sobre la cabeza; empuñaba un arco y se dirigía hacia él.

El miedo se desató en su interior. Todos los vellos de sus antebrazos se irguieron, paladeó el sabor del peligro, al que nunca podría habituarse. El viento arreciaba, pero la sombra continuó avanzando con toda parsimonia.

Sergio se mantuvo firme en la entrada del hotel, el cabello revoloteándole. Mientras más se acercaba el arquero, más confirmaba que se trataba de un producto de las artes oscuras. Sabía, por el Libro de los héroes, que un monstruo como aquél sólo podía surgir de la mano de un brujo o un demonio muy poderoso. Belcebú seguramente estaba detrás de ello. A menos que…

Sintió un nuevo escalofrío.

Cuatro preguntas.

Cuando el diablo se encontraba sobre la calle empedrada, Sergio le arrojó sin más la única pregunta que se le ocurrió, creyendo que nada perdía al intentarlo:

—¿Dónde está la carta que me corresponde?

El arquero no respondió. Tampoco se detuvo. Cruzó el umbral de la puerta y pasó de largo al lado de Sergio. Éste comprendió entonces que la sombra no caminaba hacia él, sino hacia su flecha perdida. *Una sola saeta*. Necesitaba recuperarla para utilizarla de nuevo.

Sergio aprovechó para salir corriendo en dirección contraria, hacia el kiosco, tratando de no pisar a una niña que yacía en el piso.

Cuatro preguntas. Miró sobre su hombro mientras corría; la sombra aún no abandonaba el hotel. Sergio siguió huyendo con una sola idea en mente: ponerse a salvo. La puntería del arquero —ya lo había constatado— era lo suficientemente acertada como para no confiarse de la distancia. Se detuvo al llegar al kiosco y se ocultó detrás. Completamente agitado, atisbó por uno de los extremos. Vio que, en ese momento, el arquero salía del inmueble. Sergio se extrañó. ¿Por qué no había salido antes?

Mas no pudo entretener dicho pensamiento. La sombra no caminaba en su dirección, sino que rodeaba el parque. Buscaba tener línea de vista hacia Sergio para disparar su saeta.

Sergio rodeó el kiosco, ocultándose de los ojos del arquero. Volvió a atisbar por una de las orillas. La sombra caminaba por la calle con parsimonia, como si tuviera todo el tiempo del mundo.

Entonces, algo llamó su atención.

Detrás de la sombra, había un gran signo de interrogación púrpura pintado en un cartel verde fluorescente. Estaba en la ventana de una jarciería.

Sergio se esperanzó, pero esta brevísima distracción le costó el tiempo que necesitaba el diablo para colocarse en posición de tiro.

Corrió hacia las escaleras del kiosco renqueando sobre la prótesis. La velocidad en tramos de corta distancia nunca habían sido su fuerte. Se asomó por encima de su hombro para ver si la sombra no había disparado ya su flecha, pero el arquero seguía en la misma posición en la que Sergio lo había visto la última vez.

Y, sólo entonces, comprendió.

La inmovilidad es la muerte.

El arquero sólo se movía cuando él se quedaba quieto.

Se detuvo a un lado de las escaleras, oculto por los escalones y el barandal de hierro negro, sin perder de vista la sombra. El arquero, mientras Sergio se mantuvo inmóvil, se dispuso a avanzar como un cazador que no desea perder a su presa. Levantó el arco, pero no se animaba a tirar. Sergio salió de su escondite y el arquero se detuvo. Sintió un enorme alivio al comprender cómo funcionaba la prueba, pero éste no duró mucho tiempo; la sola idea de tener que desplazarse continuamente, sin parar, lo abrumó. El cansancio terminaría por vencerlo.

Mientras iba de un lado al otro sin apartar la vista del arquero, tuvo una ocurrencia. Se desplazó hacia el otro lado del kiosco, apartándose lo más posible de la sombra hasta alcanzar la orilla de la alameda. Ahí, sin despegar los ojos de su adversario, se detuvo. La sombra se reactivó y lo localizó con la mirada. Sergio estaba seguro de que el ente tiraría desde esa distancia, unos cincuenta metros, más o menos. Para animar al arquero, se detuvo por completo.

Funcionó. El diablo levantó el arco, tensó la cuerda hacia atrás y apuntó.

En cuanto escuchó el golpe del resorte, Sergio se arrojó a un lado lo más rápido que pudo, cerrando los ojos y encorvando el cuerpo. Cayó sobre un costado.

La flecha pasó zumbando muy cerca, pero había conseguido su objetivo. Estaba sudoroso y horrorizado, pero intacto. Se puso de pie y corrió hacia la flecha.

Para su desventura, la dinámica no funcionaba de esa manera. Si el arquero estaba desarmado, podía moverse libremente.

Al tiempo que Sergio corría hacia la flecha, que había aterrizado del otro lado de la calle, el arquero hacía lo propio. Su único consuelo fue que la sombra no aumentó la velocidad ni alargó la zancada al ir en pos de la flecha; seguía avanzando certero, pero sin prisa.

Sergio sorteó un auto, atravesó una jardinera, recogió la flecha, se enfrentó a su puntiagudo y frío metal, y levantó la mirada; la sombra avanzaba en su dirección al ritmo de su paso sosegado.

Pensó que si el arquero le daba alcance, con toda seguridad le quitaría la flecha y le dispararía ahí mismo, así que decidió correr un nuevo riesgo. Renqueó hasta la primera calle fuera de la plaza y, desde ahí, arrojó la flecha con todas sus fuerzas. No pudo lanzarla muy lejos, pero supuso que le daría tiempo suficiente para continuar con su plan. Se había propuesto llegar al signo de interrogación y, con un poco de suerte, lo lograría antes de que el arquero recuperara la flecha y regresara a la plaza.

Sin hacer caso a la sombra, quien ya había cambiado de rumbo, corrió hacia la jarciería en la que había visto el cartel con...

No pudo creer su suerte. Ahí mismo, en el único teléfono público, descubrió un nuevo signo pintado sobre un vistoso cartel verde. Se acercó a la cabina y descolgó el auricular sin dejar de vigilar la calle donde había arrojado la flecha.

Sintiéndose un poco estúpido, ya que el aparato no daba ninguna señal, preguntó por la primera pista.

—¿Qué es la tercera?

El diablo dobló en la esquina.

—Una caída —dijo una voz al teléfono, sobresaltándolo.

No le decía nada, pero al menos ahora sabía que el método era el correcto. Abandonó el aparato y corrió por la alameda hacia la tienda en donde había visto el otro signo.

Se detuvo frente al local y se asomó al interior. El dependiente estaba de bruces al lado de un atado de escobas. Buscó con la mirada si habría un teléfono, pero estaba muy oscuro. De pronto, el reflejo del cristal le reveló al arquero, que aparecía por la esquina.

Sergio entró deprisa. Sin embargo, una vez en el interior, la oscuridad de la noche naciente sólo le permitían ver las siluetas de trapos, cubetas, jergas, calendarios viejos, cajas de detergente...

El cansancio comenzaba a hacer presa de él.

Miró detrás del mostrador... ¡El teléfono! Estaba acomodado entre la caja registradora y una pila de cuadernos.

Avanzó hacia el aparato y levantó el auricular.

—¿Quién es Verónica?

Un segundo... dos segundos...

Detestó que la respuesta no fuera inmediata.

Tres segundos... cuatro...

—Una santa —dijo otra voz.

Se apartó del mostrador y volvió a toda prisa a la calle. A un lado del cuerpo desguanzado del hombre del carrito de frutas, se encontraba la diabólica sombra inmóvil.

Cayó entonces en la cuenta de que, cuando fuera de noche, la oscuridad no le permitiría distinguir la ubicación exacta de la sombra. Sería cazado con mucha facilidad.

El color del cielo ya era indistinguible. Empezaban a asomar varios luceros.

—Dios... —susurró para sí mientras caminaba— ... Dios...

Sergio sonrió. En medio de la angustia, sintió una mínima esperanza. Miró a su alrededor. Ya sabía dónde encontrar "el cuatro" que debía entregar. Sin embargo, antes tenía que hacer una tercera pregunta: sabía qué entregar, pero no sabía dónde.

Comenzó a arreciar el dolor en sus muslos. No obstante, no quiso detener su carrera hasta que se supo fuera del alcance de la saeta del ente oscuro, cuando encontró refugio detrás de un viejo automóvil. Vigilando los movimientos de su cazador, trató de recuperar el aliento.

La sombra, en vez de preparar su arco, prefirió acortar la distancia y reinició su rítmico caminar. Sergio siguió al acecho. Su cálculo fue acertado: la sombra no dispararía mientras él permaneciera oculto. Aprovechó unos segundos más para descansar. Cuando el arquero se encontraba a unos cinco metros del auto, Sergio tomó aire y abandonó su puesto.

Su plan era rodear la plaza principal y encontrar la tercera pista antes de que la noche terminara de declararse.

De cuando en cuando, volvía la mirada al estático arquero, que se encontraba a cinco metros del automóvil estacionado, sin dejar de escudriñar todos los edificios que rodeaban la plaza: la iglesia, el edificio de gobierno, las tiendas, las casas, el hotel...

No dejaba de sudar. Si no daba con el tercer teléfono, sería una noche larga y horripilante.

Llegó a la entrada del atrio de la iglesia. Continuó en forma paralela hasta la farmacia, siguió hasta la única casa de la cuadra, llegó de nueva cuenta a la jarciería. Comenzó a temer que el objeto de su búsqueda no se encontrara en la plaza, y que su única opción fuera internarse en las calles aledañas.

De pronto, a pesar de que era casi imposible distinguir qué había a más de diez metros de distancia, vio un letrero que decía: Salón Bar "La Q".

Entrega en la dieciocho...

La dieciocho...

Aunque ya no soportaba las piernas, su entusiasmo aumentó.

¡Sabía dónde estaba lo que debía entregar y sabía dónde había que entregarlo! Un ventarrón refrescó el cálido ambiente, dándole nuevas energías.

Sergio volvió al jardín central. No alcanzaba a ver si el arquero aún seguía congelado frente a aquel automóvil, pero confió en que así sería. Se dirigió a su primer destino: la iglesia.

Ingresó a la nave principal y vislumbró, al fondo, sobre el altar, un par de cirios encendidos. Su luz no llegaba hasta la calle, pero ahí eran dos estrellas fulgurantes.

Una nueva desazón: en la iglesia no había más que un par de efigies, y ninguna era de una santa. El corazón amenazó con salírsele por la boca en rotundas palpitaciones. Una presión insistente se instaló en sus sienes. El pánico desplegaba sus horribles tentáculos a través de su cuerpo. ¿En qué se había equivocado? Si la respuesta no se encontraba en la iglesia, entonces, ¿dónde?

—Piensa, Mendhoza, piensa...

Sintió deseos de llorar, pero no había tiempo para ello. Comenzó a caminar por el pasillo lateral, tratando de ordenar sus pensamientos. No había una sola santa a la vista. La iglesia era bastante humilde y, más allá del crucifijo, las efigies de hombres barbudos, una pila bautismal, un confesionario y ocho pares de bancas.

Se desplomó en los escalones que conducían al altar y se permitió unos cuantos segundos de descanso. Los ojos se le humedecieron. Sintió la tentación de quedarse ahí, quieto, y esperar a que el diablo entrara por la puerta.

Sus ojos no se apartaban del negro hocico en que se había transformado la puerta principal. Una rauda flecha en su pecho acabaría con todo.

Creyó notar entonces que algo cambiaba en el tenebroso panorama de la puerta; se puso de pie y comenzó a andar. ¿Había llegado el arquero tan pronto hasta ahí? Siguió avanzando hasta que advirtió un detalle que se le había escapado. Sobre las paredes laterales había catorce cuadros minúsculos; siete de un lado, siete del otro. Se acercó y vio que cada uno representaba una escena de la pasión de Cristo.

Sintió una nueva oleada de satisfacción.

Recorrió los del lado izquierdo, forzando la vista para reconocer lo que cada uno representaba. Las frases descriptivas debajo de cada cuadro lo hicieron experimentar un profundo alivio. La sexta estación se intitulaba: "La Verónica limpia el rostro de Jesús"; la séptima: "Jesús cae por segunda vez".

Se dirigió hacia el otro muro de la iglesia. Localizó la novena estación: "Jesús cae por tercera vez". Trazó una línea imaginaria entre la sexta y la novena estación a lo ancho de la nave principal. La línea atravesaba diagonalmente las bancas de madera del frente. Se metió en el espacio entre la primera banca y la segunda, y descubrió, bajo el reclinatorio acojinado, un mazo de cartas. Lo tomó y, una vez sentado, lo expuso a la tenue luz de los cirios.

Un crujido a sus espaldas lo hizo titubear. Miró hacia atrás. Nada se apreciaba en la oscuridad, pero el crujido parecía...

Se arrojó de bruces contra la gastada superficie de la banca justo a tiempo. La flecha se incrustó en el respaldo, atravesándola por completo. Se puso en pie y echó a correr hacia la luz de los cirios. Repasó las cartas. Un solo cuatro había en el mazo: el cuatro de oros. Lo tomó, arrojó el resto al suelo y salió.

Encontró al arquero a punto de entrar en la iglesia, con la cuerda del arco en descanso, la mano que recién había disparado aún con los dedos abiertos.

Quería que eso terminara de una buena vez, así que corrió lo más rápido que sus adoloridas piernas se lo permitieron, con el tuntún interminable bajo su pecho, las gotas de sudor bajando por su frente y el amargo sabor de la boca seca.

Arribó al Salón Bar "La Q", la letra número dieciocho del alfabeto, y entró.

Mientras intentaba acostumbrarse a la oscuridad, se encendió una luz. En la cantina había mesas de metal con sillas plegables, una rocola y varios bancos frente a la barra.

Un hombre calvo, de anteojos oscuros y traje negro apareció por la puerta de la cocina. Sergio jamás imaginó que ver a uno de los secuaces de Elsa Bay le daría tanto gusto. El individuo se apostó al lado de la barra y encendió un cigarro.

Sergio le extendió el cuatro de oros sin decir palabra.

El hombre dejó su cigarro en un cenicero. Tomó el naipe de las manos de Sergio y, del interior de su saco, extrajo una carta metálica. El muchacho ya la iba a tomar, pero el hombre la retiró de golpe.

—Dame el nombre y la fecha.

A Sergio le pareció un trámite insufrible. ¿Qué necesidad había de eso si ya había pasado la prueba?

—Nombre y fecha —insistió el sujeto.

¿Debía saber la fecha? Hacía tanto que no veía un calendario…

—Nombre y fecha.

Volvió a tender la mano. Abrió los labios para responder cuando un último arranque de lucidez lo zarandeó. Sintió una gota de sudor que se deslizaba desde la punta de su nariz y emprendía el largo trayecto hacia el suelo.

Capítulo trece

—En la mitología moderna se le conoce como vril. En la antigua, no es más que un *clipeus*.

Jop había trazado de memoria el símbolo sobre una hoja de papel. Era una duda que le había surgido durante su aventura en Hungría. Y puesto que se había enemistado con Sergio casi de inmediato, no había podido preguntarle qué significaba el extraño símbolo del sol negro con doce puntas.

—¿*Clipeus*?

—Tiene una doble función. Te protege, pero, al mismo tiempo, te aparta —Farkas añadió.

Sergio le había llevado el símbolo a Jop para que lo buscara en Internet durante aquel aciago diciembre del año anterior. No tuvo éxito en su búsqueda.

—¿Cómo que te protege, pero te aparta?

—Sólo funciona para aquellos que están directamente involucrados en la lucha. Héroes y mediadores. Llevar el *clipeus* trazado en alguna parte de tu cuerpo te protege contra los demonios. El problema es que, una vez que decides portarlo, quedas marcado para siempre. Y participar en la lucha significa la muerte.

Se encontraban en el amplio comedor de la casa de Gilles, bajo la opresiva mirada de los monstruos en los cuadros, las cruces invertidas en las paredes y el pentagrama en el techo. La única iluminación provenía de las velas del magnífico candil y de la pantalla de la computadora de Jop.

La manera en que Farkas terminaba su ración de carne sazonada mientras hablaba de esas cuestiones, hacían que Jop sintiera que estaba participando en el rodaje de una película. El licántropo, con su tupida barba y sus grandes manos curtidas por el tiempo haciendo uso de los cubiertos, parecía más un actor que un demonio.

—Es un secreto que nadie debería revelarte. La inocencia es fundamental en este tipo de cuestiones. Si no lo descubres tú mismo, no sirve de nada —añadió Farkas dando un trago a su copa de vino tinto para después dar un mordisco a una hogaza de pan—. Así con el *clipeus*, así con algunas otras cuestiones del Libro.

Sabía que esto nada tenía que ver con la supuesta necesidad de provocar miedo a través de sus películas. Aun así, Farkas no ponía reparos en revelarle nada.

—¿Por qué te protege de los demonios?

—Porque es uno de los símbolos de la eternidad en el reino negro. Ningún demonio levanta su mano contra él. Pero al mismo tiempo te aparta porque, de intentar tomar parte en la lucha, las huestes del infierno te despedazan antes de que puedas mancillar el símbolo. Puedes investigar al respecto. Algunas cosas son ciertas, otras no tanto. Sólo algunos conocen el poder del *clipeus*. El resto, lo adivina.

Pasaban de las nueve de la noche. Jop abrió una página de búsqueda y tecleó la palabra "vril". Las nuevas referencias a los nazis volvieron a turbarlo. Las atrocidades que había visto en las paredes de esa casa en Coyoacán, así fuera en grabados, retratos o películas de baja calidad, lo hacían vacilar, pues una cosa era el terror ficticio, y otro muy distinto el terror del mundo real. No obstante, algo le decía que ambos terrores estaban hechos de la misma materia prima; ésa era la razón por la que continuaba visitando al hombre lobo.

—Ya se me hizo tarde —dijo, cerrando de golpe la computadora.

Se puso en pie y acomodó a la carrera sus cosas en la mochila.

—¿Tan pronto?

—No es pronto. Mi mamá me dijo que si seguía llegando después de las diez de la noche, me iba a prohibir que siguiera viniendo.

—Es una pena. Pensaba mostrarte algunas reliquias.

—¿Reliquias?

Farkas se escudó tras su enigmática mirada, sus oscurísimos ojos. Sonrió, sopesando a Jop. En efecto, tenía intereses muy específicos en esa relación y en ese lazo de confianza que se había establecido entre ellos. Por eso su actitud siempre era la de un hombre cualquiera con una vida común y corriente. Así se había mostrado en Hungría, y así quería que el muchacho continuara percibiéndolo.

—Huesos. Cabello. Dientes. Algunos nonatos. Monstruos ancestrales. Todo perfectamente bien conservado.

Jop sabía que aquello sólo era una más de las aberraciones a las que tendría que someterse. Claro, terminaría por ceder y ser testigo de tan siniestra colección. Pero no ese día.

—Mejor mañana.

—Como quieras.

Farkas apuró el contenido de la copa y Jop se despidió con un gesto. Cuando alcanzó la puerta, dudó en girar la perilla. Sintió que debía preguntar, que debía sacarse eso del cuerpo. Y aunque sabía que era probable que Farkas lo negaría, necesitaba por lo menos escuchar esa mentira de su boca. "En algún momento voy a tener que pagar por todo esto, ¿cierto?" Lo pensó, pero no pudo emitir sonido alguno. También presentía que tanta amabilidad, tanta cortesía seguramente tenían que ver con Sergio.

Sin embargo, la grabación que Farkas le había hecho escuchar meses atrás seguía infligiendo heridas en su corazón. Prefirió no mencionar su nombre.

Abrió rápidamente la puerta y salió sin mirar hacia atrás.

Farkas se quedó a solas en el comedor. Se sirvió más vino y continuó comiendo, aunque de mala gana.

Una pérdida de tiempo. Eso es lo que era todo ello: una pérdida de tiempo. Si las cosas no tomaban pronto el rumbo que él había previsto, de nada le habría servido tanta preparación.

Empujó el plato, como si se hubiera quedado sin apetito.

Unos pasos lo sacaron de sus pensamientos. Se preguntó si se trataría de Gilles. No estaba de humor para charlar. Deseaba, más que nada, salir al aire fresco de la noche, perderse entre la gente, acechar los callejones, las zonas más oscuras; regocijarse con el miedo de aquellos que presintieran su presencia, que se persignaran a la carrera, que apuraran el paso.

Se tranquilizó al ver que se trataba de Bastian. Y que iba solo. No obstante, le inquietó ver que el menudo demonio tenía rastros de sangre fresca en la boca.

—No habrás…

—No molestes. Si el cuerpo de la niña estuviera aquí, tal vez, pero no está —le respondió en occitano, su lengua, un dialecto del sur de Francia.

—¿Entonces? —insistió Farkas, hablando también en occitano.

—No tengo que darte una explicación de todo, ¿o sí?

Farkas negó con una sonrisa. Aun así, temía que algunos de los involucrados corrieran riesgos innecesarios por ceder tan fácil e impetuosamente a sus apetitos. Lo invitó a sentarse. Bastian ocupó la silla que antes ocupara Jop. Tomó una servilleta de tela y se limpió con cuidado la boca.

—¿Tenemos algo? —rompió el silencio.

—Aún no. Pero está aterrorizada. Eso te lo aseguro.

—¿Nada, en verdad?

—Quisiera meterme en su cabeza, Farkas, pero nadie que yo conozca puede. Si no habla por iniciativa propia, vamos a pasar una larga, larga vacación en este clima de porquería.

Farkas miró a Bastian con beneplácito. Le gustaba que fuera parco y efectivo. Era inusual toparse con un demonio que no fuera precipitado ni estuviera ansioso por causar daño. Pero también era cierto que Bastian detestaba el calor tanto o más que a los héroes con quienes se había enfrentado. A su modo, el enano también quería que todo esto terminara. Se limpió el sudor de la frente, que escurría sobre el hierro que atravesaba su rostro terrible.

—Siempre se puede causar un poco más de terror, Bastian. Tú, más que nadie, lo sabes.

El enano, apartando el paño de su rostro, clavó sus ojos sanguinolientos en Farkas. Le había hablado en castellano y, aunque no le gustó el cambio, comprendió por qué lo hacía. Era su forma de decir: "o nos apresuramos, o te acostumbras a este país".

Bastian no tuvo más remedio que asentir.

* * *

Eran casi las dos de la madrugada cuando Sergio llegó a la hacienda en el asiento posterior de un auto. Supo la hora porque vio, en la garita de la entrada, el reloj que brillaba tras el guardia que les concedió el paso.

El edificio tenía un aire colonial, jardines bien cuidados y palmeras ornamentales. Una cerca de mampostería marcaba los límites del callado sitio arrebatado a la selva. El auto se estacionó frente a una larga arcada, a un lado de otros vehículos.

El chofer se apeó y abrió la puerta a Sergio, quien sufrió al instante el embate del bochorno. El aire acondicionado del interior del auto había fabricado una sutil fantasía; afuera, la temperatura era más alta por varios grados, y estaba acompañada por una humedad tangible y pegajosa.

El hombre, sin decir palabra, caminó a lo largo de la arcada hasta llegar a un portón lateral del edificio, alumbrado por faroles eléctricos. Sergio lo siguió. Su custodio presionó un timbre y miró hacia una de las cámaras de vigilancia. Un mecanismo liberó el portón, que el hombre empujó, decidido.

—Adentro.

Dejó ingresar primero a Sergio y luego pasó él. Sergio se enfrentó a un largo pasillo en escuadra, flanqueado por paredes de piedra gris con mala iluminación. El hombre adelantó a Sergio para andar por el codo derecho del corredor. Desembocaron en otra puerta de madera que el guía abrió corriendo un cerrojo. Hizo una seña para que el muchacho pasara primero; luego la cerró, quedándose atrás.

Sergio se encontró en un gran patio interior de la hacienda. Tenía piso de loseta, jardineras dispuestas aquí y allá, y una docena de mesas redondas recargadas verticalmente contra una pared. La noche estrellada hacía las veces de cobertizo. Parecía el tipo de lugar donde suelen celebrarse grandes eventos sociales. En el centro, en dos grupos de sillas metálicas, se encontraban sus compañeros. Contó cuatro chicos sentados del lado derecho y cinco del lado izquierdo. Todos le daban la espalda y miraban en silencio hacia una tarima con una mesa simplísima, donde Elsa Bay leía un libro. Nelson, quien conversaba a poca distancia con uno de los muchos asistentes de Elsa, fue de inmediato hacia Sergio. Llevaba puesto un enfadoso atuendo de turista: pantalón corto, playera a rayas, chanclas de goma.

—Por aquí.

Lo condujo en dirección a la mesa del centro por entre los dos grupos de sillas.

Elsa Bay levantó la mirada del gordo libro que leía. Sus hermosos ojos causaron el mismo impacto en Sergio que el día anterior. Luz y oscuridad. La ambivalencia lo hizo trastabillar. Le pareció que Elsa Bay lo notaba, pero consiguió refrenarse al instante y ella volvió a sonreír sin reparo.

—El último —dijo Nelson, retirándose de inmediato a un costado del patio.

Elsa no apartaba los ojos de Sergio.

—Arturo —dijo con solemnidad—: ¿tienes una carta para mí?

Sergio le extendió la carta metálica. Ella la recibió y la depositó sobre la mesa. Se puso en pie.

—Siéntate allá con ellos, por favor.

Señaló el grupo de la izquierda, donde había una sola silla vacía. Sergio ocupó su sitio. Cuando miró a los del grupo contrario, notó lo mismo que ya había visto en los ojos de José: terror.

—Lo único que deben hacer, en cada transición, es conseguir su carta —dijo Elsa, citándose a sí misma—. Yo les pido una carta, ustedes me entregan una carta.

Se aproximó al grupo de la derecha y preguntó a Francisco, quien estaba más cerca:

—Francisco, ¿me entregaste una carta?

—No, Elsa —respondió éste con pesar.

Sergio comprendió entonces cuál era la diferencia entre un grupo y otro. Recordó las palabras de Elsa. "Aquellos que no consigan su carta en la transición, quedarán en el grupo de los perdedores. Entre ellos obtendremos el nombre del participante que quedará eliminado."

Elsa fue entonces al grupo en el que estaba Sergio. Preguntó a Alberto, el más cercano a ella.

—Alberto, ¿me entregaste una carta?

—No, Elsa —respondió el muchacho calvo.

—Martín Ornelas, Luis Enrique Howard, Carlos Pinzón, Sebastián Alatorre —Elsa caminó entre los muchachos mientras recitaba tan peculiar lista—. No son nombres cualesquiera. Son los nombres de aquellos que quisieron formar parte de la Krypteia el año ante pasado y no lo lograron. ¡Fracasos totales! Arturo, ¿quieres decirme cuándo murió Carlos Pinzón? —preguntó, levantando la mirada hacia un punto más allá de las paredes del patio, sin detener su lento caminar.

—11 de marzo del 2006 —respondió Sergio.

—Ningún dato es trivial —añadió ella—. Debieron fijarse en todo —los acució con la mirada—. Absolutamente todo. Quise dejar esos nombres y esas fechas al alcance de ustedes para que se dieran cuenta de que, si fallan, sus nombres terminarán plasmados en una ruinosa pared de un pueblo cualquiera.

Sergio notó que varias miradas estaban puestas en él, pero no sintió orgullo ni se envaneció. Había corrido ese riesgo en el último minuto únicamente porque supuso que la pregunta no podía ser de una índole tan anodina. Nombre y fecha. Lo echó a la suerte en su cabeza y decidió que el único dato que había hallado en la habitación de hotel, aunque a primera vista parecía carecer de importancia, también formaba parte del juego.

—¿Quieren que sus nombres sean escarmiento de los aspirantes de la próxima Krypteia? Sólo Arturo y Elmer entregaron su carta. Arturo en primer lugar. Los demás fallaron en la pregunta —miró a los otros tres que se encontraban en el grupo de Sergio y Elmer— o ni siquiera pudieron dar con el cuatro de oros —ahora miró a los cinco del grupo contrario—. Honestamente, esperaba más de ustedes. Esperaba que todos terminaran la prueba y que la carta les fuera negada porque las cinco ya habían sido entregadas. Pero no fue así. Todos tuvieron la misma oportunidad; todos estuvieron en cuartos similares de hoteles similares en pueblos similares. Pero sólo recibí dos cartas. Vergonzoso, ¿no?

Nadie se atrevió a asentir. El silencio era casi absoluto, apenas coronado por el ruido de la fauna nocturna allende las paredes.

—Tuve que obsequiar tres cartas. Dos a muchachos que erraron en la pregunta y una última a otro que al menos tuvo el cuatro de oros en sus manos, pero fue alcanzado por una flecha y tuvo que ser rescatado. Al igual que el resto —hizo una pausa y suspiró—. Me hubiera gustado ver más talento en este grupo. Quizá no sea mala idea que se pregunten, de una buena vez, si son dignos siquiera de participar en la competencia, ya no digamos de cumplir con la Krypteia.

Reinaba no sólo el silencio, sino la enorme tensión. Sólo Elmer se dio el lujo de cambiar de postura en su silla, causando un grotesco rechinido.

—En fin… —concluyó Elsa con un ademán, como si restara importancia a todo ello. Fue a la tarima y, de una pequeña caja de madera, extrajo un frasco ambarino cuya tapa ostentaba una calavera de ojos encendidos. Lo depositó sobre la mesa.

Un escalofrío acometió a Sergio. Miró a Ignacio, que golpeteaba el suelo con el pie derecho, desahogándose una vez más en clave morse. Parecía una plegaria desesperada.

—Allá, al fondo —indicó Elsa con la mirada puesta en el muro ubicado a espaldas de los muchachos—, están los sanitarios. En el de mujeres se reunirán los cinco ganadores; en el de hombres, los cinco perdedores. Tienen cinco minutos para decidir —con un gesto implacable se dirigió al grupo de la derecha—. Ustedes elegirán quién habrá de sumar su nombre a la lista de los tantos y tantos fracasados. Y ustedes —miró a Sergio y a su grupo—, quién tendrá el honor de encargarse del que no es digno.

No tuvieron tiempo siquiera de sorprenderse.

—¡Cinco minutos! O yo tomaré la decisión por ustedes.

Los dos grupos corrieron a sus respectivos sanitarios. Sergio, aturdido, llegó en último lugar al de mujeres. Dentro lo esperaban Elmer, Alberto, Orson y Héctor. Elmer se sentó en el borde de los lavabos, de espaldas al gran espejo. Era el único que parecía complacido con el asunto.

—Bueno... —preguntó, chispeante—. ¿Quién quiere acabar con el maldito?

Los otros se miraban entre sí, suspicaces. El horror de Sergio comenzaba a materializarse. Cada vez se convencía más de que éste era un torneo atroz en todos sentidos. En pocos minutos, uno de ellos habría de lanzar un horrible maleficio sobre uno de sus compañeros. Espantoso. Execrable. Por primera vez desde que había aceptado participar en la Krypteia, se preguntó si las implicaciones no irían más allá de lo humanamente aceptable. Si no se vería obligado a cometer actos insólitos y reprobables sólo por salvar a Brianda. Esbozó una oración mínima sin destinatario. Un temblor de manos se apoderó de él.

—¡Vamos! —insistió Elmer, aún entusiasta—. ¿Ninguno?

—No sé... —dijo Héctor, ocultando ambas manos bajo sus axilas—. A mí todo esto me tiene muy espantado. ¿Cómo lograron dormir a todos en el pueblo? El diablo del arco no era de este mundo.

—¿Y a quién le importa? —contestó Elmer—. ¿Quién, entonces?

—No manches —meneó la cabeza Alberto—. Es algo muy fuerte, ¿no?

—Tan fuerte como estar aquí, idiota —espetó Elmer de nuevo, sin perder la sonrisa.

Todos lo miraron con sorpresa. Seguramente él se ofrecería.

—¿Qué? —replicó el muchacho rubio, balanceando sus piernas—. ¿En serio les parece tan difícil? ¿Nunca se imaginaron que podrían pedirnos algo así por el futuro que nos han prometido?

Sergio tuvo que admitir para sí que tenía razón. Que el hecho de haber aceptado podía significar cualquier cosa. La vida o la muerte. La vida asegurada y una fortuna increíble, o la muerte sin adjetivos.

—¿Nadie, en serio? —Elmer seguía sonriendo.

—Algo así te marca para siempre —dijo Sergio resuelto, consiguiendo la atención de todos—. Llegas al final, sí, pero ¿a qué precio?

Consiguió un nuevo silencio. Uno que permitió oír gritos a través de las paredes. Gritos furiosos. No era lo mismo elegir a un verdugo que a una víctima.

—Le pregunta es, ¿vale la pena? —sentenció Sergio.

El silencio, ahora, no duró más que unos cuantos segundos.

—Peores cosas hace la gente por menos —dijo de pronto una voz sombría.

Todos miraron hacia la puerta, donde Orson estaba recargado contra el marco. Su ceño, eternamente fruncido, le confería un aire adulto un tanto siniestro. Con ambos puños, golpeaba suavemente la puerta en un rítmico vaivén que, no obstante, delataba su propia indecisión. Sergio advirtió la venda que llevaba en el brazo y que evidenciaba que él era quien había conseguido el cuatro de oros, pero había sido incapaz de llegar al final.

Los gritos del otro lado ascendían a volúmenes inquietantes.

—Yo lo haré —dijo Orson al cabo de un tiempo.

Nadie se atrevió a refutarlo. Elmer, ayudándose con las manos, bajó de los lavabos. Orson abrió la puerta. Los demás lo siguieron.

Sergio sintió deseos de vomitar y tuvo que rezagarse para correr a uno de los cubículos. Era bilis pura lo que escupió en la luna de la taza. Tantas cosas en tan poco tiempo… y ese horrible sinsabor.

Golpeó con fuerza la puerta del cubículo. Motivado por la impotencia que sentía en ese momento, pegó un grito atronador. Las lágrimas afloraron. Se recargó en la porcelana del escusado hasta que se sintió un poco más dueño de sí. Aún se escuchaba la discusión en el baño de los hombres.

Momentos después, se apresuró a ir a los lavabos; sabía lo que estaba en juego. Se miró en el espejo con rabia. No quería que nadie detectara la revolución interna por la que había pasado. Se talló con fuerza la cara una y otra vez, tratando de controlarse.

Entonces, de nueva cuenta, se percató de aquello que había detectado frente al espejo en el hotel de Durango. Aquel cambio sutil en su rostro. Para su horror, comprendió que tenía que ver con lo mismo que sentía en ese momento. Por eso el dolor. Y las lágrimas. Tenía que ver con el remordimiento, la culpa, el asco; con la implacable certidumbre de que podría haber impedido que abandonaran a José a su suerte en el Rancho Tres Guerras. Que hubiera podido hacer algo, lo que fuera. En cambio, sólo había sido un testigo mudo e indiferente del crimen. Al igual que ahora.

—Hey, ya es tiempo —dijo una voz a sus espaldas.

Sergio vio en el espejo que se trataba de Nelson. Forzó una sonrisa y asintió. Fue al dispensador de papel y se secó la cara. Descansó al ver que el tutor había vuelto al patio.

Salió del sanitario tratando de reprimir lo que sentía, aunque no estaba seguro de lograrlo.

Pero, repentinamente, no le importó. No cuando vio que dos de los elegantes subalternos de Elsa llevaban a Óscar por la fuerza, sosteniéndolo de los brazos, hacia la mesa. Orson aguardaba con los ojos desorbitados y una agitación en el pecho imposible de ocultar, mientras Elsa le susurraba al oído las palabras oscuras que debía repetir al arrojar el contenido del frasco sobre el pecho de Óscar, que no paraba de gritar.

—¡Nooooo! ¡Por favor! ¿Por qué yo? ¡No es justo!

Sergio caminó hacia la misma silla que había ocupado minutos atrás. Estaba molesto, impresionado, aterrorizado. Nunca antes deseó con tanta fuerza, con tanta violencia, poder aniquilar un demonio, tener un héroe a la mano.

—¡Nooo, por favor!

Elsa se dio vuelta y miró a Sergio, como si le hubiera tocado el hombro. Como si se hubiera sentido aludida. Una sombra cruzó su rostro. Parecía comprender que esa no era ya, en absoluto, como las otras Krypteias en las que había participado. Y que lo que ahora estaba en juego adquiría una importancia insospechada.

Luna menguante

Brianda despertó en medio de un grito.

No era como los anteriores, donde la sensación de abandono, tristeza y desesperación se sobreponía a la lucidez instantánea del despertar. No. En esta ocasión, era un grito arrancado de la inconsciencia, un grito causado por aquello que había soñado. Se incorporó en seguida.

Sus ojos se encontraron con los de Bastian, que estaba sentado con las piernas en escuadra en una esquina del suelo de la celda. Tenía un puro encendido en la mano derecha y toda su atención puesta en Brianda.

El terror del recuerdo del sueño fue sustituido por el terror real. Lo último que Brianda había visto hacer a Barba Azul en esa misma habitación, la había enfermado tanto que había vuelto a llorar, a gritar, a pedir que se detuviera. Después de todos esos días de encierro, se estaba volviendo fuerte.

Sin embargo, el alivio que le había producido tal certeza no duró mucho. Lo que había presenciado hacía unas pocas horas, la convenció de que tal vez no la lastimarían a través de la muñeca, pero sí la harían atestiguar atrocidades tan terribles que querría morir.

Bastian aún tenía las manos cubiertas de sangre tras haber inspeccionado el trabajo de Gilles.

—Tuve un sueño —dijo ella, como si no quisiera perder más tiempo.

Los ojos enrojecidos de Bastian se agrandaron. No obstante, la suspicacia se adueñó de su rostro y comenzó a jugar con una de las argollas que atravesaba su oreja izquierda. No dijo nada.

—Lo juro —insistió Brianda, comprendiendo que el demonio quería asegurarse de que no mintiera.

—¿Aparece él, Dietrich? —preguntó Bastian.

—Sí.

El enano se puso al fin en pie.

—No dejes fuera ningún detalle.

Brianda sospechó que, si mentía, Bastian se daría cuenta, así que prefirió ser fiel a su memoria.

—Está amarrado a una mesa, bajo una especie de carpa. Es de noche. La luz que lo ilumina proviene del fuego. Hay antorchas, creo. Hay varios hombres frente a él. Es como si Sergio fuera el número principal de un espectáculo atroz. Todos son más o menos de su edad, excepto uno, que es mayor, de anteojos y cabello canoso. Está vestido de negro. Y, aunque creo que es médico, le va a hacer daño. Sergio no tiene escapatoria. Ellos son malos, terribles. Capaces de todo…

Comenzó a sollozar, lo cual le hizo bien. Había estado abrigando dudas de lo que sentía o no por Sergio. Había creído que, si él moría, todo estaría bien. Porque, con él, se terminarían los horrores, el Libro de los héroes, el acecho de los demonios, su encierro…

Aun así, había soñado con él. Lo había soñado en un momento pavoroso, quizás el último de su vida. Y la idea de perderlo le pesó como si recién hubiera sostenido su mano y, al minuto siguiente, hubiera desaparecido en un abismo.

Pensar que quizá no volvería a verlo rompió algo en su interior. Brianda no pudo evitar derramar una lágrima.

—¿Todos son de su edad, excepto uno? —preguntó Bastian, desviando el tren de sus pensamientos.

—Sí.

—¿El que es mayor lleva anteojos? ¿Estás segura?

—Sí.

Bastian arrojó el puro encendido al suelo.

—Mira, princesa, necesito detalles. Para hacer identificaciones precisas. Y necesito que, en el futuro, vayas lo más lejos posible. Lo que conseguiste está bien, pero no es el sueño que busco. Necesito más. Mucho más. O esto no va a terminar nunca…

Brianda seguía llorando quedamente. Y, en su tristeza, se imaginó encerrada para siempre. Le produjo una terrible congoja mirar a la muñeca en la esquina de siempre, tan ajena a lo que acontecía, con sus absurdos movimientos de títere. Le pareció increíble que, después de tantos días, aún pudiera llorar.

—¿Por qué? No entiendo.

—No se trata de que entiendas.

Bastian pasó uno de sus nudillos por el entramado de metal que le desfiguraba el rostro. Se mordió los labios rojinegros. Pensaba en la muerte de Sergio Dietrich de acuerdo con el plan diseñado por Farkas. La muerte prematura del siervo más fiel de Edeth. Las circunstancias en las que habría de acontecer. Los demonios. El mayor terror de todos. Pero Farkas le había prohibido revelar información para que la chiquilla no falseara el sueño en aras de conseguir su libertad. Y había sido fiel a esta orden. Finalmente, se trataba de un dato insignificante. Uno solo. Pero tan primordial, que revelaría si ella decía o no la verdad respecto al día de la muerte del muchacho.

La miró con estudiada resignación.

No era el sueño que buscaba, pero era el primero. Y era genuino. Se permitió sonreír abiertamente.

—Ahora, con más calma, cuéntamelo todo. Otra vez. Con lujo de detalle.

Capítulo catorce

Estaba en un bosque de apretada vegetación. Los árboles formaban una empalizada irregular que impedía mirar más allá de unos 100 metros. El sol brillaba en lo alto, asomándose por entre la espesura de las coníferas. Serían las dos o tres de la tarde y hacía frío. Podía ver el aliento salir de su boca.

Se puso en pie, adolorido por la postura en la que había permanecido inconsciente sobre el suelo, y miró en derredor. Pronto localizó una tarjeta con franjas moradas y verdes.

Gula
Un inofensivo tirón.
¿Se alivia el hambre al ser devorado?

Había sido abandonado al pie de un pino de tronco ancho, sobre una alfombra de agujas verdes y hierba seca. El terreno era disparejo, amarillento y rocoso; completamente virgen. Era evidente que, caminara en la dirección en la que caminara, no hallaría nada más que bosque.

Se apartó del pino preguntándose qué se suponía que debía hacer. Miró hacia arriba, hacia los árboles más cercanos, buscando algún indicio. No encontró nada. Buscó en los bolsillos de su nuevo atuendo, pero tampoco tuvo suerte.

Al menos le confortó que la noche pareciera tan distante.

Aunque era cierto: tenía mucha hambre.

Recordó que, después de la ceremonia del día anterior —si es que sólo había transcurrido un día—, les habían servido una cena muy exigua que había consistido en un platón de frutas, un medallón de carne y agua.

Se había desvanecido sobre la cama que le asignaron en la hacienda aún con hambre. Y el hambre, ahora, era casi dolorosa.

—Gula —repitió para sí con un aire de sorna que, casi en seguida, fue sustituido por una punzada de miedo. La última línea del mensaje era espantosa.

Se alejó del árbol y continuó examinando los alrededores. Se le ocurrió que no debía, al menos, perder de vista su punto de partida; por algo lo habían dejado precisamente ahí. Pese al frío, se quitó la chaqueta verde que llevaba puesta y la colgó en una de las ramas bajas del árbol. Caminó varios metros para cambiar de perspectiva. ¿Qué buscaba? ¿Algo que sólo se apreciaría desde lejos? ¿O sólo en la punta de los árboles? ¿En el cielo? ¿Algo que se mimetizara con el ambiente?

¿Habría elementos sobrenaturales en esta transición?

Pensó que si no daba con la primera instrucción, la noche se le vendría encima. Decidió empezar a estudiar hasta el hartazgo los objetos más cercanos: las piedras, el suelo, las matas, los árboles, las piñas, los mosquitos. Comprendió que estaba buscando algo que rompiera el equilibrio del cuadro que tenía frente a sí. Cualquier cosa que delatara la presencia de un ser humano.

Hizo cinco viajes de ida y vuelta a la prenda, trazando una estrella imaginaria. Posaba la vista en todo aquello que lo rodeaba, tocaba lo que estaba a su alcance, tratando de identificar algo que estuviera fuera de sitio. Sin embargo, no tardó en darse cuenta de que abarcaría más terreno si realizaba el reconocimiento en espiral, tomando como centro su chaqueta. Se quitó la camiseta y, con el torso desnudo, la atoró en el árbol más próximo como nueva referencia. La idea era trazar un círculo sin perder de vista su chaqueta, siempre volviendo a su segunda referencia, pero ampliando la longitud del radio.

Cuando su chaqueta ya sólo era un punto verde en la lejanía, empezó a desesperarse. El sol había comenzado a descender. Esto le sirvió para identificar el poniente, pero también para darse cuenta de que el día empezaba a menguar. "Esto es una estupidez", pensó. La ruta que recorría alrededor de su chaqueta cada vez era más amplia y, por ende, también más incierta, más caótica. En ocasiones tenía que bajar una pequeña ladera y volver a subirla, o bordear un tronco o un peñasco imposible de franquear. Seguía sin encontrar nada. "Una maldita estupidez", repitió en su cabeza.

Tiritando, se sentó a descansar un poco.

Revisó una vez más los bolsillos de su pantalón. Nada.

Obligado por el frío y por la falta de mejores ideas, decidió volver al sitio inicial, convencido de que algo se le había esca

... por eso te digo que debes reforzar esa columna o de lo contrario es muy probable que la estructura... con claro nerviosismo puesto que no deja de ir de un lado hacia el otro sin ton ni... kilo de harina que le encargó para la fiesta del día

"¡Maldición!", se dijo Sergio, golpeándose la frente. Era como tener una radio enloquecida en la cabeza. Tuvo que recargarse contra un árbol y apretarse los ojos con las palmas de ambas ma

... caída libre de 800 metros... la niña que le gustaba desde hacía como dos años, te digo porque yo mismo se la presenté y ahora como que me arrepiento porque... las manchas del tigre es el título que estuvimos pensando, pero habrá que ver si el comité lo acepta, ya sabes cómo... dar con el río, tomas como referencia el árbol calcinado por un rayo y de ahí es un kilómetro y medio en línea recta perpendicular hacia al sureste... un tinaco de color marrón de unos cinco mil litros que tiene una grieta en... el agua se esté agotando pronto, puesto que... boletos para el concierto que tendrá lugar en el estadio de los acereros el próximo... y que quede reluciente, no quiero venir a

—¡Dios! —se golpeó de nuevo la cabeza.

Echó a correr. Trató de sortear los obstáculos naturales sin perder la pierna. Se rasguñó el pecho al pasar por entre dos ramas. Pero, para su fortuna, al llegar al punto de partida, las voces ya se habían callado. Resopló, aliviado. Se recargó en sus propias rodillas. Tardó en recuperar el aliento.

"¡Maldita sea!", repitió en su interior.

Entonces la vio. Estaba a unos pasos de ahí. Era una caja de color púrpura superpuesta entre las ramas de un árbol. De la caja pendía una cuerda verde cuya punta apenas rozaba el suelo. Desentonaba de tal forma con el resto del paisaje que Sergio se negó a admitir que la había pasado por alto. Alguien había estado ahí. No había otra explicación. Pero no importaba. Ahí estaba la primera pista.

Se acercó a la caja y la estudió por unos minutos. "Un inofensivo tirón", pensó. Pero si algo había aprendido en los últimos días era a no dar nada por hecho. Eso, aunado a su natural suspicacia, le hizo buscar una rama en las proximidades. Ató con cuidado la punta de la rama a la cuerda y, una vez que supo que podría tirar sin que la caja estuviera directamente encima de él, hizo el movimiento necesario.

En efecto, la caja se abrió.

Tuvo que reprimir una primera sensación de asco.

Al suelo cayó un brazo humano, aún sangrante. Era el brazo de un niño pequeño.

Sintió ganas de vomitar, de echar a correr y no detenerse hasta morir. Sin embargo, al cabo de unos minutos, decidió acercarse al brazo desnudo, al que ya habían acudido infinidad de mosquitos.

No sin cierto alivio, se dio cuenta de que se trataba del brazo de un muñeco. La sangre, en cambio, parecía real. Y estaba fresca.

Preguntándose qué más tendría que soportar, revisó con detenimiento la extremidad de plástico sobre el suelo musgoso. No tardó en dar con el mensaje, escrito sobre el antebrazo. Limpió un poco la sangre que lo cubría y leyó:

Hiciste bien en volver.
Si Ricitos hubiera visto tras de sí,
no habría sido devorada.

Era todo. Lo leyó una y otra vez, y terminó por maldecir la naturaleza críptica del mensaje, que no abría ninguna puerta. No arrojaba ninguna luz. No indicaba ningún camino.

Después de ponerse la chaqueta, se sentó en el húmedo paraje en el que había despertado, tratando de resolver el acertijo, de desmenuzarlo, de extraerle el sentido.

No sin cierto horror, comprobó que el sol estaba situado a 45° del horizonte. La noche no esperaría a que lo acometiera la inspiración. Sintió ganas de llorar. Estaba muy hambriento, sediento, asqueado y desesperado. La unión de la prótesis le empezó a molestar y se la arrancó con violencia. No, no era justo. Nada de eso era justo. Pero, al parecer, ése era el meollo de toda la Krypteia: llevar a los contendientes más allá de sus fuerzas, más allá de...

El cabello de la nuca se le erizó.

Fue un rugido. Lo que había escuchado a corta distancia no podía ser sino un rugido.

Se sostuvo sobre su pierna izquierda, asiéndose del tronco de la conífera para mirar en la dirección de donde provenía el sonido.

En efecto, ahí estaba: un gran oso pardo, en cuatro patas, olfateaba el aire a unos cincuenta metros de donde él se encontraba. Su corazón comenzó a palpitar frenéticamente. Se escudó con el tronco para no hacer contacto visual con el animal, pero eso no aminoró el golpe del miedo. No había sitio hacia dónde correr y ponerse a salvo; lo sabía perfectamente porque había pasado la tarde recorriendo la zona. Su única esperanza era no ser descubierto por la fiera.

Puesto que no hacía viento, se dijo que tal vez podría pasar desapercibido si corría con suerte. Aterrorizado y fascinado a la vez, no despegaba la vista del animal, que andaba a pasos lentos sin rumbo determinado, ignorante aún de su existencia, emitiendo lastimeros gruñidos.

El animal se puso en dos patas. Olfateó elevando su hocico, como si hubiera reconocido algún extraño cambio en su trama de aromas.

—No puede ser... —dijo Sergio, pegándose de espaldas al árbol, ocultándose por completo de la vista de la fiera.

Pero era inútil. En seguida escuchó que el enorme animal aceleraba el paso en dirección a él. ¡Cómo hacía crujir la hojarasca! ¡Cómo hacía retumbar la tierra con sus pasos pesados y decididos! El animal no tardó en dar con el brazo de la muñeca. Lo lamió durante unos momentos, pero no tardó en apartarse de él. Al parecer, había avistado algo que le causó más interés.

Aún oculto de la mirada del oso, hizo lo único que creyó que podría salvarle la vida. Lo había visto en un documental en la televisión y quiso apostar su única carta a ese dudoso conocimiento: que los osos, cuando se sienten amenazados, pierden el interés en su atacante si éste se hace el muerto. Pensó que, si le demostraba que no era peligroso, quizá no lo lastimaría. Se arrojó al suelo y se contrajo en posición fetal, con la cara vuelta al suelo. Fingió rígor mortis, imaginando, irónicamente, que había llegado su fin.

Sintió su aliento en la nuca.

El oso lo empujó con el morro. Emitió un nuevo rugido.

Bocabajo, pese a su temblor involuntario, Sergio se empeñó en conservar la rigidez. Cerró los ojos y se lamentó en silencio por los muchos pendientes. El principal, desde luego, era no haber podido salvar a Brianda. Pero también lamentó no haberse reconciliado con Jop, no terminar aquella partida de ajedrez, nunca haber tocado la batería en un gran escenario. Lamentó que todo lo que había hecho tras haber recibido el Libro de los héroes, no había sido de utilidad para nadie. Mucho menos para él.

Lo embargó un profundo sentimiento de decepción. El oso seguramente no había acudido ahí en actitud defensiva, sino predadora. Era una estupidez haber pensado lo contrario. Tenía que tratarse de un oso hambriento.

Estaba seguro de que en cualquier momento le mordería el cuello, la cara. Estaba seguro de que moriría devorado.

Se preguntó qué tan doloroso sería sentir los colmillos de la bestia en su carne, triturando sus huesos. Recordó sus sueños recurrentes, Aquellos en los que era perseguido por una voraz jauría de lobos.

Esperaba sentir una primera tarascada. Luego, otra.

Sin embargo, no sintió nada.

Así que aguardó un poco más.

Y más.

Pero nada. Ni un sonido.

Aguardó hasta que dejó de sentir las piernas y los brazos. Hasta que sus oídos dejaron de percibir sonidos. Hasta que repitió en su mente todas las canciones de Led Zeppelin que recordaba. Hasta que creyó que no soportaría más. Movió un brazo, temiendo alguna reacción del animal. Se animó a mover el otro. Se puso de rodillas.

Comenzó a levantarse.

Nada más que silencio.

Se incorporó, levantando la cabeza, ansioso de que entrara un poco de aire fresco en sus pulmones.

Miró alrededor.

El grizzly, a unos cuantos metros, sobre sus cuatro patas, lo observaba con detenimiento, con una atención poco común en un ser irracional.

Fue completamente sorpresivo. Sergio se mantuvo rígido.

El animal volvió a gruñir, pero ahora resultaba menos amenazante. Comenzó a balancear la cabeza de un lado a otro. Andaba algunos pasos en una dirección y luego otros en dirección contraria. Parecía nervioso, indeciso, amedrentado.

No se dejaban de ver uno a otro. No se concedían un respiro.

Fue un instante que a Sergio le pareció eterno. Entumido, se animó a levantarse del todo, recargándose contra el pino. De pie, su cabeza quedaba a la altura de la del oso cuando éste andaba.

Entonces, una suerte de recuerdo. La certeza de que eso ya lo había vivido. De que el oso y él ya habían librado ese duelo anteriormente. Ése y otro. Acaso muchos más. En ese lugar y en muchos lugares. La seguridad de que él y otros como él habían luchado desde siempre contra ese oso y otros osos como ése. Contra esa bestia magnífica que ahora lo confrontaba y que era, a la vez, todos los osos de la historia del mundo. Sergio y otros como Sergio, disputándole un ciervo, un alce, un caribú, un bisonte a ése y otros grizzlies. Aquí, ahora, en el pasado y en el futuro.

Ambos lo sabían. Y, por ello, se temían. Se respetaban.

Se vio a sí mismo corriendo libre por el bosque, con ambas piernas intactas… pelaje contra pelaje… a él y a otros… en pos de una hermosa presa. Se vio hincando los dientes…

Repentinamente, se vio solo. A mitad del paraje. Desconcertado, indemne, vivo.

Lo rodeaba una quietud sobrecogedora. Se sintió aturdido, como si despertara de un sueño. Comenzó a creer que el oso no había sido más que una ilusión, un delirio.

Hubiera querido disfrutar de este increíble sentimiento durante horas, pero el sol estaba por ocultarse.

Supo que tendría que darse prisa si no quería pernoctar en el bosque. Ahuyentó toda clase de pensamientos de su mente. Si sus sospechas eran ciertas, necesitaba de la luz del día para saber a dónde dirigirse y obtener su siguiente carta. Se aseguró la prótesis con fuerza. Ya tendría tiempo de hacerse todas las preguntas que quisiera.

Fue corriendo hacia el sitio donde había dejado su camiseta. Ahí, la apartó del ramaje y, antes de ponérsela, se detuvo. Algo había llamado su atención.

Al reverso de su camiseta vio tenues trazos negros de algo que se había alcanzado a pintar, por contacto, en la blanca superficie.

"¿Un mapa?", se preguntó.

Un mapa que, por lo visto, habían dibujado en su espalda.

Si Ricitos hubiera visto tras de sí…

Necesitaba dar con alguna superficie en la que pudiera reflejar el mapa. Y lo único que se le ocurría que podría encontrar en un escenario como ése era un cuerpo de agua, ya fuera un lago, una charca, o quizás un manantial.

Se esforzó por aguzar el oído, pero no lograba escuchar nada que le indicara la dirección correcta. Comenzaba a helar. La noche era inminente. Calculó una hora, a lo mucho, para que oscureciera. Lo único que se le ocurría era correr en línea recta en cualquier dirección y cruzar los dedos para dar con alguna fuente de agua por casualidad. "En una hora… imposible", pensó. Pero no tenía opción. Estaba por dirigirse hacia el oeste cuando algo dentro de sí lo detuvo.

Era la sensación de haber dejado pasar algo importante.

Algo que…

Repentinamente supo de qué se trataba, pero no podía creer que tuviera alguna conexión. No podía ser posible. Pero no tenía nada que perder. Se acercó al paraje en el que había despertado y escudriñó el paisaje. En efecto, a unos cuantos metros de ahí, a través de la espesura, alcanzó a ver el negro tocón vertical, aquel árbol derribado por un rayo que había tenido que rodear cuando daba vueltas en espiral. Corrió hacia él y se detuvo a un lado. Desde ahí, trazó una línea imaginaria perpendicular al tronco.

Increíble.

La línea iba, por un lado del tronco, hacia el sureste. Por el otro, hacia el noroeste. ¿Cómo era posible?

Lo había escuchado en ese desconcierto de voces que lo acometía desde los primeros días del año. Aquella ráfaga de diálogos incomprensibles que lo hacía dudar de su cordura. De pronto le pareció que no era sólo un alocado discurrir de voces anónimas, una enloquecida babel que lo atacaba azarosamente, sino que algo de suma importancia se escondía en tan incomprensible barullo.

Por suerte, pudo recordar la frase exacta: "… dar con el río, tomas como referencia el árbol calcinado por un rayo y de ahí es un kilómetro y medio en línea recta perpendicular hacia al sureste…"

Imposible de creer. Pero no era momento de cuestionar su suerte. Emprendió el camino, reparando exactamente en el ángulo que hacía su sombra para no perder el rumbo. ¿Un kilómetro y medio? ¿En una hora? ¡Claro que podía hacerlo!

"Incluso en menos tiempo", se dijo, a pesar de su sombra ya era bastante larga.

Tratando de mantener un trote regular, siguió la ruta, siempre al sureste.

A la media hora, su corazón se hinchó de alegría. El cristalino sonido del gorgoteo era inconfundible, pese a que le quedaba oculto a la vista por una pendiente.

Alcanzó la cima y sintió un enorme alivio. Una porción del río que corría de norte a sur formaba un plácido estanque a pocos pasos de la loma. Sin permitirse más licencias, bajó corriendo hacia la playa que acariciaban las minúsculas olas. Se inclinó y bebió del agua helada. Cuando al fin sació su sed, suspiró largamente. El sol crepuscular sacaba mágicos destellos en la quieta superficie de ese meandro.

Se volteó de espaldas y echó un vistazo por encima de su hombro.

Cerró los ojos. Sonrió por primera vez desde que había despertado. Agradeció en silencio a quienquiera que estuviera detrás de las voces sin sentido que lo habían conducido hasta ahí.

Volvió a mirar. Grabó el plano en su memoria. Echó a andar.

Capítulo quince

Después de haber llamado durante más de diez minutos a la puerta de la casa de Sergio, Guillén se sintió abatido. Era la confirmación de lo que había imaginado: que las cosas no estaban bien.

No podía quedarse al margen.

Estaba seguro de que todo estaba conectado: la inconsciencia de Brianda, la molestia y evasión de Jop, la desaparición de Sergio.

Decidió volver a su auto. Mientras bajaba por las escaleras, no podía dejar de repetirse que si algo malo le había pasado al muchacho, no se perdonaría jamás no haber dado importancia a sus primeras suspicacias.

Extrajo de la cajuela de su coche, estacionado en doble fila, una palanca de hierro que sólo utilizaba en emergencias. Ésta, sin duda, era una de ellas.

Cuando volvía sobre sus pasos al interior del edificio, recordó con pesar que habían bastado tres llamadas para convencerlo de abandonar su oficina y correr a casa del muchacho. La primera, a casa de Brianda, durante la cual la señora Elizalde le informó sobre el estado de la chica, además de asegurarle que Sergio no había salido del país el domingo pasado; la segunda, al celular de Jop, quien confirmó, muy a su pesar, que Sergio no se había presentado en la escuela desde el lunes. La tercera, a su contacto en la Secretaría de Relaciones Exteriores, quien le ratificó que ningún Sergio Mendhoza había abandonado el país en los últimos días.

Suspiró antes de derribar la puerta del departamento.

Mientras aplicaba la palanca para forzar las cerraduras, libraba una batalla interior. Era una batalla que tenía que ver con las muchas películas que había visto con Mari, las tardes en su compañía, el increíble y maravilloso sentimiento de abrir los ojos por las mañanas y verla ahí, bajo su brazo; pero que también tenía que ver con la razón por la cual había decidido ser policía, por su determinación de no descansar hasta no ver a cuanto asesino se cruzara por su camino encerrado tras las rejas. Por aquel principio que regía su vida desde que se le asignó el primer caso.

Cuando cedió la puerta, exclamó:

—¿Sergio? ¡Sergio!

Antes de entrar, tragó saliva e introdujo la mano derecha entre dos botones de su camisa. Sobre su pecho, imaginó que palpaba el *clipeus* intangible que Sergio le había obsequiado en Hungría. Se mordió el labio inferior.

Había tratado de convencerse de que no cambiaría su vida actual por nada en el mundo, pero, en el fondo, sabía cuál sería su elección.

—Perdóname, Mari —se dijo—. Perdóname de veras.

Guillén aspiró profundamente y cruzó la puerta.

* * *

La Condesa ingresó en la luminosa cámara de baño de la casa en la frontera entre Montana y Canadá, una de las muchas que tenía en los Estados Unidos. Iba desnuda y sonreía.

Verificó con la mirada que todo estuviera dispuesto tal como le gustaba: la tina a medio llenar, la víctima suspendida sobre la bañera, el ajuar completo en la mesa contigua.

Uno de sus ayudantes la esperaba, sumiso, con la navaja en la mano, presto a subir por la escalera.

La música también estaba a punto. En esta ocasión, había escogido una selección de piezas para viola da gamba de Sainte-Colombe. El sol iluminaba a la doncella con impecables rayos horizontales.

Canturreando, se metió en la tina. La sangre aún estaba tibia gracias a la hornilla que, por debajo de la límpida cerámica, mantenía la temperatura exacta para conseguir tal milagro. Hizo un gesto y el ayudante subió la escalera, quitó la mordaza y realizó cortes impecables en la suave piel. Los alaridos de la chica causaron un placer inmenso en la Condesa. Se le notaba en el rostro, que levantó para recibir el líquido rojo en toda su gloria.

El volumen de la música subió al instante —tarea que el hombre de las gafas oscuras debía desempeñar de acuerdo con el ritual. Cuando la sangre dejó de caer y los gritos se apagaron para siempre, el volumen de la música disminuyó, recuperando un nivel más sosegado.

Elsa se acurrucó en la espesura del denso líquido y reposó la nuca sobre la orilla de la tina. Seguía las circunvoluciones de la melodía con mínimos movimientos de cabeza. El asistente permaneció inmóvil. De vez en cuando, parecía que seguía con la mirada el termómetro que aseguraba que la sangre no se coagularía, pero en realidad no miraba nada. Ni la máscara sangrienta de Elsa dormitando, ni el termómetro, ni los lujosos muebles o las esculturas pétreas y monstruosas de fragmentos de personas que se deshacían en un grito de horror. Era imposible que mirara nada.

La música de Sainte-Colombe fue interrumpida por Nelson, que entró agitado.

—¿Por qué perturbas mi baño? —preguntó Elsa con inaudita serenidad.

—Torremolinos.

—¿Qué pasa con él?

—Tiene su carta.

—Imposible —dijo la Condesa.

—Me acaban de llamar para confirmarlo.

—Siempre pasan por lo menos una noche en el bosque. Es imposible que haya concluido.

Nelson prefirió no contradecirla, pues Elsa había retornado a su estado letárgico.

Un cuarto de hora después, por fin se puso en pie. No le sorprendió que su subordinado siguiera ahí. Caminó hacia el fondo de la cámara, donde pendía una regadera de teléfono. Abrió el grifo y se desprendió poco a poco del tinte irregular que cubría su blanquísima piel. Pasaban de las ocho de la noche.

—Así que Torremolinos la hace de nuevo, ¿eh? ¿Y ya sabemos cuál de las chicas de tu lista es la que le interesa? —preguntó por encima del ruido del agua que huía por la coladera bajo sus pies.

—No, Condesa —admitió Nelson—. Aunque hay una que nos parece factible. Está internada en un hospital del sur de la Ciudad de México. Ingresó un día antes de que reuniéramos a los participantes.

—¿Y lo padres de Arturo? ¿Ya los localizaron? ¿Tenemos idea de por qué pusieron la casa en venta?

—No, Condesa.

—Esto no me gusta nada —dijo ella en voz monocorde. El baño la relajaba de manera tal que era muy difícil hacerla enfadar después—. Alguien está jugando sucio. Y cuando sepa quién es o por qué…

Cerró la llave del agua. Caminó hacia la mesita y comenzó a aplicarse un óleo aromático en el cuerpo. Se preguntó cómo un chico de trece años al que le faltaba una pierna había podido, por primera vez desde que tenía memoria…

Sacudió la cabeza. Iniciaba ahora una de sus *suites* preferidas.

* * *

—Maestro…

—¿Aún nada?

—No.

—¿Llamaste a su oficina?

—Sí. Me dijeron que ya habían regresado todos los que asistieron a la convención. Todos, excepto Alicia. Parece que surgió la oportunidad de que se quedara un par de días más a descansar, y así lo hizo.

—¿Por qué no me llamaste?

—No sé, maestro; discúlpeme. Debí haberlo hecho.

—Estuve pensando...

—¿Sí?

—Quiero ver a Sergio.

—Eh... supongo que se puede arreglar. Tal vez no muy pronto, pero... sí, en algún momento.

—A diferencia de Alicia, él no podría reconocerme. Creo que debo verlo frente a frente.

—Como usted diga, maestro. Como usted diga.

* * *

Jop volvió a su casa lo más rápido que pudo. Quería llevar a cabo cuanto antes la intrusión que había estado planeando desde la primera vez que fue invitado a la casa de *monsieur* Gilles.

Esa tarde, había ocurrido el milagro. Farkas dejó desatendida la computadora de la oficina por varios minutos, y Jop por fin había podido inocularla con un virus que permitía transferir archivos a través de la red sin que el usuario se diera cuenta.

Quería ver si tenía la suerte de que la computadora estuviera encendida. De ser así, arrancaría con la operación de inmediato. Era la única manera de obtener aquellas escalofriantes evidencias.

En cuanto pudo encerrarse en su cuarto, prendió su portátil e ingresó a Internet. Vio, con enorme satisfacción, que la computadora de Gilles estaba en línea.

Hasta ese momento, se había limitado a tomar notas, pero era momento de obtener otro tipo de información: documentos escaneados, videos, grabaciones, etcétera. Se preguntó si valdría la pena hacer una selección de los archivos que le interesaban, o copiar todo durante la noche y revisar el contenido después. Optó por hurgar primero entre los documentos.

Advirtió que le temblaba la mano. Al fin y al cabo, estaba *hackeando* la computadora de un demonio. No podía estar seguro de que no estuviera protegida por algún oscuro arcano o por un sortilegio que no tuviera nada que ver con los protocolos de comunicación o modificaciones al *firewall*.

La mayoría de las carpetas estaban en otro idioma. De hecho, Windows estaba en francés. Sin embargo, navegó un rato de una carpeta a otra, para ver qué podía encontrar. Sabía que, aunque alguien estuviera trabajando en el equipo, no podría detectar su intrusión.

Cuando menos, las extensiones de los archivos sí eran las tradicionales. No tardó en dar con aquellas carpetas en que contenían los archivos de sonido, video e imagen, los cuales eran el principal motivo de su *hackeo*.

Cuando dio doble clic a cierta carpeta del año 2007, su corazón dio un vuelco. Uno de los archivos MP3 se llamaba "Mendhoza". Recordó al instante aquella tarde aciaga en la que Farkas le había mostrado cuán fácil Sergio lo había entregado a la cruel disposición del demonio. Sintió un amargo sabor en la boca. Fue durante la primera visita que le hizo al hombre lobo.

"Sé que tienes dudas, Jop. Y lo comprendo", había dicho Farkas entonces. "Pero no te sientas en deuda con Sergio Mendhoza. Te mostraré por qué."

Decidió que ése sería el primer archivo que copiaría.

El MP3 tardó unos diez minutos en aparecer en su propio equipo. ¿Tendría el coraje para escucharlo de nuevo? Se dijo que sí. Que era necesario para nunca olvidar que, para él, Sergio estaba muerto.

Jaló el archivo al programa de reproducción de sonido. Cruzó los brazos. Clavó la mirada ceñuda en el monitor.

Las voces de Farkas y Sergio aparecieron en sus bocinas.

—¡Te lo dije una vez y te lo repito ahora! No te confundas, mediador. Yo sirvo a Oodak.

—¿Entonces por qué me ayudas? Si Oodak se enterara…

—No se va a enterar.

—Pero…

—¡No se va a enterar!

Una pausa en la reproducción hizo que Jop se diera cuenta de que estaba sudando.

—Ahora, hablemos de negocios: ¿Brianda o Jop?

—¿Cómo dices?

—¿Brianda o Jop? Te dije que tus actos tienen consecuencias. Y el pago de tus acciones es uno de ellos.

—¿Es… por haberme salvado?

—No me ofendas. Te lo dije antes: tu tiempo no ha llegado. Eso fue gratis.

—¿Entonces?

—¿No crees que Oodak sospecharía si no le entrego aunque sea el cadáver de uno de ustedes? ¡Los tres corrieron a mis dominios! ¿Qué crees que voy a decirle? ¿Que escaparon? Y como no puedes ser tú, entonces, ¿qué dices? ¿Brianda o Jop?

Una nueva pausa. Apenas se escuchaban los ruidos apagados de aquella noche en Hungría. Jop se descubrió apretando un lápiz con los dientes. Ése era el momento en que Sergio había elegido, el momento en el que había destruido su amistad.

—Fue lo que pensé. No te preocupes. Procuraremos que el muchacho no sufra demasiado.

El gran dolor que le había roto el corazón a Jop no lo había ocasionado la elección del que creía su mejor amigo, sino lo que dijo al cabo de una nueva pausa.

—No importa —concluyó Sergio—. No importa.

—Otro acto irreflexivo de tu parte. Pero comprendo tus razones. Ahora, si me das un minuto, podrás irte.

El archivo terminaba con el sonido de pasos en el exterior. Esa conversación había tenido lugar los primeros días de enero en el interior de una tienda en el campamento aledaño al castillo negro de Oodak. Había sido grabada por Farkas, y había sido reproducida en el caserón de Barba Azul con la intención de retirar la venda de los ojos de Jop. Al final, él se lo había agradecido al licántropo.

Ya no tenía capacidad de sentirse decepcionado. Sergio lo había entregado al hombre lobo sin que le temblara la voz. Si seguía vivo era gracias a Farkas. Increíblemente, el demonio había demostrado tener más corazón que su hipócrita camarada.

—Ojalá que los demonios den contigo —repitió una vez más.

Se había esforzado por no sentir nada hacia Sergio que no fuera una trabajada indiferencia. Aun así, le complacía pensar que parte de su venganza consistía en haber hecho amistad con uno de sus enemigos más implacables.

Programó el sistema para que se transfirieran a su portátil todos los archivos del directorio raíz, así como los subdirectorios.

Se preguntó si valdría la pena aprovechar la oportunidad para fisgonear en las redes sociales. Tenía varios días de no ingresar, de no sentirse con ánimo para realizar ese ejercicio tan trivial. Algo en su interior, quizás, estaba cambiando.

Apagó el monitor. Se arrojó sobre su cama.

Sí, una trabajada indiferencia.

Luna nueva

—*Ma petite*...

Brianda miró con horror al demonio. Era la primera vez que se presentaba ante ella con su forma humana. Más allá de los ojos voraces y demenciales, su estampa era la de una persona común. Si se hubiera tropezado con él en la calle, no habría notado peculiaridad alguna. En ese momento sostenía una vela en su mano izquierda y, en la otra, la muñeca. Y aunque su bigote, su negro atuendo y sus manos limpias no delataban su demoníaca identidad, para Brianda bastaba el recuerdo de los terribles actos que había cometido frente a ella para saber que nada bueno se avecinaba.

El terror se apoderó de su espíritu una vez más cuando se dio cuenta de que estaban en una habitación distinta.

La operación de traslado había sido extremadamente fácil. Gilles había roto el cerco de sal e introducido la muñeca a la jaula. El espíritu de Brianda se había alojado en ella sin oponer resistencia alguna, atraído por el adminículo en su interior.

Gilles la había llevado después a través de oscuros pasadizos hasta esa cámara de luz mortecina en la que contaba con todo tipo de instrumentos de tortura, como dagas, punzones, sierras y prensas. Después había dibujado un nuevo círculo de sal en la tierra, rodeando a la muñeca. Al extraerla del círculo, el espíritu de Brianda quedó atrapado en el interior.

—Por favor, Gilles...

Había sentido tanto miedo en cada una de sus visitas, que ésta era la primera vez que lo interpelaba directamente, quizá porque ahora lo veía despojado de su hórrida indumentaria de alimañas.

—Por favor, Gilles, ¡sé que puedo soñar lo que sea! ¡Lo sé! ¡Sólo necesito más tiempo!

—De eso, je *ne sais pas niente, my sweet*... A mí me han dado permiso de ir al *next level*. Y *c'est ça* lo que voy a hacer.

—Por favor...

El demonio acercó lentamente la flama de la vela a la muñeca.

El terror de Brianda fue tal, que su grito escapó de su etéreo encierro, rompió el capullo, reptó por las paredes y alcanzó las calles de la ciudad, estallando en la noche.

* * *

—¿Qué fue eso?

Farkas miró con beneplácito a Jop. Lo había llevado a esa apartada zona de la casa con toda deliberación.

En esos momentos, le mostraba el registro de los asesinos seriales que habían servido a Oodak durante su reinado, y los que aún le servían. Examinaban el historial de algunos demonios que habían concedido a su señor muertes incontables de gente inocente cuando tan inconfundible sonido llegó hasta sus oídos.

—Ah, eso... es Barba Azul pasando un buen rato.

Jop sufrió un escalofrío que no supo disimular.

—¿Qué está haciendo? —preguntó con malestar. ¿Hasta qué profundidades de ese pantano podía llegar sin salir afectado? ¿No estaba traspasando límites que nadie debería atravesar? ¿Valdría la pena?

—¿Quieres ser testigo? —Farkas inquirió con voz grave—. Puede ser muy ilustrativo.

Jop desvió la mirada. Una cosa era presenciar escenas espantosas en video y otra muy distinta...

Un nuevo grito surgió de las profundidades de la casa.

Capítulo dieciséis

Cuando despertó y se descubrió en el rústico hotel al que lo habían llevado la noche anterior, se sintió regocijado. Era evidente que la siguiente transición aún no comenzaba. Si algún benevolente genio le hubiera concedido un deseo, eso era justamente lo que habría pedido: un descanso.

Por pura costumbre fue a la puerta de madera. Estaba cerrada con llave, y el teléfono, sin línea. Ningún contacto con el exterior, como siempre. Fue a la ventana, corrió las pesadas cortinas y abrió los postigos. Aún no amanecía; no se podía ver más allá de la calle escarchada y solitaria. Seguramente estaba en el norte de los Estados Unidos, o quizás en Canadá. Todos los anuncios y señalamientos que había visto desde el auto en el que había sido trasladado al hotel *The Blue Oak* la noche anterior, estaban en inglés. ¿Cómo hacía Elsa Bay para trasladar chicos inconscientes de un país a otro y abandonarlos en un bosque solitario sin que le estorbaran las leyes locales? ¿Era posible tanto poder?

Se apartó de la ventana y pensó en volver a la cama. Reflexionaba sobre esta disyuntiva cuando sintió la inconfundible sensación del miedo reptando por su cuerpo. Alguien se aproximaba. Por la fuerza del sentimiento, debía tratarse de...

—¡Arturo! Quise venir yo misma a felicitarte —declaró Elsa Bay cuando abrió la puerta.

Sergio tuvo que aceptarlo: cada vez que la veía, le parecía más radiante, más atractiva. Llevaba puesto un conjunto invernal de modelo de revista: botas altas de tacón, suéter verde, mallas cafés, ushanka beige. Se sintió agradecido, tal vez por primera vez desde que recibió el Libro de los héroes, de su facultad para identificar a un demonio pese a su apariencia, dulzura o simpatía.

Venía sola. Y así, sola, entró en el modesto cuarto de muebles de madera, gruesos cobertores y alfombras de pared a pared. Arrimó la silla del pequeño escritorio y se sentó cruzando las piernas frente a Sergio, quien permanecía en la orilla de la cama.

—¿Felicitarme? No entiendo —dijo, aún luchando con el miedo; la visita había sido muy repentina—. Se supone que es lo que debemos hacer, ¿no? Antier incluso nos regañaste por ello.

—Sí, pero nadie había traído la carta el mismo día. Nadie, excepto tú, Arturo.

Los chispeantes ojos de Elsa no se apartaban de él. No le gustó el sentimiento. No quería llamar la atención. Sólo quería terminar la competencia para que Brianda regresara a su cuerpo y él, a su vida.

—No cualquiera sale con tanta facilidad de una tierra infestada de animales salvajes y hambrientos. Nos encargamos de que la población de *ursus arctos horribilis* fuera considerable —agregó—. Lo que no comprendo es cómo lo hiciste. Si no huiste del oso trepando por la cuerda, ¿cómo lo lograste?

—Supongo que tuve suerte.

—Suerte, claro. En dos transiciones y en la primera prueba. Entonces deberías de jugar más a la lotería, querido.

No era ninguna tonta. Sergio pensó que tal vez sería mejor hablar. Bajó la mirada. Deliberadamente paseó un dedo de la mano derecha sobre el tatuaje de la K con el rombo en la muñeca izquierda.

—¿Por qué quieres que participe en la Krypteia?

—¿Yo? —sonrió Elsa—. Pero si eres tú quien quiere hacerlo, Arturo.

—Tú me metiste en esto. Yo sólo quiero que Brianda esté bien.

Elsa delató un gesto de confusión, pero sólo duró un instante. Había acudido a ella esa sensación que a veces la visitaba en presencia de Sergio: ese odio y fascinación que nadie más podía transmitirle. Se trataba de un innegable *déjà vu* que era incapaz de extraer de su memoria y con el que se había encaprichado. Quiso recordar cuándo había sido la última vez que había estado a solas con un iniciado.

—Brianda Elizalde está bien —se aventuró a decir.

—¿Puedes probarlo?

La conexión quedaba hecha. La chica en el hospital y aquella en la que Arturo tenía tanto interés eran la misma persona. Elsa volvió a sentirse utilizada. Algo no cuadraba, pero no iba a mostrar al muchacho que alguien la había engañado. Que probablemente ambos habían sido engañados, pues desde el principio había dudado que Arturo Torremolinos hubiera llegado a la Krypteia por los medios tradicionales.

—No. No puedo probarlo, pero está bien.

—Es lo único que me interesa. Mi futuro y la élite me tienen sin cuidado.

"Es como si lo hubieran obligado a participar", pensó. "Como si sus padres no hubieran estado de acuerdo. Como si apenas se hubiese enterado de lo que estaba en juego." Tuvo entonces una mínima sospecha. Quizá por aquello que había sentido durante la primera cena cuando se miraron a la distancia. Por eso se esmeró, durante unos instantes, en transmitir a través de sus ojos centelleantes aquello que sólo alguien como Arturo podría detectar.

El amanecer se anunciaba. El cielo era ya de un hermoso azul blanquecino. El cuarto comenzaba a adquirir sustancia.

Elsa lo tomó de las manos y lo forzó a mirarla.

Sergio tuvo que enfrentar el horror. Los crímenes. La sangre de miles de doncellas. Ahí estaban, en algún lugar de su frío corazón. Las más asombrosas y despiadadas torturas. El miedo se desencadenó y no pudo detenerlo durante varios segundos.

Con eso fue suficiente. Elsa estuvo conforme. Su suposición era correcta. Paladeó su victoria.

—Tienes que formar parte, Arturo. Tienes que estar entre los tres. Porque te necesitamos. Y porque, en el fondo, sabes que quieres pertenecer a nuestra élite.

Más que una invitación, era una orden.

Elsa extrajo su teléfono celular de última generación. Lo puso frente a Sergio. La foto de un individuo y su nombre aparecieron en la reluciente pantalla.

—Gente rica, poderosa. Gente que no conoce límites —dijo, mostrando a Sergio la galería de personas famosas—. Gente que conduce al mundo, que hace lo que tiene que hacer para mover los hilos. Gente capaz de provocar un desastre aéreo o desatar una hambruna en África porque es leal a los intereses del grupo y no tiene escrúpulos en servirlo. Que posee grandes fortunas, que viste lujosas prendas, que consume los más caros productos.

A Sergio le horrorizó ver tantos rostros conocidos. Hombres y mujeres de todo el mundo que aparecían continuamente en los noticiarios. Supo al instante cómo es que Elsa podía cruzar las fronteras con un grupo de jóvenes inconscientes a cuestas, cómo podía perpetrar crímenes y salir impune.

—En todo caso —apartó el celular de la vista de Sergio—, no tienes alternativa. Lo sabes. O formas parte de los tres, o te quedas en el camino. Como José. Como Óscar. O como Alberto.

—¿Alberto?

—Los osos en ese bosque no son de utilería, querido, y lo sabes —sentenció como si diera el reporte del clima. Miró su reloj y se levantó de la silla del escritorio—. Vas a ser mío, Arturo. Que no te quepa duda. Y lo mejor es que vas a terminar por agradecérmelo.

Caminó con lentitud por la habitación, clavando los delgados tacones de sus botas en la alfombra, midiendo la fuerza de su siguiente sentencia.

—Sabes muy bien que tu estúpido Libro de los héroes no te puede ayudar aquí.

No hubo sorpresa en los ojos del chico. Lo supo al instante. Así que tenía el Libro. Y, por su falta de reacción, comprendió que él suponía que ella ya lo sabía.

¿Qué hacía un mediador entre sus aspirantes? ¿Quién era el responsable de tan extraño hecho? ¿Cómo había ocurrido? Organizaba ocho torneos por año, cada uno en un país diferente, y nunca se había enfrentado a una situación de esta naturaleza. No podía ser una casualidad. Alguien le había hecho el mayor favor de todas las Krypteias de su historia, o quizá la peor de las afrentas.

Era hora de poner la maquinaria en movimiento. Tenía algunas llamadas que hacer, algunas modificaciones que implementar.

—Elsa...

—¿Sí?

—Reintegra a Brianda, por favor.

—¿Cómo lo haces? —había un ligero tono de molestia en su voz—. ¿Cómo soportas el miedo?

—Rompe la escisión, te lo suplico. Seguiré hasta el final. Te lo prometo.

Elsa caminó hacia la puerta.

—En un momento te traen el desayuno —fue todo lo que dijo, aunque una nueva pregunta ocupó sus pensamientos: ¿quién era capaz de hacer una escisión africana tan poderosa? ¿Quién?

Capítulo diecisiete

Cuando abrió los ojos, se dio cuenta de que no había descansado nada. Toda la noche tuvo pesadillas terribles en las que se veía a sí mismo transformado en un demonio.

Se encontraba en una cama amplia y mullida, pero la congoja le impidió moverse. Se quedó mirando el techo, luchando por no reventar en llanto, por no revivir los momentos del día anterior, si es que no había transcurrido más tiempo.

Después de haber estado a solas en el hotel *The Blue Oak* durante un día y medio, pasaron por él para llevarlo por caminos fríos y sinuosos flanqueados por bosques nevados a una casa de madera a orillas de un lago.

El interior de la cabaña —una sala de estar sin más mobiliario que las sillas de los contendientes y la mesa donde Elsa recibió las cartas— fue el escenario de lo que ocurrió después.

A pesar de que Alberto ya no estaba entre ellos, Elsa insistió en que se llevara a cabo la eliminación. Los separó de nuevo en dos grupos; en el primero estaban Sergio, Elmer, Francisco y Samuel, los únicos cuatro que habían conseguido una carta. En el segundo se encontraban Héctor, Ignacio y Sebastián. En ese momento, se enteraron de que Orson no estaba porque, como había eliminado a Óscar, no había sido necesario que superara esa transición.

Una vez reunidos, fueron enviados, una vez más, a sendas habitaciones para que escogieran víctima y verdugo. Elmer se empeñó en ser él quien perpetrara el conjuro, pese a que Sergio intentó convencerlo de que no lo hiciera.

—No deberías de ser tan blando, tullido. No siempre vas a estar en este grupo. Eso te lo aseguro.

Tales palabras sembraron un malestar en Sergio que probablemente nunca se iría. Ahora, tendido de espaldas en esa confortable cama, el sentimiento continuaba siendo tan intenso como entonces. El malestar le revelaba el verdadero juego de Elsa: la formación de fieles servidores del Maligno. Era obvio que Elmer estaba cayendo lentamente en ese sombrío foso. Quizá los otros participantes también. Se preguntó si todos aquellos que habían desfilado ante sus ojos en el celular de Elsa serían demonios ya, si sus almas estarían perdidas irremediablemente.

El grupo de los perdedores eligió a Ignacio.

Sin embargo, para sorpresa de todos, cuando en los ojos de Elmer centelleaba la necesidad de anotarse un punto frente a Elsa, ésta cambió de parecer.

—Que sea sólo un susto —dijo, sin más.

Elmer la miró sin comprender.

—Todos sabemos que no llegará al final —explicó—. Así que, por ahora, sólo dale un susto.

Sergio fue el único que siguió a Ignacio al exterior de la casa. El único que comprobó que, mientras Ignacio yacía en el suelo, golpeándose el cuerpo en su desesperación, debatiéndose con las visiones indecibles, negras aves de picos rojos buscaban desde el cielo la oportunidad de reclamarlo como presa.

Sólo cuando Ignacio volvió en sí con un último grito y ambos emprendieron el camino de regreso a la cabaña, las carroñeras abandonaron el acecho.

Sergio dedujo entonces qué había ocurrido con los cuerpos de José y Óscar. Ahora le quedaba claro por qué resultaba imposible reclamar los cadáveres.

Finalmente, se recargó sobre sus codos, haciendo de tripas corazón. Estaba en una habitación suntuosa. Frente a él, había una pantalla de televisión que ocupaba casi toda la pared, una puerta que conducía a un baño con jacuzzi y otra que llevaba a un vestidor con varios espejos. A su derecha había un escritorio con la más moderna de las computadoras y, del lado contrario, frente a unos grandes ventanales, varias máquinas para hacer ejercicio.

¿Habría habido algún tipo de cambio en el programa?

Abrigaba algunas dudas cuando descubrió la tercera tarjeta sobre el buró de la izquierda.

Soberbia
Tres horas.
Tu lugar es en las nubes, no en el drenaje.

Se puso en pie. Llevaba puesta una piyama de seda. Su prótesis se encontraba recargada contra la pared más cercana; brincó hacia ella y se la colocó. Luego fue al baño, que despedía aromas cautivadores. Al regresar, miró por el ventanal. Un jardín hermoso y de grandes dimensiones rodeaba la casa donde se encontraba. A la distancia, había una cancha de tenis, una piscina y una serie de fuentes majestuosas que conducían a una arboleda. El horizonte mostraba los lindes de una ciudad.

Por puro instinto, tomó el control remoto de la televisión y pulsó el botón de encendido. Le sorprendió que el aparato prendiera y que, además, tuviera señal. Un hombre recitaba los índices financieros en un canal internacional de noticias. Dirigió al instante su mirada hacia la fecha y la hora. Una oleada de satisfacción lo colmó cuando supo qué día era: viernes 7 de marzo y daban las 10:35 AM. Habían pasado apenas doce días desde que había partido de casa. A él, sin embargo, le parecía que habían transcurrido meses. Esto, necesariamente, lo llevó a otra angustiosa reflexión: ¿Cómo estaría Brianda? ¿Qué habría sucedido con ella en doce días? ¿Cuántos más faltarían para terminar?

Si la televisión funcionaba, acaso quizá la puerta estuviera abierta. Se acercó sin hacerse demasiadas ilusiones.

Sí, estaba abierta. Sergio salió del cuarto y se encontró frente a un rellano con un tragaluz.

A través de un hueco formado por las escaleras en espiral ascendía desde la planta baja una extraña escultura monumental conformada por manos, pies, troncos y cabezas humanas en actitudes de asombro, sorpresa y espanto. A Sergio le pareció de muy mal gusto.

—¿Hay alguien aquí? —se atrevió a preguntar en voz alta—. ¡Hola! ¿No hay nadie en casa?

Lo intentó un par de veces más, pero no obtuvo respuesta.

Algo más llamó su atención. En el sitio donde daban vuelta las escaleras había un cuadro colgado en la pared. La modelo era, con toda seguridad, un antepasado de Elsa Bay. Sus rasgos eran muy parecidos, pero la mujer del cuadro carecía de esa impactante belleza. Llevaba un atuendo antiguo, de más de varios siglos, pero su elegancia denotaba que seguramente pertenecía a la nobleza europea. Sobre dicho retrato, Sergio descubrió el símbolo aquél que había visto en el *penthouse* la noche que conoció a Elsa: el dragón mordiéndose la cola alrededor de los tres colmillos horizontales que formaban una rudimentaria letra E.

Volvió a la habitación cuando sonó el teléfono.

El aparato se encontraba sobre el buró, al lado de un brillante tablero de ajedrez que sólo tenía tres piezas labradas en cuarzo.

—¿Bueno?

—Aquí Nelson —el tutor dejó pasar deliberadamente unos cuantos segundos antes de continuar—. Elsa ha decidido que tú no necesitas pasar por esta transición. Se dio cuenta de que tienes que ser uno de los tres elegidos y no quiere correr riesgos contigo. Si quieres, descansa.

—¿Y la tarjeta?

No hubo más. El tono intermitente contrastó con el volumen de la televisión, que anunciaba los estragos de la crisis hipotecaria alrededor del mundo.

Tu lugar es en las nubes, no en el drenaje.

Estaba desconcertado. Quizás ésa no fuera una prueba. ¿Elsa lo estaba poniendo por las nubes?

Con esta pregunta dando vueltas en su cabeza entró en el baño y se duchó. *Tres horas.* ¿Sería que le estaban concediendo tres horas ahí y luego pasarían por él?

Se vistió con calma y luego encendió la computadora. Lo primero que hizo fue revisar si tenía Internet. Descubrió con alegría que así era, y no tardó en abrir su correo electrónico. Le asombró darse cuenta de la cantidad de mensajes que tenía de parte del teniente Guillén. Había también un par de la maestra Luz, la directora de su escuela, aunque su tono no era tan alarmante como el del teniente. Había tres más del guitarrista de la banda, amenazándolo con echarlo del grupo si no respondía; uno de Julio, también preocupado; dos de la madre de Brianda, pidiéndole que se reportara y notificándole que su amiga de nuevo había dicho su nombre en sueños, y finalmente, uno de Alicia, en el que le anunciaba, de una forma un tanto apresurada e impersonal, que se quedaría unos días más en Miami. Ésta fue la única noticia que lo hizo sentir más tranquilo.

Estuvo tentado a responder un par de mensajes, pero prefirió no hacerlo. Una de las pocas reglas de la Krypteia era que no podía comunicarse con nadie del exterior.

Ingresó a sus cuentas en varias redes sociales y buscó inmediatamente el perfil de Brianda. Las muestras de solidaridad de la gente eran impresionantes. Luego, sólo por no dejar, buscó las actualizaciones de Jop. Cosa increíble, tenía más de dos semanas sin publicar ninguna entrada. Recordó lo mucho que Jop había cambiado desde principios de año. Con tristeza, supuso que acaso también le había perdido el gusto a la informática.

Se sacudió tales pensamientos y cerró las aplicaciones. Casi daban las doce. ¿Habría algo de comer en la cocina?

Salió de la habitación y bajó por las escaleras, rodeando la monstruosa escultura. Le sorprendió que, al descender, la intensidad de la luz aminoraba considerablemente. En la planta baja, las ventanas del área común estaban cubiertas por gruesas cortinas de color escarlata. Hizo un primer reconocimiento puerta por puerta. Encontró un cuarto de juegos, una lujosa estancia con muebles más del estilo de un castillo que de una residencia contemporánea, y también un incomprensible salón de amplios ventanales lleno de figuras antropomorfas similares a las de la columna en las escaleras y con una tina blanquísima en el centro.

No sabía qué era pero algo en esa residencia lo hacía sentir profundamente incómodo.

Al abrir la última puerta dio, al fin, con una amplia cocina de aspecto aséptico, como si nunca antes hubiera sido utilizada. Como no tenía ventanas, intentó accionar el interruptor de la luz, pero no funcionó. Tendría que comer sumido en esa oscuridad.

Abrió uno de los dos refrigeradores. Dentro encontró yogurt, leche, carnes frías, fruta y…

Una conmoción. Una gran sacudida. El implacable recordatorio de que los demonios no tienen rasgos de gentileza. Que Elsa no le haría ningún favor mientras no formara parte de la élite. Que ese tipo de cortesías no las tiene ningún servidor del Maligno con nadie, mucho menos con un mediador. Que seguía dentro de la Krypteia, le gustara o no.

Al fondo de uno de los anaqueles, había una cabeza humana. Se trataba de una infeliz muchacha con el cráneo rasurado, los labios trémulos, azulados, los párpados hundidos, la piel seca y amarillenta como una cáscara.

Cerró la puerta con asco.

El título de esa transición era Soberbia.

Sergio lo vio con toda claridad. La llamada de Nelson tenía como fin que el participante se confiara y cayera en la trampa de su propia arrogancia. Había dejado pasar casi la mitad del tiempo por culpa de su ingenuidad.

—Maldita sea.

Tenía que darse prisa. Había perdido demasiado tiempo. ¿Qué más decía la tarjeta?

¡El drenaje! Claro. Ahí debía estar la respuesta.

Volvió al salón donde estaba la tina.

En cuanto abrió la puerta,

... racionalizar los acontecimientos para que puedas sobreponerte a todo eso que te ocurrió y que nada... minutos le llevó ponerse la gabardina, por eso... programar la subrutina para que el proceso tarde mucho menos... no podemos darnos el lujo de que... cuatro limpios tajos en la piel para que la sangre... un diamante canario en el anillo de compromiso de María... la ruta que lleva a Staten Island es la mis

Pese a la penumbra, percibió un destello de luz en su mente.

Se enfrentó con las estatuas del salón, horribles composiciones de piedra que mostraban fragmentos de seres humanos como si hubieran sido cortados en trozos y vueltos a ensamblar de manera grotesca.

Se acercó a la tina. A un lado, advirtió que una regadera de teléfono colgaba del techo. Debajo de ésta, había una coladera y, a un lado, un par de gruesas barras para que, quien se bañara ahí, pudiera sostenerse. Del otro lado de las barras, había una compuerta al ras del suelo. La manija era de colores verde y púrpura.

Más claro, imposible.

Tiró de ella hacia arriba. Un tufo a podredumbre lo acometió como una bofetada. Tosió por unos segundos. Varias moscas abandonaron el encierro y revolotearon sin apartarse.

Sólo se veía un túnel oscuro y el inicio de una escalerilla de mano. En la carcomida superficie de la cara interna de la compuerta, sujetada por un clavo, encontró una pequeña linterna con una cinta elástica.

Sé firme como una torre.
El rey blanco debe morir en diez movimientos.

Capítulo dieciocho

No había retorno. El miedo comenzó a hacer su trabajo. El espacio entre su espalda y la pared del foso era mínimo. El descenso no terminaba. Sergio dirigía de vez en cuando la luz hacia el fondo, pero sólo podía distinguir más y más escalones. Moscas y más moscas. Empezó a temblar. La sensación de claustrofobia, de estar siendo tragado por una fétida y descomunal garganta, lo tenían aterrado, hasta que, repentinamente, dio contra el suelo de una superficie fangosa.

Se separó de la escalerilla y dirigió la luz hacia la cámara en la que se encontraba. El foso desembocaba en un tubo de asbesto de unos dos metros de diámetro. Ahuyentando las moscas de su rostro, miró hacia abajo. Comprendió que no era un drenaje común y corriente. Entre las heces, huesos humanos hacían las veces de escalofriante alfombra. Las ratas, sin pudor alguno, corrían y chapoteaban entre sus piernas.

—Soberbia —musitó.

De dormir en piyama de seda a estar parado entre la mierda y la podredumbre.

Fue presa de violentas arcadas que intentó socavar sin éxito. Echó unas pocas gotas de un líquido marrón. Al reponerse, se cubrió la nariz y la boca, tratando de aminorar la pestilencia. Sólo podía ir en una dirección, así que avanzó con firmeza. A unos veinte metros, dio con una gran puerta metálica circular, similar a una escotilla, que debía abrir girando un volante.

Lo accionó en dirección contraria a las manecillas del reloj. Escuchó que cedía un seguro. Atrajo la puerta hacia él.

Lo que encontró fue una reducida cámara con otras tres puertas idénticas: una al frente y dos a los costados.

Brincando el pequeño borde, entró. Para su mala fortuna, una rata decidió seguirlo. En el interior de esa minúscula cámara no había huesos ni desechos humanos, aunque estaba visto que las moscas y la fetidez lo acompañarían a todos lados.

Una vez ahí, se hizo la pregunta que lo conduciría al siguiente naipe. ¿Qué camino debería seguir? Su única pista no le decía qué tenía que hacer.

Sé firme como una torre. El rey blanco debe morir.

Tal vez tendría que abrir todas las puertas. Intentó empezar con la puerta del costado derecho, pero el volante no giró. Luego, intentó con el izquierdo. Tampoco funcionó. Con el de la puerta de enfrente sucedió lo mismo. ¿Qué estaba haciendo mal?

Con terror lo dedujo. Tiró de la puerta por la que había entrado y, una vez que la hizo embonar, giró el volante por dentro para asegurarla. Al instante se encendió un foco rojo en el techo de la cámara. Suspiró. Supo que debía intentar abrir una puerta, la que fuera. Se decidió por la que tenía enfrente. El volante giró sin problema.

Sin embargo en cuanto cedió el seguro, el foco se apagó y sintió que la puerta lo aventaba con violencia. Litros y litros de agua turbia empezaron a inundar la cámara. En un instante, el líquido semitransparente le llegaba a la cintura. La rata hizo un intento por acercarse a Sergio para subir por sus ropas, pero él la arrojó de un manotazo a la cámara que acababa de abrir.

Si cada puerta que abría desataba un torrente, en poco tiempo terminaría ahogado. Era obvio que sólo había una puerta correcta. Si erraba, el nivel del agua se incrementaría.

Y si una sola ruta era la correcta, ¿cuál sería?

Sergio se dio un golpe en la frente. La nueva pista obviamente se trataba de una referencia al ajedrez. El rey. La torre. Ésta última debía dar muerte al rey, pero, ¿a qué se refería? ¿Por qué diez pasos? Lo único que le quedaba claro era que tenía que ir en línea recta, puesto que ése era el único movimiento permitido a la torre.

Cerró la puerta que había abierto por error. Al instante se encendió el foco rojo. Sólo por no dejar, intentó abrir la puerta que lo había conducido ahí. Podía ser que, al abrirla, el nivel del agua bajaría. Sin embargo, tal como lo supuso, fue imposible. No había modo de volver.

Abrió entonces la puerta que confrontaba aquella por la que había entrado.

El seguro cedió. El foco se apagó. Se preparó para recibir el golpe del agua, pero nada ocurrió. Al contrario, el agua que le llegaba a la cintura huyó hacia la nueva cámara abierta. Se sintió aliviado. Como una torre, sólo había que avanzar diez casillas en línea recta.

No tenía mucha lógica ajedrecística, pues el tablero sólo tiene ocho casillas por lado. Con todo, se sintió confiado y cerró la puerta tras de sí. En cuanto se encendió el nuevo foco rojo, recordó con beneplácito que la rata se había quedado en otra cámara. Las moscas, sin embargo...

Presa de un comprensible entusiasmo, se apresuró a abrir la tercera compuerta en línea recta desde su llegada a tal laberinto.

El seguro hizo clic.

El foco se apagó.

La fuerza de la corriente lo derribó y, por unos instantes, tuvo que aguantar la respiración mientras manoteaba, luchando por ponerse en pie. La linterna dejó de funcionar.

Cuando logró incorporarse, sintió pánico. El agua le llegaba al pecho. Tenía que mover los brazos y dar pequeños saltos, como en una alberca, para no perder el equilibrio.

Y, para colmo, estaba completamente a oscuras.

El terror fue implacable. ¿Qué había hecho mal?

"Como una torre...", pensó. "Firme como una torre... ¿ diez pasos? ¿Diez movimientos?"

Dos puertas. Dos opciones. ¿Diez movimientos?

Tiritaba de frío. De miedo. ¿Moriría en ese espantoso lugar? ¿Así acabaría todo?

Llevaba más de cuarenta minutos ahí dentro. Si lo sumaba al tiempo que había perdido...

Tenía que tomar una decisión.

Optó por la puerta de la izquierda. Era una moneda al aire. Si no acertaba... prefirió no pensar. Bañado por la luz roja hizo fuerza contra el volante de la puerta izquierda. La penumbra lo acometió.

—Por favor... —suplicó.

Lamentó su decisión en seguida. La puerta, aunque no fue arrojada con violencia, dejó pasar litros y más litros de agua. Era evidente que no había elegido la puerta correcta. Sergio comenzó a sentir que el agua lo cubría, que el nivel subía poco a poco hasta detenerse a unos cuantos centímetros por encima de su cabeza.

Tuvo que nadar hacia la superficie. El zumbido de las moscas parecía indicar que también presentían el peligro. En completa oscuridad, se asió a la puerta recién abierta. Lo primordial era no desubicarse, no perder la noción de los dos errores cometidos. La tercera puerta tenía que ser la buena.

Suspiró y se sumergió para devolver la puerta a su sitio. Tuvo que repetir esta acción siete veces. En dos ocasiones sintió que casi se ahogaba, que no resistiría más, pues al cerrar la puerta, ya no tendría de dónde sostenerse. Sin embargo, en la séptima imersión la última pudo por fin girar el volante por completo y cerrar la compuerta. La luz roja lo hizo sentir un poco mejor.

Estaba muy cansado. Y no sabía si resistiría mucho. Prefirió no pensar. Ahora la decisión era fácil.

La puerta derecha. Esa tenía que ser la opción.

Y súbitamente, mientras palpaba el volante correspondiente, a través de la rojiza luz que se filtraba en el agua, lo recordó. Al lado del teléfono, cuando recibió la llamada de Nelson, había un lustroso tablero de ajedrez con tres piezas.

Tres piezas: un rey blanco, una dama negra, una torre negra.

Recordó la disposición exacta. Sintió tanto alivio como si el agua hubiera desaparecido.

Emergió con esa idea en la mente, tratando de inhalar todo el aire posible.

Diez movimientos. De frente y a la derecha. De frente y a la derecha. Cinco veces. Sólo así era posible alcanzar, moviéndose en línea recta, la última franja del tablero, donde el rey blanco, acorralado por la reina, aguardaba el mate atemorizado.

Un sencillísimo zig-zag.

Con esa nueva alegría en el corazón, se dispuso a hacer lo que tocaba. Esta vez tuvo que sumergirse diez veces para conseguirlo. Cuando se apagó el foco, se sintió renovado. Tuvo que hacer palanca, desde el fondo de la cámara, para poder vencer el peso del agua. La prótesis se soltó, pero en cuanto consiguió empujar la puerta, descansó. El agua huyó hacia la cámara vacía. En breve, pudo volver a ponerse en pie. El agua volvía a llegarle al pecho.

Entró en la nueva cámara con su prótesis en la mano. Cerró la puerta. Estaba a punto de abrir la que seguía cuando se detuvo. No es que dudara de la ruta; se trataba más bien de cierta promesa que se había hecho. Y porque creyó que bien valía rebelarse de esta manera.

Volver a la primera cámara no sería problema. Además, en su opinión, aún había tiempo. Sería un mensaje brevísimo. Después, volvería sobre sus pasos.

Se puso la prótesis a toda prisa y volvió a la cámara anterior. Cerró la compuerta tras de sí.

Capítulo diecinueve

Farkas se metió en el parque sólo para estar seguro.

Recién se había dado un festín de carne fresca en un callejón y le molestaba pasar de la plácida sensación de tener el estómago lleno a la de estar siendo observado.

Caminaba sin prisa por Avenida Universidad cuando advirtió que un individuo de chaqueta y gorra de beisbol le seguía los pasos.

Era prácticamente imposible que alguno de sus enemigos diera con él en México. Sin embargo, no podía correr riesgos. Sólo por eso tomó tan repentina decisión: para estar seguro.

Oculto por la penumbra en los jardines de los Viveros, se sentó en una banca. Aún no pasaban cinco minutos cuando lo acometió ese extraño sentimiento. Cuando se dio cuenta de quién se trataba, era demasiado tarde.

El hombre de la gorra se sentó a su lado con las manos dentro de la chaqueta. Las sombras lo cobijaban como si fuera un personaje de novela negra que estuviera por llevar a cabo alguna transacción clandestina.

Farkas, en el fondo, comenzaba a disfrutarlo.

—¿Cuánto tiempo? ¿Trece años? —dijo, para romper el hielo.

—Más. Un poco más.

—¿Cómo diste conmigo?

—Aún soy un Wolfdietrich, Peeter, aunque haya estado perdido durante tanto tiempo.

—¿Y aún tocas el violín?

—Sólo si es absolutamente necesario.

La oscuridad era, sin lugar a dudas, un tercero en dicha reunión. Ninguna luz llegaba hasta donde se encontraban. El silbido de un carro de camotes perdido en la urbe dio a la estampa un aire melancólico. No hacía frío, pero ambos parecían padecerlo; uno, enfundado en un tosco abrigo, el otro, en su chaqueta de cuello alto.

—Deja al muchacho, Peeter.

—Es demasiado tarde, Phil.

—Déjalo. Él no tiene la culpa de nada.

—Tiene un trabajo que cumplir. Nada podemos hacer tú o yo al respecto.

El hombre de la gorra se pasó una mano por la cara en señal de abatimiento. Torció la boca. Encogió las piernas.

—No pudiste quitármelo entonces, Phil —Farkas continuó—. Tampoco ahora podrás hacerlo.

—Es sólo un muchacho.

—No es cualquier muchacho. ¿Lo has visto?

El hombre de la gorra negó con pesadumbre, como si comenzara a darse cuenta de la inutilidad de la charla. En ningún momento se habían visto a los ojos; a lo lejos, parecía una plática informal entre camaradas, pero en el ambiente flotaba una tensión de enemigos mortales de antaño.

—Estarías orgulloso, Phil, créeme.

Una patrulla hacía su ronda con las luces encendidas. Ambos siguieron con la mirada el paso lento del automóvil hasta que se perdió por la calle.

—Dime una cosa. ¿Ha valido la pena?

—¿Qué?

—Ser el perro de Oodak.

Una sonrisa se dibujó en el rostro de Farkas. Bien visto, había sido una buena experiencia. Acababa de descuartizar a cuatro escuálidos perros en un callejón. Y ahora se reunía con un viejo conocido que no tenía empacho en ser mordaz. Sí, era una buena noche con sus buenas cosas.

—Mucho, Phil. Mucho.

—No me quedaré cruzado de brazos si insistes en utilizar al chico —lo amenazó.

Farkas cruzó la pierna. Sacudió un poco el pie. Se atrevió a mirar de soslayo a su interlocutor. Había que estar alerta, por si acaso. Había que fingir despreocupación, por si acaso.

—Entonces tenemos un problema.

El hombre de la gorra negó sutilmente con la cabeza. Se puso en pie. Estaba por partir cuando Farkas lo detuvo.

—Hay mucho que ha de cumplirse. Es tiempo. Y ni tú ni yo...

Phil escupió a sus pies como respuesta. Hubo una grave confrontación de miradas. Por un momento, pareció que la tensa calma huía con el viento, que la invisible barrera que impedía un enfrentamiento físico se desmoronaba por completo. Sin embargo, a los pocos segundos, el hombre de la gorra susurró:

—Quedas advertido.

—Lo mismo digo.

El hombre emprendió su camino con las manos aún dentro de la chaqueta y se perdió en la oscuridad.

Farkas tardó en recuperarse. No deseaba admitirlo, pero el encuentro lo había puesto nervioso. En un arrebato, abandonó su forma humana y huyó a los jardines agrestes como huyen las bestias.

* * *

Eran casi las 10:00 AM. Jop sabía por Farkas que, por la mañana, ninguna actividad tenía lugar en la casa, pues todos dormían. No había mejor momento para intentar escabullirse al interior.

Consigo sólo llevaba una llave de tuercas que sacó de uno de los autos de su padre para hacer palanca sobre cierta ventana que siempre se encontraba a medio cerrar por un defecto en la manija. Para ese entonces, se jactaba de conocer tan bien la casa que incluso estaba al tanto de ese tipo de detalles.

Abrió la reja y cruzó el jardín en dirección al sombrío edificio de ladrillo rojo y cantera gris. Se pegó a la pared.

Le sudaban las manos, pero sabía que debía hacerlo. Las noches anteriores habían estado pobladas de espantosas pesadillas.

Justificadas, además. Se había repetido muchas veces que debía hacer algo, que no había marcha atrás.

La ventana crujió, pero se abrió con facilidad.

Jop no pudo evitar santiguarse antes de trepar al interior. No podía creer lo que estaba haciendo. Si lo descubrían…

Aterrizó sobre la tapa de un cofre, pero, para su fortuna, no arrancó un solo ruido a la habitación.

Una vez dentro, echó un vistazo antes de permitirse otro movimiento. Todo estaba tal como lo recordaba: el tótem, la efigie, el órgano; la mesa de jade donde, según Farkas, más de un corazón había sido extraído; las tres esculturas del diablo acabando con San Miguel; las pinturas que parecían copias de las más espantosas páginas del Libro de los héroes; los muñecos de cuerda, depositarios todos de añejas maldiciones.

Jop tuvo la impresión de que éstos parecían haberse dado cuenta de su intrusión, y estaban más que dispuestos a despertar, golpear platillos y sacudir cascabeles para sonar la alarma. Podría haber jurado que un arlequín desguanzado que sostenía una lanza giraba la cabeza para confrontarlo.

No lo soportaría durante mucho tiempo. Se traicionó y emprendió la carrera hasta las escaleras que conducían al sótano. Descorrió la delgada cortina negra que las escondía y accionó el interruptor. Para su alivio, éste encendió un foco. La luz le mostró las escaleras que, ante su vista, daban una vuelta de 180°. Volvió a santiguarse y bajó hasta el primer muro; contó unos veinticinco escalones. Dio vuelta sin poder quitarse de la cabeza el calabozo que Farkas le había mostrado y el grito que, incrédulo, al fin había reconocido. Tendría que haber hecho algo en ese momento en vez de huir, pero el terror había ganado.

La luz mortecina de las escaleras resultaba del todo inútil en los pasillos del sótano. Rogó al cielo que hubiera más focos ahí abajo, que no todos los demonios fueran capaces de ver en la oscuridad.

Después de descender otros tantos peldaños, dio con otro interruptor. Lo accionó y la luz le reveló un largo y lóbrego pasillo con cuatro puertas de madera cerradas... Recordaba perfectamente dónde estaba la cámara de tortura, pero no era ése su objetivo. Ahora buscaba una celda. Tenía que haber una o más. El hombre lobo le había asegurado que *monsieur* Gilles mantenía a sus víctimas en ese sitio apartado, ya que así resultaba imposible que sus gritos fueran escuchados fuera de la casa.

Caminó hasta el final del pasillo, hacia el hueco en la pared que más bien parecía una entrada al averno. El túnel, excavado directamente en la tierra y hundido en la oscuridad más profunda, seguramente conducía más allá del predio de la casona. Se dispuso a entrar. No encontró un interruptor de luz, pero colgado en un clavo había algo mejor: un manojo de llaves.

Caminó en medio del olor a la humedad sintiendo en sus pies la tierra suelta y las rocas, sosteniéndose de las paredes frías, tratando de guiarse por la poca luz que llegaba hasta ahí y que, a cada paso, era más y más tenue.

Al final, encendió la luz de su teléfono celular. A unos treinta pasos ya no se veía casi nada, pero, para su suerte, dio con una puerta metálica.

Miró hacia atrás. El hueco por el que había entrado se apreciaba tan distante que, por un momento, pensó que lo mejor sería dar marcha atrás y olvidarse de esto para siempre.

Pero no podía. Sería el peor de los cobardes.

Con la débil luz de su teléfono localizó la cerradura. Comenzó a probar llave por llave hasta que encontró la que embonaba.

Cuando empujó la puerta, un rechinido hizo eco en otro pasillo con suelo, techo y paredes de cemento. Había también varias puertas a los costados. Los resabios de una luz que se colaba a través de una de ellas le permitió ubicarse.

Se asomó al interior de un cuarto a su izquierda; no era más que un baño con una sucia taza. Una cucaracha corrió a esconderse cuando lo sintió llegar. Jop cerró. Se dirigió con ansiedad a la puerta de enfrente y recorrió un pestillo que no estaba asegurado por candado alguno.

Antes de entrar, accionó un interruptor. Era una habitación pequeña, dividida a la mitad por una reja. Del otro lado, había un colchón, una silla…

Estaba a punto de irse cuando distinguió, en una esquina, algo que le puso la carne de gallina. Era una muñeca de medio metro de altura que parpadeaba y movía los labios como si quisiera decir algo. Parecía tener vida propia. Tenía ojos de obsidiana, piel de barro y…

Se sobrepuso al horror. El atuendo era muy parecido al que siempre usaba…

—Brianda —murmuró.

Sintió una gran pena. Se acercó a la muñeca y, obedeciendo a un impulso, se inclinó para levantarla. En cuanto la tocó, fue como si los oídos se le destaparan. Dio media vuelta hacia la jaula, sorprendido.

—¡Jop!

Era ella. Fantasmal. Incorpórea. Una visión. Se notaba que había llorado durante días. Pero era ella, vestida con una bata de hospital, sin lentes, con el cabello suelto. Brianda.

—¡Brianda! —exclamó—. Pero, ¿qué…? ¿Cómo es posible?

—Jop, no hay tiempo que perder. ¡Rompe el camino de sal!

Era ella. En verdad era ella. Le estaba hablando. Lo miraba a los ojos.

—¿Qué camino? Yo…

—¡Que rompas la línea de sal!

Los ojos de Brianda se abrieron desorbitados. Jop seguía tratando de comprender. ¿Se parecía al horror aquello que se dibujaba en el rostro de su amiga? ¿Qué era lo que…?

Jop sintió un súbito golpe seco en la nuca. Lo envolvió una densa oscuridad. Escuchó, a lo lejos el eco de un grito.

Capítulo veinte

Bastian sabía que había demonios contra los que no podía competir. Y que pronto se encontraría ante uno de ellos. Maniatado. Sometido. La rabia lo consumía. No podía resignarse a terminar así. Tantos héroes a los que había destrozado con sus propias manos, tanta sangre inocente que le había hecho granjearse un lugar entre los preferidos de Oodak, y ahora...

Las ataduras, por supuesto, no eran problema. Podía desgarrarlas sin pensarlo dos veces, pero escapar tampoco era opción. Sabía que despertar la ira de un demonio de esa talla equivalía al suicidio. Ya fuera en un día o en un mes, daría con él, y el castigo sería terrible. Su alma perdida sería arrojada al infierno; no volvería nunca más.

No. Después de tanto tiempo, no podía terminar así.

Miró en derredor. Se hizo daño en el cuello con las cuerdas fibrosas que lo ataban a la silla giratoria. Estaba en una oficina como cualquier otra: había un escritorio, libreros, una silla de amplio respaldo y una computadora de pantalla. Acaso era más repugnante por la cantidad de luz blanca que la iluminaba. Sólo un detalle delataba que pertenecía a un demonio; se trataba de un cuadro con un escudo que conocía desde hacía siglos: el dragón que rodeaba los tres colmillos.

Se abrió la puerta.

Bastian descubrió que estaba sudando. La Condesa se sentó del otro lado del escritorio como si se dispusiera a discutir un asunto de negocios. Nelson, su siervo mexicano, se recargó contra una de las paredes con los brazos cruzados, expectante.

—¿Cuántos años llevas sirviendo a la Krypteia, Bastian? —le preguntó en francés.

—Muchos, Condesa.

—¿Y por qué, si se puede saber, participaste en esta porquería? —preguntó, arrojando sobre el escritorio el expediente de Arturo Torremolinos junto con una nota periodística sobre el caso de los siete esqueletos decapitados. Una foto de Sergio al lado del teniente Guillén ilustraba el texto.

Los ojos enrojecidos de Bastian oscilaban entre los documentos y el hermosísimo rostro de la Condesa. Algo había de súplica en ellos, al igual que en el gesto de su faz deformada.

—¿Por qué infiltraste a este muchacho? ¿Dónde está el verdadero Torremolinos?

—No puedo decírtelo.

—¿Quién más está involucrado en esto, Bastian?

Elsa fijó sus pupilas en el rostro de su cautivo como si pudiera extraerle la verdad taladrándolo con la mirada. Forzó una mueca. Se puso en pie.

—¿Olvidaste que alguna vez te rescaté del hacha de la Inquisición? —preguntó en castellano—. ¿Dónde fue? ¿En Sevilla? Te habían acusado de practicar brujería. Ibas directo a la hoguera dentro de una jaula. Fui yo quien enfrentó a los tres curas y a los cuatro hombres de armas que te llevaban. Yo sola. ¿Olvidaste la sangre que derramé por conseguir tu libertad? Aún no estabas entre los favoritos de Oodak; eras apenas un patético emisario. ¿Acaso lo olvidaste ya?

—No, Condesa. No lo he olvidado —replicó Bastian, mirando hacia el suelo.

—Entonces, ¿por qué...?

—¡Porque es importante! —Bastian la interrumpió.

—¿Qué es importante?

—Que Sergio Mendhoza culmine la Krypteia.

—¿Quién está detrás de esto, Bastian? —preguntó, abofeteando la cara del enano con el expediente.

Sabía que no era Oodak quien había dado tal orden. ¿Qué se le escapaba? ¿Por qué un simple mediador debía culminar la Krypteia? Durante más de medio siglo había reclutado decenas de muchachos, todos en los albores de la edad adulta; había engrosado las filas demoníacas al servicio de Oodak desde la década de los cincuenta; primero, en dos países, luego en diez, y ahora, en pleno siglo XXI, operaba en dieciséis. ¿Por qué, de pronto, se transgredían las normas? ¿Por qué se colaba un niño en la Krypteia mexicana? ¿Uno que, además, llevaba la delantera en todas las transiciones? ¿Qué razones había que ella ignoraba?

Se recargó en la orilla del escritorio con los brazos cruzados, a unos cuantos centímetros de Bastian, quien se mostraba ansioso. Lo único cierto era que había sido engañada. Que Bastian, uno de los encargados de elegir a los candidatos, había roto las reglas. Y que, en su opinión, eso era una afrenta imperdonable.

—Déjanos solos, Nelson —sentenció sin cambiar de postura.

—¡No, Condesa, noooo! —gritó Bastian, al tiempo que modificaba su cuerpo. Su rostro se alargó, sus ropas se hundieron en un pelaje pardo y sus manos se convirtieron en garras. Quedó liberado de sus ataduras y abrió sus furiosas fauces.

Nelson se aproximó a la puerta sintiendo envidia. Sólo los demonios más cercanos a Oodak eran capaces de tales proezas. Y él, después de tanto, seguía estando a prueba. Abandonó la oficina con un gesto de decepción en los labios.

La puerta se cerró.

Sucedió apenas en un instante, pero no hacía falta más.

Bastian recordó demasiado tarde lo que se decía de Elsa, la favorita de Lucifer desde el siglo XV. El dolor que sintió en el cuerpo fue insoportable. Cada una de las terminaciones nerviosas en cada milímetro cuadrado de su espesa piel fueron presa de un fuego abrasador, de un golpe de ariete monumental, de una descarga de miles de voltios. El dolor se incrementó más y más y más, hasta que un alarido sobrenatural escapó de su garganta.

Luego, de un segundo a otro, se vio a sí mismo en el centro de la oficina, inmóvil, devastado: un enano de ropaje antiguo deshaciéndose en un grito. Supo que era el fin. Que la inmortalidad no era sino otra falacia. Que había cometido un error al aceptar formar parte de la facción de Farkas.

Un sentimiento de tristeza lo colmó. Y el dolor físico no desaparecía. Sabía que no se iría hasta que las garras de los ángeles negros de Satanás reclamaran su espíritu. Hasta que Elsa fuera arrebatada por su amo a las profundidades del infierno.

Ante su mirada suspendida entre la vida y la muerte, Elsa sacó una filosa daga de su bolso.

De haber podido, Bastian habría llorado, suplicado; habría proferido gritos terribles de dolor, pero estaba en un estado de suspensión que no terminaría.

Ella, por su parte, hizo un trabajo magistral con la daga. Sabía que tenía que hacerlo antes de que la carne quedara completamente petrificada. Trabajó deprisa durante un par de minutos. Luego se acicaló y salió de su oficina.

Nelson, sentado en un sillón de espaldas a la pared, se puso en pie de inmediato.

Majestuosa y serena, Elsa caminó a lo largo del corredor en dirección al salón de eventos. Se encontraban en el piso décimo cuarto de un edificio que pertenecía a una de las empresas de la Krypteia.

Nelson la siguió a toda prisa sintiendo una profunda admiración. La veía sólo unos cuantos días cada dos años, cuando la Krypteia se llevaba a cabo en México. Cada vez le resultaba más impresionante su estatura demoníaca, que fuera capaz de acabar con un monstruo como Bastian y luego anduviera por los pasillos como si se dirigiera a firmar un documento.

Llegaron a su destino. Antes de ingresar, Nelson detuvo su mano en la perilla de la puerta.

—Condesa, quisiera saber una cosa —dijo con temor, a sabiendas del enfado que podría ocasionar—. ¿Por qué pidió a sus siervos que permanecieran en el estacionamiento del edificio?

Elsa volvió a arreglarse el peinado. Lo miró con desdén. Nelson no se merecía ninguna explicación. Pero acaso quiso dársela porque ella misma había tenido la necesidad de justificarse. Por primera vez en mucho tiempo se había deshecho de todos sus guardaespaldas. Estaba sola, sin protección, como cuando fue, en algún momento de su vida, una inofensiva noble húngara que jugaba a las muñecas y alimentaba las palomas.

Desvió la mirada. Tomó el picaporte. Dio un respiro.

—Porque tengo un mal presentimiento y no quiero que nadie interfiera con la decisión que acabo de tomar. Esto va para ti también. ¿Te queda claro?

Nelson no tuvo tiempo de asentir. En cuanto cruzaron el umbral, se hizo un silencio de muerte.

Sentados ante la gran mesa circular de un salón de más de 200 m^2 y ventanales de suelo a techo, se hallaban los participantes que continuaban en la contienda. El crepúsculo se anunciaba ya en el horizonte y la noche no tardaría en caer, pero en la habitación no se había encendido una sola luz.

Elsa, aún de pie, observó a cada uno de los muchachos. Sabía que esa ceremonia no sería como las otras, que algo acontecería. Casi lo deseaba.

A intervalos regulares se encontraban sentados Orson, Samuel, Elmer, Héctor, Sebastián, Ignacio y Sergio. Esa Krypteia no estaba dando los frutos que debía. Elsa se preguntó si Bastian había escogido contendientes que no fueran competencia para Sergio Mendhoza, alias Arturo Torremolinos.

"Es importante..."

No podía quitarse de la mente esa frase que, con tanta vehemencia había dicho el enano, como si el destino que ahora enfrentaba no fuera nada en comparación. Se sorprendió a sí misma vigilando a Sergio, quien, incómodo, rehuía su acuciosa mirada.

Se paseó en torno a la mesa, haciendo que sus tacones resonaran en el parquet encerado. Se detuvo detrás de Héctor. Puso las manos sobre sus hombros.

—Héctor, ¿tienes una carta para mí?

El muchacho, avergonzado, negó con la cabeza. Elsa se dirigió entonces a Sebastián, quien también le respondió con una negativa.

Continuó así hasta llegar a Ignacio y a Sergio. Ambos le entregaron una carta metálica.

La Condesa no pudo sino mirar con desdén a Ignacio, quien le entregaba una carta por vez primera. Sabía que Sergio le había ayudado. Se lo informaron en cuanto éste emergió de la cloaca de la casa en Puebla. Habían descubierto, en las paredes de la primera esclusa, las indicaciones que Sergio había tallado en clave morse sobre el metal; eran instrucciones precisas para no abrir compuertas equivocadas. Ella no le había dado importancia porque creyó que no funcionaría. No obstante, funcionó. Ignacio resolvió el dilema de manera impecable.

Le molestó detectar que el muchacho miraba de reojo a Sergio. Se sentó en la única silla libre y arrojó las cartas al centro de la mesa, haciéndolas entrechocar.

—Estoy muy decepcionada —exclamó—. No sólo por Francisco, cuyo cuerpo flota aún en el drenaje, ni por los cinco muchachos que agotaron su tiempo viendo la televisión y durmiendo una siesta, sino por la falta de ambición que detecto en todos ustedes.

La tensión crecía.

—Orson —dijo Elsa—: yo te pido una carta, ¿y tú?

Todos observaron al musculoso muchacho, quien no consiguió ocultar su nerviosismo.

—Te entrego una carta, Elsa —respondió con pesar.

—¿Por qué, en mi ausencia, no arrancaste la carta de las manos de Arturo?

Sergio sintió un arranque de indignación. Elsa les había dicho claramente que no debían estorbarse unos a otros.

—No sabía que se podía —Orson refunfuñó.

—Es cierto: no estaba permitido. Así como tampoco estaba permitido que los rivales se ayudaran entre sí. Visto de esta manera, tal vez sea momento de cuestionar ciertas restricciones.

Elsa miró a Sergio y a Ignacio con descaro. Sonrió. Consiguió que Orson y los otros miraran con molestia a ambos muchachos. Volvió a ponerse en pie.

—Aun así —dijo, dándole a sus palabras una estudiada pausa—. Los ganadores deben elegir; Los perdedores, también. Tienen un minuto.

Caminó lentamente hacia un garrafón que se encontraba en el fondo de la sala. Sergio e Ignacio se miraron, al igual que los chicos frente a ellos. Se pusieron en pie y se apartaron de la mesa. Los otros cinco hicieron lo propio. Un minuto no era nada. Ni siquiera les habían permitido encerrarse en algún espacio cerrado.

—Lo haré yo —resolvió Ignacio.

—Tiene que haber otra manera —se lamentó Sergio.

—No. No entiendes. Quiero hacerlo —Ignacio parecía dispuesto a todo. Sergio no tardó en comprender que seguramente deseaba que el elegido fuera Elmer para desquitarse de lo que le había hecho.

No obstante, en un minuto era imposible elegir a una víctima usando métodos racionales. Los perdedores ya habían sometido por la fuerza a Héctor.

—Algo así te marcará de por vida —Sergio insistió—. ¡Podemos decirle a Elsa que lo haga ella! Es obvio que lo disfrutaría.

—¡Que no! —gritó Ignacio—. ¡Quiero hacerlo yo!

Elsa había terminado de beber el agua que había vertido en el pequeño cono de papel. Lo estrujó con la mano y lo arrojó al suelo.

—Es tiempo. ¿Quién será eliminado?

—Este bicho —dijo Sebastián, arrojando sobre la mesa el cuerpo inconsciente de Héctor.

Los otros perdedores ya no eran un hatajo de muchachos avergonzados. Una repugnante victoria se reflejaba en sus rostros: seguían vivos y en la contienda. Sergio sintió asco por ellos, por Elsa, por todo lo que ahí sucedía.

—¿Por qué tiene que haber un eliminado? —exclamó Sergio—. ¡En la transición se quedó Francisco! ¿No basta con eso?

Elsa le devolvió, impasible, su retadora mirada. Las comisuras de sus labios se torcieron hacia arriba en una sonrisa involuntaria. Los acontecimientos empezaban a desencadenarse.

—¿Quién se adjudicará el honor de encargarse del que no es digno? —preguntó Elsa, haciendo caso omiso de la interrogante de Sergio.

—Yo —respondió Ignacio con firmeza.

Ella no disimuló su enfado. Miró a ambos ganadores con desdén y, avanzando hacia ellos, repitió la pregunta:

—¿Quién se adjudicará el honor de encargarse del que no es digno? —su mirada estaba fija en Sergio, como si Ignacio no existiera.

—¡He dicho que yo! —gritó Ignacio.

Lo que Elsa se proponía era tan evidente que a los perdedores les amedrentó la actitud de Ignacio, quien insistía en interponerse entre ella y Sergio. Al chico le molestaba sobremanera sentir que la primera y única vez que formaba parte de los ganadores se le trataba como si esto no hubiera ocurrido. Aun así, nadie en su sano juicio se habría atrevido a desafiar a Elsa de ese modo.

La reacción de ella no se hizo esperar. Tomándolo por sorpresa, Elsa elevó una de sus tersas manos hacia la frente del muchacho, y le puso una marca con ceniza negra entre los ojos mientras pronunciaba palabras huérfanas de lengua humana, extraídas directamente del fondo de su demoníaco corazón.

Ignacio cayó de rodillas y empezó a convulsionarse. Un vómito de arañas, lodo y hojas secas surgió de su boca. Luego se sacudió en agónicos estertores hasta que cayó rendido. No había muerto; sólo estaba inconsciente. Las arañas treparon por su cuerpo como si estuvieran reclamando una presa.

—Ahora sólo hay un ganador —dijo Elsa satisfecha—. El honor es todo tuyo, Sergio Mendhoza.

Le ofreció el frasco ambarino con la tapa de calavera.

Y Sergio, por segunda vez desde que todo eso había empezado, lamentó no tener un arma al alcance para enviarla de regreso a los brazos de Satán.

La promesa que el Maligno había hecho a sus súbditos —es decir, mantener sus almas atadas a sus cuerpos hasta el fin de los tiempos— era tan difícil de romper, que sólo un héroe podía disolverla. Al fin y al cabo, no era la bala la que destruía al demonio, sino el que jalaba el gatillo.

—¡Es tuyo el honor, Sergio Mendhoza! —repitió.

La mano de Elsa seguía extendida hacia él, ofreciéndole el líquido letal. Los perdedores se mantenían en vilo, extrañados por el rumbo que tomaban los eventos y por el hecho de que Elsa se dirigiera a Arturo con otro nombre.

Sólo entonces Sergio recordó por qué estaba ahí, por qué había aceptado participar en la Krypteia. Y ya que Elsa había roto el dique del engaño llamándolo por su nombre verdadero, él no veía razones para tomar parte en tan infame mentira.

—¡Quiero ver a Brianda! —explotó.

Elsa contrajo el brazo ligeramente.

—¿Qué?

—¡Quiero ver a Brianda! ¡No seguiré con esto si no me demuestras que está viva y a salvo!

—Te faltan cuatro transiciones —dijo ella, tratando de sonar contundente.

Para los muchachos, e incluso para Nelson, fue como ver una torre venirse abajo. Algo había en las palabras de Elsa que revelaban indecisión. Y esto les resultaba incluso más atemorizante.

—¡Dame una prueba de que está bien y tomaré ese recipiente!

Elsa desvió la mirada. Miró momentáneamente a Nelson. Extendió el brazo con firmeza.

—¡Mata al que no es digno!

Sergio lo comprendió al instante. La noche había extendido su dominio sobre la ciudad en esos breves minutos y las luces urbanas apenas permitían distinguir los rostros en la habitación. Para Sergio, sin embargo, fue como si amaneciera.

—Tú no la tienes.

—¿Qué dices?

—Tú no tienes el fetiche que la contiene.

—¡Claro que lo tengo! ¡Y te juro que, si no te encargas de Héctor, la haré pasar por horrores inimaginables!

Era cierto. Elsa titubeaba. ¿Por qué? ¿Qué había cambiado en los últimos días? Ella le había advertido que lo haría suyo, pero ahora parecía no tener poder alguno sobre él. No era ella quien tenía a Brianda, eso era un hecho. Por unos segundos, Sergio se sintió poderoso, exultante. Ser testigo del momento en que un demonio dudaba de sus actos era una experiencia única, maravillosa, sobre todo si se trataba de uno tan próximo a Oodak.

Sergio comprendió que podía marcharse, que nada lo ataba ya a la Krypteia. Dio media vuelta y se dirigió hacia la puerta.

—¡Detente, Mendhoza! —gritó Elsa.

Un nuevo matiz de ira se escuchaba en su voz. El muchacho sintió miedo. Quizá no sería tan fácil. Acaso terminaría del mismo modo en que había terminado Ignacio: vomitando alimañas. Aun así, siguió caminando. Aprisionó el miedo como estaba acostumbrado a hacerlo y continuó caminando. Unos quince metros lo separaban de la salida.

—¡Que te detengas!

Doce metros, diez…

Escuchó una imprecación espantosa, como si la garganta del amo de todos los demonios hubiera hablado por ella. Sintió un frío de muerte en el cuerpo. Aun así, siguió avanzando.

Nada. Giró el rostro. Elsa seguía inmóvil.

—¡Detente!

Cuatro, tres, dos…

Extendió la mano. Tomó la perilla. Abrió la puerta. La cerró detrás de sí. Echó a correr por el pasillo.

—¿Voy por él, Condesa? ¿Aviso a los guardias? —preguntó Nelson, atónito por lo que acababa de suceder. Era como si el muchacho hubiera bailado sobre el cuerpo exánime de su señora. Sintió un miedo desconocido.

Elsa, en cambio, trémula de rabia contenida, arrojó el frasco contra una pared. El vidrio estalló. La mancha negra se extendió sobre el tapiz como si tuviera vida propia, como si fuese un parásito que, de no hallar pronto un organismo anfitrión, moriría.

A los pocos segundos, liberó un agudo silbido, palpitó con violencia y comenzó a desparramarse en el suelo.

Elsa miró al resto de los chicos en la penumbra como si despertara de un sueño. Se dio cuenta de que había sido sorprendida en falta y odió la sensación. Hacía muchísimo tiempo que nadie la contemplaba de ese modo. Desde los ropones de seda; desde las muñecas y las palomas. Aspiró con fuerza y forzó una sonrisa.

A pesar de todo, le complació la escena: un chico sometido, otro inconsciente, cuatro más temblando de miedo y la oscuridad reinando sobre ellos. Sabía que la Krypteia estaba por completo bajo su control. Que nadie en la élite la cuestionaría. En realidad, lo único que ocurría era que los planes habían cambiado un poco. No había de qué preocuparse.

—He tomado mi decisión. Orson, Samuel, Elmer: ustedes son los tres elegidos.

Parecía tan irreal que ninguno se atrevió a celebrarlo.

Nelson no comprendía. Jamás, en la historia de las Krypteias, ni en México ni en el mundo, había ocurrido nada semejante.

—Sin embargo, aún tienen que demostrar que son dignos —se acercó a ellos y les acarició el rostro, uno por uno, con cierto aire voluptuoso—. Deben entregarme a Sergio Mendhoza vivo para mi propio regocijo. Sergio Mendhoza, a quien ustedes conocieron como Arturo Torremolinos, tiene que volver a mí. No me interesa qué deban hacer siempre y cuando me lo entreguen vivo. Si no cumplen, nunca serán admitidos en la élite. ¿Entendido?

Los tres muchachos asintieron. Elsa añadió:

—Nelson se encargará de que no les falte nada. Todos los recursos de la élite estarán a su disposición. Transporte, equipo, influencias: todo —luego, dando a sus palabras un tono sentencioso, con Bastian aún en mente, concluyó—: Ahora, déjenme sola con Sebastián, Héctor e Ignacio. Ésta, queridos míos, es la última transición. Buena suerte.

Les dio la espalda. Miró a través de la ventana la onírica imagen del Distrito Federal iluminado, hirviendo de actividad. La

Krypteia se tornaba más interesante. Ya lo notificaría a los otros miembros si le apetecía. Y si no, tampoco tenía que rendir cuentas a nadie. Debía entregar tres elegidos. Y con tres elegidos contaba.

Sebastián, el único muchacho que seguía consciente, comenzó a sollozar a sus espaldas.

—Elsa, por favor, yo puedo…

La Condesa suspiró, mirando su reloj de pulsera. Volteó a verlo con pereza.

El pavoroso grito de Sebastián fue escuchado por los tres elegidos mientras caminaban hacia los elevadores. En cada rostro se dibujó una sonrisa concupiscente.

Tercera parte

Capítulo veintiuno

El maestro tomó el arma con nerviosismo. Se trataba de una nueve milímetros que conservaba desde hacía más de veinte años. Si mal no recordaba, jamás le había quitado el seguro. Jamás, de eso sí estaba seguro, la había hecho percutir una sola bala. Lamentaba pensar que quizá pronto tendría que hacerlo.

Se sentó en el sillón y depositó la pistola descargada entre los cojines. Tenía pensado disparar una sola vez en el jardín para asegurarse de que el artefacto funcionara como era debido. Sin embargo el inmenso peso de la desolación lo obligó a postergarlo una vez más.

A su lado, recargado contra la mesa central, se encontraba el violín, durmiendo los últimos minutos de un sueño de varios meses. Los rodeaban el papel tapiz cubierto de inocuos paisajes, los muebles de madera pulida, los callados adornos de cerámica, las ventanas selladas.

Dejó escapar un doloroso suspiro. Sacó el violín del estuche negro y, después de apretar las llaves con cuidado tomándose su tiempo, se entregó a la ejecución del *adagio* de la sonata BWV 1014. Le pareció mucho mejor idea que salir al jardín a hacer un agujero en la tierra. No obstante, a los pocos minutos, se descubrió errando en cada pasaje, temblando, convencido de que estaba al borde de un colapso sentimental.

Soltó una fuerte imprecación y arrojó el arco, que rebotó en la alfombra y se fue a refugiar bajo la mesa.

—¿Qué hombre se descubre a sí mismo haciendo planes para acabar con la vida de su propio hijo? —se decía una y otra vez.

Volvió a suspirar. Apretó los labios. Devolvió el violín a su estuche, que dejó abierto como un catafalco. Extrajo, del jarrón de barro donde ponía el cambio, los clips, los lápices y otras chucherías, la bala que habría de introducir en el cargador.

Con paso lento, fue al jardín.

Se preguntó si Bach se le volvería a dar algún día.

* * *

La placidez del sueño abandonó a la Condesa súbitamente.

Antes de abrir los ojos, supo con quién se encontraría. Hizo memoria para ver si había incurrido en alguna falta y, de inmediato, supo que dicha presencia en su baño privado tendría que deberse al enfrentamiento con Bastian. Ahora que lo pensaba, era una lástima haber tenido ese arrebato, pero no siempre podía controlar sus impulsos. Abrió los ojos.

Su nuca aún reposaba en la orilla de la tina. La sangre, que la cubría hasta el cuello, burbujeaba a ratos. Los brazos lánguidos flotaban a sus costados, en el líquido viscoso. Sólo su rodilla izquierda sobresalía un poco.

Odiaba ser molestada, pero si alguien podía irrumpir en cualquier sitio sin previo aviso era Er Oodak.

Se encontraba sentado a unos cuantos pasos, con la pierna cruzada, sobre un taburete. Jugueteaba con un collar de perlas que ella planeaba ponerse al terminar su baño.

Una sonata de clavecín y flauta dulce confería a la atmósfera la irrealidad que Elsa procuraba para estar a solas.

—Mi señor —dijo en alemán a manera de saludo. Sabía que a Oodak le complacía utilizar ese idioma cuando hablaban sobre asuntos privados.

—Condesa —inclinó él la cabeza sin mirarla. Revisaba el collar con tal concentración, que parecía haber encontrado en él algún motivo digno de estudio.

—Si es por lo de Bastian de Mallaq, yo...

—¿Bastian? —torció la boca—. Ah, sí. Una pérdida lamentable. No podrá ya dar batalla, pero no he venido por eso.

Elsa extrajo los brazos de la tina. Puso las manos en las orillas, como si estuviera preparándose para salir, aunque en realidad se trataba de un gesto nervioso.

—¿Ah, no?

—Sergio Mendhoza —miró a la Condesa, midiendo su reacción. Notó que el nombre no le era indiferente.

—¿Qué hay con él?

—¿Cómo se infiltró en el torneo?

—No tengo la menor idea —admitió.

Oodak apretaba el collar en un puño para luego liberarlo, extenderlo y volver a ceñirlo.

—¿Sabes quién es?

—Un mediador. Hace mucho que no me topaba con uno. Creí que ya no existían.

—Es mucho más que un mediador.

Elsa se sentó. La sangre bajó por sus níveos hombros, creando diseños atigrados y rosáceos en su piel.

—Ya me lo parecía —consintió—. ¿Qué otra cosa es?

Oodak cerró los ojos. Guió con su mano los cambios de compás en la sonata. Repentinamente parecía solo un hombre maduro disfrutando del inmenso placer de la música. Suspiró. Se puso en pie y se paseó por la habitación durante un par de minutos.

—Recordarás que alguien, hace ya varios siglos, nos hizo un trabajito especial. Gracias a él sabemos en qué circunstancias se habrá de dar la búsqueda y el hallazgo de Edeth. Lo único que no pudo, o no quiso precisar, fue la fecha exacta.

Elsa se llevó a la boca una mano que escurría sangre. ¿Había oído bien? ¿Después de tanto tiempo?

—No me digas que...

—Tengo razones para creer que Sergio Mendhoza, cuyo verdadero nombre es Sergio Dietrich, es quien nos habrá de conducir al cobarde.

Por reflejo, Oodak dirigió su mirada al cuerpo inerte, completamente vacío de fluido vital, de la doncella que pendía de una cuerda sobre la tina de la Condesa. Era como si sus ojos se hubieran posado en una lámpara que no mereciera mayor atención.

—Sé que el chico abandonó la contienda —agregó Oodak. Parecía un reproche sin importancia.

—Sí. Yo cometí la absurda estupidez de…

—No te preocupes. Sergio es mío. Ya he tomado providencias con anticipación. Es cuestión de tiempo que se vea obligado a emprender su búsqueda. En realidad, he venido por otra cuestión. Quiero asegurarme de algo…

—¿Asegurarte de qué?

Elsa se puso en pie. Parecía perturbada. Fue hacia la regadera de teléfono y abrió la llave.

—De que no interfieras con mis planes —declaró Oodak.

—¿Qué me estás ordenando? —espetó mientras se frotaba los senos, el vientre, los muslos, retirando el entramado sanguinoliento.

Pocos demonios se hubiesen atrevido a demostrar tal insumisión, lo sabía; pero ella se encontraba, desde hacía mucho tiempo, en una posición privilegiada. Giró la llave cortando el paso del agua. Midió a su señor que, con los ojos cerrados y la faz sosegada, seguía disfrutando de la música.

Oodak le arrojó el collar de perlas. Ella lo capturó en el aire.

—¿Qué te estoy ordenando? Que no le toques un pelo. Ésa es mi prerrogativa.

Durante un segundo en su mirada ardió el fuego del más implacable de los mandatos. Luego volvió a sonreír y, con lentitud, alcanzó la puerta, que traspasó sin despedirse.

Elsa, desnuda y con el collar en las manos, se sintió despojada. ¿Por qué Sergio era tan importante? No había tenido un enfrentamiento con Oodak en siglos. En siglos no lo había visto con esa actitud. Arrojó furiosa el collar al suelo, consiguiendo que las perlas se desataran y salieran disparadas en todas direcciones. Dio un grito estentóreo que resonó durante varios segundos entre las esculturas calladas y deformes de hombres y mujeres, entre las columnas, el candil y las ventanas.

“Vete a la mierda”, pensó para sí, incapaz de rendirse a una absurda docilidad que, en siglos, no había adoptado. “No me importa lo que pienses. Esa aberración ha de morir de forma espantosa. De mi cuenta corre que así sea.”

Luna nueva

Jop despertó con un terrible dolor de cabeza.

Apenas cobró consciencia, pudo enfocar bien la mirada y construir en su mente la celda, la jaula, la luz y la puerta metálica por la que había entrado. Se dio cuenta de que estaba sentado de espaldas contra la reja, con el cuello y las manos amarradas al entramado de metal. La imagen espectral de Brianda, sentada sobre la colchoneta, lo contemplaba con tristeza. Jop hubiera deseado sobarse la parte trasera del cráneo, pues le punzaba.

—¿De veras eres tú, Brianda? —preguntó.

—Sí.

—Pero, ¿cómo? No me digas que…

—No. Yo también lo pensé, pero me aseguraron que no estoy muerta. Es una especie de brujería.

Señaló con la cabeza la patética muñeca del otro lado de la reja.

En ese momento, Jop se atrevió a hacer una declaración que, pese a todo, tenía pendiente:

—Como héroe, soy una papa.

Brianda quiso dar rienda suelta al primer impulso que sintió cuando lo vio llegar, antes de que Gilles lo golpeara con una tabla. Fue hacia él y, arrodillándose, intentó abrazarlo, aunque su sustancia fantasmal no se lo permitiera del todo. Aun así, la cercanía le dio un poco de alivio.

—¡No sabes qué gusto me da verte, Jop! Aunque te hayan capturado. ¿Cómo supiste que estaba aquí?

El muchacho sintió el peso de la amargura. No era como para enorgullecerse de ello, pero tampoco quería mentir. No en esas circunstancias. Brianda se apartó, se sentó a su lado e hizo como si recargara la cabeza en su hombro.

—¿La verdad? —suspiró largo y hondo—. He estado viendo a Farkas estos últimos meses. Casi desde que volvimos de Hungría.

—¿Farkas? ¿Qué tiene él que ver con esto?

Jop la miró con extrañeza.

—¿Cómo que qué tiene que ver? ¡Él es el culpable!

—¿Qué?

—Pero si sólo he visto a Bastian y a Gilles.

—No tienes idea, ¿verdad? —dijo Jop, comprensivo.

—Lo último que recuerdo es que era sábado. Me fui a dormir más o menos temprano y, luego desperté aquí. O bueno, mi mente despertó aquí. Supongo que mi cuerpo sigue en mi casa.

Jop recordó el momento en que escuchó el grito y creyó que la tendrían cautiva en el sentido más convencional de la palabra.

—Dime una cosa, Brianda: ¿estás bien? Hace dos días, casi por error, oí un grito tuyo que salía de una de las horripilantes cámaras de Barba Azul. Así me enteré de que estabas aquí. Por eso decidí venir a buscarte.

Brianda suspiró y levantó la cabeza. Fijó la mirada en el vacío.

—Nada que me hagan es real, Jop. Si tocan a la muñeca, yo lo siento, pero Bastian me dijo que mi cuerpo, esté donde esté, se mantiene ileso. Han hecho hasta lo imposible por causarme horror, pero no me han tocado. Esa vez, Gilles me aseguró que le habían dado permiso de hacerme daño —es decir, a la muñeca—, pero sólo fue para atemorizarme más. Lo único que consiguió fue que me desmayara.

Una lágrima se asomó a sus ojos, pero su voz no se quebró. Supuso que se estaba haciendo la fuerte por Jop, pero no pudo evitar recordar la pesadilla que había detonado tan insoportable momento de terror: Sergio, inconsciente, en una noche oscurísima —o tal vez en el interior de una inmensa caverna— era llevado en brazos por Farkas hacia lo alto de una escalinata, a una plataforma con un altar en el que varios recipientes metálicos ardían en llamas. Tras el altar, aguardaba un sacerdote que tenía las facciones de Oodak. A su lado, un demonio pavoroso y descomunal, mezcla indescriptible de varias bestias y múltiples horrores, y en cuya cornamenta brillaba la sangre, miraba con deleite la escena.

Sabía que Sergio iba directo al matadero. Que Farkas lo estaba entregando para su inmolación.

El sueño había sido tan vívido, tan preciso, que había llorado porque sabía que era imposible intervenir. Incluso pensó que se moriría de tristeza.

¿Era ése el sueño que esperaban que recordara? Probablemente. Llevaba varios días convenciéndose a sí misma de que no lo revelaría pese a los horrores sufridos y a la posibilidad de sufrir más. Envejecería dentro de esa jaula si era menester. No les ayudaría a que dicho sueño se convirtiera en realidad. No. Nunca.

No pudo detener el llanto. Se preguntó si ese capítulo de su vida se extendería, en efecto, hasta el día de su muerte. Si volvería a ver a Sergio otra vez.

—Dime una cosa, Jop. ¿Sigues peleado con él?

—Sí —contestó Jop, molesto por abordar el tema.

—Es culpa de Farkas, ¿verdad?

—No. Es culpa de Sergio —escupió malhumorado.

—¿Qué pasó entre ustedes? Según Sergio, él nunca te hizo nada. Dice que cambiaste de la noche a la mañana.

—No fue algo que pasó aquí, sino en Hungría.

Brianda hizo un esfuerzo por recordar. Estaba segura de que, cuando abandonaron el bosque, una vez que estuvieron a salvo del minotauro, el ánimo entre los tres seguía siendo de camaradería.

—Es culpa de Farkas —ella insistió.

—Que no —refunfuñó Jop. No quería delatar a Sergio ni decirle a Brianda que había escuchado una dolorosa grabación en la que Farkas le exigía que escogiera una víctima entre él y Brianda; que Sergio se había decidido por Jop y que, con toda frialdad, se había mostrado indiferente ante la sugerencia de Farkas de aniquilarlo sin hacerlo sufrir demasiado. No quería decirle que, si seguía vivo, era gracias a que Farkas había decidido no eliminarlo. Él se lo había revelado en su primera reunión a principios de año.

Brianda se puso en pie y se recargó contra la reja, en la pared metafísica de la línea de sal. A Jop le pareció que había madurado varios años en ese encierro. ¿Cuánto tiempo llevaría ahí? Se reprochó haber estado tan lejos del Internet a últimas fechas.

Cuando menos se habría enterado de que estaba ausente, o tal vez enferma.

—Jop, me acabas de decir que Farkas está detrás de todo esto —exclamó Brianda— y aun así te empeñas en defenderlo. Creo que deberías asomarte a tu corazón. Pregúntate si Sergio sería capaz de hacer lo que crees que te hizo.

Jop se mostró adusto. Miró la silla destrozada, el único mobiliario de la jaula que ahora compartía con Brianda. Sintió deseos de romper sus ataduras, de tomar la silla y arrojarla contra la pared y deshacer hasta la última astilla.

—No quiero hablar de eso.

Brianda forzó la más triste de las sonrisas.

—Pues ya llegará el tiempo. Es lo único que te puedo presumir que tengo aquí en exceso, Jop. Tiempo.

—¿Cuántos días llevas encerrada? ¿Cuatro? ¿Cinco?

—¿Qué día es hoy?

—Pues si no ha anochecido desde que vine dizque a rescatarte, es lunes 10 de marzo.

Brianda paseó uno de sus dedos sobre la rejilla de la jaula, tratando de no revelar sentimiento alguno, pero era imposible que Jop no detectara la inmensa melancolía de sus ojos exhaustos, resignados, preparados para lo peor.

—Dieciséis días. Llevo aquí dieciséis días.

A Jop se le encogió el corazón. Luchó contra el impulso de echarse a llorar. Un destello de la memoria lo atacó a traición: Sergio, Brianda y él sentados en la oscuridad de una sala de cine, compartiendo una enorme cubeta de palomitas, comentando los defectos de la película supuestamente de terror que veían. Tuvo que girar el rostro para impedir que ella notara su afectación.

Decidió que le ocultaría, mientras pudiera, que Sergio llevaba varios días sin ir a la escuela. Que, a su parecer, nunca había realizado aquel viaje a Miami. Y que, muy probablemente, estaba procurando dar con ella.

Capítulo veintidós

Ahora sabía que lo habían engañado desde el principio y que, en realidad, aquellos mensajes en hojas grises con las iniciales E. B. fueron una mera pantalla. Sabía, como si lo leyera en alguno de los periódicos que los voceros madrugadores acomodaban en sus puestos, que alguien había querido que participara en la Krypteia por razones ajenas a la escisión de Brianda. Pero también sabía que nada de eso lo ayudaría a encontrarla.

Estaba casi como al principio: no tenía la menor idea de dónde empezar. Lo único que tenía claro es que tenía que buscar a la supuesta mamá de Torremolinos. Sergio lo dudaba, quizás esa mujer podría darle algún tipo de información. Además, recuperar su cartera, su reloj y sus llaves.

Y el anillo.

Apenas pasaban de las 6:30 AM cuando Sergio abandonó la estación del metro Constituyentes. Había pasado la noche andando, ocultándose, intentando conseguir algunas monedas, dormitando en un jardín afuera de la estación Barranca del Muerto esperando a que abrieran. Un solo pensamiento lo atormentaba: "¿Qué haré para dar con Brianda?"

A las 6.35 AM, ya estaba apostado frente a la casa donde había iniciado todo. Ahí donde una señora de mirada angustiosa lo llamara "hijo" antes de subir al Mercedes gris que lo conduciría a los horrores de la Krypteia. Tuvo un mal presentimiento desde que arribó. Un letrero enorme anunciaba "Se vende" en una de las ventanas. La hierba estaba crecida. La correspondencia se encontraba amontonada al pie de la reja. No había una sola señal de vida.

El letrero indicaba llamar a la casa contigua para pedir informes. Sergio decidió que eso era justo lo que haría a pesar de que el sol aún no asomaba por el horizonte. Cada segundo contaba.

Se aproximó a la casa vecina y vio que una ventana del piso superior arrojaba luz, así que tocó el timbre y esperó. Miró a los lados con desconfianza. Tenía hambre y sed, y seguía entumido por haber dormido en el pasto.

Una voz femenina, grave y contundente, preguntó:

—¿Quién?

—Perdone la molestia —dijo Sergio—. Es por lo de la casa de al lado.

—¿Quiere informes? ¿No pudo esperar a que...?

—No exactamente —interrumpió—. Es que estoy buscando a la señora Torremolinos.

Silencio. Por unos segundos, creyó que lo habían dejado hablando solo.

—¿A quién, dice que busca?

—A la señora Torremolinos. La mamá de Arturo. Me urge hablar con ella.

Se preguntaba si valdría la pena volver a tocar cuando se encendió la luz de la puerta exterior. Luego se abrió la puerta de la casa, por donde apareció una anciana en bata y pantuflas. A través de los barrotes de la reja, estudió a Sergio.

—Buenos días —dijo él—. De veras disculpe, pero...

La anciana no lo dejó continuar. Volvió a la casa y, después de unos minutos, salió con una mujer madura, bastante menor que ella. Sergio constató que se trataba de la misma señora con el cabello teñido de rojo a la que había visto el día que comenzó la Krypteia. Agradeció al cielo su buena suerte.

—Buenos días...

—¡Shhh! —lo silenció la abuela, quien abrió, con un par de vueltas de llave, la reja metálica—. Entra.

Sergio obedeció. La señora, después de escudriñar brevemente la calle, volvió a echar seguro y lo condujo a la entrada de la casa, donde la otra mujer, en piyama y con toda la pinta de haber despertado apenas, aguardaba recelosa y de brazos cruzados. En cuanto pudo ver a Sergio bajo la luz de la lámpara interior, abandonó su postura de desconfianza.

—¡Bendito sea Dios! —exclamó, y lo abrazó sin más.

—A ver si ahora ya descansas, Pilar —dijo la señora mayor, sonriendo.

En cuanto la mujer pelirroja soltó a Sergio, éste aún tenía un millón de preguntas en la cabeza, pero se dejó conducir al interior sin plantear ninguna.

—¿Quieres desayunar? —preguntó ella, sosteniéndole las manos y sentándose a su lado.

—Sí, por favor —respondió Sergio, convencido de que había hecho bien en venir. Todo parecía indicar que muchas de sus dudas pronto se despejarían.

—Por favor, doña Esther, ¿podría preparar algo de desayunar?

—Claro —respondió la abuela, arrastrando los pies hacia la cocina.

La señora, ahora lo podía confirmar Sergio, tenía una mirada limpia, honesta. Y su sonrisa era la de alguien que se ha quitado un gran peso de encima.

—No tienes idea cuánto descanso al verte con vida...

—¿De qué se trata todo esto, señora? ¿Usted es la madre de Arturo Torremolinos?

—Arturo Torremolinos no existe.

—¿Cómo?

La mujer le soltó las manos y se echó para atrás en el sillón, dándole un poco más de espacio a Sergio. Suspiró.

—Quiero que sepas que lo hice porque no tenía opción. Necesitaba el dinero para las quimioterapias de mi esposo en Estados Unidos. El hombre que vino me aseguró que ganaría trescientos mil pesos por la actuación más fácil de mi vida —ya no veía a Sergio; ahora contemplaba sus manos entrelazadas—. Soy actriz. Me llamo Pilar Sanjuán. Me ofrecieron ese dinero por fingir ser la madre de un niño que no existía. Acepté con la condición de que me dijeran exactamente de qué se trataba el asunto. Como comprenderás, no quería participar en nada ilegal, aunque... bueno, al final, parece que de todos modos lo hice.

—¿Le ofrecieron inscribir a su hijo inexistente en la Krypteia?

—¿La qué?

—La Krypteia. De ahí vengo.

La cocina empezó a despedir el aroma de los huevos fritos. Sergio sintió, por unos instantes, que acaso todo saldría bien a partir de ese momento. Que de esa plática se desprenderían los hilos que lo conducirían al paradero de Brianda. Que su suerte, al fin, cambiaría. Empezaba por fin a amanecer.

—En el contrato sólo lo llamaban "campamento juvenil". El licenciado que vino a verme nada más me dijo que Arturo había sido invitado a participar en una especie de *rally*. El premio era su futuro asegurado para siempre: educación en las mejores escuelas, trabajo en empresas de alto nivel... un premio gordo como ninguno.

—¿Entonces sí firmó un contrato?

—Sí. Liberé de toda responsabilidad a la empresa por lo que pudiera pasarle a mi hijo. "En el campo suelen ocurrir accidentes" —dijo, citando el documento.

—¿Qué empresa?

—Una que no existe —dijo Pilar mortificada—. Es una empresa fantasma. El señor Peeter me lo advirtió desde un principio. Dijo que si la buscaba en Internet, no encontraría a nadie a quien demandar por la muerte de mi supuesto hijo, porque eso de los accidentes es una mentira. Sólo tres muchachos viven para contarlo. En el mejor de los casos, se les da una compensación económica a los padres cuyos hijos no regresan a casa. Una compensación por la que nadie te hace firmar un recibo.

—¿Quién es ése señor Peeter?

—El que me pidió que me hiciera pasar por la madre de Arturo. El que me pagó los trescientos mil pesos. El que tenía interés en que tú participaras.

Sergio estaba en lo cierto. Alguien había urdido un plan para conseguir que tomara parte en la Krypteia. Pero, ¿quién? ¿Y por qué?

—Entonces, dime, ¿tú estás entre los tres afortunados?

—No. Me escapé.

—¿Qué dices?

—Es una larga historia.

—Pero el señor Peeter me aseguró que eso era imposible. Que los chicos no podían...

—Este señor Peeter, ¿cómo era? ¿Podría describirlo?

—No sé...

Se produjo un estrépito en la cocina, como si un plato hubiera caído al suelo.

—¿Grande? ¿Robusto? ¿Con barba espesa? ¿Mirada penetrante? —Sergio continuó.

—Me imaginé que lo conocías. ¿Es algo tuyo?

Sergio puso su mente a trabajar. Sin embargo, pronto lo asaltó... ese sentimiento...

—¿Podría darme mis cosas? —urgió a la actriz.

—Claro —dijo ella. Se puso en pie y fue a un cajón en un mueble cercano con desesperante lentitud—. No sabes lo bien que tu llegada me ha hecho sentir.

Sergio recibió una bolsa de plástico con su teléfono, su cartera, el pasaporte falso, su reloj y el anillo de oro blanco con las iniciales de Brianda. Se lo puso en seguida.

El aroma que venía de la cocina era tan apetecible, pero ese sentimiento simplemente no se iba...

Mientras se ponía el reloj, tuvo que mirarse la muñeca. El tatuaje de la K con el diamante le había recordado que no había ido a esa casa a desayunar.

—¿Puedo pasar al baño?

—Claro —dijo la actriz, indicándole un pasillo—. Es por allá.

—¿Podría usar el del piso de arriba?

—Eh... sí, por supuesto.

Sergio subió en un santiamén. Fue a una de las recámaras. Se asomó por la ventana que daba a la calle. El crepitar de los huevos fritos continuaba; pero empezaba ya a oler a chamuscado.

La voz de la señora Pilar lo alcanzó desde el pie de las escaleras:

—Si te soy honesta, esto es como el fin de una pesadilla. ¿Sabes por qué estamos vendiendo la casa? La falta de dinero es una razón, sí, pero, en realidad... Vas a creer que es una tontería, pero es como si la casa estuviera embrujada. El señor Peeter me dijo que una especie de maldición cae sobre los padres que, con el pretexto de querer darles un futuro mejor a sus hijos, anhelan que también les cambie la suerte a ellos y firman sin miramientos ese deslinde de responsabilidades. Y es que mandan a sus hijos a morir. Empecé a tener sueños horribles. Visitas demoníacas. Apariciones espectrales. Pese a que yo, en realidad, no mandé a ningún hijo a...

No pudo terminar su perorata.

Un joven de bigote y mirada furibunda la derribó sobre la alfombra de la estancia, asegurándose de poner una mano enguantada sobre su boca.

—¡Te callas o te mueres! —le susurró.

Pilar vio con horror que otros dos muchachos aparecían por la puerta de la cocina. Uno de ellos era rubio y bien parecido y el otro, bajo y corpulento; ambos iban armados. Pilar supuso que habían entrado por la puerta lateral que comunicaba la cocina con el patio de la casa. ¿Habrían lastimado a la señora Esther?

El joven de bigote le encajó la rodilla en la espalda. Comenzó a hacerle daño y Pilar tuvo miedo. Volvió a arrepentirse de haber aceptado participar en aquello. De cualquier manera, su marido, después de casi un mes de tratamiento, no mejoraba. Su casa estaba poblada de horripilantes visiones. Y, ahora, esto.

Recordó que, a partir de la única visita que le hizo aquel hombre de cabello semi-cano, desconfió, se arrepintió, se dijo que al final tendría que pagar por haber aceptado y acaso la factura sería muy elevada. Que los trescientos mil pesos no lo valdrían. Que aguardar el regreso del hijo pródigo no la indultaba. Sus ojos se nublaron, las lágrimas se deslizaron hacia la alfombra.

Elmer le hizo una seña a Orson, señalando el piso de arriba. Éste alcanzó el piso superior e ingresó a la recámara más próxima. Se dio cuenta en seguida de que la ventana estaba abierta y de que, del gozne, pendía una sábana anudada fuertemente, que desembocaba en la calle. Volvió sobre sus pasos, empujando a Elmer.

—¡Rápido! —urgió a Samuel, quien aún inmovilizaba a la señora—. ¡El maldito escapó por la ventana!

Pilar, aún en el suelo, contempló a los tres chicos huir por la puerta principal, escuchó que sus pisadas se perdían por la calle tras el potente rugido de un motor de auto al encenderse. Sintió el corazón palpitar en su garganta. El sol naciente que se reflejaba en un cristal de la casa vecina centelleó en su rostro acongojado. Intentó reprimir el llanto, pero no pudo. Era como si todos esos días hubiera estado esperando que todo esto ocurriera.

Un castigo. Una maldición.

Se puso en pie en cuanto estuvo segura de que ya no volverían. Corrió a la cocina en busca de la señora Esther.

Sergio, desde el interior de un armario del piso superior, oculto entre abrigos, zapatos y paraguas, escuchó con desazón los gritos de horror de Pilar Sanjuán. Comprendió que la Krypteia no había terminado. El campo de juego se había extendido al mundo entero.

Luna creciente

Jop miró con aprensión a Brianda cuando escuchó el rechinido de la puerta. Su amiga ya le había advertido el tipo de horrores que *monsieur* Gilles era capaz de producir. Se preguntó si sería capaz de soportarlo. Brianda, en cambio, se mostraba firme, entera. Jop no pudo sino sentir cariño y admiración por ella. Por mucho que lo hubiera contemplado en pantallas, leído en documentos antiguos y escuchado en relatos de viva voz, probablemente nunca estaría preparado para enfrentar el terror real como Brianda parecía estarlo.

—Ay, Dios mío... —dejó escapar Jop.

Los pasos hicieron eco en el pasillo. Se acercaban a la segunda puerta.

Un nuevo rechinido.

—¡Farkas! —gritó Jop con alivio.

El licántropo se aproximó a la jaula con movimientos pausados; una sonrisa socarrona adornaba su rostro. Jop advirtió en seguida que no podía ver a Brianda, pues sus ojos parecían no detectarla. El hombretón fue hacia la esquina y acarició las mejillas de la muñeca con el dorso de la mano. Al instante, gracias a este contacto, sus ojos pudieron contemplar a Brianda.

—Pues sí: Farkas —sentenció, posando una mano llena de anillos sobre la malla metálica. Iba vestido de manera elegante, aunque no contemporánea, como si se hubiese preparado para un evento especial. Jop recordó el día en que se conocieron en el campamento de Nagybörzsöny. Las botas, la camisa de seda, el pantalón de piel, las cadenas sobre el pecho. Sólo faltaba el abrigo.

—Miserable —dijo Brianda con voz trémula.

—Vine a despedirme. Y a poner algunas cosas en claro.

—¿No vas a sacarnos de aquí? —preguntó Jop angustiado.

—Me temo que no puedo.

En sus brillantes ojos destelló no sólo la veracidad de tal afirmación, sino lo que estaba ocurriendo a muy pocos kilómetros de ahí: el rostro convulso de Nelson cubierto con la sangre de algún inocente, repitiendo fórmulas secretas con los ojos cegados por una película blanca. Elsa, a unos cuantos pasos, sin entrar en el pentagrama, haciendo uso de su siervo, pues sólo los emisarios negros y los animales suelen servir para ese propósito. La oscuridad, las llamas, la hierba, el humo, la blasfemia, el nombre del demonio a quien habían recurrido, repetido una y otra vez. La maledicencia, la putrefacción…

—¿Por qué? —insistió Jop. Su voz delataba el miedo que crecía en su interior.

—Porque hay demonios con quienes no quiero enfrentarme por nada en el mundo. Y ustedes están a punto de cambiar de manos. De las mías, a las de él. O, en este caso, a las de ella.

—¡Maldito desgraciado! —gritó Brianda—. ¡Bastian me aseguró que…!

—Bastian ya no está con nosotros, querida. Y yo llegué a la conclusión de que, aunque te visitara el sueño que estoy persiguiendo, no me lo contarías. Así que hasta aquí llega nuestra breve relación de negocios.

Miró en derredor automáticamente. Los sonidos guturales que subían por la garganta de Nelson, poseído por el diablo en cuestión, comenzaban a adquirir forma y coherencia. Era una magia que sólo demonios muy viles podían ejercer. Y la Condesa se encontraba entre ellos. Sólo recurrían a tal mecanismo en contadas ocasiones, pues el precio solía ser muy alto. Farkas se mesó la barba. Aquello acontecía en la colonia Centro, pero para él era como si estuviera sucediento en la habitación de al lado.

—En eso tienes razón, bestia maldita —concordó Brianda.

Farkas sonrió ampliamente. Luego, calculando el peso de sus siguientes palabras, dio algunos pasos. Se recargó contra la pared y, dirigiendo la mirada hacia donde Brianda se encontraba, aclaró la garganta y dijo:

—La siguiente información es de cortesía, porque creo que te la has ganado. Y porque imagino que de algo te servirá. Quién sabe… tal vez ni siquiera lo vuelvas a ver.

Brianda apretó la quijada. Era evidente que se refería a Sergio.

—Cuando un Wolfdietrich entrega su corazón —dijo Farkas—, abre una puerta de conocimiento para su pareja. Y cuando lo hace, es para toda la vida.

Brianda trató, sin éxito, de darle sentido a tales palabras.

—No entiendo —admitió después de unos segundos.

—En español —dijo Farkas—, quiere decir que tienes sueños premonitorios porque el chico te ama. Desde el primer sueño que tuviste en donde el futuro se te presentó como si vieras los cortos de una película, él ya te había entregado su corazón.

Brianda se llevó ambas manos a la cara. Fue imposible contener el sentimiento que invadía su cuerpo, como si hubiera sido arrollada por un cálido y caudaloso río. Las lágrimas acudieron prontas. Había vivido los peores horrores en ese fantasmagórico encierro y, por unos cuantos segundos, sintió que todo había valido la pena.

—Supuse que te daría gusto —agregó Farkas, mirando su reloj de pulsera. Obedeció al impulso porque Nelson revelaba su nombre: Gilles. Su identidad mexicana. El contubernio con Bastian.

Era hora de salir corriendo. Afortunadamente, ya habían vaciado la casa. Todo lo que habían concentrado ahí con el único fin de que Jop tomara lecciones precisas del mundo oscuro ya había sido embalado y fletado de vuelta a la verdadera residencia de Barba Azul en los Alpes franceses. La casa volvería a manos del empresario que se la había prestado: un demonio también dilecto en las huestes de Oodak.

—Lo que ahora quiero poner en claro —se dirigió a Jop— es que esto no ha terminado. Tú y yo nos veremos las caras de nuevo. Tienes un asunto pendiente con Mendhoza y yo, también.

—¿Qué quieres decir?

—Que tal vez nos convenga jalar el gatillo juntos. Te buscaré más adelante —no apartó sus ojos negros y profundos de la mirada amedrentada de Jop—. Claro, si sobrevives.

—¿Si sobrevivo?

—No sé qué va a ser de ti a partir de ahora. Pero sé que tienes un papel que desempeñar. Te guste o no. ¿Hacer películas de terror? No me hagas reír. Eso es fácil. Lo que se avecina... eso es lo que verdaderamente vale la pena, Jop. Y tal vez no quieras admitirlo ahora, pero nada de lo que te mostré sirve para hacer cine. ¡Por Lucifer! Ambos sabemos que tiene otra finalidad. Y de ti depende escoger correctamente.

Brianda había dejado de llorar. Ahora, al igual que Jop, prestaba atención a lo que Farkas decía.

El hombre lobo tuvo otro arrebato. Uno muy leve. En ese momento, Elsa se convertía en el juguete de aquel jerarca maldito a quien había invocado. Sus gritos eran espantosos. Volvió a lo suyo.

—¿Crees que no me di cuenta de que *hackeaste* la computadora? ¿Crees que no sabía que intentarías rescatar a la princesa? Te he dejado llegar hasta aquí porque sé que tienes que tomar una decisión, y que vas a elegir correctamente. Tienes las herramientas, los datos, las armas. Y, créeme, llegará el momento de usarlas. La pregunta es: ¿tomarás la daga por la hoja o por la empuñadura?

Las palabras de Farkas impresionaron a Jop. Ya no era un juego de niños. Ya no era emular a Darío Argento o a Brian de Palma. ¿Lo había sido alguna vez? ¿O, como decía el licántropo, se había estado haciendo el tonto todo ese tiempo?

—Mis saludos para la Condesa —fue la última frase de Farkas.

El eco de la puerta, al cerrarse, se quedó prendido del telón de silencio durante un largo rato.

Capítulo veintitrés

Sergio miró hacia la ventana de su habitación desde la plaza Giordano Bruno. Tenía las manos metidas en los bolsillos de una chaqueta de segunda mano, la cual, además, tenía una útil capucha. Los anteojos oscuros también los había adquirido recientemente y le habían resultado igualmente útiles.

Echado sobre la plancha de la plaza, se ocultaba detrás de un grupo de adolescentes emo que fumaban y reían. Iban a dar las tres de la tarde.

Ver que la ventana de su habitación estaba abierta lo había hecho dudar de entrar en el edificio. Ver a Orson asomándose hacia la calle desde su cuarto lo convenció de que sería imposible. Sabía que iban armados, que era una cacería en forma y sospechaba que él era el boleto de entrada a la élite. No podría recuperar su vida tan fácilmente.

En realidad, el hecho de no volver a casa no le parecía tan grave excepto por un par de detalles: Alicia y el Libro de los héroes. Más allá de eso, no creía que fuera necesario regresar. Su prioridad seguía siendo encontrar el fetiche que contenía a Brianda, dondequiera que éste estuviese.

Miró su reloj. Habían quedado de verse a las 3:00 PM y sólo faltaban cuatro minutos. Pero no quiso moverse de ahí. Necesitaba ordenar sus pensamientos.

No hacía mucho había buscado a Farkas a gritos en un callejón, pero no había obtenido respuesta. En cuanto supo que el señor Peeter y Farkas eran uno mismo, hizo todo lo que pudo por establecer contacto, pero el hombre lobo jamás respondió a su llamado. No le sorprendió. Al fin y al cabo, era él quien estaba detrás del engaño de la Krypteia y de la escisión de Brianda.

Orson apareció ahora por la ventana del cuarto de Alicia. Miraba en todas direcciones con aire de frustración.

"Si ya regresó de Miami", Sergio pensó, "volverá del trabajo en la noche. Tengo que encontrar la manera de avisarle."

Miró de nuevo su reloj. Eran las 3:03 PM. Quizá valdría la pena ponerse en marcha. En cuanto Orson se apartara de la ventana, se levantaría y...

Entonces, ocurrió.

"Sólo duele la primera vez", dijo la voz.

Supo exactamente de dónde venía. Y supo también que podría responder sin mover los labios siquiera.

"Creí que nunca volvería a hablar contigo", dijo.

"No puedo quedarme mucho tiempo", respondió la voz.

Se trataba de la estatua de Giordano Bruno. Ese mismo timbre le había salvado la vida cuando Belfegor lo sorprendió a solas en su casa el pasado diciembre. Recordó que la única condición que la voz había impuesto para sostener un diálogo abierto con él era no revelar su verdadera identidad.

"¿Sólo duele la primera vez?", preguntó.

"Hay dos cosas que debes saber, mediador", se apresuró a decir Bruno. "La primera es que de ti depende cómo deseas luchar. Formas parte de una dinastía ancestral. Por ello, posees una herencia de la que no puedes renegar, puesto que forma parte de ti. Siempre ha sido así, desde el día de tu nacimiento. Sin embargo, se te ha apartado de ella con un propósito, el cual está por llegar a su fin. Así que recuerda: de ti depende cómo deseas luchar. Ambas opciones son correctas, pero sólo una de ellas te allanará la búsqueda. La otra, no. Deberás decidir con sabiduría."

"Ojalá tuviera más cabeza para estos acertijos", se lamentó Sergio.

"Lo comprenderás cuando llegue el momento", Bruno lo consoló. "La segunda es que no es la espada la que vence al demonio, sino quien la empuña."

"Eso ya lo sé. Es el principio básico del Libro de los héroes."

"¿En verdad lo sabes? Nunca es tarde para preguntártelo."

Sergio vio que Orson desaparecía al fin de la ventana.

"¿Quién eres? ¿Por qué puedo hablar contigo?", se atrevió a preguntar una vez más.

"Te lo dije la primera vez. No puedo revelártelo."

"¡Maldita sea! ¿Por qué es tan importante que ignore tantas cosas?"

"Por la misma razón por la que el Libro se te entregó sin *prefacium*. Porque eso te hace único. Y sólo alguien único puede emprender la misión que te corresponde."

"A veces hablas igual que Farkas."

"Puede ser. Fuimos amigos alguna vez."

"Odio que me metan en estas broncas. Si por mí fuera, habría renunciado a esto de ser mediador hace mucho tiempo. Dime una cosa: ¿Brianda está bien? La última vez que estuve frente a ti, te encargué que la cuidaras."

"No puedo hacer tal cosa."

"Pero, ¿está bien?"

"Lo ignoro. Me tengo que ir. Sólo recuerda: No es la espada, sino quien la empuña..."

"¡Una última cosa! Aquella vez creí escuchar la frase 'la venta de siete abarrotes'. ¿Fuiste tú? ¿Qué significa?"

"Página 97, párrafo tres. Tienes que acostumbrar tu mente a que se adapte. Piensa en una coreografía de pensamientos, en un ritmo único y exacto, en el trino del flautín que se pierde aparentemente en una orquesta con cientos de timbales."

El grupo de adolescentes abandonaban la plaza y Sergio aprovechó para ocultarse entre ellos. Llegó a la acera de la iglesia del Sagrado Corazón y echó a correr en dirección a Insurgentes. Apenas eran las 3:10 PM.

A la distancia, vio que Julio había sido puntual. Se encontraba en la esquina con Dinamarca, mirando su celular. Caminaba de ida y vuelta, nervioso. Vestía traje y corbata. Quién diría que alguien así tendría un halo de fortaleza tan pronunciado.

—¡Sergio! ¡No puedo creerlo! ¡Qué gusto! —dijo Julio al descubrirlo cerca, cediendo al impulso de darle un abrazo.

Cuando apoyó la cabeza en el hombro de su cuñado, Sergio recordó lo que realmente distingue a un héroe: aquello de lo que está hecho su corazón. Ese sentimiento sin nombre, tan parecido al amor, sólo se exaltaba dentro de sí cuando tenía cerca a alguien capaz de los mayores actos de bondad. Algo en el pasado de Julio lo había marcado de esta manera. Sergio lo sabía. Al igual que a Guillén y a otros que encontraba esporádicamente en la calle, en algún restaurante, en las taquillas del metro. Algún sacrificio había templado el corazón de Julio y eso lo convertía en el candidato perfecto para empuñar la espada. Paradójicamente, sería esto lo que quizás impediría que Sergio lo convenciera de unirse a una empresa tan extraordinaria.

—¿Estás bien? —preguntó su cuñado cuando por fin lo dejó ir—. Tenía miedo de que el mensaje fuera una mala pasada. ¿Sabes algo de Alicia?

—Me escribió hace unos días. Me dijo que iba a quedarse más tiempo en Miami.

El rostro de Julio cambió.

—Bueno, menos mal. ¡Aunque se las verá conmigo cuando vuelva por no avisarme! Por lo menos ahora sé que está bien. ¿Y tú? ¿Dónde estuviste todo este tiempo? No sabía nada de ti.

—Es una larga historia.

—¿Sucedió algo malo?

—No. O, bueno, no mucho.

Julio lo miró suspicaz.

—¿Por qué los anteojos oscuros? ¿Qué está pasando?

Sergio comprendió que no habría mejor momento para decírselo, que era ahora o nunca. Tal vez lo creería loco, imbécil o algo peor, pero si tenía que enfrentar entes malignos de la estatura de Elsa Bay, no tenía alternativa: solo no podría hacerlo. Tendría que dedicar las siguientes horas a tratar de convencerlo.

—¿Comemos aquí? —sugirió, señalando un restaurante.

En cuanto les asignaron una mesa, Julio le pidió que lo esperara mientras iba al sanitario. Sergio, en cuanto se aseguró de que no había señales de sus perseguidores, se animó a hacer otra llamada que tenía pendiente. Buscó el número en su memoria y marcó.

Le dio gusto escuchar que le respondía al instante. Y que, aun a la distancia, sentía esa placentera sensación de que no tendría nada de qué preocuparse siempre y cuando pudiera recurrir a él, que el mal era pasajero y los demonios fáciles de aniquilar. Recibir ese golpe arrebatador de confianza lo animó.

—Dama, hache cinco. Jaque.

* * *

En un arrebato de ira muy poco usual en su persona, Guillén arrojó el cigarro a medio terminar contra la pared más cercana.

—¿Qué le pasa? —preguntó el capitán Ortega, quitándose el saco. Se había desanudado la corbata antes de bajar de la patrulla.

Había citado al teniente en ese sitio porque el grafiti de sangre era muy explícito al respecto. "Un humilde obsequio para Orlando Guillén." Y, por supuesto, una vez que le describieron la escena del crimen, Ortega estuvo de acuerdo en llamarle, ya que esto seguramente tendría algo que ver con el que otrora fuese su subalterno.

Dicho grafiti estaba en las ruinas de una vecindad en una calle de la colonia Obrera. Una comunidad lumpen solía ocultarse de los ojos de la ciudad entre sus muros derruidos, el cascajo, los trozos de vidrio y el polvo acumulado. Uno de ellos había hecho el hallazgo ese mismo día y, después de sonar la alarma entre sus compañeros, notificó, horrorizado, a la policía. En menos de dos horas, Guillén y Ortega ya se encontraban ahí. Los menesterosos hacían guardia en silencio en la banqueta, temerosos de volver a su refugio.

—¿Está bien, Guillén? —preguntó Ortega.

El cascarón del inmueble estaba acordonado; los de servicios periciales ya se encontraban en el interior haciéndose preguntas sin respuesta. La tarde, brillante, calurosa y aletargada, concedía al edificio un aura de templo maldito detenido en el tiempo y olvidado por Dios, como si esperara que algún osado mortal lo desafiara.

Guillén no quiso informar a Ortega que acababa de recibir una llamada de Sergio Mendhoza, desaparecido desde hacía más de quince días. No quiso decirle que no había podido convencerlo de que le revelara su paradero. "Usted ya no pertenece a esta lucha, teniente", dijo el muchacho. "¡Tú no puedes decidir eso!", le gritó él, pero Sergio concluyó con un "Tengo que irme. Sólo quería avisarle que estoy bien."

No quiso comentar con su ex jefe que Sergio tampoco le había dado pista alguna del lío en el que estaba metido. Sólo pudo darse cuenta de que su vida corría peligro por la manera en que se despidió: "Ha sido un honor ser su amigo, teniente."

Le hizo hincapié en que no se involucrara; culpó al *clipeus*. Dejó entrever, debido a esa sospechosa tranquilidad con la que hablaba, que algo había cambiado. Y consiguió desatar la rabia y la frustración del teniente, acumuladas desde el día en que había decidido hacer labor de escritorio y abandonar para siempre la investigación criminal.

—Le pregunté que si estaba usted bien —Ortega insistió.

—No es nada, capitán. Vamos —respondió por fin Guillén.

Se detuvo ante la entrada del edificio, cerca del portón vencido.

—Por aquí —Ortega le mostró el camino.

Ambos se dirigieron al patio central. Las palomas revolotearon ante la nueva intrusión. El instinto de Guillén se lo decía: todo tenía tintes de malignidad. Lo había leído en los rostros de los pordioseros desalojados, pero también flotaba en la engañosa calma del interior de esa ruina.

—Los robaron de varios panteones de la ciudad y del Estado de México durante la noche; incluso dejaron las tumbas abiertas —dijo Ortega, mientras conducía a Guillén al interior de uno de los departamentos que conformaban la vecindad, el cual carecía de techo y cuyas paredes mostraban con descaro su dermis de ladrillo y varilla—. Primero hay que echar un vistazo. Luego me dirá qué piensa de todo esto, o por qué algún maldito lunático quiere implicarlo en una broma tan macabra —concluyó al detenerse frente a una puerta por la que se filtraba el ruido de un obturador fotográfico y uno que otro murmullo.

Ortega se acarició la barbilla preocupado, y se hizo a un lado. Permitió que el teniente ingresara en la habitación que, en mejores tiempos, habría correspondido a la sala-comedor.

Ahí tampoco había techo. Y el sol, crudo y benévolo, realzaba el color marfil de cada hueso.

A sus espaldas, Ortega sólo se atrevió a vestir la escena con un par de comentarios que obligaron al teniente a pensar que, pese a lo que opinara Sergio, pese a lo que se había repetido a sí mismo una y otra vez, pese al *clipeus* y al gran cariño que sentía por Mari, le sería imposible desentenderse de esa guerra.

—Estaban ahí amontonados cuando llegamos. Tuvimos que separarlos para contarlos. Son cuarenta y nueve, todos de niños o adolescentes. Como le dije, fueron exhumados durante la noche. Las osamentas están completas —se pasó una mano por la cara varias veces, espantando un moscardón—, excepto por los cráneos.

Guillén tragó saliva con dificultad.

—Cuarenta y nueve —farfulló. Sabía que, aun si no tuviera el grafiti enfrente, se habría sentido implicado.

Capítulo veinticuatro

Sergio estudió los alrededores durante varios minutos, agazapado en el espacio entre dos autos estacionados. Tenía línea de vista hacia el portón metálico de la casa, al timbre, al muro anaranjado que demarcaba la extensión frontal del inmueble. Hizo memoria del último día que había estado ahí, y se dio cuenta con pesar de que había sido antes de Navidad. Antes de que su amistad con Jop se viniera abajo.

Miró su reloj. Casi daban las 10:00 PM. Había tomado la precaución de apagar su celular después de hablar con Guillén, suponiendo que podían rastrearlo de esta manera. Sabía bien que en su casa, intervenida por Orson y tal vez por los demás, estaba toda la información personal que pudieran necesitar y que ésta bien podía conducirlos a casa de Jop.

No quiso llamarlo antes desde algún teléfono público por temor a que se negara a recibirlo. Y era absolutamente indispensable que se vieran. Ya hasta tenía pensado lo que iba a decir para tratar de convencerlo de que se uniera a su búsqueda. "Los dos somos amigos de Brianda" era el argumento más pesado.

Además, necesitaba las habilidades informáticas y cibernéticas de Jop. Su línea de investigación se había simplificado desde que estuvo en compañía de la falsa madre de Arturo Torremolinos. Era obvio que quien lo había implicado en la Krypteia y quien había escindido a Brianda eran uno y el mismo: Oodak. Y Farkas había sido su instrumento. Se lo decía su instinto.

Aunque aún desconocía el por qué de su participación en la Krypteia antes de haber iniciado la búsqueda de Edeth, estaba claro que pensaban utilizar a Brianda como medio de coerción y que no había otro camino para liberarla que dar con Farkas.

Sin embargo, como el hombre lobo no había respondido a ninguno de sus llamados, contaba con que a Jop se le ocurriría algún modo de dar con él a través de la web. Sólo esperaba no tener que ir a Hungría o aun más lejos para rescatarla.

Continuó aguardando.

"No sé qué decirte", evocó las palabras de Julio. "Tu historia parece sacada de una película de miedo. O de un Libro de monstruos. No sé."

Sergio había sido completamente honesto con su cuñado. Y aunque éste lo había escuchado con interés y respeto durante toda la comida, no dejó de sentirse ridículo. En un ambiente tan plástico como el del restaurante que habían elegido, con música suave, meseras de sonrisa artificial y mobiliario de colores vistosos, la mera mención de la lucha ancestral entre héroes y demonios resultaba absurda, infantil, producto de una imaginación desbordada. Aun así, no dejó de contarlo todo y de ser preciso en el papel que deseaba que Julio desempeñara.

"Tienes el halo de fortaleza. Eso significa que puedes empuñar la espada. Te estoy pidiendo que te unas. Lo que me corresponde carece de sentido si no tengo a mi lado a alguien como tú."

No obstante, tras haber agotado tres cafés, Julio sólo pudo hacerle una precaria promesa: "Lo pensaré, pero antes necesito que conozcas a alguien."

Sergio había sentido cierto alivio. Cuando menos, no lo había rechazado. Pero aún seguía solo. Solo.

Con todo, este asunto lo incomodaba: nadie se merece ser arrancado de su vida para cumplir con una misión que nunca pidió. Ni Julio ni él. Porque no es justo. Desde el año anterior, Sergio no dejaba de repetirse que si él mismo pudiera desligarse para siempre del Libro, lo haría. Que si estuviera en sus manos volver a ser un chico normal de trece años que tocaba la batería y odiaba las tareas escolares, no dudaría en hacerlo.

Concedió, al mismo tiempo, mientras observaba que una muchacha de servicio por fin salía de la casa de Jop, que no tenía alternativa. Que no podría enfrentar a demonio alguno sin la ayuda de Julio. Por eso se había propuesto buscarlo. Una vez que hubiera definido un plan de acción con Jop, visitaría a esa persona que Julio deseaba presentarle —"un amigo muy querido, Sergio, no hay nada que temer, pero es importante para mí"—, y tomaría tod

... la canción con la que te podemos complacer campeón está... le pasa la llave de tuercas para poder empezar a desarmar el motor, dice que todavía tiene remedio, pero... un par de zapatos rojos de tacón que... reparando el Libro letra por letra, palabra por palabra, página por página con sumo cuidado como si... quedamos en que íbamos a seguir la fiesta en casa de Raquel en la Portales, nos vamos a ir en tres coches... ella... golpe contra el acotamiento exactamente en la curva

Se puso en pie para abandonar su escondite a pesar del vendaval de voces. Después del arrebato inicial, en el que por unos segundos se sentía ciego y sordo a todo aquello que lo rodeaba, pudo recuperar su contacto con el mundo.

Se sacudió el pesimismo y corrió hacia el otro lado de la calle. Sin perder más tiempo, timbró.

Sintió una felicidad inesperada. ¡Volvería a ver a Jop!

—¿Quién? —preguntó una voz muy familiar. Era la madre de su amigo.

—Yo, señora. Sergio Mendhoza.

—¡Sergio! ¡Querido, es Sergio, el amigo de Jop!

No tuvo tiempo para preguntarse el por qué de la extraña reacción de la señora. La puerta fue liberada al instante.

Mientras avanzaba por el jardín, notó que había luz en varias ventanas y que todos los autos de la familia Otis se encontraban estacionados en la cochera lateral. Caminó en dirección a la puerta principal, pero la señora, vestida en pants y pantuflas, salió antes de que Sergio pudiera alcanzarla.

—¡Sergio! ¿Dónde te habías metido? ¿No está Jop contigo? —lo tomó de los hombros, resistiendo el impulso de abrazarlo.

Tras ella aparecieron el padre de Jop y Pereda. El señor estaba en piyama; Pereda iba vestido con una camiseta sin mangas.

—¿Por qué? ¿No está aquí? —inquirió preocupado. Su mente trabajaba ya vertiginosamente.

—¿Tú estás bien? —al fin preguntó ella—. Apenas ayer nos enteramos de que llevabas días fuera de tu casa. Y de que Brianda está en el hospital. ¿Tienes alguna idea de dónde puede estar Jop? No sabemos nada de él desde ayer.

Miles de alarmas se encendieron en la cabeza de Sergio mientras intentaba atar cabos. Miró por encima del hombro de la señora. El semblante del señor Otis era de verdadera aflicción. Pereda, el chofer de la casa, también se mostraba ansioso y expectante, aunque seguía guardando una respetuosa distancia.

—Yo... —pensó en aventurar una mentira, pero la mamá de Jop se le adelantó.

—Nos dijo el teniente Guillén que nunca saliste del país y que nadie había sabido de ti en dos semanas.

—En realidad... —sopesó sus palabras; no quería causar más angustia— ... no fui a Miami con Alicia. Me fui de campamento con unos cuates y no le avisé a nadie.

—¿Sabes dónde puede estar? —intervino ahora el señor Otis—. Nadie sabe de él. Y su celular nos manda directamente al buzón. Teníamos la esperanza de que estuviera contigo.

—No, no estaba conmigo —confirmó, sintiendo una profunda tristeza por tener que responder con una negativa a la única pregunta que en realidad les importaba.

Jamás creyó que el señor Otis, que se la pasaba peleando con su hijo, que parecía siempre demasiado pagado de sí mismo y sin ningún sentido del humor, fuera capaz de extrañarlo de ese modo. Sintió el corazón oprimido.

Se quedaron en silencio, como si la esperanza se les volviera líquida entre las manos. Paradójicamente, el rostro de la señora se suavizó. Acarició el cabello de Sergio y, haciéndose la fuerte, le pidió que los acompañara al interior de la casa. Ahí, ordenó a la cocinera que preparara algo de cenar para el chico y lo sentó a la mesa del comedor. Con él se sentaron ambos padres y Pereda.

Al fin se enteró, mientras comía de mala gana unas quesadillas y un vaso con leche, que el día anterior Jop no había ido a la escuela. Que ya habían dado aviso a la policía. Que sólo podrían considerarlo un secuestro una vez que recibieran una llamada de los plagiarios. Que estaban desesperados.

Sergio, por su parte, pensó que algo no encajaba.

¿Y si Elsa y sus esbirros estaban involucrados? No parecía probable, ya que Jop había desaparecido antes de que él escapara. Sin embargo, en lo más profundo de su corazón, sabía que todo estaba conectado: que él era el responsable, aunque de manera indirecta, de la desaparición de su amigo.

—Dios mío… que no le haya pasado nada malo… —murmuró el señor Otis.

Por varios segundos no se escuchó más que el ladrido de los perros a la distancia, la televisión encendida en alguna habitación, el trajín habitual de la cocina.

Un silencio aciago como el que sólo se guarda en los duelos.

Entonces, como si sintiera la obligación de intervenir, el señor Otis se aclaró la garganta, se acicaló el cabello y, con la mirada puesta en el impecable mantel, se puso a trazar figuras informes sobre la tela con el dedo índice de su mano derecha:

—Sabes, por supuesto, que el apodo de mi hijo Alfredo se lo puse yo: *Hopeless*. Y seguramente sabes también la razón de tal apodo. Lo que no sabes es que, en el fondo, es un apodo cariñoso. Todos en mi familia tienen un don natural para asuntos de dinero. Cada tío, cada primo, cada hermano… todos, excepto Jop. Y eso, te lo confieso, me parece que lo hace especial —miró a su esposa con cariño e hizo una nueva pausa, quizá para medir sus palabras—. Está convencido de que va a ser el mejor director de cine de terror del mundo. Y eso me parece muy bien, pero, ¿sabes qué me parece mejor? Que desde que tú y él son amigos, he detectado una chispa diferente en su mirada. Como si ahora fuera capaz de realizar las más grandes empresas… empresas, por supuesto, que no tienen nada que ver con el dinero. Como si, repentinamente, pudiera competir en las olimpiadas o conseguir una beca artística. Y eso me gusta.

Sergio advirtió que el señor Otis no sabía del distanciamiento que existía entre él y Jop. Pero eso ahora no importaba demasiado.

—Me gustó que viajara súbitamente a Hungría en un arranque de camaradería. Y aunque lo tengo sentenciado por ello y todo el día lo estoy jorobando por la escuela o porque pasa demasiado tiempo frente a la computadora, sé que es muy buen chico —aprovechó para apretar la mano de su esposa—. Así que, por favor, si puedes ayudarlo a volver a casa…

Se le volvió a quebrar la voz. Sergio no pudo evitar que a él también se le nublara la mirada al contemplar cómo se desmoronaba ese hombre férreo. La señora aproximó su silla a la de su esposo y le dio un abrazo.

Sergio tomó un trago de leche aunque ya no tenía sed. Sintió simpatía por el señor Otis. En estos últimos meses, él mismo había padecido lo que ahora sufría el padre de su amigo. Ambos querían a Jop de regreso.

—¿Me permiten pasar al cuarto de Jop? —preguntó.

***

Guillén se apeó de la patrulla estacionada en doble fila y, al mirar hacia arriba, fue víctima de su propio entusiasmo.

—¿Será posible?

No. No lo creía. Aunque, al fin y al cabo, ese presentimiento lo había conducido hasta el edificio en la calle de Roma, donde había dejado un gran pedazo de su corazón.

No había luz en el interior, pero las ventanas de la habitación de Sergio estaban abiertas, al igual que las de la habitación de Alicia. Y a pesar de que hacía bastante calor esa noche, el presentimiento se tornó angustioso.

Tomó su copia de la llave de la puerta exterior del edificio y subió al departamento de Sergio a toda prisa. En cuanto tuvo frente a sí la puerta, supo que había hecho lo correcto en acudir. Rogó que no fuera demasiado tarde.

En principio, tras haber recibido su llamada, había creído que Sergio se refugiaría en su casa. Y aunque no se dio mucho crédito por tal idea, antes de volver al lado de Mari decidió pasar a cerciorarse de que Sergio no estuviera ahí. Ahora deseaba de todo corazón que no fuera así.

La puerta de madera tenía un enorme hueco en el centro. Quienquiera que hubiese entrado, lo había hecho con lujo de violencia.

Escuchó ruidos en una de las habitaciones más distantes de la entrada. Desenfundó su arma.

—¿Por qué tardaron tanto en venir? —dijeron a sus espaldas.

Era el señor Reyes, el anciano del segundo piso. Estaba en el descansillo de las escaleras.

—¿Cómo dice?

—Llamé hace más de cinco horas.

—¿A quién?

—¿Cómo que a quién? ¡Pues a la policía!

Guillén empezó a hacer conjeturas.

—Vuelva a su casa y enciérrese.

El señor Reyes comenzó el descenso, no sin antes decir:

—Como usted quiera. Al fin y al cabo, se fueron hace rato.

Guillén ingresó al departamento con sigilo.

La imagen del interior fue devastadora. Accionó el interruptor más próximo, pero no sucedió nada. Extrajo una pequeña linterna del interior de su saco y la encendió.

La luz confirmó lo que la penumbra había sugerido. El departamento era un caos. No había nada entero o en su lugar: los sillones habían sido tasajeados; la loza, destruida; los cuadros, hechos trizas. Las sillas del comedor eran ahora madera astillada; la mesa, rota y volcada, había perdido dos patas. El teléfono, las plantas, los adornos… era como si un tornado furioso hubiera recorrido el departamento de ida y vuelta, destruyendo todo a su paso, dejándolo irreconocible. La saña con la que los perpetradores habían actuado era devastadora.

Descubrió, gracias a la luz que ya dirigía hacia un rincón, ya hacia otro, un mensaje sobre la pared que, aunque en principio le causó rabia, luego lo hizo sentir alivio. Era una prueba fehaciente de que Sergio estaba vivo.

"Tullido de mierda: ¡te vas a morir!", decía la amenaza en grandes letras rojas. Con ése eran dos los mensajes escarlata que leía en un mismo día.

Se acercó temeroso al pasillo que conducía a las recámaras. Tuvo que pasar por encima de trozos de vidrio y plástico haciéndolos crujir. Se asomó primero a la recámara de Alicia.

El colchón estaba deshecho y las cobijas, reducidas a jirones. Los espejos, la ropa y los cosméticos también estaban destrozados.

—Malditos desgraciados —musitó.

Salió de la habitación y fue a la de Sergio, anticipando su pesar.

La batería lo hizo sentirse enfermo. Los tambores habían sido masacrados; los parches estaban rotos y los arillos, abollados; los platillos eran hojalata inservible; los pedales, fierro torcido.

Sobre los demás objetos del cuarto apenas pudo posar la mirada. La computadora tenía los circuitos a la vista; el monitor estaba estrellado; los cuadernos y los libros, deshojados. Y el tablero de ajedrez… aquel tablero de ajedrez…

Sólo las ventanas estaban intactas.

Contuvo el dolor. Intentó llamar a Sergio, pero no tuvo suerte. Levantó un peón negro del suelo y se lo echó a la bolsa del saco. Se dijo que nada podía hacer ahí.

Apagó la linterna y, saltando por encima de un montón de ropa, regresó por el pasillo que conducía a la puerta preguntándose quiénes serían los demonios que andaban tras Sergio, y si sería capaz de enfrentarlos y sobrevivir.

Se preguntó también si realmente sabía el riesgo que corría al "volver a la lucha".

—Demasiados horrores para un solo día —se dijo. Y, por si fuera poco, aún tenía que hablar con Mari, participarle su decisión de recuperar su empleo en la policía ministerial.

Estaba por cerrar la puerta cuando su sexto sentido lo hizo detenerse, recapacitar.

En efecto. Ahí estaba.

Se trataba del mismo que había detectado al subir las escaleras antes de que el vecino lo abordara. Era una especie de roce gentil, como si alguien acariciara pausadamente una superficie áspera. Tratando de no hacer ruido, volvió sobre sus pasos y, procurando no tropezar, llegó a la puerta del cuarto de Sergio.

La luz del alumbrado público le reveló el origen del ruido. No sintió miedo; muy por el contrario, se sintió maravillado. Era una confirmación de lo que Sergio le había contado en el vuelo de regreso de Hungría. Una pieza más en ese rompecabezas que había iniciado con Guntra, que había continuado con Morné y el falso padre Ernesto, y que ahora lo acicateaba para que dejara de hacerse preguntas y aceptara el reto, cualquiera que éste fuera.

Un hombre muy viejo se encontraba sentado sobre uno de los cajones de la cómoda destruida de Sergio. Tenía una barba larga y blanca, manos espigadas, casco de hierro y cota de malla; era un soldado de figura translúcida y tiempos antiguos, que se afanaba con un objeto que sostenía con ambas manos. El Libro de los héroes.

Guillén vio con asombro cómo lo reparaba el hombre espectral. Hoja tras hoja, pasaba la palma de su mano derecha mientras sostenía el grueso volumen con la izquierda. Ante sus ojos, las páginas del grimorio se reconstituían. Las letras adquirían forma. Los grabados se reintegraban en el papel apergaminado.

Un pase de manos. Y otro.

Una hoja. Otra. Otra más.

Se preguntó si estaría listo para lo que estaba por venir, si el enfrentamiento con fuerzas inexplicables y desconocidas no sería demasiado para él, un hombre maduro y de barriga prominente que lo único que había querido en su vida era "acabar con los malos".

De pronto, el soldado detuvo su ejercicio. Levantó la mirada cansada y la fijó en el teniente.

Guillén comprendió que la aparición le había permitido volver para que fuera testigo de tan asombroso prodigio.

Como un soldado que reconoce a otro, el fantasma sonrió. Su mirada cristalina encontró eco en la de Guillén, quien apenas se atrevió a hacer un gesto de reconocimiento.

Luego se retiró de la habitación sin darle la espalda. El murmullo en el cuarto de Sergio continuó.

Luna creciente

Brianda la identificó al instante. Ya la había visto en sueños. No sabía su nombre, pero sabía de lo que era capaz.

Jop estaba inconsciente. No había probado agua ni alimento en mucho tiempo.

—Vaya, vaya —dijo Elsa con sorna cuando se aproximó a la reja con la muñeca en las manos—. Así que eres tú. La verdad, esperaba algo más... impresionante.

Los ojos castaños de Brianda ardieron con rabia.

Así la había visto en alguna pesadilla. Hermosa y terrible, vestida con una amplia túnica roja, digna de una sacerdotisa. Cara a cara con Sergio. No pudo evitar sentir miedo.

Sin embargo, su enojo se sobrepuso por unos instantes, por eso se sorprendió firme, sin asomo de temblores o flaquezas. Farkas la había mencionado veladamente. Y ahí estaba: un demonio con el que ni siquiera un hombre lobo desearía enfrentarse.

Elsa sonrió con concupiscencia. Llevaba puesto un conjunto de pantalón y blusa entallados que revelaban su escultural figura. Sanguinaria. Letal.

Brianda la detestó.

—Apuesto —agregó Elsa— que tu sangre es tan roja como la de cualquier otra vulgar sirvienta, ¿eh, Brianda?

Miedo. Terror verdadero. ¿Por qué la mención de su sangre? Pensó que quizá sí sería testigo de su naturaleza terrible. Una lágrima la delató, pero no le dio importancia. Sus manos incorpóreas comenzaron a temblar cuando Elsa, con la punta de su zapatilla, desbarató el círculo de sal en el suelo. Brianda se sintió arrebatada al interior de la muñeca como si ésta fuera un magneto poderoso y, ella, un filamento pequeñísimo de hierro.

Lamentó no poder despedirse de Jop.

Capítulo veinticinco

Sergio se sentó frente a la computadora portátil de Jop con temor. La noticia que el señor Otis había compartido con él lo había afectado sobremanera.

—Cuarenta y nueve esqueletos infantiles —se dijo mientras esperaba que la máquina arrancara—. Cuarenta y nueve esqueletos decapitados.

Era, sin lugar a dudas, una alusión directa a lo que habían enfrentado él y Guillén el año anterior, pero potenciado al cuadrado.

Se especulaba mucho al respecto. Y aunque el procurador afirmaba que era obra de un grupo de locos obsesionados con el caso Nicte, a Sergio no le convencía la teoría. Por lo pronto, la policía ya estaba identificando a los niños para devolverlos a sus sepulcros.

Una sola pregunta le martillaba el cerebro, lo mordía constantemente por dentro como un parásito hambriento: ¿estaría Elsa Bay detrás de todo eso? ¿Podría tratarse de un mensaje para él?

La pantalla de la computadora cambió a un límpido fondo azul que solicitaba el nombre del usuario y la contraseña. Sergio llevó su mano temblorosa al ratón. Escogió el usuario de Jop, identificado por la calabaza terrorífica de la película *Halloween*, y dio un clic. Sergio suspiró. Repentinamente tuvo ganas de llorar.

"¿Qué quieren de mí?", se dijo mientras sollozaba. "¿Que busque a Edeth? ¡Bien! ¿Que pase por las cuatro transiciones que quedaron pendientes de la Krypteia? ¡Bien, también! ¿Que entregue mi vida de una vez por todas? ¡Sírvanse, malditos monstruos!"

Tecleó la contraseña. La sabía porque Jop, cierta vez que se encontraban ahí, la susurró mientras la escribía. Sergio, a sus espaldas, la había memorizado involuntariamente: ALARIDO. Era una de las películas favoritas de Jop.

Los iconos y las carpetas del escritorio se mostraron sin reservas, a la vez frágiles y reveladores. Mientras los estudiaba, el nombre de una carpeta le hizo sufrir un vuelco del corazón. Le pareció que no necesitaría ir más allá en la indagación, que con eso bastaba y sobraba para salir corriendo de ahí e intentar ponerle fin a la pesadilla.

Farkas_HD_Download.

Era cierto. Jop y Farkas eran cómplices.

Comenzó a sentirse dominado por un odio intenso, pero no duró mucho.

La sangre abandonó su rostro de improvisto. El *pop up* de la aplicación del Messenger fue como un grito en la noche silenciosa.

—Vaya, vaya. Miren quién se aparece por aquí.

Así que Farkas se había comunicado con Jop a través del Messenger, al igual que lo había hecho con él varios meses atrás.

—¿No deberías de estar cumpliendo con la Krypteia, mediador?

—Infeliz. Siempre fuiste tú.

—Todo tiene una razón de ser, Mendhoza.

—Libera a mis amigos, desgraciado.

—Ése no fue el trato. Si mal no recuerdo, el papel decía: "Culmina la Krypteia y Brianda volverá a su cuerpo". ¿Terminaste ya?

—Me hiciste creer que Elsa Bay la tenía.

—Yo no te hice creer nada. Tú creíste lo que quisiste.

—Libérala, monstruo. A ella y a Jop. Ya!!!!!!!!!!!

Se descubrió apretando la quijada. En múltiples ocasiones se había sentido juguete de Farkas. Pero nunca tanto como ahora. Lo tenía sometido, maniatado, completamente en su poder. Recordó con furia cuánto había menospreciado la amenaza que Oodak le hiciera varias semanas atrás en la fila del cine. Se dijo que, de poder regresar el tiempo, iniciaría la búsqueda de Edeth de inmediato, sin poner reparos, sin hacerse el valiente, sin poner en riesgo la vida de nadie.

Un sólo héroe en un mundo de miles de millones de habitantes. Lo haría sin chistar.

—¿Qué quiere Oodak de mí? ¿Que encuentre a Orich Edeth? Lo haré, pero libera a mis amigos.

—Poor Sergio.

—Por favor…

—Tenías que cumplir con las siete transiciones. ¿Cuántas hiciste? ¿Tres? Ni la mitad! Podría entregarte la mitad de Brianda si te sirve de algo. Dos cortes al adminículo y…

—ka spfhuwsjcwlw uesfhdweweq23141243i

—Poor *Sergio…*

Sergio recorrió la habitación de Jop de ida y vuelta, desesperado. Los carteles de cine de terror, la máscara de Hannibal Lecter que pendía del perchero, aquel amuleto que él mismo le había regalado, la araña de arcilla que, en lugar de ocho patas tenía ocho brazos humanos, el sombrero de Freddy Kruger, la cámara de video: todo le pareció entrañable.

Se suponía que debía dar espanto, pero aquello sólo conseguía recordarle a su amigo. Miró, como consecuencia lógica, el anillo de oro blanco que llevaba en el anular izquierdo.

—¡¿Qué quieres de mí?! —gritó, luego de poner las manos en el respaldo de la silla en la que hacía apenas unos segundos había estado sentado.

Fijó los ojos en la pantalla.

El cursor parpadeaba aguardando.

El señor Otis se asomó por la puerta.

—¿Todo bien, Sergio?

—Sí, señor. Disculpe.

El hombre corpulento titubeó al ver la computadora encendida.

—¿Alguna idea?

—Todavía no. Lo siento.

Con un aire de timidez, el hombre forzó una sonrisa y abandonó el cuarto. Sergio apenas pudo regresar la mirada a la computadora. Aún tenía las manos prensadas del respaldo de la silla.

Lo que vio en el monitor lo dejó frío.

—Acaba con la Condesa.

Una sirena de ambulancia en la lejanía dio a la noche un toque trágico. "Acaba con la Condesa."

—Eres mediador, ¿no? Haz lo que te toca. Mata al demonio.

—¿Elsa Bay? ¿Te refieres a

—¡Mata al demonio, mediador!

—No puedo hacerlo. Me hace falta

—¿Estás lloriqueando otra vez? De veras que no ves más allá de tu nariz. ¿Quieres ver a Brianda y a Jop de nuevo? ¡MATA AL DEMONIO!

Con ese desliz, Farkas aceptaba tácitamente que tenía también a Jop en su poder.

—No sé cómo encontrarla.

—Eres un tonto y un cobarde. No sé por qué me molesto.

—Te estoy di

—¡MATAALDEMONIOMATAALDEMONIOMATAALDEMONIO!

—VETE AL INFIERNOOOOOOOOOOOOOOO!!!!!!!!

—Eso quisieras, pero aún tengo trabajo pendiente.

La señal de desconexión de Farkas fue como una bofetada para Sergio, quien todavía apretaba la letra O con el dedo índice. Golpeó el teclado. Se sentía desolado, perdido, abandonado por todos.

No pudo más. Se derrumbó sobre el escritorio.

Sus amigos eran víctimas de poderes oscuros. Su casa había sido invadida. No había héroe a quien recurrir. Alicia seguía ausente. Ni siquiera podía encender el celular. El Libro de los héroes seguramente había sido hurtado o destruido.

Y tenía que aniquilar a un demonio terrible.

Dio rienda suelta al llanto. Acarició la idea de dar fin a todo eso de la manera más pronta y más sencilla. Jop tenía, sobre su escritorio, un guante lleno de filosas navajas, una copia fiel del que usara Freddy Kruger para aterrorizar a los niños en sus pesadillas. Un solo corte ahí donde lo habían marcado con la K de la Krypteia, y todo habría terminado. Se sumiría en un foso negro y profundo. En un cieno de paz.

Se olvidaría de todo para siempre. Del Libro. De su misión.

De sus amigos. De Brianda. De Jop. De Guillén. De Alicia.

De todo.

El protector de pantalla se activó y Sergio levantó la mirada. Frente a él aparecieron los rostros de tres muchachos sonrientes mirando a la cámara en la plaza de Giordano Bruno. Era una foto que alguien había tomado el año anterior y que, prodigiosamente, había surgido de algún lugar de la computadora como si en verdad todo ocurriera por alguna razón.

Una gran vergüenza se apoderó de él. Arrojó el guante. Se limpió las lágrimas. Suspiró largamente. Movió el ratón para hacer desaparecer la foto.

Frente a sí apareció el escritorio lleno de iconos. Dio doble clic a la carpeta *Farkas_HD_Download*.

Capítulo veintiséis

Erzsébet Báthory.

El nombre se había grabado en su mente a punta de fuego y cincel, al igual que todo lo que había leído sobre ella y las espantosas muertes que había dado a más de seiscientas mujeres. Erzsébet Báthory. La alimaña. La Condesa Sangrienta. Un personaje histórico a quien se le reservaba un lugar en cada enciclopedia del mundo.

El escudo de los tres colmillos de lobo rodeados por el dragón mordiéndose la cola apareció entre los archivos que Jop tenía en su computadora. Se trataba nada más y nada menos que del escudo de los Báthory. Erzsébet era legendaria por sus depravaciones, por las crueldades que practicaba en sus criadas, por la brujería y el terror. Se había granjeado los favores de Oodak desde su juventud por la forma en la que renunció irrevocablemente a su alma, por su entrega total al servicio de Lucifer.

Aún no daban las seis de la mañana, pero Sergio se encontraba ya a los pies de un edificio en la colonia Anzures. Sólo tenía que llamar al botón del departamento 104.

Un hombre vestido con un overol anaranjado barría con indolencia el otro lado de la calle. No había nadie más. El alba se acercaba.

No tenía un plan, pero tampoco quería perder el tiempo. Por eso, mucho antes de que amaneciera, abandonó la casa de los Otis, no sin antes dejar un recado y agradecerles sus atenciones. Luego tomó un taxi que lo llevó adonde se encontraba ahora. Lo que había averiguado en casa de Jop era de gran valía, pero no podía poner manos a la obra sin contar con los recursos necesarios.

—Matar al demonio —se dijo.

Tocó el timbre. Esperó un poco.

—¿Quién? —preguntó la voz en el interfón.

—Soy yo, Julio. Sergio.

—¿Por qué no me llamaste ayer? ¡En eso quedamos!

—Discúlpame. ¿Puedo pasar?

—¡Claro!

La puerta fue liberada y Sergio entró. Sólo había estado ahí una vez, pero tenía buena cabeza para recordar datos, fechas, series numéricas, nombres, domicilios y demás. Subió por la escalera hasta el departamento de Julio en el primer nivel. Éste, aún en piyama, lo esperaba en la entrada.

—¡Me preocupaste!

Le dio una palmada en la espalda y lo hizo entrar.

—De veras perdóname. Tuve que ir a casa de Jop.

El departamento sólo tenía una recámara y una amplia estancia. La cocina sólo estaba separada del resto de la habitación por una tabla de madera horizontal que hacía las veces de antecomedor. La tele estaba empotrada en la pared.

Sergio se sintió bien en cuanto entró. La sensación de confianza era tan poderosa que por un momento lo creyó posible: él y Julio juntos, enfrentando demonios, haciendo lo que tuvieran que hacer.

—¿Quieres tantito café? Iba a prepararme una taza.

—Julio, tiene que ser ahora.

Había estado ardiendo en deseos de hablar con él desde la noche anterior, cuando comprendió que si realizaba su primera labor real como mediador, todo se arreglaría. No pudo evitar lanzárselo a la cara de inmediato.

—¿Ahora? —se extrañó Julio.

—Jop fue secuestrado.

—¿Qué?

—La única posibilidad que tienen tanto él como Brianda de regresar a casa, es que aniquilemos a un demonio.

Julio no contestó. Fue a la cocineta y se ocupó en poner un par de cucharadas de café molido en el filtro de la cafetera. Vertió agua en el depósito. Encendió el aparato y se recargó contra la estufa con los brazos cruzados.

—Sergio, ¿tienes idea de cómo suena lo que dices?

El muchacho se sintió decepcionado. Creyó que, después de la charla del día anterior, la cosa sería más sencilla.

—Sí, lo sé, pero me dijiste que lo pensarías si yo aceptaba conocer a alguien que quieres presentarme —insistió.

Julio asintió, reflexivo.

—Pues vamos. A eso me refería cuando dije que tiene que ser ahora. Llámale y vamos.

Julio se mesó el cabello. Después de unos instantes, resolvió:

—Está bien.

—¿Seguro?

—Muy seguro. Sólo déjame organizarme.

—Gracias.

Julio se acercó a él. Le dio una palmada cariñosa.

—Todo va a salir bien. Vas a ver.

Se dirigió a una mesita donde se encontraba el teléfono. Lo descolgó. Esperó pacientemente a que le contestaran. Guiñó un ojo a Sergio.

Mientras tanto, éste se distrajo mirando el goteo insistente de la cafetera y entreteniendo miles de pensamientos. No habían pasado ni dos días desde que había escapado de la Krypteia. Quizás Elsa aún estaba en la Ciudad de México. Si era así, la encontraría. No en balde se había aprendido de memoria todas y cada una de las direcciones de sus propiedades en México y en el mundo, gracias al directorio que había encontrado en los archivos de la máquina de Jop.

Elsa Bay. Erzsébet Báthory.

¿Por qué contaba Jop con esa información? ¿Se la habría robado? ¿Por eso lo plagiaron? ¿O Farkas se la dio por alguna razón? No sabría la respuesta hasta no dar con su amigo, quien, según Farkas le había dejado entrever, estaba vivo. Al igual que Brianda. Últimamente había aprendido a no confiar en nadie, y mucho menos en alguien como Farkas, pero no podía consentir la idea de que no fuera cierto. Si alguno de ellos moría…

—Soy yo. Perdone si lo desperté —dijo Julio al teléfono. Una pausa. Rio. Luego habló con firmeza—: Quiero ver si puedo hacerle esa visita que le tenía prometida. Sí. Ahora mismo. En una hora a lo mucho. ¿Está bien? De acuerdo. Gracias.

El auricular volvió a su sitio.

—Está hecho. Me baño y me visto en un santiamén.

—Julio, sólo dime una cosa: ¿por qué es tan importante esa visita? —preguntó.

Julio vio que el café ya estaba listo. Fue a servirse una taza. Dándole la espalda a Sergio, se animó a hablar:

—Porque es una deuda que tengo contigo y con Alicia.

—¿Una deuda?

—Aunque es cierto que conocí a tu hermana en una fiesta, creo que es justo decirte que me enamoré de ella mucho antes de verla en persona.

—No entiendo.

Incapaz de mirar a Sergio a los ojos, Julio tomó su taza de café humeante y se dirigió al baño, pero antes de entrar, dijo:

—Una vez que hagamos esa visita podrás confiarme lo que quieras. Misiones tremendas, demonios de miedo, hasta extraterrestres, si quieres —forzó una sonrisa sin destinatario—; no importa. Porque entonces sabré, Sergio, que tú y yo estamos a mano. Que nuestras cuentas están en números negros. Y lo que venga estará bien. Contigo y con Alicia. Te lo prometo.

Antes de que Julio cerrara la puerta, algunas campanas habían comenzado a resonar en la cabeza de Sergio. Un furioso viento alborotaba su buen ánimo. ¿Una deuda?

Cuando volteó hacia la calle, le sorprendió encontrarse con unos ojos que instantáneamente miraron hacia otro lado. El hombre del overol anaranjado que barría la calle hablaba por un celular. Sergio se preguntó si un barrendero podría costear un teléfono tan caro como el que estaba utilizando. Además, ¿qué hacía mirando hacia esa ventana?

Las campanas doblaban furiosamente.

Se acercó un poco más a la ventana. El hombre barría nuevamente, como si jamás hubiera hecho llamada alguna. ¿Habría sido su imaginación?

Las preguntas acudieron como una avalancha.

¿Tenía la dirección de Julio apuntada en algún lugar de su casa? Él no, pero, ¿y Alicia? Llevaba demasiado tiempo barriendo ese minúsculo pedazo de calle, ¿o no? ¿No estaba demasiado limpio su overol?

Recordó a la señora Esther. La ambulancia que tuvo que pedir de urgencia la supuesta madre de Arturo.

No, no podía correr el riesgo. Le dolía en el alma, pero no valía la pena. Quizá después, cuando estuvieran unidos por la lucha, por el Libro.

En la mesa del teléfono encontró papel y pluma. Garabateó un mensaje y salió del departamento a toda velocidad. Bajó las escaleras con el corazón en un puño. ¿Tendría que ocultarse? No. Era necesario que el hombre de la escoba lo viera salir y perderse por la calle. Era necesario quitar a Julio de la mira de sus depredadores.

En cuanto cruzó la puerta del edificio, sus ojos se volvieron a encontrar con los del hombre de la limpieza y vio que, además de barrer con demasiada dedicación una zona que, a todas luces, no lo necesitaba, la escoba parecía nueva. Una chispa en la mirada del hombre lo delató. Supo Sergio que no se había equivocado.

Al paso que su prótesis se lo permitió, Sergio se echó a correr hacia el Circuito Interior. Quizá podría cruzar y perderse en las calles de la colonia Cuauhtémoc.

El hombre del overol, ante la evidente huida, dejó caer la escoba y, fue tras él. Hablaba ahora con todo descaro por su celular. A pesar de su sobrepeso, corría en pos del muchacho.

Sergio temió ser víctima de una bala en la espalda. La sangre de más de seiscientas mujeres que habían pasado por las manos de la Condesa Báthory no se olvidaba con facilidad.

—¡Detente, Mendhoza! —gritó el hombre.

Para su sorpresa, consiguió alcanzar la lateral del Circuito mucho antes que su perseguidor. Hizo señas a un taxi, el cual encendió las luces altas a la distancia.

Fue cuestión de segundos.

El hombre del overol abandonó la carrera. Y Sergio vio, a través del medallón del automóvil, que el espontáneo perseguidor se plantaba en su lugar, mirando con resignación el taxi que se alejaba sin remedio. Al frente, la luz roja cambiaba a verde. La suerte estaba de su lado.

* * *

—Brianda... Brianda...

Sus palabras hicieron eco en las paredes de la celda, que se le antojó inmensa. Si eso no era terror, se le parecía mucho.

Le dolían los roces de sus ataduras. Tenía el cuello y las muñecas lastimadas. Se sentía débil, triste, asustado.

Recordó aquel día lúgubre en el castillo de Oodak cuando fue secuestrado en las calles de Budapest. Recordó la sensación y, aunque le pareció similar, creyó que ésta era más intensa. Acaso porque la noche se vislumbraba eterna. Porque, si nadie daba con él, moriría solo, hambriento, aterido y en tinieblas.

—Brianda...

Era la tercera vez que despertaba y casi no abrigaba esperanzas de encontrar a su amiga. A ella y a la muñeca se las habían llevado a otro sitio. A otra ciudad. A otro país. Daba lo mismo. A él, en cambio, lo habían abandonado a su suerte. El demonio al que había hecho referencia Farkas no se había interesado en él y lo condenó, como si se tratase de un bicho inservible, a una muerte lenta y angustiosa.

¿Cuánto puede vivir alguien sin tomar agua? ¿Sin alimento?

Si eso no era terror, se le parecía mucho.

Una grotesca sonrisa burlona se dibujó en su cara.

"Y se supone que yo iba a ser el maestro del terror."

Un gemido involuntario escapó de su garganta reseca.

—Terror.

Ya se lo había dicho Sergio en alguna ocasión, pero apenas lo comprendía. El miedo es fe maligna; el terror, la certeza, saber que algo espantoso está por ocurrirte. No es que lo creas. Lo sabes. Y eso basta para que el más valiente moje los pantalones.

Un nuevo gemido escapó de su garganta.

Nadie en casa sabía su paradero. Jamás había revelado la dirección en la que se encontraba el supuesto club de cine y, puesto que su padre le tenía castigado el auto con chofer a causa de la travesura de fin de año, había comenzado a trasladarse en transporte público, sin decir adónde iba. Su berrinche, irónicamente, era el crespón negro con el que sellaba su nefasta broma, como quien cava su propia tumba sin saberlo.

"Jamás darán contigo", dijo una voz en su interior. "¿Querías producir terror? ¿Qué te parece si empiezas contigo mismo? ¿Te parece bien esta dosis o necesitas más?"

Terror.

Pensó en Sergio involuntariamente. En varias ocasiones habían hablado sobre la rijosa palabrita. Y Sergio, que lo había visto y lo había padecido en carne propia, jamás se había envanecido por ello. Conocía el sentimiento, pues éste se había afilado las garras en él. Si alguien sabía de terror era Sergio, pero en su despecho, Jop había recurrido a Farkas para aprender algo que quizás habría podido desentrañar con su mejor amigo.

"Mejor amigo."

Lo pensó sin querer. Como quien se descuida y, sin darse cuenta, camina de regreso a casa a pesar de haberse prometido que nunca volvería. Para su sorpresa, el pensamiento lo hizo sentir bien.

—Mi mejor amigo —se atrevió a decir—. Mi mejor amigo.

Todo había sido culpa de esa maldita grabación. Si nunca se hubiera enterado de lo ocurrido aquella noche, Sergio y él seguirían siendo amigos. Horrible amistad, sí; quizá cimentada en una traición asquerosa, pero ¿no tenemos todos derecho a un momento de flaqueza? ¿No será que todas las amistades están contaminadas por alguna deslealtad? No hay amigo perfecto, ¿o sí?

No. No lo había.

La certeza le sobrevino como un balde de agua fría.

En medio de las tinieblas, se hizo una luz para Jop. Fue tal la seguridad de estar en lo correcto, que deseó con todas sus fuerzas poder salir de inmediato de ahí.

El nombre del archivo era mendhoza.MP3.

Supo, como si hubiera estado ahí cuando lo crearon, por qué se trataba de un MP3: por la compresión de datos.

Sí, un balde de agua fría después de caminar durante horas bajo el rayo del sol.

Su corazón se hinchó de júbilo por el gozo que le provocaba el más reconfortante de los hallazgos.

Se puso a gritar con la esperanza de ser escuchado. Tenía que recuperar su computadora y confirmar sus sospechas.

—¡Auxilio! ¡Alguien! ¡Por favor!

Con todo, a los veinte minutos lo venció el cansancio y volvió a desvanecerse en la penumbra. Su cuerpo volvió a rendirse sobre sí mismo como un guiñapo. Las tinieblas lo devoraron y creyó caer en un abismo negro, frío e infinito.

* * *

Julio salió de su recámara abotonándose la camisa.

—Sergio, ¿estás listo?

Los ojos que contempló a unos cuantos metros eran los más hermosos que había visto jamás. Quizá fue por eso que el monstruo que acompañaba a la dama le pareció tan pavoroso.

—¡Por Dios! —dejó escapar en una exhalación.

Un murciélago enorme de vientre abultado y calva prominente, cubierto de pelusa por el cuerpo surcado por venas lo confrontaba desafiante. En realidad, más que un murciélago, parecía una gárgola, y el siseo que salía por su boca era el de una bestia que se sabe en peligro. Tenía los ojos ciegos y se retorcía como si acabara de abandonar el vientre materno.

—Felicidades, Nelson —dijo la dama al engendro con un tono de complacencia—. Así que, al final, fuiste admitido.

—¿Quiénes son ustedes? ¿Qué hacen aquí? ¡Sergio!

Aunque no tenía miedo, le inquietó que algo le hubiera ocurrido a su cuñado.

El monstruo comenzó a extender sus alas pegajosas, llenas de aristas y pellejo semitransparente. Julio recordó con pesar que Sergio se lo había advertido. Y que él no había querido creerle.

"Empuñar la espada", se dijo, repitiendo las palabras de su cuñado mientras se maravillaba ante la horrenda visión. Se sorprendió respondiéndose a sí mismo: "Con gusto".

Aunque, por lo pronto, había que atender asuntos de mayor importancia.

—¡Sergio!

Se propuso dar un paso hacia la puerta del departamento, pero un súbito dolor se lo impidió.

Fue un golpe sordo en su espíritu, una explosión de luces cegadoras, un alarido estridente. Como si todos los nervios de su cuerpo recibieran una descarga de cientos de miles de voltios.

¿Qué había sucedido?

Si segundos antes parecía que apenas estaba despertando, abandonando una especie de crisálida invisible y, ahora…

Una sutil risa femenina. De confirmación. De punto final.

Pensó en Alicia cuando todo se cubrió de rojo arterial. Y se dijo, mientras notaba que el dolor ya de por sí insoportable iba en aumento, que se había equivocado. Que los ojos más hermosos que había visto en su vida eran verdes, no negros. Y pertenecían a Alicia Mendhoza Aura, quien se encontraba de viaje en Miami.

Capítulo veintisiete

Enfundado en su chamarra de segunda mano, se echó de espaldas sobre una de las bancas de la plaza.

Parecía broma. Tan sólo meses atrás había sufrido los embates de un demonio que tenía ese mismo hábito: dormitar en la calle en las proximidades de la plaza, quizás en la misma banca donde ahora él trataba de encontrar sosiego.

Pasaban de las once de la noche. El cielo estaba despejado y la luna, en cuarto creciente, era una patética sonrisa ladeada.

Ya había renunciado a la posibilidad de entrar en su casa, recostarse en su cama y dormir bien por primera vez en semanas. Había renunciado, naturalmente, por miedo a que Elsa hubiese apostado a un espía en el interior (¿había mejor sitio para emboscarlo?), pero también porque no quería concederse ese descanso. No mientras Brianda y Jop siguieran en peligro.

Los ojos se le cerraban. La voz de Giordano Bruno no había contestado a sus demandas; la noche se empeñaba en no ofrecerle respuestas. El cansancio era superior a sus fuerzas. Pese a que sabía que no podría dormir ahí, se permitió unos minutos de callada espera.

Durante el día había hecho algunas llamadas y respondido algunos correos electrónicos. No había querido hacerlo el día anterior en casa de Jop por miedo a que lo rastrearan. Sabía que la Krypteia, la élite universal, podría hacer eso y más. En los cafés Internet, en cambio, no correría peligro.

Sus pesquisas le permitieron averiguar algunas cosas. Alicia seguía en Miami. Los chicos de la banda de música lo habían echado al fin. La maestra Luz, la directora de su escuela, conminaba a Sergio a que se comunicara con ella, aunque no denotaba suspicacia. Incluso se había animado a cerrar su último correo con un "Espero que te encuentres bien".

Nada de Guillén.

Nada de Farkas. Ni de Oodak. Ni de la Condesa.

Se preguntó si sería posible sumirse en el anonimato para siempre; renunciar a todo, vivir en la indigencia, deambular por las calles, perder su nombre y, poco a poco, la razón. Quizás en dos o tres semanas dejaría de recibir correos electrónicos. En las redes sociales, su identidad se desvanecería paulatinamente. En breve sería un fantasma. Ni las fuerzas oscuras se acordarían de él. Alicia se quedaría a vivir en Miami para siempre. Julio reharía su vida. Y el teniente, a la larga, también lo olvidaría.

Pensó que esa sensación quizás era similar a la que experimentaban los suicidas antes de acabar con su propia vida.

Fue el recuerdo de Brianda y Jop lo que lo hizo reincorporarse. Si no llevara sobre sus hombros la necesidad de volver a ver a sus amigos sanos y salvos. Quizá tal desvanecimiento sería posible si estuviera solo; entonces podría llevar a cabo su fantasía y desaparecer.

"Lo irónico", pensó al sentarse sobre la banca, "es que sí estoy solo. Nadie me puede ayudar, ni siquiera Julio. Y así, solo, tengo que idear cómo derrotar a uno de los demonios más cercanos a Oodak".

Contempló con detenimiento un sedán estacionado frente a su edificio. Las ventanillas estaban abajo. Un hombre aguardaba en el interior.

Sólo entonces entendió por qué había permanecido ahí tanto tiempo a pesar del obstinado silencio de Giordano Bruno, a pesar de haberse puesto en riesgo al ocultarse justamente en ese lugar.

Seguramente el ocupante del auto se había quedado dormido y no había advertido la llegada de Sergio. Y éste agradeció en silencio tal fortuna. Porque así, a la distancia, podía sentirse mejor sin tener que ponerse en evidencia.

No pudo evitar sentir ternura al contemplarlo haciendo esa inútil guardia, vencido por el sueño en el interior de su auto particular.

Pese a tener encima el nuevo misterio de los cuarenta y nueve esqueletos, ahí estaba, cobijando la esperanza de verlo regresar.

"Sí, estoy solo en la lucha," se dijo, "pero fuera de ella estoy más acompañado que nadie. Tengo al teniente. Tengo a Brianda, a Alicia y, ¿por qué no?, también tengo a Jop. Eso debe bastar. Nadie que cuente con tanto apoyo puede estar solo en realidad".

Este pensamiento le infundió nuevos bríos y se puso en pie. Justo en ese momento, como si lo hubiera presentido, sonó el teléfono celular del teniente.

Guillén despertó sobresaltado. Sergio se ocultó detrás de la estatua de Bruno. Si el teniente lo veía, sería imposible deshacerse de él. Y si algo tenía claro era que no podía involucrarlo. Le iba la vida en ello.

No alcanzó a escuchar la plática, pero al recargarse contra la piedra fría del monumento, recordó la foto que Brianda, Jop y él se habían tomado en esa misma plaza, y recordó también la parafernalia cinematográfica en el cuarto de Jop.

—¡Claro! —exclamó. Fue como despejar una ecuación y darse cuenta de que, en vez de tener múltiples variables, sólo tenía una—. ¡El club de cine!

El descubrimiento de la verdadera identidad de Elsa Bay y la impresión que le había causado reconocer en ella a un monstruo legendario que llevaba más de cuatro siglos causando daño lo habían distraído. No tuvo duda. Los engranes embonaban perfectamente.

Farkas había envenenado la mente de Jop. Pero para eso no bastaba el Messenger. Tenía que haber estado en contacto directo con la víctima en algún sitio privado. En alguna casa.

El supuesto club de cine.

Su corazón empezó a palpitar frenéticamente. Conocía con exactitud la ubicación de la casona en Coyoacán; no en balde había seguido a Jop cuando menos en dos ocasiones. ¿Valdría la pena regresar?

"Mata a la Condesa." Ésa había sido la instrucción del licántropo. "Mata al demonio si quieres volver a ver a tus amigos."

Pero si daba primero con Farkas o con el sitio en donde sus amigos estaban cautivos, quizá no necesitaría enfrentar a la Condesa. Y aunque era improbable que estuvieran recluidos en la casa de Coyoacán, cuando menos era un inicio.

Originalmente, tenía pensado recorrer las casas de Elsa junto con Julio para acabar con ella, pero ahora le parecía un plan descabellado y sin esperanza. Sobre todo porque no tenía caso buscar al demonio si aún no contaba con alguien que empuñara la espada. Lo mejor sería tratar de liberar a sus amigos por su cuenta. Había que cambiar los planes, sí; entre más lo meditaba, más se convencía de ello.

Abandonó su refugio detrás de la estatua.

Metió las manos en la chaqueta y ajustó la capucha. Regaló una sonrisa furtiva al teniente, que aún hablaba por teléfono. Se internó a paso veloz en las calles de la colonia Juárez, en dirección opuesta de su propia casa.

* * *

—¿Bueno?

—Guillén. Soy yo, Miranda.

—Sargento, qué bueno que me llamó. Me quedé dormido. ¿Qué me tiene?

—Nada bueno.

—¿Por qué?

—Porque tenía razón.

—¿En qué?

—En sus sospechas. Por una orden de arriba, prohibieron que se atendiera la llamada del vecino de Mendhoza.

—No entiendo.

—El señor Néstor Reyes, vecino de Sergio, llamó para informar que alguien estaba haciendo un escándalo tremendo en la casa de los Mendhoza; dijo que sonaba como si alguien hubiera destrozado el departamento. Sospechó que se habían metido ladrones o vándalos. Según él, los Mendhoza andan de vacaciones. Se levantó el reporte en la delegación con folio y todo. Entonces llegó la orden de arriba. Nadie debía atender ese reporte.

—¿Tiene idea de por qué?

—No. Pero ahí le va otra. La desaparición de Alfredo Otis. Se ordenó desestimarla.

—¡¿Qué?!

—Como le digo. Si el chavo está secuestrado, nadie va a meter las manos. El expediente va a amarillar de viejo antes de que alguien le dé seguimiento.

—¿Órdenes "de arriba"?

—Sí.

—¿Del procurador?

—No, de alguien con más unfluencia. Parece que hay gente muy poderosa involucrada. Quieren encontrar a Sergio Mendhoza a como dé lugar.

—¿Cómo sabe?

—Se habla de una consigna próxima a revelarse. Entre los compañeros se dice que hasta habrá recompensa. No hay nada confirmado, pero se rumora que, al que le eche el guante, le puede tocar una suma muy jugosa.

—¿Por qué el interés? ¿En qué se metió Sergio?

—Ni idea, teniente. Pero espérese, que falta lo mejor. O lo peor, según se mire.

—¿Qué?

—Dicen los compañeros que el chavo hizo enojar a alguien muy poderoso. Que por eso anda desaparecido. Mañana van a publicar las fotos del archivo en prensa y medios. Algo van a revelar.

—¿Qué?

—No sé. Habrá que esperar la noticia.

—Con razón Ortega... —Guillén se detuvo. Había escuchado un ruido familiar en la plaza: pasos. Como si quien corriera tuviera una pierna... ¿Podría ser? Miró hacia la plaza y gritó—: ¡Espere!

—¿Teniente?

—¿Eh? No, no era con usted, sargento. Pensé que había escuchado algo.

—¿Quiere ir a ver?

—No. No se ve nadie —Guillén se espabiló—. Le decía que con razón Ortega no estaba contestando mis llamadas. Supongo que ni caso tiene buscar al procurador.

—No, no lo creo.

—No me gusta nada esto, sargento.

—Ni a mí.

—No me gusta nada de nada.

* * *

El maestro decidió irse a la cama.

No había abierto el taller de afinación y reparación de pianos en todo el día, esperando que la visita se concretara. Dieron las once. La una. Las seis…

A las once de la noche le quedó claro que no se presentarían.

Sacó la pistola de la bolsa de papel estrasa en la que la había ocultado. La colocó, aún cargada, en uno de sus libreros, al lado de un reloj y de unas campanas de porcelana cubiertas de polvo.

Se frotó la cara con ambas manos. Apagó la luz de la lámpara de pie.

Luna creciente

—¿Te parece que está muy apretado, querida?

Brianda se limitó a negar con un movimiento de la cabeza. No había llorado desde que abandonó la casa. Ni siquiera en la oscuridad de la cajuela donde arrojaron a la muñeca se permitió esa debilidad. Finalmente, había sido un viaje corto. Dos o tres horas a lo mucho. Se había hecho fuerte. Y eso la complacía.

Ahora, la habían separado del fetiche una vez más. Había bastado un círculo pequeño de sal. Era tan estrecho que ni siquiera podía permanecer sentada con las piernas estiradas. Pero Elsa no se refería a esa estrechez, sino a la del aro de metal con el que habían encadenado a la muñeca a un poste contiguo a una casa para perros. Un aro que, por supuesto, sentía sobre su propia piel.

El jardín era imponente y muy bien cuidado; el pasto había sido podado al ras y era de un solo tono de verde. Algunos árboles estaban dispuestos simétricamente. Más allá, había una piscina, una cancha de tenis y un gran estacionamiento. A la distancia, detrás del alto enrejado, se alcanzaba a distinguir una ciudad iluminada que no reconoció. ¿Sería Puebla? ¿O quizá Cuernavaca?

Elsa hizo un gesto y Nelson se aproximó a la muñeca sonriendo. Con unas pinzas apretó la tuerca que cerraba el arillo.

—¿Y así? —escupió Elsa.

Brianda no contestó. Se limitó a mirarla con furia contenida.

—Así me gusta. Serás mi juguete mientras tu noviecito viene a reclamarte. ¿Qué te parece? —Elsa esperó una respuesta, que nunca llegó—. En realidad, no importa. Has de saber que no voy a contentarme con tu maltrecho espíritu. Voy a conseguir tu cuerpo, querida. Y cuando tenga a Mendhoza frente a mí, me encargaré de que ambos sea testigos del sufrimiento del otro antes de que mueran. Quiero que cada vena de tu lindo cuerpecito moreno estalle ante su presencia. Cada gota de tu sangre pintará el suelo de mi templo, donde permanecerá durante varios años. Créemelo.

Brianda, pese a todo, le sostuvo la mirada.

Elsa, felizmente impresionada, estiró una mano para acariciar el aire en el que se dibujaba su imagen.

Luego volvió a la casa contoneándose. Nelson fue tras ella.

Brianda se quedó de pie, apretando los músculos de todo el cuerpo durante varios minutos. Respiraba agitadamente. No sintió deseos de llorar. Sin saberlo, la Condesa le había dado una nueva felicidad. Por fin sabía que Sergio estaba bien y que muy pronto iría a buscarla.

Se sentó en el césped cubierto de rocío y se abrazó las rodillas. El tono blanquecino que adquiría el horizonte remarcando el contorno de los cerros la colmó de esperanza.

Capítulo veintiocho

El desierto. La noche. Un par de ojos amarillos. La sangre. Los gritos… sus gritos.

Corría desesperadamente entre cactus y saguaros, nopales y árboles sin vida. Esporádicamente miraba tras de sí para encontrarse con los ojos de Farkas. Los colmillos del lobo goteaban sangre. *Su* sangre.

Cuando sintió que la prótesis se le resbalaba, pensó que había llegado el fin. Cayó contra las afiladas rocas y se lastimó las palmas de las manos. Se dio vuelta a toda prisa para enfrentar a la fiera de frente.

Demasiado tarde.

Sitió los colmillos en su garganta y el inconfundible sabor del líquido tibio y precioso que subía por la tráquea, ahogándolo. El crujido de su cuello a merced de la bestia. El fin. Sintió entonces que una especie de paz lo sometía, persuadiéndolo de no luchar, de admitir aquello que lo acechaba desde que había sido creado: la muerte.

El dolor y la paz.

Un golpe seco.

"Sólo duele la primera vez…"

Despertó.

Se descubrió aterido en un jardín de la plaza central de Coyoacán. La noche se escabullía y los sonidos de la ciudad que se desperezaba eran los de siempre: cotidianos, inofensivos.

Recordó que anoche, cuando viajaba a Coyoacán en un taxi, decidido a presentarse en la casa del club de cine, había tenido que cambiar de planes. No podría enfrentar demonio alguno ni rescatar a nadie con la carga de cansancio que llevaba encima, así que optó por esperar a que amaneciera. Se apeó en el centro de Coyoacán y buscó un jardín en las proximidades del kiosco. Se tendió en el césped detrás de unos arbustos. En cuanto posó su cabeza sobre la mullida hierba, se quedó dormido.

Se sintió mucho mejor cuando se puso en pie y se sacudió las basuritas de la ropa, asustando sin querer a unas cuantas palomas que buscaban comida tras las plantas. Su estómago rugió de hambre. Aun sentía las piernas entumecidas por el frío, pero no quiso perder más tiempo. Saltó la pequeña barda del jardín y se dirigió a la calle Abasolo. Si se apresuraba, no le tomaría ni diez minutos.

Cuando estuvo a unos cuantos metros de la casona, refrenó su entusiasmo. ¿Llamaría a la puerta? ¿Intentaría escabullirse al interior? ¿Estarían ahí sus amigos? ¿Y Farkas? Si el hombre lobo siempre estaba al tanto de su vida, ¿no estaría enterado de sus planes? ¿No estaría esperándolo? Peor aún, ¿no se habría llevado a sus amigos lejos de ahí?

Disminuyó el ritmo de sus pasos. Se acercó por la calle aun solitaria entre los autos y las bardas de piedra de las casas aledañas.

Una reja negra de hierro lo separaba del descuidado jardín, de la cochera sin autos, de la casa que, altiva, aguardaba en segundo plano. Era un edificio de tres plantas de ladrillo marrón y cantera gris, con un estilo parecido al de algunos colegios y hospitales de mediados de siglo XX. Tenía ventanas en arco protegidas por herrería oscura y dibujo cuadriculado, techo de tejas y árboles sin hojas. Era tal como la recordaba. Excepto por un detalle.

La puerta principal estaba entornada.

Avanzó hacia la reja, la cual tampoco estaba cerrada con candado. Bastaba meter la mano por entre los barrotes verticales para correr el cerrojo y entrar.

Era toda una invitación.

Recordó que Jop entraba por su propia cuenta después de llamar al timbre. En ambas ocasiones lo había espiado desde la esquina y por eso no había podido ver quién abría la puerta de la casa. Se dijo que acaso siempre había sido Farkas. Que así de fácil hubiera sido saber, desde el principio, el motivo del cambio en Jop.

Demasiado tarde para arrepentirse.

Corrió el pestillo haciendo rechinar el metal. Se deslizó al interior. Prefirió no cerrar la reja por si tenía que salir huyendo.

¿Se estaría metiendo, literalmente, en las fauces del lobo?

Procurando no hacer ruido, subió los tres escalones y llegó a la puerta. Musitó una plegaria. Asomó la cabeza.

—Pasa.

Pese a todo, no se sobresaltó. Quizá porque se había acostumbrado a él y sus compinches. Pasó por su mente la posibilidad de salir corriendo, pero ya estaba ahí. Al fin y al cabo, ésa era la punta de la madeja y él quería desenredarla. Sin más, entró.

El interior de la casa estaba completamente vacío a excepción de la elegante silla de madera que estaba frente a la puerta. Ahí, sentado con cierto aire de despreocupación, la pierna cruzada y el teléfono celular en una mano, uno de los escoltas de Elsa Bay, de traje oscuro y anteojos, lo estaba esperando.

—Cierra la puerta —ordenó a Sergio mientras concluía una operación en su teléfono celular. Apenas hizo esto, dirigió su mirada hacia él.

—¿Aquí está Farkas? —Sergio arriesgó su suerte.

—Cierra la puerta, Mendhoza —volvió a ordenar el sujeto. Sergio creyó reconocer al individuo que lo había llevado a la hacienda en Veracruz, al mismo a quien le había entregado la segunda carta después de escapar del arquero sombrío. Sintió que habían transcurrido siglos desde entonces.

Finalmente, Sergio obedeció y la cerró.

—Quiero hablar con Farkas.

Advirtió que, bajo la silla de madera oscura y reluciente, se encontraba una especie de hacha pesada como la que usan los carniceros para cortar los huesos más difíciles. El miedo le saltó al cuello. A todas luces, había sido utilizada recientemente. Sangre seca teñía la mitad del opaco metal de la cuchilla.

—¿Quién? —respondió el guardaespaldas—. ¡Ah, sí! Un poco tarde para eso, Arturo... es decir, Sergio. Un poco tarde. Estuvo aquí, sí. Pero ya se fue.

—¿Elsa está aquí?

—Aquí sólo estamos tú y yo. Y cierto amigo a quien tal vez quieras visitar. Si es que aún vive.

—¿Jop está aquí?

—Si es que aún vive —repitió.

Sergio quiso caminar hacia la estancia que se encontraba detrás del guardaespaldas, pero éste se puso en pie y se interpuso entre el chico y su objetivo.

—No tan deprisa. Primero tenemos que negociar.

—¿Dónde tienen a Brianda?

—Dije que primero tenemos que negociar.

—¿De qué hablas?

¿Qué era ese hedor asqueroso? ¿Carne en descomposición?

El miedo comenzó a desatarse en su interior. Lo tomó desprevenido. Y él, involuntariamente, no se esmeró en contenerlo. Sabía que aquel que lo confrontaba no era un demonio en toda forma, sino un siervo de otra índole. El miedo reptó de su pecho a su garganta como miles de roedores en frenética huida al detectar que el barco se hunde.

El individuo se quitó los lentes.

Sergio vio con horror que carecía de globos oculares. Nada había en las cuencas; éstas eran sólo dos profundos agujeros por los que se asomaba el hueso amarillento del cráneo, apenas atizado en las paredes con marcas rojas de sangre coagulada.

El guardaespaldas miró hacia otro lado, si es que acaso dirigir sus ciegos vórtices a algún punto podía llamarse "mirar".

—La Condesa me hizo venir aquí a esperarte. Dijo que en algún momento darías con la casa. Por lo visto, no se equivocó. Pero te ha tendido una trampa.

Sergio comenzó a temblar. Su instinto le decía que huyera mientras podía. Pero no, no podía desentenderse. Jop estaba ahí.

—Mis hermanos y yo estamos dispuestos a negociar contigo. Si colaboras con nosotros, te daremos una prórroga.

—¿Tus hermanos?

—El cuerpo de seguridad de la Condesa. Somos esclavos sin albedrío. Ramificaciones del cuerpo de la Condesa. Nos rescató de la muerte y nos tiene en este estado de indefinición insoportable, entre la luz y la oscuridad. Ahora mismo debe estar sintiendo un leve cosquilleo, presintiendo nuestra traición. Como una abeja reina que percibe el peligro a través de un obrero de su colmena.

—¿Qué quieren de mí?

—Que nos reveles tu secreto.

El olor envolvía a Sergio en picantes oleadas. Se cubrió la nariz y retrocedió hasta la puerta de entrada.

—¿Qué secreto?

—¿Por qué la Condesa te teme?

Tuvo que repetir la frase en su cabeza para darle sentido. ¿Había escuchado bien?

—¿Que la Condesa me teme? ¿Elsa?

—No es temor en realidad. Es imposible que sienta temor. Pero se le parece. Quiere aplastarte como se aplasta a un alacrán. Más por precaución que por repulsión.

—Es imposible.

—Confíame tu secreto y te dejaremos escapar.

Sergio sopesó tan increíble y contradictoria oferta. ¿Elsa, temerle a él? ¿Y cómo que lo iban a dejar escapar? ¿Estaba condenado de antemano? En todo caso, desconocía la respuesta. Lo único que se le ocurría...

—Tengo en mi poder un ejemplar del Libro —arriesgó esa carta.

—¿De qué Libro hablas?

—Del Libro de los héroes. Soy un mediador.

Hubiera deseado añadir que señalaba a los demonios para que los héroes los aniquilaran, pero, en realidad, nunca había hecho tal cosa.

—No creo que se trate de eso —resolvió el guardaespaldas.

—No sé qué más pueda ser.

—Estoy seguro de que la Condesa ha lidiado con amenazas peores que esa. Debe de haber algo más.

Sergio vio por primera vez un rasgo de humanidad en el rostro del individuo. Y sintió lástima por él—por él y por sus "hermanos".

—Tú y tus hermanos, ¿quieren rebelarse?

—Queremos que la Condesa muera. Si ella muere, nosotros también lo haremos.

"Y descansarán al fin", pensó Sergio, recordando cierto detalle del Libro de los héroes que hacía alusión a entes como él. Se preguntó cuánto tiempo llevarían en ese estado de indefinición. Si detrás de esa corbata, esa camisa, esa piel, habría un corazón latiendo. Supuso que no. Así como no había ojos, probablemente tampoco había órganos internos. Zombis, esclavos, extensiones. En el Libro no se les concedía mucha importancia, pues no se les consideraba malignos *per se*. Les llamaban "soldados de tierra". Su alma no estaba perdida, sino errante. Ahora veía que eran víctimas también. Acaso traicionado por la piedad, decidió no engañarlo:

—Lo siento. No tengo ninguna confesión que hacer más que ésa —una pausa—. De veras lo siento.

El sujeto se puso en pie. Torció la boca. Se acomodó los anteojos.

—Pues es una pena —tomó el celular y, como si hubiera estado esperando esa lamentable confirmación, apretó un botón—. Nada puedo hacer entonces por ti.

Se inclinó para tomar la cuchilla y Sergio se puso en guardia. El soldado se la ofreció por el mango. Sergio dudó por unos instantes, pero luego la tomó. ¿Qué quería decir ese gesto? ¿Qué seguramente la necesitaría si deseaba internarse en la casa?

—¿En verdad está Jop aquí dentro?

—Sí, en algún lugar —hizo un gesto con falta de interés. Caminó hacia la puerta con aire derrotado. Agarró la empuñadura y, antes de tirar de la puerta, se volvió hacia Sergio.

—Tal vez tú no lo sepas, pero ésta es la primera vez que una Krypteia se interrumpe por un solo muchacho. Así que… algo hay.

Sergio no supo qué agregar. Prefirió poner manos a la obra.

Con el arma en la mano subió por las escaleras que conducían a los pisos superiores. A sus espaldas, escuchó que la puerta se abría, pero no que volvía a cerrarse. Se propuso registrar la casa de arriba abajo.

Por la puerta principal se colaron ruidos de la calle que ya nada tenían que ver con la cotidianidad de un jueves entre semana. Autos a toda velocidad. Motores enloquecidos.

Gritos.

Sirenas de patrullas. De ambulancias.

Sergio no los notó.

—¡Jop! ¡Jop! —gritó mientras escudriñaba los cuartos superiores. Iba abriendo la puerta de una en una, tanto de clósets como de habitaciones y hasta de estantes empotrados en la pared sin encontrar rastros de su amigo ni de alguien que hubiese habitado la casa recientemente. No había focos, cortinas, tapetes. Nada.

Uno por uno agotó los espacios del piso superior, baños incluidos. Lo único que llamó su atención fue que las paredes estuvieran pintadas de marrón, negro o gris. Era como si el último inquilino hubiera renunciado a todo vestigio de luz; unas cortinas oscuras bien ajustadas y la penumbra habría reinado en toda la casa.

Bajó al siguiente piso. ¿Qué tendría que enfrentar? ¿En verdad necesitaba la cuchilla?

—¡Jop! ¡Jop, soy yo, Sergio! ¡Jop, respóndeme!

Comenzó a hurgar en todas las habitaciones de ese nivel a toda prisa.

Entonces lo asaltó de nuevo el olor a podredumbre.

La conjetura fue espantosa, pero inevitable. A algo lo conduciría ese olor. Y si ese algo tenía que ver con su amigo, más valía enterarse de una vez.

Descendió a la planta baja. La prótesis se le desajustó un poco y tuvo que detenerse en el descansillo para reacomodarla. Temía que… temía que lo más horrible hubiera sucedido.

El desagradable aroma provenía de una de las grandes habitaciones laterales. Entró por la puerta de la derecha y siguió por un pasillo. El corazón amenazaba con escapársele por la boca.

"Dios..."

Entró en la habitación, que seguramente correspondía a la estancia principal, donde una persona común pondría los muebles de la sala y el comedor. Ahí donde, en algún tiempo remoto, una familia debió haberse reunido a celebrar algún cumpleaños, un aniversario, la Navidad.

Ahora no tenía cabida nada más que para el horror. Como una avalancha, todas las implicaciones de esa escena se le vinieron encima. Una conclusión tras otra en un alud incontenible.

Un cúmulo de cráneos lo aguardaba como espeluznante recordatorio de lo que podían hacer sus poderosos enemigos si se empeñaban en hacerle daño. No necesitó contarlos para saber cuantos eran.

Suspendidos de un cordel que iba de una ventana a otra, encontró la causa del hedor: siete gatos descabezados pendían del hilo descomponiéndose lentamente, a merced de los efectos del clima. Supo en seguida de dónde había salido la sangre de la cuchilla que portaba en su mano.

Cráneos humanos. Cuerpos felinos. Parecía parte de un ritual, aunque Sergio comprendió que más bien eran parte de otro tipo de pantomima, como el *atrezzo* preparado para una representación dramática al lado de restos humanos: un colchón, ropa, efectos personales.

Descubrió un par de discos compactos de Led Zeppelin que le pertenecían. Un pantalón. Dos camisas negras alusivas al *heavy metal*. La taza que le había obsequiado Alicia en su doceavo cumpleaños, que decía *Best brother in the world*.

Las sirenas en la calle y los pasos apresurados en el jardín, en los escalones de piedra, en el dintel de la puerta de entrada eran ya un estridente aviso al mundo. Parecían gritar a todo pulmón que lo que ahí iba a acontecer valía la pena de ser atendido. Había que detener el paso, atisbar, horrorizarse.

El tiempo que tardó en aparecer por la puerta el primer policía con el arma desenfundada le pareció eterno. El hombre, como acto reflejo, se echó para atrás ante el espectáculo.

—¡Dios mío!

El siguiente hombre que entró fue la confirmación de que los demonios, empeñados en causar daño, no tendrían cortesía alguna.

El teniente Guillén entró también con la pistola presta.

Sus ojos desorbitados fueron de la espantosa escena a los ojos de Sergio.

Y Sergio reconoció el sentimiento.

Terror. Incredulidad.

Un negro y profundo abismo.

Cuarta parte

Luna creciente

Eran aproximadamente las cuatro de la madrugada cuando ocurrió.

Un figura embozada se recargó en la puerta de un auto estacionado. Llevaba entre sus brazos una muñeca que, a pesar de sus ojos muertos, podía pestañear como si estuviera viva gracias a la membrana de sus párpados, hechos con la piel del vientre de una rata sacrificada al momento del parto.

La sombra susurró palabras al oído de la muñeca y ésta movió la cabeza como si comprendiera. Quizás así fuera.

Todo estaba en calma en esa entrada al inmueble. En cambio, en el otro costado, donde se daba atención a las urgencias, había una pequeña conmoción. Una ambulancia acababa de llegar con dos accidentados. Los paramédicos hacían lo posible por subir al primero a una camilla. Se escuchaba el sonido de la radio del vehículo, los gritos de las enfermeras, el murmullo de la gente que se había aglomerado alrededor.

Eran las 4:10 AM cuando la sombra y su niña de barro abandonaron la puerta principal y se encaminaron hacia la acera del otro lado de la calle.

La conmoción en el área de urgencias fue el telón de fondo perfecto. Sólo la figura encapuchada apreció que, entre el trajín de los rescatistas, aparecía una niña descalza con los ojos cerrados y una pulcra bata de hospital. Una niña que se dejaba guiar por órdenes susurradas al oído de una autómata con dientes y cabello humano, ojos de obsidiana y atuendo de ballet.

No notarían su ausencia hasta después de una hora. Y la señora Elizalde se enfrentaría entonces, entre gritos de desesperación, al video de seguridad en el que se mostraba con toda claridad cómo su hija, por su propio pie, abandonaba la cama, recorría los pasillos y se perdía en la noche.

Capítulo veintinueve

"Página 97, párrafo tres".

En medio del barullo, las palabras de Giordano Bruno surgieron entre los recovecos de su memoria como una tabla salvavidas. Por supuesto, tenía que ser una referencia al Libro de los héroes, pero sin el Libro en sus manos, ¿cómo daría con el párrafo exacto?

Fuera de eso, sabía que el Libro no le sería de ninguna ayuda en ese momento. Sentía como si se desplomara por un acantilado, como si fuese en el interior de un avión sin combustible. Sólo era cuestión de tiempo. Ahora sí era el fin. Nada ni nadie podrían ayudarlo a salir de ésa.

La trampa se había cerrado y era mortal. Se le ocurrió que Elsa tal vez lo había dejado escapar deliberadamente. Que la cacería le resultaría más gratificante de ese modo.

Levantó por unos segundos la mirada. Las cámaras de los reporteros aprovecharon ese instante para fotografiarlo en el interior de la patrulla pese a que una valla humana formada por policías detenía tanto a la prensa como a los curiosos. En las ediciones vespertinas aparecería su rostro atribulado, encabezado por titulares entre signos de admiración.

Se encontraba solo en el interior de la patrulla. Esporádicamente se escuchaban voces en la radio interna. Otras dos patrullas hacían la custodia de la zona; sus torretas encendidas, así como el número de efectivos que habían participado en la operación, confirmaban la importancia de la captura. No había persona, agente o civil, que no quisiera hacer contacto visual.

Giró el cuello para mirar hacia la casa de la que había salido esposado. No hacía mucho que habían sacado en una camilla el cuerpo exánime de Jop. Fue la prisa con la que arrancó la ambulancia lo que le dio la pista. "Está vivo", se dijo a sí mismo. Y su espíritu descansó, aunque sólo fuera brevemente. Estaba vivo y en buenas manos. Al menos Jop ya no sería una preocupación para él. Brianda, en cambio...

Sin embargo, Sergio estaba convencido de que su suerte aún no estaba echada. Que Elsa Bay no permitiría que el capítulo se cerrara ahí, que la justicia de los hombres no era lo que tenía ella en mente. Su mirada aún estaba puesta en él. No lo dejaría escapar, así como tampoco le permitiría vivir por mucho tiempo.

En ese instante, se abrió la otra puerta trasera de la patrulla y Guillén se subió al auto. Su rostro demacrado era una muestra evidente de todo lo que había padecido desde que llegó a la casona.

—Dígame, teniente, donde encontraron a Jop, ¿hallaron también una muñeca o alguna figurita con forma humana?

Al teniente le sorprendió la pregunta, más sólo consiguió negar con la cabeza, como si aún no estuviera listo para sostener una conversación en forma. Tragó saliva. Se acarició los bigotes. Luego se presionó las sienes.

—Encontramos a Jop en un sótano. No había nada ni nadie más que él.

—Yo no lo hice, teniente —afirmó Sergio con voz apagada.

Guillén volteó a verlo. Sergio sintió que, desde que se encontraron en el interior de la casa, era la primera vez que los ojos del teniente realmente lo veían.

—Lo sé, pero es que... —respondió el teniente con voz ronca, devolviendo la mirada hacia el frente. Le abrumaba el sinsentido de los acontecimientos. Resopló y dio un fuerte puñetazo a la rejilla que lo separaba de la parte frontal de la patrulla—. A ver, ¿me puedes decir qué carajos está pasando? ¿Quién anda tras de ti? ¿Por qué quieren implicarte en esto?

A Sergio le dio ternura ver a Guillén tan frustrado.

—Digamos que me metí con el demonio equivocado, teniente.

—La prensa comenzó a circular fotos tuyas esta mañana. Alguien se hizo pasar por ti ayer y llamó a varios periódicos, para ufanarse de las exhumaciones. Luego dijo que separar los cráneos de los esqueletos había sido tan fácil como hacerlo en personas vivas. Uno de esos diarios te dio la primera plana. La ciudad entera está horrorizada. La gente ahora especula que, por haber tomado parte en la resolución del caso de los esqueletos decapitados, quedaste traumatizado y te volviste un sicópata.

Sergio miró nuevamente a través del cristal. El efecto de tales afirmaciones se reflejaba en los rostros de la gente, de los reporteros, de la policía.

—Dicen, además, que secuestraste a tu mejor amigo y que seguramente le diste algo a tu novia, porque hace días que no despierta —continuó Guillén—. Que seguramente formas parte de una secta satánica. Dicen tantas cosas de ti, Sergio, que no sé qué hacer. Y con lo que le fascinan estos escándalos a la gente...

Sergio no hallaba las palabras para responder. ¿Qué podía decir para defenderse de todo aquello? Todo lo que se le ocurría le parecía absurdo. Por si fuera poco, lo habían encontrado con el arma con la que habían degollado a los gatos. ¿Cómo podría deslindarse de todo aquello? Caía a plomo en un oscuro abismo.

—Hace rato dos hombres se entregaron. Dicen que ellos desenterraron los huesos junto con otros diez. Lo malo es que insisten en que tú les pagaste por el trabajito. Mis jefes están enloquecidos. Por supuesto, yo estaré bajo arraigo en cuanto baje de la patrulla.

—¿Cómo dice?

—Bajo vigilancia. Me hacen responsable de tu demencia. Yo fui quien te involucró en el caso Nicte. Mi foto también ha aparecido en varios periodicos.

Un policía se detuvo a pocos pasos de la patrulla y, a la distancia, hizo un gesto a Guillén señalando su reloj de pulsera. Le hacía ver que su tiempo se agotaba.

—Pero eso no es todo. Aún no han podido identificar todos los esqueletos, así que corre el rumor de que algunos de los cadáveres son víctimas tuyas, homicidios recientes que intentas encubrir —Guillén negó con la cabeza y miró a Sergio de nuevo—. Por favor, dame algo para ayudarte.

Y Sergio, aunque desanimado por su falta de alternativas, supo también que era su última oportunidad. Que el teniente le estaba tendiendo un lazo para impedir que cayera hasta el fondo.

—¿Tiene una pluma? ¿Papel?

—Creo que sí.

De su chaqueta extrajo un lapicero y el volante de un taller de reparación de refrigeradores. Sergio ya se había descubierto la muñeca.

—Copie este símbolo.

—¿Qué es?

—Hágalo.

Guillén copió burdamente el tatuaje en la parte trasera del volante. Luego, Sergio le quitó el lapicero y, abajo del símbolo, escribió la dirección de las cinco casas de Elsa Bay en la Ciudad de México.

—Teniente, Brianda no despierta porque la tienen escindida. Es una brujería muy poderosa que separa el alma del cuerpo sin que la víctima muera. En alguna de estas direcciones está el arraigado espíritu de Brianda en algún muñeco u otro objeto similar. Pida ver a la Condesa. Y si se niega a recibirlo, muéstrele este símbolo a quienquiera que le abra, pero sólo úselo como último recurso, ¿me oyó? Y sólo si se cree que se trata de un asunto de vida o muerte, amenace con que denunciará la existencia de la Krypteia si no le entregan el fetiche.

—¿La qué?

—La Krypteia. Pero escúcheme bien: no mencione la palabra a menos que sea absolutamente necesario. Cuando le entreguen el muñeco, extraiga el cabello de Brianda que deben haber puesto dentro. Suelen envolverlo en tela o arcilla. Una vez que lo saque, prenda fuego al fetiche. Así terminará el maleficio. El alma de Brianda encontrará por sí sola el camino a su cuerpo.

Guillén no dejaba de anotar, consternado, las instrucciones.

—Por nada del mundo se le vaya a ocurrir ir solo, teniente. Invente lo que tenga que inventar, pero lleve respaldos de la policía.

—Dime una cosa. Esa Condesa que mencionas, ¿es quien está detrás de esto? ¿Ella desenterró los esqueletos y escribió el mensaje para mí en aquella pared?

—Ella o sus secuaces. Pero de seguro ella lo planeó. Su nombre es Elsa Bay —lo deletreó rápidamente—. No es su verdadero nombre, pero supongo que es el que usa legalmente.

—No te apures. Yo me encargo —dijo Guillén mientras anotaba ese último dato.

—Teniente —de nuevo miró con pesar hacia fuera—, la Condesa es un demonio sanguinario con miles de crímenes en su haber. Además, es poderosa. Muy poderosa. No se le ocurra enfrentarla. Sólo consiga que libere a Brianda. Eso es lo que importa.

—Haré todo lo que esté a mi alcance.

Por primera vez desde que había ingresado en la casona de Coyoacán, Sergio se tranquilizó. Si Guillén conseguía romper la escisión, la mayor parte de esa pesadilla se habría terminado. Y aunque su futuro aún era negro, pensar que se salvaría Brianda colmó su espíritu de alegría.

—Estaré al pendiente de ti —dijo Guillén—. Seguramente te llevarán a un tutelar en lo que arman tu caso. En cuanto averigüe dónde estarás, iré a visitarte. Si tienes algo contigo que no quieras perder, dámelo de una vez. Yo te lo regreso luego.

Sergio confirmó cuán providencial había sido ese encuentro: sí, había algo que, si perdía, no se lo perdonaría nunca. Le entregó su celular, su cartera, sus llaves y algo de cambio. Conservó el reloj.

Se quitó el anillo de oro blanco y lo depositó en la mano extendida de Guillén.

—En realidad, esto es lo único que importa.

—Te veré pronto. Es una promesa.

Guillén se apeó con la hoja en una mano y el anillo bien afianzado en la otra. Caminó con rapidez hacia la casona.

Sergio lo contempló a través del cristal del medallón de la patrulla hasta que se perdió entre la multitud.

Uno de los oficiales que habían formado parte de la valla humana, subió a la patrulla y tomó el volante. Mientras daba marcha al motor, miró a Sergio en el espejo. Su sonrisa detonó cientos de alarmas en la mente del muchacho. La sensación era demasiado familiar. Con toda seguridad, ese policía nada tenía que ver con la justicia de los hombres. Entonces, volvió el miedo.

* * *

—Déjemelo a mí —dijo el capitán Ortega en cuanto Guillén le entregó la hoja.

—Quiero estar ahí cuando vayan.

—Dije que yo me encargo —repitió contumaz.

Ortega estaba sentado en su escritorio con los brazos cruzados. De hecho, ni siquiera miró el papel. Permitió que el teniente lo pusiera sobre el escritorio y lo escudriñó con la mirada. Guillén se inclinó hacia delante.

—Tiene que ser cuanto antes, capitán. ¡Es nuestra única pista!

—¿Ahora me va a dar órdenes?

El teniente comenzó a sentir esa cosquilla que lo asaltaba cuando algo le parecía sospechoso; cuando algo en la maquinaria de los procedimientos no funcionaba como debía. Era como detectar un crujido en un sistema perfectamente engrasado.

—Me enteré —dijo, tratando de medir el impacto de sus palabras— de que la cabeza de Sergio Mendhoza tiene precio desde hace días.

—Rumores.

No obstante, el rostro impasible del capitán delató un leve respingo, una contracción sólo evidente para la mirada de un viejo sabueso como Guillén.

—Apenas ayer llamó a los periódicos. ¿Cómo íbamos a saber lo que ocurriría?

—Sergio no realizó esas llamadas. Eso se puede demostrar fácilmente.

—Usted, teniente —Ortega lo refrenó levantando una mano— está en calidad de indiciado, por si no lo recuerda. Así que le sugiero que no se meta en donde no lo llaman.

Guillén volvió a escudriñar el rostro del capitán buscando esa sombra de duda que lo había asaltado. Tenía una extraña sensación, como si hubiera alguien detrás de Ortega, como si sus palabras fueran dichas sin convicción, por la fuerza.

—Está bien —concedió—. Pero al menos présteme un par de efectivos para...

—Le dije que yo me encargo.

—¿Cuándo?

—¡Cuando lo considere oportuno! —explotó.

Ahora estaba seguro. Algo olía a podrido. Quiso tomar el volante publicitario, pero Ortega se adelantó y la quitó del escritorio.

—Entonces es cierto —gruñó el teniente.

—¿Qué?

—Que hay órdenes de arriba. Órdenes de gente muy poderosa.

Ortega dejó deliberadamente que pasaran unos cuantos segundos antes de responder

—Le haré un favor, teniente. Uno muy especial. Por los años que llevamos juntos en el servicio. Váyase ahora. No se lo impediré. Salga por esa puerta y abandone el edificio. Me haré de la vista gorda.

El rostro de Ortega estaba completamente endurecido, la quijada pronunciada hacia adelante, una vena en la sien delataba el esfuerzo que estaba haciendo por no estallar.

Guillén, asombrado, estuvo a punto de saltar por encima del escritorio y arrancarle la hoja, pero no le pareció buena idea. En menos de un minuto, los oficiales que se encontraban en servicio lo inmovilizarían. Cuando menos conservaba algunos datos en la memoria. El símbolo. La palabra. El nombre de la responsable.

Se puso en pie.

—Hubo una época en la que lo más importante era hacer justicia —sentenció Guillén tomando su saco del perchero.

Ortega desvió la mirada hacia la ventana y la entretuvo en los cables de luz que conformaban el único paisaje que se percibía desde su silla.

—El lunes se "cayó" —hizo el entrecomillado con desgano— el mayor de mis hijos al salir de la escuela. Se fracturó la clavícula. Pocos minutos antes de que ocurriera el accidente, recibí la llamada. ¿Usted qué hubiera hecho en mi lugar, teniente? —preguntó, buscando en el curvo paralelismo de los cables esa respuesta que no habría de llegar. Cuando devolvió la mirada al frente, Guillén había desaparecido. Ortega se llevó ambas manos a la cara.

Durante un par de minutos, analizó los motivos que lo habían orillado a obedecer, a echarle el guante a Sergio Mendhoza a como diera lugar y quedarse callado. Intentó exculparse.

Hizo trizas el volante publicitario de reparación de refrigeradores. Arrojó los pedazos al cesto de la basura. Movió el ratón para despertar a la computadora. Se puso a trabajar en su informe.

Capítulo treinta

Sergio se hacía un ovillo mientras trataba de recuperar el sueño sentado en una de las esquinas de la habitación. Nadie había ido a informarle nada o a llevarle alimento. De acuerdo con su reloj, estaban a punto de dar las tres de la mañana. Era viernes 14 de marzo. Le sorprendió darse cuenta de lo trivial que se había vuelto el tiempo. Desde que había estado fuera de casa, sorteando peligros y huyendo constantemente sin un lugar fijo dónde reposar la cabeza, el tiempo se había convertido en una sustancia viscosa, carente de firmeza o de significado.

Renunció a la idea de seguir durmiendo y abrió los ojos.

Ni siquiera se trataba de una celda en forma. Era una especie de taller automotriz al que habían ingresado a través de un túnel subterráneo.

Aunque habían viajado en silencio durante una hora, los vehículos que los escoltaban se habían separado de ellos durante los primeros 10 minutos. Por lo visto Sergio debía ser trasladado de manera anónima. Al cabo del trayecto, el oficial se estacionó frente a una casa humilde, situada en una delegación que él desconocía. Frente a la casa de muros pelados, ocupando toda la manzana, se encontraba un centro penitenciario. Le resultó fácil reconocerlo por los muros altos, las rejas con alambre de púas y las garitas de vigilancia.

Sin embargo, no fue conducido directamente ahí, sino que entraron en la casa de enfrente. De la estancia pasaron a uno de los cuartos traspasando una cortina de tela raída. Una mujer y una niña veían una televisión de antena de conejo sobre la cama destendida. El oficial no se dio por enterado de su presencia; sólo continuó empujando a Sergio hacia el fondo de la vivienda. Luego, cruzaron una puerta de madera rasguñada que daba a un baño minúsculo. En la regadera, superpuesta sobre el mosaico, había una manija de metal. El policía tiró de ella y abrió una portezuela que conducía a una escalinata que descendía varios metros.

Ambos bajaron hasta llegar a un túnel iluminado por una luz débil. Sergio supuso que estaban cruzando la amplia calle por debajo. El corredor remataba en otra escalera, al final de la cual había una compuerta cerrada con candado. El policía la abrió utilizando una llave, corrió la barra de metal, la empujó hacia arriba y, en breve, ambos se encontraban en un taller.

—La pregunta no es si vas a morir aquí —le dijo mientras le quitaba las esposas—. La pregunta es cuándo.

Lo abandonó sin dar más explicaciones. Sergio se dio tiempo para inspeccionar el sitio: la pila de llantas, las mesas alargadas de trabajo, el auto con el cofre abierto y sin motor, la ausencia absoluta de herramientas. Las únicas ventanas estaban a pocos centímetros del techo, así que tuvo que arrimar un banco para atisbar qué había del otro lado de la pared. Vio entonces el patio central del tutelar, un par de edificios grises y monocromáticos con rejas en las ventanas y un alargado pasillo que acaso conducía a la entrada principal. Sin embargo, lo que más llamó su atención fue que no se veía ni un alma en los alrededores.

Se le ocurrió que tal vez a eso se había referido el custodio: tarde o temprano moriría de hambre o sed. Pero sólo abrigó esa idea durante un breve instante. Sabía que si la élite estaba detrás de eso, no le procurarían una muerte fácil.

Intentó, haciendo palanca con una silla, levantar la compuerta por la que había entrado. Fue imposible. El recuerdo del cerrojo transversal lo desanimó. Necesitaría la fuerza de 10 hombres para romperla.

Pasaron las horas. La noche lo sorprendió con la urgencia de hacer sus necesidades en una cubeta. Se recostó en una esquina. Durmió durante un tiempo. Lo despertó el frío. Su reloj indicaba que pronto darían las tres de la mañana.

Entonces, como si lo hubiera presentido, escuchó un ruido del otro lado de la compuerta por la que había entrado. Probablemente alguno de sus celadores al fin se haría presente. Se puso a la defensiva. La oscuridad reinaba en el interior del taller y sólo un débil rayo de luna se colaba por las ventanas. La esquina que había elegido para dormir no le permitía ver quién entraría por el agujero, pero decidió no moverse ni delatar su posición. Contuvo el aliento.

—Es increíble por cuán poco se venden algunos —Sergio había oído antes esa voz—. Sólo treinta mil pesos. Si por alguna razón se enteraran de que he entrado, no dejarán ni las cenizas de la chiquilla.

Supo entonces de quién se trataba.

—¿Qué quieres? —se puso en pie—. ¿Qué haces aquí?

Farkas se aproximó lentamente, permitiendo que la poca luz le bañara el rostro. Iba vestido tal como cuando Sergio lo conoció: como uno mas de los miles de mendigos desarrapados de la Ciudad de México. Sus ojos oscuros fulguraron en la noche. Torció la boca en una sonrisa.

—No es mí a quien debes temer, mediador. Por cierto, te traje comida —depositó, encima de una de las mesas, una bolsa de papel.

A Sergio le avergonzó que hubiera notado su reacción. Que hubiera advertido que se había desatado el miedo en él y no había hecho nada por controlarlo.

Farkas continuó su camino a lo largo del taller y se sentó en una silla plegable. Su enorme cuerpo cubrió por completo el minúsculo mueble. Sergio apaciguó sus ansias. Se esmeró por sujetar cada uno de los tentáculos del miedo e inmovilizarlo en su interior. El sentimiento de agonía que iba ligado a tal acción no tardó en hacerse presente, pero cada día le costaba menos trabajo. Y era necesario en esos momentos, en presencia de tal demonio. Se recargó contra la pared.

—Estarás contento.

—¿Yo? No tanto, Mendhoza. Las cosas no salieron como yo esperaba.

No se veía enfadado ni mordaz. Por primera vez desde que había iniciado contacto con él, ya fuera por internet o en persona, el demonio parecía denotar un increíble rasgo de humanidad. En su voz había un dejo de inquietud, de sincera preocupación.

—¿Por qué iniciaste todo esto? —se atrevió Sergio a cuestionarlo, impulsado por esa nueva cara del licántropo que no conocía—. ¿Qué necesidad había de colarme a la Krypteia? ¿Por qué meterte con mis amigos?

—Te lo dije ya una vez. Porque todo tiene una razón de ser.

—Eso no es una respuesta. ¡Es como decir "porque sí"!

—Ya llegará el tiempo en que entiendas todo.

—Igual. ¿A qué viniste? Seguro que no a liberarme.

Farkas encogió sus robustas piernas y se levantó. No hizo el amago de acercarse a Sergio pero el muchacho volvió a ponerse a la defensiva. El hombretón se acercó al auto de fauces abiertas, se asomó al interior distraídamente. Se separó y se recargó ahora en una de las mesas alargadas.

—Hace trece años, en el desierto, te quité un derecho que te correspondía por herencia —exclamó. En su voz había un tono grave y sentencioso—. Supongo que ya lo estarás reclamando.

—No sé ni de qué me hablas.

—Las voces en tu cabeza. No son casuales. Tienes la edad. Y vas rezagado.

—No entiendo una sola palabra de...

Farkas manoteó, como si no hallara el modo de abordar un tema de gran delicadeza.

—¡"Para vencer, sin armas y sin muerte, al que no puede morir, sólo el que no puede morir"!

Sergio conocía perfectamente la cita. Se encontraba en el Libro de los héroes. La había utilizado para aniquilar a Guntra. Pero... ¿qué tenía que ver ahora? ¿Por qué de repente Farkas hacía mención a ella?

—¡Deja de hablar con acertijos, maldita sea!

—¿Qué dice el Libro justo después, eh? ¿Lo recuerdas?

—¿Después de esa cita?

—¡Sí!

Titubeó pero, al final, concedió la respuesta. A algo habría de llevarlo esa conversación.

—"Para vencer, sin armas y sin muerte, al que no puede morir, sólo el que no puede morir. Por eso el héroe requiere de la espada. Y por eso se creó el Libro".

—Los héroes no pueden contactar a los muertos. No oyen su voz. Y ellos no oyen la voz del héroe.

—¿La voz... de...?

Farkas dejó su lugar junto a la mesa. Se acercó un poco a Sergio, a distancia prudente. El muchacho no se movió.

—¿Nunca te pareció extraño cómo conseguiste derrotar a Guntra? ¿Sin siquiera mover un dedo?

Sergio se sumió en sus pensamientos. Su voz salió de él como si no le perteneciera. —Lo hicieron ellos, los espectros.

—Obedeciendo a un grito de auxilio... tuyo.

Sergio se sintió abrumado. ¿Qué estaba por revelarle Farkas? El miedo se retorcía con furia bajo su pecho. Pero no era un miedo a algo tangible o que pudiera hacerle daño. Era un miedo nuevo, miedo al conocimiento, miedo a saber algo que no estaba dispuesto a aceptar.

—Los muertos te hablan, Mendhoza. Te hablan y te escuchan. Y, a través de ellos, te alcanzan también las voces de los vivos.

—¿Yo? Pero...

—Eres un Wolfdietrich de línea directa —se apresuró Farkas a hablar antes que Sergio—. Ese es el derecho que te robé hace trece años. Y el mismo que he venido a restituirte.

—No puede ser... yo...

—Te viene de línea directa. Lo quieras o no. El primer hijo varón desde tiempos de Teodorico. Desde el primer Wolfdietrich. Lo fue tu padre. Lo será tu primer hijo. El lobo aúlla en respuesta a las voces que lo persiguen en la noche. No es algo que vayas a encontrar en ningún manual de zoología, pero así es.

Sintió como si lo golpeara un violento vendaval. ¿Qué clase de artimaña era esa? Él sólo era un chico común de la colonia Roma, un chico que estaba cursando el segundo grado de secundaria, a quien habían legado un libro. Cierto que había descubierto esa facultad de detectar demonios, de identificar héroes, pero... más allá de la monserga de tener que cargar con el grimorio, no se suponía que..

—Hace falta estar completo para formar parte de la dinastía —volvió a hablar Farkas—. Está en el código. Y por ello estoy aquí. Porque hace trece años te quité algo y ha llegado el momento de reintegrártelo.

Caminó hacia él. Sergio, desconcertado, caminó de espaldas en dirección contraria.

—No entiendo... yo...

Farkas dejó de avanzar. Algo cambió en su rostro. Repentinamente era un hombre normal con un gran pesar encima. Introdujo una mano bajo su camisa mugrienta. Extrajo la bolsa de cuero que pendía de su cuello y, de un tirón, la liberó del lazo. La sostuvo en su mano.

—Te devuelvo a tu estirpe porque tu vida peligra y nadie puede ayudarte a salvarla. Nadie. Excepto tú mismo.

Le extendió la bolsa pero Sergio no quiso tomarla. Sólo una vez antes había sentido ese mismo miedo. Y todo lo que se había desencadenado a partir de dicho evento transformó su vida para siempre: cuando rompió el sello del sobre que la bruja le tendió al entregarle el Libro de los Héroes. Sabía que si tomaba la bolsa estaría cruzando un nuevo umbral, una puerta a lo desconocido. Que estaría tomando un camino sin retorno posible.

—¿Por qué...? ¿Por qué yo...? —hasta que las palabras salieron por su boca descubrió que estaba llorando. Que el cansancio lo tenía minado. Que habría echado a correr, hacía mucho tiempo, en dirección contraria, sólo para desentenderse de todo eso.

—Todo tiene una razón de ser.

—¡Deja la palabrería! ¡Suenas como una maldita nota de Nicte!

—Pero así es.

—¿Y si no quiero?

—Entonces es un hecho que morirás.

¿Y si la muerte era ese descanso que tanto anhelaba? ¿Ese refugio del que sentía tanta nostalgia? ¿Ese lugar al que correría sin detenerse para poder, al fin, hallar sosiego?

Farkas hurgó en sus ojos. Comprendió que no tomaría la bolsa. Al menos para él no había vuelta atrás. Fue a una de las repisas que estaban empotradas en la pared; eligió una lo suficientemente alta. En el interior de un frasco con empaques, depositó la bolsa.

—A partir de ahora estás por tu cuenta. Todo el tiempo que llevé conmigo esa parte tuya, estuve al pendiente de tus movimientos. Te protegía. La cadena de voces me conducía con toda facilidad a ti, me permitía escucharte y a quienes te rodeaban, me confiaba tu paradero, tu forma de sentir, tu modo de actuar. A partir de ahora estás verdaderamente solo. Y yo me enteraré si ha valido la pena todo esto hasta que nos volvamos a encontrar. De todos modos, por si no lo recuerdas, tenemos una deuda pendiente.

Sergio vislumbró lo que le había prometido en Hungría a cambio de la vida de Jop. Otra buena razón para dejarse llevar en brazos por la fiel, oportuna y siempre eficaz muerte.

—No quiero presionarte —agregó Farkas—, pero no creo que Elsa libere a Brianda de ningún modo. Para este momento ya debe haberse hecho de su frágil cuerpecito. Y si tú desapareces, se bañará en su sangre y seguirá con su vida. Así que hay que matar al demonio. Te lo dije una vez y te lo repito ahora. Hay que enviar a Erzsébet Báthory al infierno de una vez por todas.

Sergio se limpió las lágrimas con fuerza. Odió todo lo que pasaba. Odió que Farkas, al final, siempre tuviera razón.

—Hay que matar al demonio —continuó Farkas— pero... como te dije en alguna ocasión. No todas las respuestas están en el Libro de los héroes.

Sergio cerró los ojos por un instante y ese mínimo descuido fue suficiente para que el licántropo le pusiera una mano sobre el hombro. No obstante, no sintió el terror que esperaba.

Fue entonces que comprendió. Farkas también era, o había sido, un Wolfdietrich. Y el sentirse hermanado a él de esa forma, aunque le repugnó, también le hizo comprender el porqué lo había "protegido" todo ese tiempo.

"Todo tiene una razón de ser", pensó. ¿Viviría para entenderlo todo? ¿Para comprender hacia dónde lo estaba llevando el hombre lobo? ¿Las razones para ello?

Sus ojos se encontraron. Y Farkas, como temiendo que alguien lo escuchara, aprovechó esa inverosímil cercanía y le habló en voz baja:

—Tienes una misión lejos de aquí, Mendhoza. Sé que se dispuso, desde tiempos en que la oscuridad reinaba, que una persona con tus características debía llevar a cabo dicha misión. Pero también sé que no todo está escrito. Y que el heroismo no siempre es como nos lo imaginamos —se apartó de él, miró hacia el oscuro cielo en busca de la furtiva luna que apenas los iluminaba—. No sólo perteneces a la estirpe de la que te he hablado sino también a otra más vieja y más peculiar. Y acaso sea más valiente lo que estás pretendiendo hacer. Yo no lo sé. Pero sí sé que, pese a todo lo que se ha dispuesto, sólo hay un camino correcto. Y ese es el que habrás de tomar si las cosas valieron la pena. Si no...

Dirigió su mirada hacia el frasco en el que escondió la bolsa. Con toda intención estaba marcando el lugar con una equis imaginaria. Para que Sergio no lo olvidara.

—En todo caso... si te decides, basta con que entres en contacto con ella. Y volverás a ser admitido en la manada, por decirlo de algún modo. Adiós, Mendhoza.

Sergio lo contempló apartarse con sentimientos encontrados. Algún capítulo había aún pendiente entre él y Farkas, lo sabía. No era posible que se hubiera desentendido para siempre de él. A pesar de esa promesa incumplida que pesaba sobre él como una sentencia de muerte, sabía que no todo estaba dicho aún entre ellos. Lo había sentido aquella única vez que conversó con él, en el campamento de aquel negro bosque en las proximidades de Budapest. Era un sentimiento tan parecido a...

Finalmente, el hombre lobo los había salvado a él y a sus amigos de morir en manos del minotauro.

Ahora lo volvía a experimentar... pero no lo creía posible. No. No lo creía posible.

Así que se limitó a decir, cuando Farkas ya tenía medio cuerpo metido en el agujero que conducía al túnel:

—Vete al infierno, Peeter.

Farkas sonrió. Hizo una seña con la mano.

—Alguna vez te dije que la pregunta ya no era cuánto miedo podrías soportar sino si el terror no te dominaría, mediador. Creo que ahora es cuando lo sabremos. El terror está a la vuelta de la esquina. ¿A qué nuevas fronteras te va a llevar? En todo caso, me da gusto que no olvides... que no jugamos para el mismo equipo.

Y dicho esto, salió por la escondida puerta. Sergio escuchó cómo la barra y el candado, del otro lado del acceso, volvían a ser puestos y asegurados en su lugar.

El destino, irremisiblemente, lo esperaba de ese lado de la trampa. Fue a la bolsa de papel y sacó una manzana, a la que dio una gran mordida.

* * *

El primer pensamiento consciente de Jop fue el último que había tenido en la celda:

—¡Mi laptop! ¡Necesito mi laptop! —exclamó.

La enfermera se sobresaltó, pero sólo por un momento. El chico no había caído en coma y no había signos de daño cerebral. En realidad, sólo estaba extremadamente débil y descompensado.

—Alfredo, ¿estás bien? Espera un momento —dijo el señor Otis, acariciando la cabeza de su hijo—. Déjame despertar a tu madre. Está en la habitación de al lado.

Jop reconoció que se encontraba en un hospital. Estaba en una cama reclinable y enfundado en una de esas batas que se anudan por la espalda; su brazo izquierdo estaba conectado a una bolsa de suero. Pero no se sentía mal. Quizá sólo un poco mareado.

Sus padres aparecieron en breve.

—¡Jop! ¡Bendito sea Dios!

—Mamá, ¿qué fue lo que pasó?

—¿Tienes ánimo de hablar? El teniente Guillén me pidió que lo comunicara contigo en cuanto despertaras.

—Eh… no, mejor al ratito.

La señora hizo un gesto a la enfermera para que abandonara el cuarto, y ésta accedió de inmediato; después de todo, sólo había entrado para tomar los signos vitales del muchacho.

—Voy a pedir que te traigan algo de comer —dijo antes de salir por la puerta.

En cuanto estuvieron solos, la señora Otis se animó a decir.

—¿Qué fue lo que pasó, hijo? ¿Estás bien?

—Sí, Ma, estoy bien. Es sólo que…

—¿Qué? No es cierto lo que dicen los noticieros, ¿o sí?

—¿Qué es lo que están diciendo?

—Que fue Sergio quien te secuestró. Incluso la policía está reforzando esa teoría.

—¡Claro que no! ¿Por qué andan inventando eso?

—Porque cuando llegaron a la casa en donde te tenían secuestrado, Sergio estaba ahí. También están diciendo que él es el responsable de varias exhumaciones clandestinas que se hicieron la semana pasada. Los cráneos flotaban en esa misma casa.

Jop estaba confundido, pero aun así hizo un esfuerzo por sentarse. Le dolía un poco la cabeza y el estómago lo tenía vacío.

—No, mamá, no fue Sergio —"fue Farkas", pensó, pero sonaba tan ridículo que prefirió no externarlo. ¿Qué iba a decirle a la policía? ¿Que Brianda de algún modo también había estado ahí? ¿Quién se lo creería? ¿Y qué decir de Barba Azul y Bastian, que parecían sacados de una película de espantos?

—¿Sabes? —intervino su padre—. Sergio fue a la casa hace unos días. Era evidente que no sabía que habías desaparecido.

Súbitamente, la necesidad de contar con su computadora volvió a ser imperiosa

—Oye, Ma, ¿crees que Pereda podría traerme mi laptop?

—¿Qué dices, inconsciente? Son las cinco de la mañana —la señora le dio un manotazo inofensivo en una rodilla y sonrió—. Eres el mismo de siempre. Nos tienes con el Jesús en la boca durante días y lo primero que haces cuando al fin despiertas es pedir tu computadora.

Jop se dio cuenta de su falta de sensibilidad. Se rascó el remolino de cabello en la parte superior de su cabeza. Sonrió también.

—Perdón, mamá. Es importante. Necesito revisar algo.

—¿Es para ayudar a Sergio?

—Sí, algo así.

Mientras su madre se ocupaba en hacer la llamada, el señor Otis se sentó junto a Jop y le dio un abrazo por demás elocuente. Cuando se separó de él, y lo miró a los ojos:

—¿No te lastimaron?

—No —admitió—. Nada más me dejaron sin tele durante varios días, que ya es bastante tortura.

El señor Otis sonrió. Volvió a abrazarlo.

—Qué bueno que estás de vuelta. ¿Sabes quién te secuestró? ¿Por qué no pidieron rescate?

—No era su intención pedir rescate, papá. De hecho, me abandonaron en el sótano de la casa. Perdieron su interés en mí.

—No sabes cuánta alegría me da que estés de vuelta, hijo.

—A mí también me da gusto verte, papá.

El señor, feliz y confundido, le sacudió el cabello. Su mamá colgó pronto y se sentó al lado de su marido. Los tres conversaron sobre los eventos recién acontecidos hasta que a Jop se le cerraron los ojos.

El sol despuntaba en el horizonte cuando Jop volvió en sí. Estaba solo. Sus padres dormitaban en el cubículo contiguo.

En el buró de la izquierda Jop vio el estuche de su laptop. Seguramente Pereda la había traído mientras él dormía.

No había tiempo que perder. Sacó la computadora de su estuche y la encendió de inmediato. Mientras arrancaba el sistema operativo, sacó sus audífonos y se los puso. No quería que sus padres se enteraran de nada.

Tecleó la contraseña y aguardó, impaciente, a que aparecieran los iconos. Cuando lo hicieron fue directo a la carpeta *Farkas_HD_Download* y realizó la búsqueda que tanto le había robado la calma durante su encierro. El archivo que Farkas le había hecho escuchar era un MP3, de compresión de datos, lo cual significaba que no podía ser el archivo original. La grabación tendría que haberse hecho a un archivo de audio .wav.

Buscó en el disco todos los archivos con dicha extensión y descubrió con entusiasmo que no se había equivocado. Ahí estaba: Mendhoza.wav.

¿Y si éste, como le dictaba su corazonada, había sido editado?

Advirtió que estaba sudando.

Arrastró el icono hacia el programa de reproducción, pero detuvo la ejecución antes de iniciar. Notó de inmediato que la duración de ambos archivos era idéntica. Con tristeza, tuvo que concluir que el MP3 sólo era una versión comprimida del otro.

No se dio por vencido. Aunque no quiso albergar falsas expectativas, aún restaba una búsqueda posible.

A través de un programa de rastreo del disco, programó una búsqueda exacta de una secuencia hexadecimal de cierto pasaje del audio. Si el archivo .wav había sido editado, esa parte debía encontrarse intacta en otro archivo.

Transcurrieron varios minutos de búsqueda. Su decepción se incrementaba.

Repentinamente, el rastreador mandó un mensaje a la pantalla. *Data found*. La había localizado dentro de un archivo al que le habían cambiado la extensión; no aparecía como formato audio. Se llamaba Nagy12.tmp y pesaba casi ochocientos megas.

Lo arrastró hacia el reproductor con el corazón en vilo.

Al principio, sólo se escuchaban ruidos sin ningún sentido. Probablemente eran voces en la lejanía, pero ni con el volumen a tope podía asegurar que de eso se trataba. Decidió ser paciente y esperó.

De pronto, un sonido apareció en primer plano. Era un roce de tela. Luego se escuchó como si alguien acomodara objetos. Más tela. Una respiración, pasos. Y, finalmente, una palabra que le puso la carne de gallina.

—Farkas.

Era una parte de la conversación que el hombre lobo no había querido mostrarle. No se había equivocado; se trataba del archivo original.

—Muy ingenioso, Mendhoza... muy ingenioso. Casi diría que magistral, tu forma de salir del aprieto.

Jop sintió que su corazón martillaba en su pecho. Las voces eran nítidas; la calidad del audio, prácticamente insuperable.

Siguió escuchando con el alma en un hilo. También era posible que su hipótesis no fuera cierta, que en el audio original la conversación fuera idéntica a la ya conocida y tendría que vivir con ello.

—¿No crees que Oodak sospecharía si no le entrego aunque sea el cadáver de uno de ustedes?

Un golpe incesante de tambor recorría todas sus venas, todas sus arterias.

—Así que, ¿Brianda o Jop?

Contó los segundos. Y cuando escuchó la voz de Farkas, tal como aparecía en el archivo comprimido, sintió un profundo desengaño.

—*Fue lo que pensé. No te preocupes. Procuraremos que el muchacho no sufra demasiado.*

Sintió que el desconsuelo lo trituraba, que la tristeza hacía presa de él. Entonces, escuchó de nuevo la voz de Sergio, pero no era aquel tono apesadumbrado y patético del MP3. Por el contrario, había una gran fuerza en su voz. Y Jop no necesitó escuchar más para desmoronarse completamente por dentro.

—*¡No! No puedes hacerlo. Dime que hay otra forma de pagarte. Por favor, lo que sea.*
—Poor *Sergio.*
—*Haré lo que tú me digas…*

El archivo siguió avanzando, pero Jop ya no quiso oír más. Se arrancó los audífonos de los oídos y se cubrió la cara con ambas manos, luchando contra ese repentino y abrumador sentimiento de enmienda, de restitución, de vuelta a casa.

Capítulo treinta y uno

No fue sino hasta el lunes por la mañana cuando al fin se abrió la puerta del taller.

Sergio no pudo evitar pensar que, en otras circunstancias, ése hubiera sido su primer día de vacaciones de Semana Santa.

Era el mismo policía que lo había conducido ahí, pero sólo entonces reparó en sus rasgos. Más allá del aire cínico y mordaz, tenía un rostro apacible, de alguien que se mueve con gran soltura. No de quien tiene que obedecer sino que, por el contrario, está acostumbrado a dar órdenes.

—Hay varios consejos tutelares en esta ciudad —dijo, recargado contra la puerta por la que acababa de entrar. Llevaba ropa de civil, un traje ejecutivo que lo ponía en su justa dimensión. El bronceado perfecto también lo evidenciaba como alguien rico, poderoso, mandamás. Un oficial de bajo rango jamás podría presumir ese traje, ese tono de piel, ese reloj que ahora desabrochaba—. Éste no es uno de ellos —continuó, mostrando al mismo tiempo la marca de la Krypteia en su muñeca, gesto que confirmaba las sospechas de Sergio. Luego volvió a cubrirla con su lujoso reloj—. Sólo unos cuantos conocen el centro correccional en donde estarás en un momento. No hay registros oficiales. No está en ningún expediente del gobierno. Pero existe; como lo puedes comprobar. Aquí encerramos a los menores que se consideran "casos perdidos". Los padres de los internos aprueban su reclusión porque abandonan toda esperanza de que se reintegren a la sociedad. Los visitan una vez al mes y, en la gran mayoría de los casos, dejan de hacerlo después de un tiempo, abandonándolos a su suerte.

Tras la puerta se escuchaban ya algunos ruidos.

Hacía unas cuatro horas que había amanecido, y Sergio se preguntaba si llegaría a ver una nueva aurora. El preámbulo que le hacía su carcelero tenía visos de bomba de tiempo. Al fin y al cabo, el mismo se lo había asegurado al abandonarlo en ese lugar un par de días atrás: moriría ahí, eso era un hecho. La interrogante era: ¿cuándo? ¿Sería ese mismo día? ¿El siguiente?

¿Volvería, en verdad, a ver salir el sol?

—Todos los chicos son más o menos de tu edad, así que no dirás que no es justo que te hayamos puesto aquí. Además... —hizo una pausa estudiada. Sacó su teléfono celular y atendió algún mensaje, como si participar en esa comedia fuera un mero pasatiempo—. Además —retomó el hilo de su discurso levantando la mirada—, todos están al tanto de los homicidios que cometiste.

—¿Qué?

—Cinco son los esqueletos que, por órdenes de la élite, no serán identificados. Te han achacado esas muertes, Mendhoza. Pero no te preocupes. Aquí dentro, eso te da puntos, te lo aseguro. Eso y el hecho de que cancelamos las salidas al patio y cortamos la corriente eléctrica por tres días en tu honor. Te espera un gran recibimiento, créemelo.

Una grotesca música pop empezó a sonar. El hombre le puso fin al contestar su teléfono.

—¿Bueno? Sí, aquí está conmigo —dijo a la bocina; luego se dirigió a Sergio—: Claro que, si así lo deseas, puedes salir de aquí ahora mismo. En un auto de lujo. Mañana a esta hora estarás nadando en una piscina, comiendo manjares exquisitos, esperando el futuro más promisorio —le extendió el teléfono—. Todo depende de ti.

Sergio ya conocía esa promesa. Le resultó tan familiar que tomó el celular casi con desgano.

—¿Sí? —dijo al teléfono.

—Querido Sergio —una conocida voz femenina le habló con cordialidad—. Tanto tiempo sin saber de ti. ¿Te conté que Brianda ya está conmigo? ¿Toda ella?

—¿Qué quieres decir con "toda ella"?

—Sigue escindida, por supuesto, pero su hermoso y núbil cuerpecito descansa su sueño de muerte en mi alcoba. Es mi mascota preferida. Me parece una pena que deba sacrificarla tan pronto.

—No, por favor —dijo, mostrando una debilidad involuntaria que lamentó en seguida. Sabía que Elsa jamás reaccionaría ante una súplica como ésa.

—Lo que no entiendo es ¿por qué el interés? Es bastante ordinaria. Si estuvieras en la Krypteia, tendrías docenas de chicas mucho mejores, más hermosas e inteligentes. Yo misma no tendría ningún inconveniente en iniciarte en ciertas artes...

—¿Por qué me llamaste, Erzsébet? —prefirió interrumpirla.

Elsa tardó unos segundos en responder. Le repugnaba escuchar su nombre de pila. Sin respeto alguno, además, dejando a un lado su título nobiliario. Por un momento volvió a Hungría, al momento en que se le procesó por sus crímenes y se le condenó a morir emparedada.

—Vaya, vaya, conque alguien ha estado haciendo su tarea.

—¿Por qué me llamaste?

—Mira, Mendhoza, tal vez aún no te quede claro que estás en mi poder. Que puedo aplastarte cuando yo quiera. Así que no deberías de ser tan insolente.

—¿Y por qué tardas tanto? Si estás tan decidida, hazlo y ya.

En el rostro del oficial se dibujó un gesto de sorpresa. Nadie le hablaba así a la Condesa, y aquellos que se atrevían...

Pero la misma Elsa no terminaba de convencerse de que la solución sería eliminar a Sergio. No sin antes confirmar qué le causaba tal desasosiego cuando hablaba con él o cuando estaba en su presencia.

Podía aniquilarlo sin dejar rastro alguno; eso era fácil. Pero con él moriría la verdad y sería insoportable vivir sin haberla develado. Quería hacerlo pasar por los más grandes horrores. Quería que contemplara cómo despellejaba viva a su noviecita. Sólo entonces, una vez que la agonía pudiera reflejarse en sus ojos y el secreto saliera a la luz daría la estocada final. Antes no. Antes, imposible.

—No tienes idea de lo que te espera cuando seas abandonado en el consejo tutelar, Mendhoza.

—¿Qué, me voy a morir? Tal vez sea lo mejor.

—No tendrás tanta suerte, querido, eso te lo aseguro.

Sergio aún sujetaba el miedo en su interior con todas sus fuerzas, pero vacilaba. Miró involuntariamente hacia el estante en el que reposaba la bolsa de Farkas.

—Puedes evitártelo, Sergio. Incluso Brianda viviría.

—Brianda... —se sintió, por un momento, tentado a aceptar.

—Por mi señor Lucifer que así será. Pero tienes que demostrar que estás conmigo. Allá, del otro lado de la puerta, están tres muchachos que seguramente recordarás. Austin, a quien ya conociste, te entregará un arma. Mata a los tres perdedores y habrás culminado la Krypteia satisfactoriamente. Serás uno con la élite. Estarás protegido por siempre. Puedo asegurarte que no te arrepentirás.

¿Valdría la pena escuchar a Elsa? ¿Por qué no, salía caminando de ahí subía a un auto con aire acondicionado, asientos de piel y música agradable? ¿Por qué no dejarse llevar en vez de dar batalla? ¿Por qué?

Sergio miró con insistencia la puerta mientras Austin, introducía la llave y abría sonriente. Lo que vio a continuación confirmó lo que decía Elsa. Del otro lado, a medio patio, tres guardias mantenían esposados e inmóviles a los tres últimos muchachos de la Krypteia: Orson, Elmer y Samuel. Los tres vestían playera blanca y pantalón de lona color caqui. Fuera de tan inusual escena, el patio seguía vacío y sin señal alguna de los otros internos. Los puestos de vigilancia también estaban abandonados.

Austin extrajo de su saco una pistola y se la ofreció a Sergio por la cacha.

¿Por qué no matar a quienes, en su opinión, ya estaban condenados? Si con eso liberaba a Brianda, ¿por qué no considerarlo?

Una gota de sudor resbaló por su frente y luego se deslizó por su mejilla izquierda. ¿Por qué? ¿Por qué no?

Quería desligarse para siempre del Libro, ¿no? ¿No podría conseguirlo de esa manera? Seguramente así también lograría que dejaran en paz no solo a Brianda, sino a Alicia, a Jop, al teniente. ¿Por qué no simplemente asesinar a los tres muchachos y esperar a que lo llevaran al lado de Elsa para intentar dar de ese modo la batalla? ¿Cuáles eran sus posibilidades de salir con vida de ahí si no cedía a los deseos de la Condesa?

La certeza surgió de su memoria como una brisa refrescante.

"Porque no son demonios", pensó. "Aún no. Sólo se aniquila al demonio; a nadie más."

El Libro lo decía claramente. El mediador identifica al engendro y lo señala para ser ajusticiado. Entonces el héroe hace su labor. Ninguno de los tres muchachos había sido aceptado en las huestes de Oodak. Estaba apostando a ese último rasgo de humanidad que quedaba en la terna de muchachos que miraban hacia la puerta abierta del taller sin alcanzar a distinguir lo que acontecía en el interior. Sabía que le estaba apostando a una carta muy baja, pero no tenía alternativa.

"Mata al demonio." Sí, la sentencia hacía referencia a un solo demonio, el cual se encontraba al otro lado de la línea telefónica; llevaba casi cuatro siglos ocupando un lugar en el mundo que no le correspondía.

—No —resolvió al fin.

Los ojos de Austin reflejaron el tamaño de su asombro.

—Imbécil —Elsa respondió.

—¿Algo más? —repuso Sergio.

—Imbécil y más que imbécil. ¿Sabes que tienen órdenes de torturarte? ¿De hacerte gritar hasta el límite de tus fuerzas? ¿De traerte conmigo hecho un despojo vivo, sangrante y suplicante? ¿Eh? ¿Lo sabes?

El miedo se retorcía en su interior como una hidra de múltiples extremidades, de siete cabezas con enormes fauces. Sergio permitió que la bestia se liberara de sus amarras y atravesara a aquél que lo había sometido durante tantos días, hundiendo en su piel sus cientos de aguijones y penetrando la carne con sus afilados colmillos. Era su presa ahora y no lo dejaría ir.

Sintió el terror en toda su expresión.

Magnífico, abominable, insoportable.

Una estupidez, se dijo Sergio, casi arrepentido.

—¿Algo más? —añadió.

La señal se había interrumpido. Fue como la caída del telón.

Devolvió el aparato a Austin, quien lo metió en el estuche que colgaba de su pantalón. Introdujo el arma en su saco y se lo abrochó.

—Tengo que admitir, Mendhoza, que tienes agallas. Nada de cerebro, pero sí muchas agallas. Ahora me explico por qué el consejo estuvo de acuerdo en que tú fueras el único elegido en caso de que aceptaras.

De una bolsa de su pantalón sacó su cartera y, de ésta, una tarjeta que entregó a Sergio. Hizo un gesto para despedirse y se dirigió al patio. Sin reparar en los guardias ni en los muchachos a los que sujetaban, siguió su camino hacia la caseta de salida.

En cuanto alcanzó la reja, miró hacia atrás. Clavó sus ojos en Sergio y, antes de que le dieran paso con un zumbido eléctrico, dijo con voz fuerte y clara:

—Libérenlos.

Los guardias soltaron a los tres chicos.

Sergio, aún en el interior de la caseta del taller, miró la tarjeta que recién le había entregado Austin. Tenía el púrpura y el verde con los que tan familiarizado estaba.

"¿Qué he hecho?", pensó.

Ira

Cinco días

¿Es el terror el último límite del miedo?

Luna creciente

Abrió los ojos y descubrió que estaba llorando.

La bóveda celeste estaba cubierta de estrellas y el clima era agradable. Por la tarde, cuando se acostó, lloviznaba con persistencia. Había abrigado la esperanza de que la lluvia diluiría el círculo de sal, pero ya se veía que dicha magia era inmune a los elementos.

Ahora, en la oscuridad de los albores de la primavera, el clima era benigno, la imagen del cielo, reconfortante. Se recostó como pudo sobre el césped. Anheló volver a sentir esa sensación en su piel. Cualquier sensación que no fuera a través de la muñeca. Anheló que todo esto terminara.

En su último sueño, el grito de dolor de Sergio había sido tan real que realmente creyó haberlo escuchado.

"Dios", musitó Brianda. "Permíteme verlo aunque sea sólo una vez más."

En el interior de la casa, a espaldas de la perrera, no se escuchaba un solo ruido. A lo lejos, sólo percibía el rumor de los vehículos que transitaban por la autopista.

"Por favor", gimió. Muy a su pesar, volvió a quedarse dormida.

Su súplica, sin embargo, encontró eco a muchos kilómetros de ahí, en un departamento de la colonia Roma en la Ciudad de México, en una mujer que despertó sollozando.

Su esposo la abrazó al notar su desasosiego. Él no había podido pegar un ojo desde que supo que su hija había desaparecido. Todo ese tiempo había estado rezando por un milagro. Había demandado al hospital. No se había presentado en la oficina. Llevaba días sin afeitarse y, más de una vez, se había sorprendido a sí mismo deseando morir antes que recibir noticias funestas. Lo único que le concedía un poco de paz era eso, la posibilidad de un milagro, posibilidad a la que se aferraba tenaz. Para entonces ya le parecía que, en comparación, un viaje a Hungría o una amistad clandestina eran, en realidad, bendiciones cotidianas.

Capítulo treinta y dos

Ocurrió como si lo hubiera visto en una película muda. Vertiginoso, fugaz, sorpresivo.

Salió del taller después de casi tres días de encierro. Sucio, macilento, con hambre y sed, fatigado, arrastrando los pies hasta la orilla del patio. Se trataba de un recuadro de cemento de unos cuarenta metros de largo por veinte de fondo. Una cancha de básquetbol con arillos sin red ocupaba uno de los costados; otra de futbol, con porterías de tubo, estaba en el otro costado. Alrededor había cinco edificios angostos de dos pisos. Por el pasillo que separaba los del lado derecho se llegaba a otro patio más pequeño. Los dos que tenía frente a sí conducían a la entrada principal. A sus espaldas estaba el edificio que correspondía al taller. Por último, a su izquierda, se hallaba el muro de quince metros de alto coronado por una alambrada que rodeaba toda la correccional. Tres garitas de vigilancia que momentos atrás habían estado vacías, ahora eran ocupadas por sendos guardias.

En cuanto el sol le pegó en la cara, los tres muchachos con los que había compartido la experiencia de la Krypteia lo confrontaron. Fue Samuel quien habló primero.

—Qué gusto verte, tullido...

—A mí también me da gusto verte, Samuel. Considerando que, si yo no hubiera renunciado a la Krypteia, seguramente ya estarías muerto.

Lo que sucedió después fue como un cortometraje, como una de esas cintas en las que la cámara no tiene soporte fijo y la secuencia es inaprensible, estroboscópica. Un destello tras otro. Samuel corrió hacia Sergio y lo derribó con una patada en el pecho. Pese a que metió las manos para protegerse, el dolor fue intolerable.

Luego fue objeto de una ráfaga de puntapiés furiosos en el cuello, en la espalda, en las piernas, en los riñones. No sólo lo tundían dos pies. Pronto fueron cuatro; luego, seis.

Una seca arremetida en el estómago lo dejó sin aire. Sintió que se asfixiaba. Lo único que veía era el ir y venir de sus atacantes y el sol quemante, cegador.

El dolor continuaba incrementándose.

Sintió de pronto un tibio escupitajo en la cara; luego, la prótesis alejándose de su cuerpo. Su boca pronto se llenó con el sabor metálico de la sangre.

Gritos. Carrera. Discusión. Un silbato a la distancia.

Golpes, golpes, golpes...

A través de una de las rendijas de sus ojos vio que varios muchachos de playera blanca y pantalón caqui enfrentaban a los tres que habían arremetido en su contra. Al fin apareció un guardia.

Pronto se sumergió en la inconsciencia...

Al despertar, se encontraba solo y desnudo en una celda con un catre, un buró y una bacinica. La prótesis se encontraba recargada contra el catre. Una pequeña ventana con gruesos barrotes en lo alto de la pared era la única fuente de luz natural. En el ladrillo blanco de la minúscula celda había consignas soeces escritas con plumón y el absurdo cromo de un paisaje marino. De pronto se vio envuelto en el picante olor a orines. Una punzada le mordía el costado derecho.

"Entonces así va a ser", se dijo, tratando de incorporarse. El dolor aunque constante, era soportable. Se tocó con cuidado el punto exacto y concluyó que seguramente tenía rota una costilla. Quizá más. Tenía también la boca reventada, la mejilla hinchada y un abultamiento debajo del ojo izquierdo.

Sobre el buró había ropa interior y el que, asumió, sería su uniforme: playera blanca, pantalón caqui, tenis blancos, una chaqueta café oscuro. Le habían cortado el cabello casi a rape.

Por la luz que se colaba por la ventana, dedujo que serían la una o dos de la tarde.

Procedió a vestirse. Aunque con lentitud, logró ponerse el uniforme, la prótesis y los tenis con éxito. Supuso que no podría hacer otra cosa que esperar. ¿Qué? No lo sabía: que le llevaran comida, que lo condujeran al baño, o simplemente que le informaran qué debía esperar.

Arrimó el catre a la pared y se subió para asomarse por la ventana. Sólo alcanzaba a ver el pequeño patio que tenía piso de tierra y el muro perimetral. Nada de ruido. Nada de movimiento.

Se volvió a tumbar sobre las delgadas cobijas que cubrían el catre.

Esperó.

El cuadro de luz de la ventana avanzó hasta desaparecer. Alivió la vejiga una vez en la bacinica. Siguió esperando.

La puerta de metal retumbó. Del otro lado alguien corrió un cerrojo. Sergio se enderezó y se sentó con las manos en las rodillas.

—A comer —dijo un guardia como único saludo. Llevaba puesto un uniforme azul militar, y cargaba consigo una macana eléctrica y un tolete. Sergio se puso en pie sin chistar.

Al andar, renqueó un poco y probó suerte antes de salir de su celda.

—¿Hay enfermería aquí? ¿Usted cree que...?

—A comer.

El guardia se hizo a un lado para que pasara y cerró la puerta de la celda detrás de Sergio.

Sergio comprobó que el edificio más bien parecía una escuela primaria a la que habían arreglado para utilizarla como centro penitenciario. Su celda, en el primer piso, daba a un pasillo con barandal con vista a un patio interior donde se encontraba el comedor. Los internos acudían por su bandeja mientras él, desde esa altura, estudiaba el recinto. Cuatro guardias vigilaban a poco más de treinta muchachos uniformados; unos en la fila, otros ya en las mesas de seis sitios. Todos eran menores de edad. Orson, Elmer y Samuel ocupaban ya su lugar en una mesa. Lo miraron desde abajo con sorna.

Sergio descendió por las escaleras y se formó para recibir su ración. Era el último.

Todas las miradas estaban puestas en él. Incluso el que lo antecedía en la fila volteaba constantemente para estudiarlo.

Los dos guardias que surtían la comida también lo observaban con interés, pero no le dieron trato distinto. Le sirvieron una porción de arroz, una de cerdo bañado en salsa verde, limonada, pudín y un bolillo como a todos.

El silencio, a su alrededor, era inquietante.

Cargó su bandeja hasta una de las seis mesas en la que sólo había dos muchachos. Agachó la cabeza y se dispuso a comer, mas no tardó en unírseles un pelirrojo de penetrantes ojos azules. Tenía la silueta de un gallo de color negro tatuada en el cuello. No parecía mayor de quince años.

—¿Qué tranza contigo, rata?

Su voz hizo eco en las paredes. Sergio levantó la mirada. ¿Era una provocación?

El pelirrojo acercó su rostro al de Sergio y le sostuvo la mirada.

—¿Por qué quieren que te la pongamos ruda, eh?

Sergio no comprendió la pregunta, pero creyó detectar su origen. Estudió a todos los que se encontraban en el comedor, guardias incluidos. Todos continuaban con la mirada puesta en él.

—¿De veras eres el más peligroso de los locos peligrosos del mundo y por eso quieren hacerte mierda? ¿Eh, rata?

—No sé a qué te refieres —respondió, intentando comer arroz.

—Sí, sí, eres un maldito asesino, pero, no sé… Aquí hay varios con ese currículum y nadie nos dijo que los agarráramos de puerquito el día que llegaron.

La frase hizo eco en la mente de Sergio. Algo similar al temor, al respeto o a la precaución flotaban en el ambiente.

—¿Qué les dijeron? —se atrevió a indagar.

—Básicamente… —el pelirrojo le dio un manotazo a la bandeja de Sergio arrojándola al suelo— … que si nos metemos contigo, no hay bronca.

El pelirrojo retó con su mirada al guardia más cercano. El sujeto no hizo nada por intervenir. El muchacho del gallo le dio una ligera bofetada. Sergio se apartó y se puso a la defensiva. No hubo risas ni gritos; no hubo mayor reacción.

—¿Lo ves? —dijo el agresor—. En cambio, si me meto con este maricón… —tomó de los cabellos al que estaba sentado a su lado. El guardia más cercano hizo el amago de acercarse.

—¡Orden, Agustín! —gritó el hombre, aunque el muchacho ya se había levantado y, de un salto, había puesto distancia entre él y la mesa.

Después, se hizo de nuevo el silencio. Ni siquiera el agredido mostró interés en reclamar más de la cuenta. El pelirrojo había demostrado su punto.

—Podemos hacerte lo que queramos —dijo Agustín, mirando a Sergio—, siempre y cuando no acabemos contigo. ¿No es lo más loco que has oído en tu vida?

Era una grotesca representación. Un teatro macabro. Pero estaba ocurriendo. Y él era el protagonista.

¿Qué hacer? ¿Ponerse en pie a toda prisa y echar a correr?

Ninguno de los guardias metería las manos por él. Y, sin importar el daño que le causaran, siempre despertaría para confirmar que seguía vivo. Que el horror continuaría.

Eran las tres o cuatro de la tarde cuando mucho. Del lunes.

La tarjeta decía "cinco días".

Sergio no lo podía creer.

Un golpe en la coronilla lo despabiló. Alguien le había arrojado una bandeja de comida vacía. No hubo risas ni murmullos. Nada. Sólo estaban confirmando la hipótesis del pelirrojo.

Otra bandeja lo alcanzó. Sergio se puso en pie. Se protegió con las manos.

Un moreno lo arrojó contra el suelo. El golpe en la cabeza contra el cemento fue contundente. Después del dolor, sintió el cráneo húmedo al instante. Poco después el mundo entero se fundió en un negro absoluto.

* * *

—La maquinaria está en marcha. Sólo quería que lo supieras.

El maestro miró detrás de sí, creyendo reconocer la voz. En efecto, era él. Estaba en el asiento contiguo.

Había subido a ese autobús para intentar despejar la mente. No llevaba un rumbo fijo. En cierto momento del viaje, incluso se había atrevido a espantar los malos pensamientos creyéndolos infundados. Pero algo había presentido. Ahora se daba cuenta de que estaba en lo correcto. Que su instinto seguía siendo confiable.

—¿Qué hiciste, Farkas? —dijo sin dejar de mirar al frente.

Sólo tres personas compartían el autobús con ellos, pero el maestro no se había percatado del momento en el que había subido ese quinto pasajero que ahora le susurraba a sus espaldas.

—Cerré el círculo, Phil.

Contempló con pesar el paisaje urbano a través de la ventanilla: la triste melancolía de la autopista, el monótono desplazamiento aparente de postes, cables, edificios y puentes.

—Ni tú ni yo podemos detener el curso de los eventos, Phil. El muchacho, si actúa correctamente, habrá de terminar su tarea.

—¿A costa de qué? Ahora mismo, me parece que algo se desquebraja. Es una opresión terrible en mi pecho, una agonía. Por eso salí a tratar de distraerme.

—¿Así que también lo sientes?

—Por mucho que lo lamente, soy un Wolfdietrich, Farkas.

—Llegará el día en que, en vez de lamentarlo, te enorgullezcas.

El autobús frenó. Una anciana subió a pasitos y tardó una eternidad en pagar el pasaje.

—No hay dolor que lo valga, Farkas. No hay miedo. No hay terror. Si pudieras evitarle eso a un hijo, también lo harías.

—No me hables tú a mí de hijos, miserable.

La abuela avanzó hacia la mitad del pasillo y se sentó. En un increíble gesto de cortesía, el chofer no arrancó hasta que la dama se hubo acomodado.

—Oh, lo olvidaba —dijo cínicamente el maestro—: supongo, entonces, que me comprendes.

—Es distinto.

El maestro volteó. En los negros ojos de Farkas había, en efecto, un duelo contenido.

—Todos seguimos la misma línea. Esto tendría que acabar, Farkas. Orich Edeth no volverá nunca. No en esta vuelta del tiempo. Tú no lo ves porque estás peleando en el bando equivocado. Te has obsesionado con una mentira. Lo único cierto es que nos volvimos obsoletos.

El autobús volvió a parar; en esta ocasión, le estorbaba un camión de carga.

—Bueno, sólo quería que supieras que la maquinaria está en marcha.

—Y yo te dije que no me voy a quedar de brazos cruzados, Peeter.

—Ya no depende de nosotros.

—Más de lo que tú crees.

—Hasta pronto.

En un ágil movimiento, Farkas alcanzó la puerta trasera del autobús y la abrió sin hacer esfuerzo alguno. Alcanzó la calle antes de que el autobús retomara su marcha.

El maestro lo vio quedarse atrás y añoró la época en la que él también creía que la búsqueda era posible. Que la luz podría sobreponerse a la oscuridad. Que el Señor de los héroes algún día lo tocaría con su espada en un hombro.

Una grieta se anunció en su corazón.

Paladeó la idea de bajar del vehículo, entrar en un bar y beber a boca de botella hasta perder la consciencia.

Capítulo treinta y tres

Guillén acarició la figura con afecto. Era un regalo que Sergio le había hecho a Jop, pero al que el teniente le tenía cierto afecto. Se trataba de una especie de araña hecha de arcilla con ocho brazos humanos en vez de patas. Grotesca, pero, en cierto modo, entrañable. Él estuvo presente cuando la escultora se la obsequió a Sergio. Y ahora la tenía de nueva cuenta en sus manos.

Jop, afortunadamente, estaba absorto en la pantalla de la computadora y no se dio cuenta de lo que pasaba por la mente de Guillén.

Ambos se encontraban en la habitación de Jop. Guillén estaba sentado en la cama con los codos sobre las rodillas, el torso inclinado hacia adelante, la araña en las manos y la tristeza desbordante. Por su parte, Jop echaba mano de todas sus habilidades cibernéticas para averiguar dónde podría estar Sergio y a dónde se habrían llevado a Brianda. Necesitaba también mayor información sobre Elsa Bay además de lo poco que había encontrado relacionándola con empresas inexistentes, alguna liga que tuviera que ver con la Krypteia real y no con la del rito espartano.

El teniente, por su parte se sentía un fracasado. No había más.

Sergio lo había sacado a la fuerza de la única lucha importante que probablemente habría podido dar en su vida. Y, obnubilado por la posibilidad de tener una existencia normal, se refugió en su casa, en su oficina, en sus hábitos inofensivos. Muy tarde comprendió que todo este tiempo había estado engañándose. Y lo peor de todo fue que la misma Mari se lo hizo ver. Había leído tantas veces la carta con la que se despedía de él que podía repetirla en su mente palabra por palabra, línea por línea.

Orlando:

Vuelve a tu labor como policía. Vuelve a las calles. Tu esencia está en combatir el mal y eso es algo que nadie puede quitarte. Mucho menos yo.

Te dejo porque sé que así recuperarás tu esencia. Volverás a ser ese Orlando Guillén del que me enamoré; tan preocupado por hacer justicia, por luchar por un mundo mejor.

Y quizá cuando seas tú otra vez, podamos estar juntos de nuevo. Por el momento, sé que te estorbo; por eso me retiro. Mas no por ello te quiero menos. Al contrario. Es eso en ti lo que me hace amarte más y abrigar la esperanza de que, en el futuro, volveremos a intentarlo.

Nadie puede arrebatarte el deseo de pelear por un mundo sin maldad. Ni yo, ni nadie, Orlando. Así que hazlo y sé tú mismo. Yo estaré aguardando, tenlo por seguro.

T. Q.

Mari

Un fracasado. Porque no había podido retenerla, así como tampoco había podido rescatar a Sergio ni ayudarlo en su lucha.

—Esto va a tomar más tiempo del que yo creía, teniente —dijo Jop sin dejar de teclear mientras intentaba *hackear* un sitio web que parecía tener conexión con Elsa Bay.

Guillén apenas asintió, aclarándose la garganta.

* * *

Detrás de él, los lobos: furiosos, hambrientos.

Era un sueño con el que estaba tan familiarizado que casi le trajo sosiego. Corría por los senderos ondulantes del bosque y sentía las tarascadas a unos cuantos centímetros. Era una noche hermosa. El viento en su rostro era una bendición.

Perdió la prótesis, pero no le importó. Alcanzaba las faldas de una colina y comprendía que hasta ahí llegaba su escapatoria.

Se dio la vuelta y enfrentó al lobo negro que se repetía en sus congéneres pardos, grises, atigrados, todos listos para atacar.

Luego... un rugido terrible. Un dolor que lo consumía por dentro y, a la vez, lo colmaba. Como el dolor del nacimiento, el de la primera luz, el primer grito.

Después, sólo la luna.

Sólo...

... la luna.

Por fin despertó. Sintió el pecho agitado y una desolación única.

Pero estaba vivo. Consciente. Lúcido.

De espaldas, sobre el asfalto del patio en el que había sido abandonado, procuró encontrar sosiego en el hermoso astro que casi completaba su ciclo. A pesar de las circunstancias, era un espectáculo maravilloso.

Desde su posición podía ver al vigilante que hacía guardia en la única garita iluminada del cerco penitenciario; éste, por su parte, lo observaba con indiferencia.

Sergio pronto se dio cuenta de que no podía ver con un ojo; estaba seguro, además, de que le habían fracturado dos dedos de la mano izquierda, pues no podía moverlos sin sentir dolor. Pero había sobrevivido al primer día.

Supuso que los otros se habían marchado a dormir con el último llamado del día y que nadie lo movería de ahí. Que incluso los custodios preferirían dejarlo tirado en el patio que meter las manos por él.

Una de las últimas y más devastadoras certezas que ocupaban un lugar en su mente tenía que ver con su prótesis: la habían atorado en las ramas altas del único árbol del penal: una jacaranda que estaba pegada a los dormitorios.

Por eso se refugió en el espectáculo de la luna casi redonda, casi completa.

A media noche, no obstante, consiguió arrastrarse hasta la hierba del patio secundario y pudo dormir un poco mejor.

Cinco horas después, lo despertó la luz. Y un agradable aroma.

—¿Quieres?

Abrió los ojos y se encontró con el único muchacho gordo del centro penitenciario. Lo había identificado desde el día anterior. Y ahora éste chico ponía un plátano justo frente a su nariz.

La mañana estaba fresca y el cielo, completamente azul y sin nubes; el sol todavía no alcanzaba el interior del reclusorio.

Al final, sí había sido testigo de una nueva aurora. La luz le reveló que había dormitado en una pequeña huerta sin legumbres.

—Gracias —dijo.

Al intentar incorporarse recordó que tenía una o más costillas rotas, dos dedos que no podía mover, la nariz estropeada y un ojo cerrado por completo. Pero estaba vivo.

Vivo. No parecía motivo de júbilo pero era cierto.

—Al rato te van a dar de nuevo —sentenció el gordo.

"Matar al demonio", pensó Sergio con pesar.

¿Cómo cumplir con tal consigna? En el remoto caso de que pudiera abandonar esa cárcel, ¿cómo iba a matar a demonio alguno en esas condiciones? Era un guiñapo inservible. El final estaba predeterminado, sólo era cuestión de tiempo. Le costaba admitirlo, pero Elsa había triunfado. El mal siempre tendría esa prerrogativa. El mundo estaba en manos de los peores monstruos. Edeth era un maldito cobarde.

—¿Estás bien? —se interesó el chico, sentándose a su lado.

Sergio negó con la cabeza. Recordaba que el muchacho no había participado en la trifulca del día anterior; y no había sido el único. De los treinta y cuatro internos, sólo doce lo habían usado como saco de boxeo. Se preguntaba si podría encontrar algún cómplice entre los otros veintidós.

—¿Qué hiciste para estar aquí? —preguntó.

—¿Para qué quieres saber?

Sergio no se sintió con ánimos de juzgarlo. Al morder el plátano con cuidado, detectó que tenía flojo un incisivo. Entrecerró el ojo y contuvo el llanto.

—No soy una buena persona —dijo el gordo—. Te daría un tiro si te metieras conmigo. Pero tampoco me gusta ver que se pasen de lanza.

—Gracias.

—No voy a meter las manos por ti. Yo la llevo tranquila acá dentro, y no quiero bronca con los otros. Nada más se trata de que cumpla la mayoría de edad para que me gradúe y me vaya a un reclusorio de grandes. Por eso no quiero bronca con nadie. Chance jamás regresaré a la calle, pero la neta ya me vale.

Sergio se terminó el plátano como pudo, absorto en sus reflexiones. Arrojó la cáscara hacia las matas de la huerta. Estaba tan lastimado, tan agotado, tan aturdido...

Escuchó voces y un vacío se hizo en su interior. Creyó que vomitaría.

—Ni modo. Ahí vienen por ti —anunció el gordo, sin moverse un centímetro.

La turba apareció doblando la esquina del inmueble. La encabezaban Orson y Agustín.

—¡Pero si ahí estás, rata! —gritó Agustín—. ¿Haciendo amigos, gordo?

—Cierra el pico, Gallo —gruñó el chico, inmutable.

En un santiamén, Agustín y Orson tomaron de los brazos a Sergio, quien opuso toda la resistencia que pudo. Fue absolutamente inútil.

Presintió que Elsa tenía razón: no tardaría en desear la muerte. La comitiva era ahora de trece internos; por lo visto, alguien más se había sumado. Forcejeó a pesar del dolor de sus dedos y de su costado derecho, pero en la ausencia de su prótesis se sentía débil, incompleto. Aun así, una fuerza desconocida se impuso y logró contenerse.

Entre los dos lo arrastraban sobre su espalda cuando

... el gorrión que extiende las alas sobre la última rama del sauce y... no deja de mirarse al espejo porque cree que el golpe puede ser disimu-

lado con maquillaje, pero… una cobija verde con dibujos de la última película de Disney, ésa en la que…

Lo llevaron por el patio principal como si fuera un animal de presa. Su mente, no obstante, había escapado. Se encontraba en ese sitio en el que se sumía con frecuencia en los últimos meses.

La diferencia es que ahora sabía lo que le ocurría, y ese conocimiento le permitía llegar a una especie de metaconsciencia, como si pudiera llevar sus pensamientos a otro nivel, uno en el que no estaban ni las voces de los muertos ni las de los chicos que lo atacaban; uno más allá de todo eso, donde era capaz de desenredar la madeja, donde

… un frasco de perfume roto en el suelo como huella indeleble de lo que ocurrió ayer en el cuarto, al igual que la sangre en el cepillo y la… circulando por Rojo Gómez a toda velocidad porque lo esperan en Puebla antes de… quince rosas que le lleva a su casa en Lexington porque la extraña desde… el rímel corrido en sus ojos porque ha vuelto a llorar y se…

"El trino de un flautín aparentemente perdido en una orquesta de cien timbales."

Todos los relojes del mundo detenidos.

El recuerdo súbito antes de rendirse por completo.

"El trino de un flautín aparentemente perdido en una orquesta de cien timbales."

… lo que más le gustaba de mí eran mis pecas, porque decía que…

Como ver un hilo de luz dorada entre una infinita maraña de cables grises. Como dejar ir el espíritu a una realidad alterna, resbalar por un tobogán que se destaca entre miles. Ajustar inconscientemente el oído para escuchar únicamente ese trino maravilloso.

Sintió que lo metían en un sanitario y lo arrojaban de espaldas sobre el piso de mosaico empapado.

Y, sin embargo, era como no estar ahí, sino en otro lado.

Como en la habitación de esa mujer acongojada, sentado a su lado. Observando sus cosas: su credencial de elector, sus llaves, sus cigarros. Verla echada frente al tocador, exánime, llorando porque su vida era una miseria, abandonada por todos, hasta por la droga. Un hijo muerto y el otro en el tutelar de menores, el marido ausente, el hombre en turno golpeándola hasta el cansancio un día sí y el otro también. La necesidad de consuelo...

... si yo era bonita, le gustaban mis ojos azules, pero, sobretodo, mis pecas, y necesito hablar sobre esto, porque si no...

Supo repentinamente lo que debía hacer.

Buscó sus ojos azules entre aquellos que lo miraban con una mezcla de preocupación y sorna.

—¿Quién es Sandra?

Agustín reaccionó automáticamente con un torrente de carcajadas. Pero algo en el rostro de Sergio lo consternó. En efecto, se refería a él. Y hablaba en serio.

—¿Qué dijiste, rata?

—Que quién es Sandra. Sandra Carrera.

El pelirrojo no quiso externarlo porque era imposible que lo supiera, pero tuvo miedo. Y los demás lo notaron. Algo se propagó entre los chicos reunidos en el sanitario y los que aguardaban afuera. Algo como una gélida neblina. Quizá fue el tono de voz del que estaba de espaldas sobre un charco. O quizá que nadie menciona el nombre de una mujer en una circunstancia como ésa. El eco del baño de pronto enmudeció.

—Llámale —dijo Sergio—. Quizás aún la encuentres con vida.

—¿Qué?

Sergio tosió. Se palpó el pecho. El dolor había vuelto. Quería que le pegara el sol en el rostro. Quería vomitar. Quería dejarse ir por ese tobogán gracias al cual había llegado a una casa en uno de los barrios más pobres de la delegación Iztapalapa, por el que había entrado en el cuarto de una mujer tumbada en una cama con una navaja de afeitar en la mano.

—¿Qué dijiste, idiota? —insistió Agustín.

Pero a Sergio lo sorprendió la inconsciencia.

La funesta nube que los envolvía como un sudario pidió un silencio que, aunque malamente, fue adoptado por todos. Se fueron retirando poco a poco. Fue tal vez lo que se dibujó en el semblante de Agustín. O quizá la asombrosa calma. El caso es que ninguno se atrevió a tocar de nuevo a Sergio.

Fue el gordo quien lo llevó a cuestas a una de las bancas del patio, donde lo puso a secar al sol. Él se sentó a unos metros a contemplar su pausada respiración y a espantar de vez en cuando los insectos que se posaban encima de él. Cuando sirvieron el desayuno, pidió doble ración y llevó la porción extra hasta donde había dejado a Sergio como un juguete olvidado. Intentó despertarlo sin suerte. Aguardó hasta que lo hizo por sí mismo pasadas las doce del día. Le ayudó a incorporarse.

El patio estaba vacío. Sólo los observaba un guardia indolente en uno de los puestos de vigilancia.

—¿Dónde están todos?

—En clase.

—¿Y tú?

—Yo no.

—¿Por?

El gordo se encogió de hombros. Le acercó el plato con huevos y frijoles fríos. Levantó la vista y se arrimó a la sombra que le ofrecía la pared más próxima. Se rehusó a mirarlo.

Sergio comió lentamente y en silencio bajo el rayo del sol. La banca no tenía sombra y él tampoco la procuró. Le dolía el cuerpo; la experiencia de la mañana lo había dejado aturdido. Sin embargo, por lo que se veía, nadie más lo había atacado. Aunque aún no podía cantar victoria. Apenas era martes.

—¿Qué le dijiste al Gallo?

—¿Al Gallo? —replicó Sergio.

—Al pelirrojo. ¿Qué le dijiste?

—¿Por?

—Porque dice que contigo ya no se mete. ¿Qué le dijiste?

Trajo a su mente lo ocurrido. En su opinión, había sido un golpe de suerte. Como capturar, en el vértigo de un huracán, la llave de la puerta que se deseaba abrir.

—No sé. No me acuerdo.

El trino de un flautín...

¿Lo había hecho él, o había ocurrido por casualidad?

—No vas a aguantar, mi chavo. Te voy a conseguir una navaja o algo. Oí que los tres nuevos no te van a dejar ni respirar por mucho que los demás se hagan a un lado.

Sergio admitió en secreto que tenía razón.

"No, no voy a aguantar".

—Además —añadió el gordo—, el director mandó llamar a un doctor para que te revisara.

—¿Un doctor?

—Sí, pero nomás para asegurarse de que no te mueras. Es lo que se dice. Que no lo traen para curarte, sino sólo para que no te mueras.

"No voy a aguantar." Levantó la mirada del plato casi limpio. Jamás había sentido la certidumbre del daño, del dolor o del mal tan a flor de piel. ¿En verdad no podía hacer nada para evitarlo? La idea de la navaja le parecía absurda; los tres chicos de la Krypteia terminarían por quitársela y usarla en su contra. Con la vista fija en el taller donde había permanecido tres días comprendió que Farkas tenía razón, que su permanencia en la arena de la vida dependía de una sola cosa.

—¿Para qué usan ese taller? —señaló con el mentón.

—Ahorita, para nada. Antes ahí nos enseñaban mecánica, pero lo cerraron porque a cada rato había pleitos. Una vez golpearon a uno con una llave Stilson. No la libró.

Sergio suspiró. Miró al gordo. No parecía mala persona. Se preguntó si la última palabra para cada ser humano estaría reservada para el final de sus días. Si en verdad la luz y el arrepentimiento cabrían en todos. O si el alma comenzaría su proceso de putrefacción con el primer crimen, por muy justificado que éste fuera. ¿Sería el gordo un buen candidato para unirse a las huestes de Oodak? ¿O aún habría esperanza para él? Como fuera, no tenía alternativa. Él era el único en quien podía confiar.

—Si de verdad quieres ayudarme, te voy a encargar algo, a ver si se puede.

—¿No quieres la navaja?

—No. Creo que sería peor.

El gordo, sentado, con la ancha espalda recargada contra el edificio, asintió.

—¿Qué quieres entonces?

—Ahí, dentro del taller, dejé una bolsa. Está en el interior de un frasco con empaques, en una de las repisas más altas. ¿Crees que podrías conseguírmela? Por favor…

—Nadie ha entrado en ese taller desde que lo cerraron hace como seis meses. ¿Por qué dices que la dejaste ahí?

—Cuando me trajeron, primero me encerraron ahí, aunque no sé por qué.

El gordo hizo un mohín, contrariado. Resopló. Tenía las facciones orientales, los ojos rasgados. Con el cabello a rape, sentado con las piernas en escuadra y medianamente oculto por la sombra tenía una apariencia monacal.

—Tú no los mataste, ¿verdad? A esos cinco que dicen que te echaste.

—No.

—Ya sabía. ¿Por qué quieren acabar contigo, entonces?

Sergio suspiró desalentado. A la callada y calurosa tarde se sumaron, súbitamente, voces a la distancia. El tropel de internos apareció entre los dos edificios donde se ubicaban los dormitorios.

—¿Me consigues mi bolsa? —Sergio insistió.

—¿Por qué? ¿Qué traes ahí o qué?

—¿Me la consigues?

—Deja veo.

Al lado de Orson caminaba un hombre mayor de anteojos, suéter de cuello redondo y corbata. Tenía la apariencia pulcra de los médicos, aunque no portaba bata.

—¿Cómo te llamas? —preguntó el gordo.

—Sergio.

Elmer sonreía con sorna. El pelotón de muchachos se aproximaba detrás de Orson y del único adulto de la comitiva. Una enfática curiosidad se adivinaba en los rostros de los internos. El Gallo también se encontraba entre ellos, pero no se mostraba entusiasmado en lo absoluto. Su expresión era de una gravedad poco usual en un chico de su edad.

—Yo me llamo Julio —reveló el gordo.

Sergio leyó en los ojos del hombre canoso que se acercaba lo mismo que había leído antes en otros similares. No era un demonio aún, pero gustosamente se rendiría ante la oferta. Probablemente era más un carnicero que un doctor.

—Ven conmigo —espetó cuando lo tuvo enfrente. Su voz era la de alguien que se hace responsable y se encarga de que se cumplan las reglas; era la voz del réferi, del juez de línea—. Antes de que sigas jugando con tus amigos, necesito asegurarme de que no vas a faltar a una cita que tienes el próximo domingo.

A Sergio se le figuraba un espantoso insecto descomunal que aleteaba a su lado y lo amenazaba con sus puntiagudas quijadas. Orson y Elmer lo levantaron por las axilas.

Por encima de su hombro alcanzó a ver al gordo, al otro Julio, negar con enfado sin abandonar su puesto. Tenía los ojos puestos en la caseta del taller mecánico.

Capítulo treinta y cuatro

Los siguientes días estuvo inmovilizado en una camilla de la enfermería, en un cuarto con olor a yodo que mantuvieron iluminado día y noche.

El doctor decidió que debía evitar el contacto con los otros muchachos a causa de unas lesiones internas que podrían agravar su estado. Lo ató de espaldas a una camilla, y sólo lo liberaba tres veces al día para que aliviara sus necesidades. El resto del tiempo, incluso cuando comía, debía permanecer acostado y en compañía del doctor, quien por lo visto tenía órdenes de no dejarlo solo ni un momento.

El ánimo en el interior del penal cambió. A nadie le parecía divertido ya el asunto del minusválido al que trataban como monstruo. Incluso hubo una escaramuza en la que Julio y otros más quisieron liberarlo, pues se enteraron de que el viernes lo harían participar en una especie de ceremonia macabra. La lucha fue controlada por los custodios y hubo múltiples sanciones para los implicados. Pero a Sergio no lo sacaron nunca de la enfermería. Orson, Elmer y Samuel ingresaban periódicamente a molestarlo verbalmente, pero tenían prohibido tocarlo.

La tarde del jueves sorprendió a Sergio diezmado. Para entonces, ya había tenido fiebres, desórdenes estomacales y alucinaciones a pesar de que dormía la mayor parte del tiempo.

El refinado hombre de los anteojos rebanaba con paciencia un corte de carne de res cuando Sergio despertó gritando sobre la camilla en la que estaba recostado.

En cuanto se dio cuenta de que el dolor no era real, se calmó.

—Excelente —dijo el doctor sonriendo sin dejar de atender su comida—. Me da gusto que hayas vuelto. Por un momento, creí que te perdíamos. Y yo debo entregarte no sólo vivo, sino también consciente. Además, quería participarte de un descubrimiento que hice en la mañana.

Sergio ni siquiera volteó a mirarlo. Se sentía tan entumido que no quería mover un solo músculo.

—Fue a las 9:48 AM del día de hoy, si te interesa el dato.

En ese momento, Sergio miraba hacia el techo. Pensaba en la vida que había dejado atrás. En sus discos de Led Zeppelin, en la última calificación en matemáticas, en las pláticas con sus amigos en la plaza Giordano Bruno, en Alicia. Seguramente no volvería a tocar unas baquetas. Jamás volvería a sentir el gozo de tocar al ritmo de la música, de ir al cine, de comer. El recuerdo de lo vivido en ese lugar a manos de esos bárbaros se sobrepondría a todo: a cualquier imagen, cualquier sabor, cualquier sentimiento.

—Está bien, no te importa el dato —continuó el doctor, dando un trago a su copa de vino tinto—. Y te concedo razón. Finalmente, el lunes vas a estar muerto, pero igual te lo voy a explicar porque creo que te lo mereces.

—Váyase al diablo —escupió, sintiendo que la lengua y los labios casi no lo obedecían de tan débil que estaba.

—A eso me refiero —dijo el médico con un entusiasmo casi enfermizo mientras procedía a comer con mayor apetito—. Justo a eso me refiero.

Sergio trataba de no escucharlo. Le pesaba no saber la hora o qué día era. Para él habían transcurrido meses, aunque probablemente apenas era martes por la tarde. Temía preguntar. No quería sostener ningún tipo de conversación con el monstruo que tenía frente a sí.

—Me dijeron que eras excepcional, pero no quise creerlo. Y el sólo hecho de haberlo contemplado…

Sintió una violenta sacudida. Era un dolor distinto, una especie de desgarramiento interior. Se vio a sí mismo con una pesada cuchilla en las manos y decenas de cráneos en el suelo, mientras ponía sus manos alrededor del cuello del doctor y un indómito placer le recorría el cuerpo. Sí, un placer que nunca había experimentado. Un placer inédito.

Luego, un golpe seco en las entrañas.

"La pregunta es si el terror no te manipulará a ti. ¿Quién controlará a quién?", resonó la voz de Farkas en su mente.

—Ese fue el momento en que traspasaste el umbral.

¿De qué umbral hablaba?

—El momento en que te quedaste sin lágrimas. El momento en que decidiste no ser una víctima. El momento en que me miraste y, ¡oh, cómo me miraste! Y eso fue tan reconfortante… Porque eso significa que no soy peor que tú, ni tú eres mejor que yo. Ver eso en un chico de trece años es como un milagro. Reconozco la mirada. He tenido en mis manos la vida de mucha gente. Y casi nadie salta hacia el otro lado como tu lo hiciste.

Un placer inédito.

El terror ¿es el último límite del miedo? ¿O acaso también es una forma de placer? ¿Tiene dos caras? ¿Producirlo y sentirlo causan sensaciones divergentes?

—¡Váyase al diablo!

—No tienes por qué sulfurarte de esa manera. Elegiste no ser una víctima. Y eso es un triunfo. Muestra tu temple.

El dolor había remitido. Cuando menos ése que sintiera al mirarse en ese espejo desquebrajado. Derramó una lágrima que, por convicción, esgrimió como una bandera. El doctor se puso en pie. Llevaba en la mano el filoso cuchillo con el que estaba partiendo la carne.

Sonrió frente a Sergio, quien se negaba aún a mirarlo.

—A mí no me engañas. Eres como una espada toledana. Podrías curvarte hasta cerrar la circunferencia y ni así te romperías.

Apoyó la punta del cuchillo en el brazo derecho de Sergio hasta sacarle una gota minúscula de sangre que emuló a otra, transparente y salada, que se deslizó de su ojo a su oreja.

—Reconozco el momento en el que alguien cruza el umbral. Tú lo hiciste ayer, Jueves Santo, a las 9:48 de la mañana. Ocurrió el milagro. Es un camino de un solo sentido, muchacho. Podrás llorar de dolor, pero nunca de miedo. Felicidades. Lástima que el lunes de Pascua sólo vayas a ser carne para los cerdos.

"Jueves Santo", pensó Sergio casi con alivio. Eso quería decir que por fin era viernes, y que la transición estaba a punto de terminar. Aun así, empezaba a creer que jamás volvería a ver a Brianda. Y, si lo hacía, seguramente sería como un pedazo maltrecho de carne agonizante.

Por ello le dedicó un fugaz pensamiento, una pregunta que debía haberle hecho desde el primer día en que la conoció: "Brianda, ¿quieres...?"

Le ganó el sentimiento y sollozó con fuerza.

—¡Pero qué bueno está este vino! —exclamó el doctor—. Lástima que tengamos que pasar a los postres.

Tomó su teléfono celular. Marcó rápidamente.

—Director, mande para acá a mis tres campeones. Dígales que se terminó el recreo. Quiero hablar con ellos sobre los preparativos para esta tarde.

* * *

Se dio cuenta a media noche gracias a un enlace de datos mentales que se había resuelto en la inconsciencia. Se levantó de la cama y corrió a la computadora, que no había apagado desde el lunes.

Mientras navegaba a oscuras por la red, Jop recapituló lo que había ocurrido el día anterior. En la conferencia de prensa que organizó el señor Otis, sólo dos reporteros de periódicos sensacionalistas no quisieron dar crédito a su testimonio, en el que aseguraba que Sergio no estaba detrás de su secuestro, sino que, por el contrario, también era una víctima. La profesora Luz, la directora de la escuela, había decidido respaldarlo y, entre ambos, con la ayuda de los padres de Jop, habían empezado a levantar la alarma. ¿Dónde estaba Sergio Mendhoza? ¿Por qué no se le podía visitar en ninguno de los tutelares de la Ciudad?

Lo único que lamentaba era que había cobrado notoriedad. Una llamada amenazadora que recibió en su teléfono celular era la prueba de que se estaba metiendo en problemas. Eso, sin embargo, no había evitado que continuara realizando búsquedas frenéticas en la red, gracias a las cuales, descubrió la foto en un servidor donde había estado alojada la página de una de las empresas fantasma de Elsa.

La foto era de la hermosísima Elsa Bay sentada en una confortable estancia de alguna casa de lujo. Miraba a la cámara sin empacho, como si no tuviera nada que temer. Sin embargo, no fue Elsa lo que llamó la atención de Jop, sino el cuadro que aparecía tras ella. Aunque, más que cuadro, era un símbolo. Un escudo de armas. Tres dientes de lobo rodeados por un dragón mordiéndose la cola.

Ya había visto antes ese símbolo.

En su propio disco duro.

Navegó a la carpeta que había sustraído de la computadora de Farkas y, al poco rato, pudo constatarlo. Un escalofrío recorrió su espalda. Encendió la luz de la lámpara de su escritorio para que el miedo no se apoderara de él.

Las tardes que había pasado al lado de Farkas no habían sido en vano. Jop estaba en lo correcto. Eran una y la misma. Elsa era uno de los demonios más cercanos a Oodak, sólo que ése no era su verdadero nombre.

"¡Es la Condesa Sangrienta!", dijo para sí. "¡Pero si se supone que murió emparedada en 1614!"

Siguió buscando, y no tardó en dar con el archivo. Al instante tomó su celular y marcó a toda prisa. Le contestaron al segundo timbrazo. Con el corazón en un puño, anunció:

—Teniente, tengo la lista de todas las propiedades de Elsa Bay. Podemos empezar a buscar a Brianda cuando usted diga.

Luna llena

El cuerpo de Brianda caminaba al lado de la Condesa mientras el sol se ocultaba tras las montañas. Como si se tratara de un animal de compañía, iba atada por un lazo a la muñeca de la dama. La había ataviado con un vestido al estilo del siglo XVII, muy similar al que portaba la misma Elsa. Le había pintado los labios de negro y el cabello lucía un tocado impecable. Ella misma se había esmerado en su cuidado y, mientras la atendía como si fuera su hija, le describió el modo en que habría de morir el domingo: desangrada en una jaula llena de dagas afiladas.

Cuando dieron las siete de la tarde, la sacó de la recámara donde la había tenido esperando. Era viernes de plenilunio y había decidido dar una fiesta en el jardín, así que la ató a un lazo y la obligó a acompañarla. Avanzaba por el jardín con paso cansino mientras la Condesa atendía a sus invitados, presumiéndola como la doncella que habría de sacrificar próximamente.

Brianda se veía a sí misma a la distancia caminando como sonámbula. Aún cautiva en el estrecho círculo de sal, deploraba la imagen. Buscaba con ansia algo que le permitiera pensar que podría salir de eso con vida, a pesar de que la Condesa era capaz de manipular su cuerpo como si fuera una marioneta.

Ninguno de los invitados, todos en apariencia de modales cuidados y riquezas formidables, mostraba asombro cuando se enteraban del futuro de la chica.

—El domingo tendré su corazón en una bandeja —explicaba Elsa. Las reacciones eran sonrisas y hasta felicitaciones—. Es virgen. Y es perfecta.

Bravo, Condesa. Bravo.

Había piras humeantes. Mesas con bocadillos. Un grupo musical tocaba piezas del Barroco. Había docenas de invitados. Algunos iban vestidos como personajes de tiempos antiguos; otros, como si recién hubieran salido de una junta de negocios. Las mujeres eran hermosas y los hombres, fornidos y saludables.

—Deberías sonreír un poco, querida —dijo la Condesa en son de burla cuando se aproximaron a un anciano que sostenía del talle a una guapa modelo—. Tu descortesía me puede llevar a reprenderte frente a mis invitados.

A sabiendas de que el dócil y aletargado cuerpo de la muchacha sería incapaz de mostrar emoción alguna, Elsa se permitió esa broma, que el anciano festejó.

Sin embargo, alcanzó a distinguir algo en el hilo metafísico que aún se mantenía entre Brianda y su cuerpo. Un destello. Una chispa. Una luz. No le gustó en absoluto, pues en ese momento, Brianda no sólo no reía, sino que, presa de una repentina convicción, lloraba.

Una certeza la había acometido como un relámpago.

—Sí, Checho, ¡claro que sí quiero! ¡Si no he dejado de molestarte con eso desde que te conocí! —Brianda se atrevió a decir en voz alta, mientras la luz de la luna se reflejaba en sus ojos. Luego lloró como si descubriera la más grande alegría oculta en el fondo de un arcón arrumbado en un sótano.

Una rabia enorme centelleó en los ojos de la Condesa. Abofeteó el lacio cuerpo de Brianda, haciéndola caer en el césped.

—¡Estúpida!

El anciano volvió a mirarla y rio de nuevo. La modelo también. Brianda, en cambio, sólo lloraba abrazándose a sí misma, cobijando la luna en sus ojos.

Era la misma luna circular y luminosa que Sergio captó con la mirada mientras era conducido en la camilla a la cancha de basketball. Ahí, a plena vista de la comunidad, se llevaría a cabo el ritual.

Los internos estaban obligados a mirar a manera de escarmiento. ¿De qué? Nadie lo sabía, pero habían dispuesto sillas de madera de amplio respaldo para todos ellos. Una estructura metálica cubierta con lona, un altar de piedra y altas efigies de machos cabríos dispersas alrededor conferían a la cancha el lúgubre aspecto de un templo improvisado. Las sillas, el altar y el pasillo estaban cercados por una alta valla de tela y madera con imágenes de sacrificios humanos. En el piso, a modo de alfombra, había siete pentagramas hechos con cabello, huesos, tela, dijes y cuerda, entre otras cosas.

Nunca antes había ocurrido algo de esa naturaleza en el centro y el miedo reinaba entre los convocados. El médico se había vestido con una negra levita. Los tres chicos de la Krypteia, evidentemente sus acólitos, vestían ropones oscuros y aguardaban a espaldas del sacerdote al lado del altar. Había antorchas metálicas dispuestas a lo largo de la estructura tubular que hacía las veces de templo. Los guardias se mantenían en sus puestos, listos para intervenir en caso de que las cosas se salieran de control. El director del penal se encontraba, para variar, ausente.

Uno de los internos, un chico moreno y con una cicatriz enorme en la frente, se puso en pie y gritó con todas sus fuerzas que se largaba justo al instante en el que trasladaban a Sergio de la camilla al altar. La amenaza de disparo de uno de los guardias obligó al chico moreno a sentarse de nuevo.

Sergio —descalzo, con shorts y camiseta de manga corta— no hacía siquiera el intento de moverse. El alimento que le habían suministrado durante el día lo había devuelto con violentas arcadas. La enfermedad lo tenía extenuado. Sabía que no lo matarían, al menos no en un principio, pero aquello por lo que lo harían pasar sería mucho peor que mil muertes. No, no creía estar listo para ese nivel de dolor. Pero, al final, el médico había acertado. No tenía miedo. Era como si esa espeluznante alimaña que había vivido en su interior durante tanto tiempo hubiera perdido el interés en atacarlo, en hundirle los colmillos.

Sus pensamientos se dirigieron a Brianda, donde quiera que ella estuviese, porque, en su mente, ella respondía a su pregunta:

—Sí, Checho, ¡claro que sí quiero! ¡Si no he dejado de molestarte con eso desde que te conocí!

La Condesa se inclinó sobre el césped para volver a abofetearla.

No concebía que un ser tan vulgar demostrara, tal entereza. Sus ojos se encontraron con los del espectro de Brianda a través del jardín. Lo que vio la obligó a arremeter con más fuerza contra el cuerpo indefenso de la chica.

—No vayas a romper tu juguete, Elsa —repuso el anciano a través del humo de su puro—. Es un animalito tan perfecto...

Una sonrisa displicente se dibujó en el pálido rostro de la Condesa. A un político de tan enorme talla no convenía mostrarle la intensidad de su ira.

Primero sujetaron los brazos de Sergio al altar con cinturones de cuero. Luego, su pierna izquierda. El muñón de la derecha. A su alrededor, había pequeños recipientes con motivos diabólicos y representaciones demoníacas. Estos seguramente contenían las sustancias y artilugios que le harían daño.

Detrás del velo de su semi consciencia, intentaba imaginar qué seguiría, pero nada de lo que percibía a su alrededor le daba una pista. Ningún aroma, aparte del de las llamaradas de las antorchas artificiales, lo alcanzaba. Lo único que tenía claro es que sufriría.

—¡Ofrendaremos el dolor de Sergio al señor de todos los demonios! ¡Aquel a quien se debe la noche!

—¡Cállate ya! —ordenó la Condesa a Brianda, quien no dejaba de mascullar con una sonrisa extática en los labios el nombre cariñoso con que llamaba a Sergio.

La ira amenazaba con consumirla. Prefirió llevarla de vuelta a la casa tirándole de los cabellos y ordenó que la devolvieran a la cama. Temía que un arrebato arruinaría la sorpresa que le tenía preparada a la chica para el domingo. Después de todo, en ese momento estarían llevando a Sergio a la cumbre del dolor.

—¡No es justo! —interrumpió la voz de Agustín a la del médico. El pelirrojo, desde su forzado puesto de grey, se puso en pie y, quizá motivado por el miedo a la mención de nombres oscuros y terribles, explotó—: ¡No es justo!

Una bala de goma pasó silbando cerca de su cuello. Aún así, el Gallo no se sentó.

—¡No es justo! ¡Yo quiero participar!

Una bala sibilante le rozó el cabello.

—¿Por qué sólo ustedes? ¡Dije que yo también quie...! —un proyectil más le dio en el otro hombro, obligándolo a sentarse, pero el muchacho volvió a ponerse en pie.

Entre las sillas, la concurrencia comenzó a alborotarse. El inconformismo germinaba. ¿Sería que nadie estaba de acuerdo con tan espantosa ceremonia? ¿O más bien sería que la sed de sangre se había despertado en ellos? El médico no lo sabía. Eran muchachos terribles, pero ninguno había participado en una ceremonia de esa índole. Debía hacer algo inmediatamente o...

El alboroto ya era incontrolable.

—¡Está bien! —rugió—. ¡Está bien! En cuanto termine con...

—¡NO! ¡AHORA! ¡Yo primero! —vociferó Agustín.

La respuesta solidaria de los convocados no se hizo esperar.

El pulso del médico dejó de ser firme. Su arrogancia se venía abajo. ¿Qué hacer? En los últimos días, esos mismos muchachos se habían opuesto al confinamiento de Sergio Mendhoza. Ahora, en cambio, querían participar en el ritual.

—¡YO PRIMERO! —insistió Agustín.

La multitud rugió en apoyo.

El médico levantó una mano para callar las voces de descontento. Hizo una seña al pelirrojo para que se acercara.

El silencio volvió a reinar. El muchacho caminó con decisión entre las sillas hacia el altar. Pasó sin tropezar por encima de uno de los pentagramas. Parecía un soldado listo para presentar armas.

Sergio apenas pudo girar la cabeza para verlo acercarse. Todo le parecía, irónicamente, el único final posible de su fallida participación en la Krypteia. En el fondo, sólo quería que terminara cuanto antes.

—¿Y por qué él? —quiso refutar Elmer, pero el médico lo acalló con un gesto.

El pelirrojo se acercó al hombre de negro y, sudoroso por el calor de la noche y por el fuego, extendió la mano derecha. El hombre le puso en una mano un recipiente plateado que contenía algo parecido a una tinta oscurísima.

—Habrás de repetir la fórmula que yo te indique —ordenó—. Al mismo tiempo, verterás el líquido en sus miembros.

—De acuerdo.

Sergio pensó que daba lo mismo si lo hacía el Gallo o Elmer. O Samuel. O quien fuera. Comprendía que el dolor sería tan intenso que, en el mejor de los casos, se desmayaría. Pero no lo creía probable. El terror, increíblemente, se encontraba agazapado como un idiota balbuceando estupideces en el rincón de una casa en donde han dejado de concederle importancia.

—Apártense —gruñó el Gallo.

—¿Qué? ¡Claro que no, imbécil! —dijo Orson.

—¡No quiero que vayan a interferir! —insistió el Gallo—. ¡Háganse para atrás!

El médico miró a sus acólitos, a los guardias expectantes, a los internos a punto de estallar. Asintió y se apartó del altar. A regañadientes, sus tres ayudantes lo imitaron.

Agustín se aproximó a Sergio y puso el pomo que le había entregado el doctor sobre el brazo izquierdo de Sergio. Algo había de avidez en su mirada.

—Ahí no. Donde hice la marca —intervino el médico.

Agustín movió el recipiente adonde habían trazado en el cuerpo de Sergio una línea con plumón en él.

Lo miró a los ojos; también le sostuvo la mirada.

En lo más profundo de su corazón, no le guardaba rencor. Él no era el culpable. Simplemente era un instrumento del mal que se había apoderado del mundo.

Todo estaba perdido.

El médico se aproximó a Agustín y le susurró algo al oído.

La oscuridad reinaría por siempre.

—¡Dilo, muchacho!

Orich Edeth era un maldito cobarde.

—¿Qué esperas? ¡Dilo y derrama el líquido!

Brianda se abrazaba a sí misma en el interior de su intangible prisión.

—¿Qué tiene adentro? —susurró Agustín—. ¿Las cenizas de tu padre o de tu madre, o qué onda?

Sergio, reprimiendo el torbellino de sensaciones que lo abrumaba, creyó que estaba delirando. ¿Qué había dicho?

—¡Vierte el contenido del recipiente! —exclamó el médico desesperado.

Los ojos azules del Gallo refulgieron. Una enigmática sonrisa se dibujó en su pecosa cara. Con la mano izquierda puso sobre el pecho de Sergio la bolsa de cuero que había pendido del cuello de Farkas por tanto tiempo.

—¿O son las cenizas de tu gato?

—¿Qué haces? —exclamó el médico.

—¡AHORA, RATAAAS! —fue el grito estentóreo que salió de la boca del pelirrojo.

"Dios...", musitó Brianda en la oscuridad.

El recipiente con la figura del diablo salió disparado en un tiro parabólico a través del patio. Su negro contenido se dispersó en el suelo y, con un pavoroso aullido, luchó sin suerte por encontrar depositario.

En ese momento, todo se salió de control.

Sergio tuvo que cerrar los ojos ante la vorágine de voces. Las voces de los vivos. Las de los muertos. Cada una sobreponiéndose a la anterior; cada una pugnando por ser escuchada, comprendida. Las voces que reinaban en el tránsito al más allá, aquellas que gemían de dolor, de desamparo, de aislamiento; aquellas que, más plácidamente, hacían una descripción del mundo en su resignada contemplación del paso del tiempo; aquellas que lo reconocían y se dolían por su martirio; aquellas que sabían su nombre y las que no; que aguardaban y las que, resentidas, maldecían. Todas en un ensordecedor ensamble coral, simultáneas y ubicuas, precipitándose encima de él como un vórtice. Todas y cada una. Como si hubiera abierto una puerta, liberado un caudal o pateado una gigantesca colmena...

Frenético, hizo un esfuerzo sobrehumano por abrir los ojos y aferrarse a los sonidos del mundo real, a lo que acontecía a su alrededor: Agustín lanzándose contra el médico, cayendo sobre él; Orson, incrédulo, tardando en reaccionar; la lona inflándose repentinamente con el viento.

Como si diera vuelta a una página para continuar con otro episodio, sufrió una embestida de dolor inesperada e inverosímil. Mucho más intensa que todo lo que había sufrido antes. Más insoportable que un mar de agonía. Su cuerpo hecho únicamente de dolor. Su carne, su sangre, sus células. Dolor sin adjetivos.

Arqueando la espalda, vio de soslayo a uno de los reclusos luchar cuerpo a cuerpo con uno de los guardias.

"Página 97, párrafo tres."

Vio que el fuego llovía en la espalda de Samuel.

"Página 97, párrafo tres..."

La lona comenzó a encenderse.

Las antorchas cobraron vida propia y las llamas se extendieron en todas direcciones.

Su brazo izquierdo no era ya su brazo izquierdo. Aun así, desgarró sus ataduras.

La luna reinó sobre el mundo entero.

"Sólo duele la primera vez."

Quinta parte

Capítulo treinta y cinco

—¿Y si no está en ninguna de sus casas de la ciudad, sino en alguna de provincia?

Después de formular su pregunta, Jop miró con simpatía al teniente, quien sostenía la hoja en la que estaba impresa la lista de propiedades de Elsa Bay.

Sendos desayunos, aun intactos, se encontraban frente a ellos. Habían entrado en una cafetería del centro para revisar su plan de acción. Habían visitado ya tres casas y un departamento sin dar con la Condesa ni con Brianda. Lo peor era que, antes de que llamaran siquiera a alguna puerta, Guillén se anticipaba al fracaso.

"Aquí no están", había dicho las cuatro veces. "No me preguntes cómo lo sé, pero aquí no están. Ni Elsa Bay ni Brianda. Mucho menos Sergio."

Guillén miró con desamparo la hoja. La frustración se adivinaba en su agotado semblante, lo cual conmovió extrañamente a Jop. Algo había en la determinación del teniente que lo hacía pensar que se había transformado. Le parecía que ya no era el policía obeso y receloso con quien había convivido el año pasado, sino una especie de mítico demiurgo con una misión inaplazable.

Pereda se sentó al lado de Jop. Había ido a estacionar el auto y apenas se les unía.

Guillén seguía aprisionando la hoja entre sus manos, indiferente al ambiente bullicioso, a la música ambiental, a la cháchara de las otras mesas.

"¿Y si están en la casa de algún otro demonio?", pensó sin dejar de mirar las letras; sólo en la República Mexicana había quince propiedades a nombre de Elsa Bay. "¿Y si no están en el país? ¿Y si jamás damos con Brianda? ¿Ni con Sergio?"

Hubiera querido externar éstas y otras preguntas, pero sabía que, como la pregunta de Jop, no tenían respuesta: "¿Y si estaba en una casa de provincia? ¿Y si corrían los meses y jamás daban con ellos?"

Una última lucha. Una última oportunidad. Eso era lo que estaba buscando. Perfecto, sí, pero, ¿y si nunca se concretaba? Se sintió impotente y fracasado como nunca.

"Una última oportunidad", repitió en secreto. "Una más, por favor, y asumiré el costo por muy alto que sea", imploró como si Dios, la suerte, o quien fuera y pudiera y quisiera escucharlo.

Levantó al fin la vista. Miró a Jop y a Pereda. Ambos le devolvieron un semblante solidario, acompañado de medias sonrisas que denotaban comprensión. Él sonrió a su vez.

No, no podían quedarse con las manos vacías. El mal no prevalecería sobre el bien. Por más que llevara encima el anatema del *no es de mí* y el pesadísimo fardo de no saber qué camino seguir, no podía ser. No era así como debía culminar su propia historia. Y si de algo se enorgullecía al final de tantas y tantas jornadas, era de haber ayudado a Sergio en su lucha, de haber participado, a su lado, en esa oscura pugna.

"Haber ayudado a Sergio", repitió con tristeza en su interior. "Siempre creí que era al revés. Que él me ayudaba a mí, pero, por lo visto, estaba equivocado."

—Estoy de acuerdo, Jop —habló con determinación justo en el momento en que una mesera tomaba la orden a Pereda y él ensartaba un pedazo de sandía en el tenedor—. Comencemos a buscar en las casas de provincia. Ahora que lo dices, tengo la corazonada de que no están en la Ciudad.

Jop sonrió. Pereda asintió al tiempo que miraba su reloj. Habría que pasar antes a alguna gasolinera.

* * *

La nada.

Como flotar en un tibio y suave gel. Como abandonarse a una caída infinita. Como si la humanidad, el tiempo y el espacio hubieran desparecido. El final del mundo. De todo.

"Eso es", pensó. "Estoy muerto. Y está bien."

Quizá sea lo que nos convenga a todos. A Brianda, que en poco tiempo se me unirá. A Alicia, que podrá hacer su vida al lado de Julio sin lastres estorbosos. A Jop, que tiene nuevas y mejores amistades. Al teniente.

A todos.

Porque el mal ha de triunfar y Edeth es un cobarde.

Que les aproveche.

"¿Por qué lloras, pequeña?", pensó. "Todo va a estar bien, te lo prometo. Esto no tiene nada que ver con tu dolor o con aquello que te tiene tan triste. Yo sólo fui un títere en esta tragedia."

¿Cabe en la muerte un llanto así?

"No llores, pequeña. Por favor."

¿No debería ser este estado un vacío reconfortante? ¿Una mortaja que te protege y aparta de todo?

Abrió los ojos en un acto involuntario.

El mismo tipo de acto que lo había llevado a intentar consolar a una niña pequeña en su inconsciente.

Ante él, el mundo adquirió forma, volumen y textura. Una niña de corta edad lloraba sentada en una cama destendida. Había ropa, juguetes y lápices de colores dispersos por el suelo, y una mujer inconsciente debajo de un mueble derribado. La pequeña televisión, bocabajo sobre el linóleo, estaba encendida y no tenía señal. Una luz precaria se colaba a través de la sucia ventana. Al fondo estaba el baño; un insistente goteo sobre el mosaico de la regadera adornaba el ruido blanco del televisor. Una niña llorando que no le apartaba la mirada. Y la prodigiosa ausencia de sensaciones. Principalmente, de dolor.

Sus manos, cruzadas a la altura de la muñeca, descansaban sobre el suelo al igual que su hombro. Su costado. Sus muslos.

—Ya no va a venir el lobo, ¿verdad? —gimió la niña.

Hizo el intento de apoyarse en su mano derecha.

Lo volvió a sorprender la increíble ausencia de dolor. No tenía los músculos resentidos. Los huesos, aparentemente, estaban de una pieza. Los ligamentos se sentían bien. ¿Había sido un sueño? Acaso jamás había ingresado a la prisión. Acaso jamás había recibido la consigna de incorporarse a la Krypteia. Acaso Farkas nunca lo había contactado. Pero no, vestía shorts y una playera de manga corta, así que no podía haber sido un sueño.

Se apoyó en la rodilla izquierda para enderezarse.

"Mi prótesis", pensó. "¿Dónde estará mi prótesis?"

—Que ya no venga el lobo... —la nena continuó—, que despierte mi mami.

Se recargó contra las puertas del armario cerrado y, sin pensarlo, extendió la pierna.

Pero, ¿qué...?

¿Cómo?

Abrió y cerró los dedos de su mano izquierda. Extendió el brazo. Se palpó las costillas y el pecho. Se tocó el rostro y, luego, las corvas...

¿Cómo?

Un ruido lo sacó de su ensueño. Obedeciendo a un impulso, se aproximó a la señora en el suelo. Apartó el mueble que había caído sobre ella; un par de cajones se deslizaron. La mujer tenía en la frente los rastros de un fuerte golpe. Estaba inconsciente, pero viva. Despertaría en cualquier momento.

—No te preocupes, nena. Va a estar bien.

La pequeña asintió. Sólo entonces Sergio notó que la niña tenía algún tipo de invalidez, pues no se movía de la cama ni hacía intento alguno por ponerse en pie. Luego miró en derredor y reconoció el lugar; ya había estado antes ahí. Había atravesado esa habitación antes de ingresar al túnel que lo conduciría al taller mecánico unos días atrás.

—¿Cómo llegué aquí, nena?

—Que no venga el lobo, por favor —se echó a llorar de nuevo, inconsolable.

Sergio se puso en pie y, dando brincos sobre su pierna izquierda, se acercó a ella con la intención de sentarse a su lado. La niña no parecía querer oponerse pero, aún así, Sergio esperó un poco, pues tuvo un presentimiento. Prefirió detenerse entre la cama y la puerta de la habitación. Sentía como si pudiera escuchar a las moscas frotarse las patas sobre el cristal de la ventana, como si pudiese oler lo que cocinaban a tres cuadras de distancia; como si sintiera el hálito de la niña sobre su piel. ¿Qué había pasado exactamente? No recordaba más allá del momento en que Agustín...

El pelirrojo había puesto el enigmático obsequio de Farkas sobre su pecho.

Revisó a su alrededor. ¿La habría perdido en su camino hasta ahí? ¿Era la bolsa la que había ocasionado el milagro que se había operado en su cuerpo? ¿A eso debía no sentir el menor rastro de dolor? ¿Qué contenía?

Descubrió el bulto en el interior de sus shorts. Introdujo la mano con cuidado en el bolsillo derecho y la extrajo. La niña, pendiente de sus movimientos, había dejado de llorar.

La bolsa de cuero no tenía nada de especial. Era de color marrón oscuro y tenía una tira corrediza de cuero negro que la cerraba con un nudo. Prácticamente no pesaba. Eso era todo. ¿Qué contenía?

El siseo de la televisión subía y bajaba en rítmicas ondulaciones. Sergio corrió el lazo y volcó sobre su mano derecha el contenido de la bolsa.

Un poco de polvo grisáceo, una fina y ligera arenilla.

Todo tuvo sentido de repente.

"¿Las cenizas de tu padre?", preguntó con sorna Agustín. "¿Las de tu mamá? ¿O los de tu gato?"

Y Sergio se respondió a sí mismo:

—No. Las cenizas de mi cuerpo.

Entonces, como si un corcel de viento hubiera entrado en la habitación y, bajando la cabeza al ras de suelo, lo obligara a cabalgarlo, sintió que era arrebatado a varios kilómetros y años de distancia. A una noche perdida en su mente y en su corazón.

Se vio a sí mismo cobijado en una cueva en la que, después de haber perdido una pierna, era consolado por amigos. Se vio reflejado en los ojos chispeantes de uno, dos, tres lobos. Sus alientos lo entibiaban y sus rugosas lenguas limpiaban sus heridas; su atención festejaba su pasiva participación.

Se vio llorando en el alba, mas no por el dolor de la herida, sino porque había sido abandonado a mitad del desierto. Se vio siendo abrazado por las jóvenes manos de una Alicia niña que sonreía con alivio. Vio, a la lejanía, cuando su hermana caminaba de vuelta a la carretera con él en brazos, la silueta de un lobo negro. Escuchó el aullido que, al igual que la piedrecilla más pequeña puede ocasionar un alud, produjo una avalancha de aullidos en respuesta, un extraordinario concierto bajo la bóveda apenas teñida con la luz del día. Sintió júbilo en su pequeño corazón.

"Ése es el derecho que te robé hace trece años. Y el mismo que he venido a restituirte." ¿Era eso lo que se le estaba pidiendo? ¿Tenía algo que ver el Libro de los héroes con ese nuevo sendero que adquiría forma ante sus ojos? ¿Su espíritu se mantendría incólume? ¿O sólo los demonios eran capaces de tales transformaciones? ¿Era eso lo que había descubierto el médico? ¿El terror es el mismo como causa y como consecuencia, el mismo en la víctima que en el verdugo?

Sus ojos húmedos se encontraron con los de la niña, que por fin se había tranquilizado. Algo reconoció ella en Sergio que le produjo confianza y consuelo. Sus grandes ojos oscuros lo miraban sosegados, como si algún miembro querido de su familia hubiera llegado a visitarla.

... paralelo al horizonte... todo derecho hacia el noroeste... la televisión en el canal cinco... el incendio que arrasó... un capuchino con

poca espuma... la casa en donde estuviste en la última transición, ahí donde tuviste que abrirte camino por el drenaje, ésa que está en Puebla... su cuerpo sobre la cama aterciopelada... la muñeca de párpados vivos en una vitrina al lado de...

Los ojos de la niña y las cenizas de su cuerpo en su propia mano.

"Te devuelvo a tu estirpe."

Sabía exactamente dónde tenía que rescatar a Brianda. En su memoria estaba la dirección exacta. Incluso conocía el interior de la casa. Ahí había revisado su correo electrónico y visto un noticiero en la televisión; había descifrado un tablero de ajedrez y recorrido sus habitaciones.

Pero algo no concordaba. Y tuvo miedo. Miedo de haber dejado tras de sí algo irrecuperable. Algo que, en el caos de la noche y el frenesí de los eventos, hubiera desaparecido para siempre.

—¿Me pones el canal cinco, por favor? —pidió la niña.

"La pregunta es si sabrás manipular el terror o si éste te manipulará a ti. ¿Quién controlará a quién?"

—Ándale. ¿Me pones la tele en el canal cinco, por favor?

"De ti depende cómo quieras dar la lucha", dijo la voz de Giordano Bruno. "De ti depende."

De mí depende.

No, algo no concordaba. Aunque, por lo pronto, sabía el lugar exacto donde se encontraba Brianda y qué tenía que hacer para rescatarla. No deseaba perder más tiempo.

Devolvió las cenizas al interior de la bolsa, la dobló y la regresó al bolsillo de su pantalón. Sonrió a la niña y, después de enderezar el mueble por completo, acomodó a la señora en el suelo. Puso la televisión sobre la cajonera y conectó el cable de la antena al aparato. Al instante aparecieron las imágenes de las caricaturas del canal cinco, seleccionado de antemano.

—¿Te gusta Bob Esponja? —preguntó a la pequeña.

—Sí. ¿A ti?

—También.

—¿Mi mamá va a despertar?

—Claro, al ratito. No te preocupes.

Avanzó cojeando hacia la salida deteniéndose de las paredes.

—Si quieres, puedes tomar las muletas de mi abue, —dijo la niña, a sus espaldas. Su voz era la de alguien que se sabe seguro, protegido e incluso contento por lo que ha pasado.

Capítulo treinta y seis

—¡Nelson! —rugió la Condesa.

Nelson acudió a toda prisa. Su ama llevaba varios días sin tomar su restaurador baño de sangre y estaba de un humor insoportable. Pero ese grito era distinto. El recuerdo del miedo invadió al demonio menor.

Corrió por el pasillo y subió por la escalinata que rodeaba el hórrido árbol conformado por fragmentos de figuras humanas. Alcanzó el último piso en un santiamén. Elsa se asomaba por la ventana de su habitación, aún en bata de dormir.

—Condesa —dijo al entrar.

—¿Quieres explicarme qué significa esto?

Le tendió su teléfono celular. En la pantalla aparecía el titular de un mensaje SMS.

—Eh... —balbuceó Nelson.

—¡¿Qué?! ¿No estás enterado? Es un mensaje del director del patio de juegos donde mandé a Sergio Mendhoza. ¿Estás seguro de que no sabes quiénes murieron en ese incendio?

Nelson miró la imagen de nuevo. Apenas distinguió una fotografía donde varios bomberos lanzaban gruesas serpientes de agua contra las llamas implacables. No pudo evitarlo. Bramó y transmutó su esencia. En pocos segundos, su monstruoso perfil alcanzó su máxima estatura. No alardeaba; simplemente no había podido evitarlo. Mientras finalizaba su metamorfosis, pensó que ese año sería el primero en el que la Krypteia mexicana no entregaría a la élite un solo elegido. Mal comienzo para él, que apenas había sido admitido entre los dilectos de Oodak.

La Condesa, en cambio, agradeció en silencio que Nelson hubiese tenido tal desliz. En otras circunstancias, lo habría reprendido por su arrebato, pero no ahora. No cuando ella misma comenzaba a experimentar una ira como hacía mucho no sentía.

Lo peor era aquello que la había detonado: la respuesta que el director del penal había dado a su pregunta, transmitida por SMS. "¿Sergio Mendhoza sigue bajo su custodia?". Fue como el inapelable anuncio de que el ángel de la muerte había puesto sus ojos en ella.

Incluso consideró bañarse con la sangre de Brianda de inmediato, para luego hacer sus maletas y abandonar el país para siempre. Se olvidaría de las Krypteias pendientes. Volvería a su castillo en Csejthe. Se refugiaría de nuevo en la oscuridad, en la crueldad más íntima, en la sangre.

Miró hacia la cama de dosel escarlata en el cuarto contiguo, donde la chica de piel morena dormía un sueño parecido a la muerte.

* * *

Antes de partir, Sergio tomó prestados una chaqueta vieja, una chancla de goma para su pie izquierdo y doscientos pesos que la pequeña sacó del monedero de su madre. También intentó llamar cinco veces a un teléfono fijo y otras tantas a un número celular. Todos fueron infructuosos.

Cuando al fin se decidió a salir de la casa oculto por la capucha de su nueva chamarra, se puso a pensar en lo que había acontecido el día anterior. El humo aún se desprendía de los edificios calcinados de la penitenciaría. Un nutrido grupo de curiosos, un carro de bomberos y varias patrullas resumían el evento. Se preguntó cuántas víctimas habría cobrado el incendio y si el fuego habría sido extinguido prontamente. No recordaba haber utilizado la salida de escape del taller mecánico, pero, en el fondo, esperaba no haber sido el único.

Con paso decidido, apoyándose en las muletas, caminó por la calle oculto entre la multitud. La puerta principal del penal estaba abierta y el tráfago de gente iba en un sentido y en otro. Percibió con pena a un par de señoras llorosas abrazándose, acaso madres de algunas víctimas.

Prefirió avanzar. Ni siquiera sabía en qué parte de la ciudad se encontraba; esperaba poder subirse a un vehículo de transporte público en cualquier esquina para dirigirse a la estación de metro más próxima.

—¡Hey! ¿A dónde vas? —escuchó a sus espaldas.

Se estremeció. En estricto sentido, era prófugo y, si lo detenían, no podría continuar con su plan ni darle fin a esa pesadilla. Detuvo su andar y miró con temor por encima de su hombro. Descansó. No era a él a quien llamaba aquel policía, sino a un muchacho que intentaba subirse a una de las ambulancias.

—Busco a mi hermano —alcanzó a escuchar que decía.

Siguió en línea recta hasta la primera avenida grande que encontró. Eran las 11:30 AM. El transporte indicaba en un letrero: "Metro La Paz". Recordó que era la última estación de la línea A en el sureste de la ciudad.

Hizo la parada y, para su fortuna, el conductor no se quejó por la denominación de su billete; probablemente las muletas le habían granjeado una oportuna simpatía. El hombre incluso esperó a que Sergio se acomodara en un asiento libre para reiniciar la marcha. Ya iba a acelerar cuando, de repente, subió otra persona. A Sergio le palpitó con fuerza el corazón.

Era un muchacho pelirrojo de ojos azules. Llevaba una gorra de beisbol; el resto de la ropa que traía puesta le venía grande.

Sergio procuró disimular su presencia, pero le fue imposible. Ya avanzaba el microbús sobre las terregosas calles de esa colonia en la periferia, cuando el recién llegado, de pie en el pasillo, miraba por la ventana afianzado al tubo y del respaldo de su asiento, le preguntó en un susurro:

—¿Qué eres?

Sergio lo observó fugazmente con el rabillo del ojo.

—¿A qué te refieres?

—¿Cómo que a qué me refiero? —negó con la cabeza—. ¡Carajo! No pensarás que no te vi, ¿o sí? ¡Te vimos todos!

—¿Haciendo qué?

—¿Eres brujo o nahual?

¿Qué había pasado? Sergio miró por la ventana buscando una explicación. Se la debía tanto a Agustín como a sí mismo. Palpó la bolsa de cuero por encima de la tela de los shorts.

—Bueno —dijo el chico después de un par de minutos—. Si no quieres, no me digas. No importa. De todos modos, te debo una. Gracias a ti estoy fuera.

—¿Cómo?

—Te seguí, pero no quise quedarme a tomar el cafecito con ustedes, si es que me entiendes. La señora se puso como loca cuando te vio. Y bueno, ni quién la culpe, ¿no? La niña gritó como poseída. Por eso me largué.

—¿Y los demás?

—Nadie te siguió más que yo. Sepa si están muertos o vivos. El doctor se encendió como árbol de Navidad, pero te juro por mi madre que fue por un pedazo de lona en llamas que le cayó del cielo. Yo no tuve nada que ver.

El comentario de Agustín entristeció a Sergio. El desenlace había sido terrible en muchos sentidos. Y, sin embargo, de no haber sido por la tragedia, no estaría vivo ni libre.

—Gracias, por cierto.

—¿Por?

—Por la bolsa.

Agustín lo vio a los ojos, pero desvió la mirada casi al instante.

—¿Tu maldita brujería? Bah, rata, no fue nada. Además, tenías razón. Gracias a que le hablé, mi jefa se salvó. Además, ya mandó al demonio a mi padrastro. Ahorita voy a ir a buscarla, porque nos vamos a pelar a Torreón con mis tíos. A ver qué sale.

El microbús alcanzó por fin una vía rápida. El aire que se colaba por la ventanilla lo refrescó. A la distancia pudo distinguir la M estilizada de la estación. Era como ver una laguna de aguas cristalinas en medio de un ardiente desfiladero. No importaba si tenía que recorrer todas las estaciones. Estaba a salvo.

—Ahí te ves —dijo el pelirrojo, anticipándose a la llegada.

—Oye, Gallo, dime una cosa.

—¿Qué?

El microbús se estacionó y la gente comenzó a bajar. Sergio le sostuvo la mirada. Quería preguntarle, como al chico obeso, qué había hecho para que lo encerraran en el tutelar. Necesitaba discernir si en verdad cabían la luz y el arrepentimiento en cada ser humano, si la última palabra realmente se reservaba para el fin de los tiempos. Decidió que no era una duda que podría resolver Agustín. Quizá nadie.

—No. Nada. Suerte en Torreón.

Agustín caminó a la puerta y bajó a la calle. Se perdió entre el tumulto sin mirar atrás.

Sergio, dubitativo, tardó en animarse a descender.

En cuanto localizó un teléfono de monedas intentó llamar de nuevo a Julio, pero no lo encontró en el teléfono de su casa ni en el celular. Tendría que correr el riesgo.

Daban casi las cuatro de la tarde cuando, muletas en mano, llamó al timbre exterior de la casa de Julio en la colonia Anzures. Como se temía, no obtuvo respuesta. Era lógico, pues en ningún momento le había contestado el teléfono fijo, pero aun así intuyó que las cosas no estaban bien. Cabía la posibilidad de que estuviera fuera de la ciudad o del país, pero…

Decidió esperarlo en la entrada del edificio, sentado bajo los timbres de los departamentos. Era lo único que se le ocurría hacer mientras organizaba sus ideas.

A los veinte minutos salió un hombre a pasear a su perro, un nervioso caniche que no dejaba de olisquear a Sergio.

—¿A quién esperas? —preguntó el sujeto tirando de la correa.

—A Julio, el del 104.

—Uf, pues lleva como una semana sin aparecerse por aquí, así que, yo que tú…

—¿Una semana? —Sergio lo interrumpió.

—Supongo que se fue de vacaciones de Semana Santa. Lo que no entiendo es por qué no dejó encargadas las llaves de su coche. El del 103 tuvo que pedir una grúa para poder sacar el suyo.

Sergio confirmó su negro presentimiento. Al llegar, como buen mediador, había detectado de inmediato que Julio no se encontraba dentro, pero no imaginó jamás que recibiría ese impacto tan terrible en la boca del estómago. Nunca había sentido tal desolación.

—¿Me permite pasar a dejarle un recado?

—Claro. Aunque igual no lo va a ver hasta que llegue, que será quién sabe cuándo. Ha de estar en alguna playa, hijo.

El vecino se alejó con el perro brincando de alegría. Y Sergio entró en el edificio sintiendo que se asfixiaba.

Subió por las escaleras hasta el primer nivel.

Tomó el picaporte y, con una plegaria en los labios, intentó girarlo.

Lo consiguió.

El grito que tuvo que reprimir al entornar la puerta fue mucho más fuerte que la punzada en el estómago que había sentido.

Julio jamás había abandonado el departamento.

Se tiró al suelo y giró la cara hacia el muro mientras golpeaba y pateaba la pared. Maldijo una y mil veces.

Se reprochó lo que había sucedido. Se dijo que si alguien merecía esa suerte no era Julio, sino él.

Nunca Julio.

Sollozó durante varios minutos hasta que decidió ponerse en pie, el pecho agitado y los ojos hinchados. Se acercó a su cuñado y rozó su mejilla con el dorso de la mano.

El peso de la certidumbre era el de una afilada guillotina. Tenía frente a sí la naturaleza demoníaca de Elsa Bay, y era tan espantosa que sólo pudo sentirse aterrorizado, sobre todo ahora, que no contaba con ayuda alguna. El Libro de los héroes era bastante claro al respecto. No había refugio hacia dónde huir.

"Hay un demonio que está entre los más ruines, terribles y letales, pues se cuenta entre los favoritos de Lucifer. La predilección del Maligno radica en el pecado que lo origina: el de la vanidad. Luzbel siempre protege a aquel que es hermoso por fuera y putrefacto por dentro, como lo fue él mismo. Y, por supuesto, cualquier monstruo que cuente con el apoyo de aquel cuyo nombre es el origen de toda maldad, es soberbio por naturaleza.

Sabe que tiene las de ganar. Su sola mirada reduce al mortal a un despojo inerte, a carne petrificada, vivo y no vivo, suspendido entre dos mundos hasta que la muerte del demonio lo reanime y pueda, al fin, inclinarse hacia uno de los lados de la balanza."

"Morir en paz", se dijo Sergio."

Hubiera deseado recordar a Julio de otra manera, no como ahora se le presentaba, en ese grito estático de agonía, de último aliento. Petrificado en una torsión dolorosa, Julio, la última persona que podría haber ayudado a Sergio a destruir a Erzsébet Báthory, había sido abatido sin haber tomado jamás la espada.

Sergio no sabía qué hacer. El único héroe con el que creía contar era ahora una estatua de opacos colores. El mal, por lo visto, prevalecería.

"¿Cómo se aniquila una Gorgona, Mendhoza?"

¿Cómo?

Una gruesa lágrima que encapsulaba todas sus tribulaciones —presentes, pasadas y futuras— escurrió por su mejilla. Lloró mientras trataba de asimilar la sentencia del Libro de los héroes, porque la sabía de memoria. Todo parecía indicar que no había alternativa.

¿Por qué justamente ese demonio? ¿Por qué?

Acarició nuevamente a Julio. Le pidió mil veces perdón.

Decidió honrar su memoria cumpliendo el último favor que éste le había pedido. Se dijo que era lo mínimo que podía hacer antes de enfrentar su destino.

Así que tomó aire y se limpió la mejilla. Luego se aproximó al teléfono fijo, levantó el auricular y pulsó el botón de *Redial.*

Esperó. Del otro lado de la línea, sonó el tono una vez.

Dos.

Tres veces.

—¿Sí? —preguntó la voz en algún punto lejano del área metropolitana.

—Buenas tardes. Soy Sergio Mendhoza, el cuñado de Julio. Él quería, por alguna razón, que hablara con usted.

Antes de que su interlocutor respondiera, Sergio descubrió a los pies de su eternamente inanimado amigo, una nota que Elsa había escrito al reverso del parco recado que él mismo le había dejado a Julio antes de escapar.

Mendhoza:

Usualmente cargo con mis trofeos. No me gusta dejar evidencia de este pasatiempo mío. Sin embargo, en esta ocasión decidí hacer una excepción para que sepas exactamente con quién estás lidiando.

Con cariño,

E. B.

La gruesa voz del otro lado del teléfono tardó en asimilar el sentido de la llamada. Al cabo de unos segundos, respondió afirmativamente.

Capítulo treinta y siete

La tarde comenzaba a ceder terreno a la noche. El maestro, de espaldas a la puerta, pulsaba las cuerdas de su violín para lograr la nota exacta; apretó las llaves con decisión y, después de unos instantes, se dio por satisfecho. Recién había realizado la misma operación en un par de pianos que estaba arreglando, pues encontraba solaz en la consecución perfecta del sonido. En realidad, lamentaba que todo fuera a terminar así en una noche de sábado que ya se anunciaba lluviosa.

Depositó el violín encima de la caja de uno de los pianos verticales y miró a la calle a través del hueco de la puerta. Levantó la franela que ocultaba la pistola al lado de la tecla más grave del piano negro que recién había afinado. Suspiró. Todo estaba dispuesto. Incluso había retirado de la pared el cuadro donde aparecía Alicia con el bebé en brazos.

Pensó que tal vez debería de tomarse un trago para darse valor. Pero no; ya había convenido consigo mismo que lo haría en sus cinco sentidos.

Volvió a cubrir el arma que había preparado con dos balas. Sólo dos.

Tomó el violín y se dispuso a tocar. Sin embargo, tras los primeros compases, distinguió el inconfundible sonido de llantas que frenaban sobre el asfalto.

No necesitó más confirmación que la que su instinto le ofrecía, por llamarlo de algún modo. En realidad, era una rotunda certeza. Lo hubiera sabido sólo por esa sensación incuestionable de vuelta al orden y que lo invadió en el momento en que escuchó que se abría la puerta del auto.

Terminó el pasaje y, sin virarse, habló.

—*La balada de los héroes,* de Britten. Un bello poema musical que tal vez venga un poco a cuento, Sergio —dijo.

—¿Qué quiere de mí? —preguntó el muchacho sin atreverse a entrar.

Se había apresurado tanto como había podido, ya que le urgía terminar cuanto antes con ese encuentro, el cual le parecía una absoluta pérdida de tiempo.

El hombre al teléfono no se había identificado. Se había limitado a darle indicaciones para llegar: "Pianos Sonatina, la colonia está pasando las torres de Ciudad Satélite, te estaré esperando".

Después de tomar dinero de la cartera de Julio, lavarse superficialmente, comer algo de lo poco que había en buen estado en el refrigerador, y ponerse unos pants y un tenis de bota que le venía grande, había abandonado el departamento a la carrera.

Triste, fatigado, harto de tan frenética carrera, lo único que quería era desentrañar el misterio innecesario del hombre que Julio quería que conociera para poder salir corriendo hacia Puebla para rescatar a Brianda.

Que la reunión fuera a llevarse a cabo en un taller de pianos lo había puesto en alerta. Desde el caso de los esqueletos decapitados y las extrañas predilecciones musicales de Nicte, por no mencionar el nocturno maldito que casi le cuesta la vida, su relación con el instrumento era, por decir lo menos, delicada.

Se mostró receloso.

El maestro suspiró y depositó el violín sobre la caja del piano. No le quitó la vista a la franela que cubría el arma. Tenía que ser rápido. Una bala para el muchacho; otra para él. Ni siquiera le importaba que la cortina del taller estuviera abierta o que, en determinado momento, hubiera testigos. Era algo que sabía que debía hacer y punto.

Entonces se dio vuelta y, por primera vez en más de trece años, miró a Sergio.

Y comprendió que Farkas probablemente tenía razón.

Porque, aunque no tuviera lógica, ahí estaba.

Era de una claridad enceguecedora.

De una contundencia irrefutable.

Sin embargo, debía cerciorarse.

Revisó en su interior. ¿Qué sentía? ¿Ternura? ¿Simpatía? ¿Cariño? ¿Lo hubiera abrazado de ser posible? Las cosas volvían al orden justo.

Sergio, por su parte, estudió al hombre que ahora mostraba su rostro. Era alto, robusto, de sienes canosas y talante derrotado. ¿Se estaban removiendo, en su interior, las quietas aguas de la memoria? No tenía miedo, pero, ¿qué era entonces eso que sentía? ¿Había estado alguna vez frente a ese individuo?

—¿Quién es usted? —preguntó—. ¿Por qué quería Julio que nos conociéramos?

El maestro se acercó a Sergio, quien seguía sin decidirse a entrar en el taller. El corazón del hombre se aceleró en seguida. Lo que veía era tan distinto de lo que había esperado, que se sintió arrollado por una inmensa revelación. Tuvo que sostenerse del marco de la puerta para mantenerse en pie. Era en verdad increíble, como recibir el rayo de una potente luz en pleno rostro donde, minutos antes, sólo había una patética bujía.

Dos balas había reservado. Y, sin embargo, Farkas había tenido razón.

—Siéntate un momento, Sergio —le pidió, mostrándole uno de los banquillos que estorbaban entre los cinco pianos desnudos que esperaban reparación.

Sergio ingresó en el taller. La luz del interior era débil, pero no necesitaban más. Ya no tenía miedo; ahora, en su lugar, había ansiedad. Necesitaba terminar con eso y largarse de ahí. Era un largo camino y no sabía si el dinero que había tomado de la casa de Julio le alcanzaría para que un taxi lo llevara a Puebla.

El maestro se acercó a uno de los pianos y, con la mano derecha, pulsó dos teclas simultáneamente, un Mi bemol y un Si bemol.

—¿Es una quinta perfecta? —preguntó.

—¿Cómo? —dijo Sergio, confundido.

—Que si es una quinta perfecta.

—No sé de qué me habla.

El maestro se dirigió a otro piano y presionó las mismas teclas, dejando que el sonido vibrara en el aire.

—¿Qué sonido es más puro?

—El del piano anterior, claro.

—¿"Claro"?

—Sí.

El maestro miró a Sergio con benevolencia. Se recargó en el instrumento cruzando los brazos.

—En efecto. En el primer piano, la quinta es perfecta; en el segundo, tiene "temperamento". Es decir, se afina un poco más hacia el bemol para conseguir que, en el círculo de quintas, todas sean equidistantes.

—Discúlpeme, pero no entiendo.

—Ésa es la razón por la que eres músico. Porque sigues una necesidad interior; porque miras, sientes y escuchas lo que otros no.

—¿Cómo sabe que...?

—Sé muchas cosas de ti —lo interrumpió.

En algún lejano rincón de su memoria, se esforzaba por abrir paso a esa imagen que...

Pero era imposible que Julio deseara ponerlo en peligro. Esa reunión debía obedecer a una oculta, aunque justificada razón. ¿Qué le había dicho en aquella ocasión? "Aunque es cierto que conocí a tu hermana en una fiesta, creo que es justo decirte que me enamoré de ella mucho antes de verla en persona."

—¿Quién es usted?

—Julio fue echado de la contienda, por así decirlo. ¿No es así?

—¿Cómo lo supo? ¿Qué relación tenía él con usted?

—Éramos buenos amigos. ¿Quieres un poco de té? ¿Agua?

—Tengo prisa.

—Bien —se rascó la barbilla, calculando su siguiente movimiento—. No te haré perder más el tiempo. Sabes lo que es el halo de fortaleza, ¿no es así?

La noche avanzaba; la tarde retrocedía. El suave viento de la calle soplaba gentilmente en el interior.

—Eh… sí, más o menos —respondió Sergio. ¿Quién era esa persona? ¿Adónde iba tan extraña charla?

—¿Más o menos? Tienes el Libro, ¿no?

—¿Cómo sabe que existe?

—No es posible que no lo recuerdes. Según tengo entendido, es de los conceptos fundamen…

Y, de pronto, ahí estaba esa luz. En ese instante, el maestro comprendió el por qué de las cosas. En cierto modo, era absolutamente maravilloso.

—¡El *prefacium*! —exclamó, estupefacto.

—¿Qué pasa con él?

—Tu Libro no tiene *prefacium*.

—No, no lo tiene. ¿Qué sabe usted de eso?

El maestro se aproximó a Sergio. Se rehusó a tocarlo, aunque deseaba hacerlo. ¿Y si Farkas tenía razón? ¿Y si todo se resumía en esa afortunada concatenación de eventos?

—Un Wolfdietrich no debería de mediar. No es lógico.

—¡Dígame quién es usted!

—Un Wolfdietrich no puede mediar porque no se puede tener el conocimiento y sostener la espada al mismo tiempo. La pureza del héroe depende de su inocencia.

¿Qué? ¿De qué hablaba? ¿Sostener la espada?

—No lo entiendes porque no lo has leído. El desconocimiento del *prefacium* te hace especial. Te hace único. Te convierte en una combinación imposible de…

El hecho de pensar ambas palabras juntas le hizo titubear. ¿En verdad era así de sencillo? ¿En verdad estaba previsto de ese modo desde el siglo XVI, cuando se reveló cómo sería el resurgimiento de Edeth y la caída del reino de Oodak?

—¿Por qué sabe todo esto? —Sergio lo cuestionó. El maestro le obsequió una mirada intrigante—. ¿Qué demonios dice el *prefacium*? —se preguntó enfadado, poniéndose en pie.

—La explicación de todo, la importancia de la lucha. A decir verdad, no lo sé con exactitud —afirmó el maestro con un ademán—. Sólo sé que existe. Al igual que el Libro.

—¿Y por qué habla sobre ambos como si los conociera?

—Porque sabemos de su existencia, pero no nos está permitido hurgar en su interior. Además, yo nunca he tenido un ejemplar del Libro en mis manos.

—¿"No nos está permitido"? ¿De quiénes está hablando?

—Creí que estaba claro. Yo también soy un Wolfdietrich. El penúltimo en línea directa.

Sergio no tardó en unir las piezas. Según Farkas, el linaje se mantenía sólo por herencia, del padre al primer hijo varón.

El miedo comenzó a despertar en su interior. ¿Le había tendido Julio esa trampa? No era posible. Él sería incapaz... a menos que lo ignorara. Dio un paso atrás.

El maestro lo miró con melancolía. Sabía que Sergio había hecho la deducción correcta. Ahora sólo restaba esperar su reacción. Decidió darle la espalda para poner cierta distancia entre ambos. Quería mostrarle que no representaba ningún peligro, porque si Sergio decidía marcharse, sabía que nunca volvería a verlo.

—La labor de todo Wolfdietrich —se animó a decir— es proteger a Edeth. Desde el primer Wolfdietrich se ha transmitido ese conocimiento y esa responsabilidad: proteger al Señor de los héroes. Una vez que aceptas tu sino, puedes hacer con tu vida lo que te plazca. Te darás cuenta entonces de que, desde que Edeth está oculto, dicha labor se reduce a repetir un cuento que se ha transmitido durante siglos de generación en generación —volteó para ver si no hablaba con el aire. La silueta de Sergio aún contrastaba con la luz mortecina de la calle—. Tu abuelo me transmitió el poco conocimiento que debemos poseer para proteger a Edeth, el fugitivo. Es el mismo que yo debí transmitirte. Sin embargo, tu madre, antes de morir, tuvo un sueño en el que... en el que... —no pudo evitar que se le quebrara la voz—. En fin. Por eso decidí escapar; renegar de la herencia. Porque no quería que pasaras por lo que tu madre vio en el sueño.

—¿Qué vio?

—Lamentablemente, Farkas nos siguió la pista y dio con nosotros —el maestro continuó, evitando la pregunta de Sergio—. Los interceptó a ti y a Alicia en el desierto. Los obligó a vivir exiliados.

—¿Qué vio mi madre en el sueño?

—Cosas terribles que prefiero callar. Cosas por las que ningún padre quisiera ver pasar a su hijo.

Su rostro se ablandó. Para distraerse, posó una de sus manos en el teclado más contiguo e hizo sonar las teclas.

—Mucho de lo que se dice de nosotros es mitología —continuó—. Es cierto que tenemos un oído privilegiado y cierta sagacidad perceptiva, y aunque se supone que podemos empuñar la espada, no todos tenemos lo que se necesita para hacerlo. En mi caso, nunca fui más especial de lo que ves ahora. Tú, en cambio...

Sergio apreció el destello en los ojos del maestro. La poca luz que aún entraba por la puerta le confería cualidades místicas.

—¿Yo?

—Te pregunté ya sobre el halo de fortaleza. Creo que sabes qué es o, cuando menos, lo intuyes porque, como mediador, debes ser capaz de reconocerlo. Julio lo tenía. Lo sé por mi "sagacidad perceptiva". Sospecho que no sabes que sólo tiene un riñón; a los 22 años donó el otro a un amigo para salvarle la vida. Supongo que tampoco sabes que dio consuelo a muchos moribundos en un hospital hasta el año pasado. Cosas así te definen, te acrisolan. De lo que estoy completamente seguro es que tú no sabes que también lo tienes.

—¿El halo? ¡No puede ser! ¡Yo nunca he hecho nada por nadie!

—¿Y? Tal vez haya metales que no necesiten pasar por el fuego para revelar su temple.

La oscuridad ahora era completa, pero el maestro decidió que la conversación debía continuar, que acaso Sergio preferiría que ese nuevo rostro se desdibujara en la penumbra, que volviera al baúl de los recuerdos ingratos.

—"Sólo duele la primera vez." ¿Has escuchado esto antes? Está en el manifiesto que se transmite oralmente de generación en generación, el mismo que me transmitió tu abuelo y que yo debí haberte transmitido una o dos noches antes de tu duodécimo ciclo de doce lunas.

—No entiendo.

—¡Claro que entiendes! Así que dime: ¿dolió?

—¿Qué?

—¡Que si dolió! Farkas me dijo que te devolvió lo que te había quitado, así que ya debe haber ocurrido. Dime: ¿dolió, Sergio?

En la oscuridad, Sergio identificó el sentimiento. Era el mismo que lo había asaltado en la habitación donde despertó en compañía de la niña bañada en llanto. La sensación de haber mudado de piel, de haber renunciado al cascarón, de haber cambiado en definitiva y para siempre. No estaba seguro de que le gustara.

El maestro, en cambio, detectó en el gesto lo que el chico habría respondido de no sentirse tan turbado. Así que decidió no hostigarlo más. Con cierta mortificación, fue hacia el piano en el que había dejado el arma y la tomó. Había estado esperando ese momento durante más de trece años y, repentinamente, todo había cambiado.

—Farkas te apartó de tu herencia y yo, en secreto, se lo agradecí. Pensé que los terribles eventos que temía que padecieras estarían ligados a tu linaje. Por eso también me mantuve aparte. Pero cuando Farkas volvió a presentarse en tu vida, paladeé la idea de evitarte el sufrimiento de una forma más... radical, digamos, pero sencilla.

Bajo la poca luz que entraba de la calle, hizo relucir el cañón de la pistola. Sergio observó al hombre con cautela. ¿Ahí terminaría su vida? ¿El temor que había abrigado durante tantos años se haría realidad después de todo? Sin embargo, nada en la voz del maestro lo hacía sospechar que ése sería el fin de su conversación.

—Yo promoví, en cierta forma, que Julio conociera a Alicia. Y así fue como volví a estar al tanto de ti. Decidí que si Farkas te devolvía tu estirpe, yo acabaría con nuestro linaje para siempre. Si tú morías sin descendencia, acabaría el sino para siempre. Después de todo, Edeth sigue sin dar la cara y nosotros nos hemos vuelto obsoletos —sopesó el arma en la mano—. Sin embargo, al verte cruzar el umbral de mi taller, comprendo por qué Farkas movió los hilos de esta manera. No sabes cuánto me arrepiento de mi estúpida idea.

Dio un paso hacia Sergio con el arma en la mano. En su opinión, el trabajo estaba hecho. Lo que siguiera dependería del chico.

—En verdad puedes encontrar a Edeth, Sergio. Si alguien puede hacerlo, eres tú.

—¿Y si no quiero?

—¿Y por qué no habrías de querer hacerlo? ¡Que Orich Edeth resurja es lo que necesitan los héroes para unirse y triunfar! ¡Eso es justamente lo que temen Oodak y sus esbirros! Lo único que debe cambiar es la razón de tu búsqueda. No lo harás como mandadero de Oodak, sino porque es tu deber.

—Lo que no entiendo es por qué debo encontrarlo si él no quiere dar la cara.

El maestro se animó, al fin, a aproximarse de lleno. Le puso la mano que tenía libre sobre el hombro. Una mano temblorosa que retiró en seguida.

—Creí que lo sabías. Supongo que está en el *prefacium* —hizo una pausa para medir sus palabras; no quería revelar demasiado—. Si es verdad que Edeth ha reencarnado al fin, ni él mismo sabe quién es. Por eso hace falta que des con él. Principalmente porque debes revelarle su importancia, obligarlo a despertar.

El maestro pensó que Sergio era una especie de diamante en bruto, pero del mayor kilataje posible. Era increíble que alguien pudiera participar en la lucha con tan poco conocimiento. Increíble pero, al parecer, necesario. ¿No sabía tampoco que los demonios abrazan la eternidad en la tierra hasta ser enviados al infierno por la mano de un héroe? ¿No sabía que los seres humanos deben luchar sin perder su condición de mortales, y que es eso precisamente lo que le da valor a su heroísmo? Sospechó que no lo sabía, pero que quizá ya lo habría deducido por su cuenta.

—A veces... —dijo Sergio con aflicción. Su voz surgió de la oscuridad como si no le perteneciera, como si fuera el resultado de una invocación—. A veces sólo quisiera renunciar, desentenderme de todo, volver a mi vida. Tumbarme sobre una playa como si fuera un hombre muerto.

El maestro se congratuló por haber mantenido la penumbra, pues al fin su rostro se turbó. Ahí estaba ese sentimiento: ternura, sí. Simpatía también y, claro, ¿por qué no? Cariño. Lo que siempre se debe sentir por un hijo. En ese momento, comprendió que, además de todo lo que le había ocurrido a lo largo de su vida, era necesario que Sergio pensara así para cumplir con su misión. Que hubiera perdido una pierna. Que lamentara la carga de la responsabilidad. Porque, al final, como bien había afirmado Farkas, todo tiene una razón de ser.

Le ofreció la pistola por la cacha.

—Sé que tienes un pendiente con un demonio. Ten, puede resultarte útil.

Sergio forzó una sonrisa. Aspiró con fuerza el aire fresco de la tarde.

—¿De qué me va a servir si no tiene balas de plata? —preguntó con sorna.

—"No es la espada", ¿lo recuerdas?

—Para nunca haber leído el Libro, sabes demasiado sobre lo que dice.

—La sabiduría siempre escapa por sí misma de su encierro.

La calma al fin volvió al recinto, conciliadora y apacible. Entre los pianos y los taburetes, con la noche apoderándose de todo, Sergio y su padre parecían piezas del taller, figuras fantásticas que sólo esperaban que alguien bajara la cortina metálica para entregarse al sueño de los objetos inanimados.

—Sólo un par de cosas más, Sergio.

—¿Qué?

—Entre los miles de millones de posibilidades sólo puedes descartar un puñado de opciones: ningún Wolfdietrich podría ser Edeth. Sería una contradicción. Así que, por lo pronto, ni Farkas, ni tú, ni yo somos los indicados. Nunca lo olvides.

—Claro. Eso me ahorra bastante trabajo —ironizó.

—También quiero que sepas que la noche en que huyeron tú y tu hermana, mi vida se rompió en pedazos. Comprendí las razones de Alicia y por eso me mantuve al margen, pero después de esto, de ahora, abrigo la esperanza de que, algún día...

No supo cómo continuar. Afortunadamente la oscuridad le impidió derrumbarse por completo frente a Sergio, lo cual le habría resultado bochornoso. El muchacho le tendió la mano y Philip Dietrich, al cabo de trece años, recordó vívidamente lo que sintió cuando escuchó aquel llanto primigenio, cuando cambió el primer pañal, cuando eligió el nombre del muchacho. Estrechó su mano con gratitud. Algo en su interior, en efecto, se reintegraba, volvía al orden, encontraba la armonía. Como una quinta perfecta.

En el cielo plomizo, un relámpago inesperado iluminó momentáneamente el encuentro.

Era un comienzo.

Capítulo treinta y ocho

"*El héroe ha de morir con ella, pues sólo en los ojos del héroe se refleja su inmundicia. Y enfrentarse a su propia inmundicia es insoportable para la Gorgona.*"

Sonrió con tristeza mientras miraba las gotas que resbalaban del otro lado de la ventanilla. La lluvia le resultaba reconfortante. Habían sido días secos, calurosos y letárgicos, y ese cambio de clima le permitía pensar en progreso, evolución, renovación. Aunque a él ya no le correspondieran, pensar en ellos le resultaba reconfortante.

Palpó el arma en el interior de la chaqueta de los pants que habían pertenecido a Julio. Le pareció irónico que, en el problema, estuviera también la solución. O la solución en el problema. Daba lo mismo. No había escapatoria.

"*Al héroe le ha de complacer esto, pues aniquilar a una Gorgona es devolver al cosmos las almas de todas las víctimas de su monstruosa obra; es enviar al infierno a uno de los favoritos de Lucifer; es erigir un dique en los caudalosos ríos de sangre.*"

Conocía la cita de memoria pues, en la escala de los horrores, la Gorgona ocupaba el tercer ya que después del dragón y el macho cabrío. De acuerdo con el Libro, un demonio de tal estatura era tan difícil de encontrar que podían pasar siglos sin que se gestara uno; el número de crímenes y aberraciones del perpetrador tenía que ser formidable en verdad para ser advertido por Lucifer y ser acogido bajo su ala.

"Elsa tiene siglos perpetrando masacres", pensó Sergio, así que era bastante probable que lo fuera.

"Página 97, párrafo tres". En su opinión, a eso se refería la indicación hecha por Giordano Bruno: a la explicación para aniquilar a la Gorgona que ahora repetía sin problemas en su cabeza. No recordaba la página y mucho menos el párrafo en que se hallaba exactamente la cita, pero no le parecía improbable que se localizara ahí.

—Si quieres, duérmete. Y te despierto cuando estemos cerca —dijo el taxista al volante.

Sergio devolvió la mirada al interior del auto y leyó la hora en el estéreo. Iban a dar las 10 de la noche del Sábado de Gloria. ¿Podría dormir si se lo proponía? ¿Podría dormir y no revivir en sueños todo el horror que había vivido?

—Gracias, no tengo sueño —respondió.

—Como quieras.

Volvió a reposar la mirada en las luces que transformaban las gotas del vidrio en reflejos plateados, en el espectral paisaje de la noche.

Se dijo que no podía ser casualidad que la primera pregunta que le hizo Farkas una vez que tuvo el Libro en sus manos, cuando ni siquiera había resuelto el caso de los siete esqueletos decapitados, tuviera que ver con ese demonio.

"¿Cómo se aniquila una Gorgona, Mendhoza?", decía el mensaje en el Messenger. Aún no estaba familiarizado con el Libro. Ni siquiera había conocido a Guillén. Sin embargo, Farkas ya había hecho alusión a tal demonio. No podía ser casualidad. Probablemente sabía que, en algún momento, enfrentaría a la Condesa Báthory y que esto habría de ser lo último que haría en la vida.

Irónico.

Como si lo hubiera preparado sólo para ese momento.

"No es la espada, sino aquel que la empuña."

Aunque, en el caso de este demonio en particular, ni siquiera haría falta una espada. La propia vida era la única arma posible. Por eso ni siquiera había querido ir a su casa a recuperar su prótesis de repuesto o hacerse de una nueva. Por eso el desánimo. Por eso la sensación de estar conduciendo un auto sin frenos hacia un despeñadero. Porque no importaban las muletas, la ropa prestada, los días sin haber comido decentemente o sin haberse duchado, el terror sufrido o los cambios manifestados. Ya nada importaba.

Conforme intentaban brotar los pensamientos en su cabeza, Sergio los hacía trizas con la más aplastante de las certezas: que iba en camino a su muerte. Nacían en su interior reflexiones sobre su nueva condición de vida, el halo de fortaleza, la herencia que ahora cargaba a cuestas, la posibilidad de aniquilar demonios por cuenta propia, pero ninguno lograba desplegar las alas; en el instante en que surgían, eran reducidos a cenizas.

Se apoyó contra el vidrio, albergando un único deseo.

"Si al final de todo esto muere la Condesa y Brianda vuelve a su vida, el asunto habrá valido la pena."

Al fin, pocos minutos antes de las 10 de la noche, el taxi llegó a una zona residencial de amplias calles y fastuosas casas. La lluvia había arreciado y no se veía a nadie deambulando por las aceras o circulando en auto. No obstante, era menester preguntar una última indicación, pues la dirección que Sergio había memorizado incluía al final un "sin número" después del nombre de la calle, la cual no aparecía en el mapa que consiguieron en la caseta de cobro. ¿Tendrían que dar vueltas por toda la colonia hasta que él reconociera la casa en cuestión?

—¿Qué hacemos? —preguntó el taxista al llegar a una encrucijada frente a un parque. La lluvia era pertinaz; los limpiaparabrisas golpeteaban al máximo; le causaba desazón tanta soledad en la colonia—. ¿Quieres que te preste mi celular para que le hables a alguien?

¿Y si recurría a las voces? ¿Sería capaz de hacerlo voluntariamente? ¿Cómo funcionaba? Sintió un escalofrío. Era una sensación similar a traer puesta ropa de algún difunto; de estar utilizando un juguete que no le pertenecía; de mirarse al espejo y ver el rostro de alguien más.

"Barranca del cisne", rumió en su cabeza. Ésa era la calle. Tal vez, si se esforzaba... Miró a través de la lluvia y reconoció una pendiente varias cuadras más adelante. Al menos una cosa sí recordaba: que la mansión estaba en lo alto de una colina. Si buscaba algún acceso en los cerros aledaños, tal vez la encontraría.

—Siga por ahí —indicó al taxista.

El chofer obedeció y condujo con lentitud. Al final de la calle, Sergio decidió avanzar por la derecha, pues por ahí ascendía el dibujo urbano. Siguió guiando al chofer hasta que, al avanzar en forma paralela a las faldas de un monte, distinguió una reja alta que protegía un predio. Reconoció de inmediato el escudo.

Tres colmillos de lobo. Un dragón.

—Aquí es.

La calle al fin descubierta subía al monte en forma perpendicular con respecto a aquella por la que transitaban. Detrás de la reja de barrotes con terminación en punta de flecha, a unos 200 metros, estaba la casa. De eso estaba seguro, aunque la arboleda no les permitiera verla desde donde estaban.

—¿Cómo te voy a dejar aquí?

—Aquí es, no se preocupe.

Sin más, Sergio abrió la portezuela y se apoyó en el marco para salir. La lluvia de inmediato comenzó a martillar su espalda. Se inclinó para tomar las muletas del interior y, con un gesto, se despidió del taxista, a quien ya le había pagado el monto del traslado desde antes de partir.

Se encontraba solo frente a la enorme reja.

Solo frente al escudo.

Se preguntaba cómo haría para destruir el fetiche de Brianda antes de que todo ocurriera.

Se preguntaba cómo lograría...

No fue necesario. El mecanismo se accionó en ese instante y la reja se abrió por el medio.

—Así que me esperan —dijo con resignación.

En cuanto entró, las puertas volvieron a su posición original, emitiendo un estrépito condenatorio.

Ni una sola luz lo acompañó en su subida por el sendero. La luna también, por lo visto, lo había abandonado. Un par de veces resbaló en la superficie fangosa e incluso perdió una muleta, razón por la cual tuvo que desandar el camino para recuperarla.

Una vez que llegó a la cima y atravesó la arboleda, constató que no se había equivocado. El majestuoso jardín desembocaba, al final de un camino de piedra, en la mansión de la transición en el desagüe. Ahí estaban también, a poca distancia, las canchas de tenis, la piscina y las fuentes.

Pero todo era un dibujo de negro sobre negro. Tenebroso a la fuerza. El ruido blanco interminable de la lluvia sobre el césped era su única compañía.

"Me esperan", se repitió.

"Página 97, párrafo tres."

Ahí estaba de nueva cuenta: la referencia involuntaria, sorpresiva. ¿Había sido alguna voz en su cabeza o un simple destello en su memoria?

Se detuvo. ¿Tendría esto más importancia de la que le había querido otorgar? ¿Cómo saberlo sin tener el Libro consigo? Un rayo interrumpió sus cavilaciones; el trueno, como una especie de recordatorio, fue casi inmediato. Retomó su camino en dirección a la casa. Palpó de nuevo el arma en el interior de su chaqueta. ¿Sería capaz de reconstruir el Libro en su mente página por página hasta dar con la dichosa referencia?

Alcanzó las baldosas del porche principal. Escurriendo, fue a la puerta que se encontraba bajo la veranda. Sabía que no habría ningún impedimento para llegar adonde estaba la Condesa, que todo había sido dispuesto para ese encuentro.

Empujó la hoja de la gran puerta y, como esperaba, la pesada madera se deslizó hacia el interior como si algún contrapeso fantasmal hubiese tirado de ella. En el interior, la oscuridad era apenas conquistada por un camino de velas que no parecían enterarse de lo que ocurría en el exterior; sus tímidas y vibrantes llamas conformaban un sendero que, por lo visto, conducía al fondo de la mansión.

Era el último capítulo. Todo lo que veía ahora se lo confirmaba.

Más allá del camino de velas, dispuestos desordenadamente, se encontraban los restos de todos los miembros del cuerpo de seguridad de Elsa. Brazos, piernas, torsos, cabezas. Un horrendo paisaje que Sergio tuvo que contemplar en su camino. Desde la penumbra, cada cabeza calva y carente de ojos parecía reclamarle lo tarde que había llegado, pues aún se debatían entre la vida y la muerte. Pese a su estado fragmentario, aún no encontraban el sosiego del último respiro.

Continuó avanzando mientras palmeaba la pistola aún en el interior de la chaqueta. El camino se internaba en uno de los pasillos que conducía a una de las cámaras interiores. Recordaba perfectamente que, en ese piso, en un amplio salón, se encontraba el baño de Elsa. Se le ocurrió que la cita se llevaría a cabo ahí.

Flanqueado por las luces, soportando el horrendo espectáculo de los trémulos despojos de los guardaespaldas de Elsa, paso tras paso, continuó con el corazón en la garganta. Pronto comprendió que el sendero no lo conducía al baño, sino a otro sitio. Después de doblar a la derecha, el camino desembocó en una puerta que, según recordaba, había estado clausurada el día de aquella transición. El suelo, las paredes y el techo se tornaron repentinamente cavernosos, parte misma de la tierra.

Una escalera de piedra le indicó que debía descender. Hasta ahí llegaban las velas y los trozos humanos. Una antorcha, no obstante, lo aguardaba en el primer peldaño de un estrecho pasadizo.

"Feo sitio para encontrar la muerte", pensó.

Luna llena

Desencajó la antorcha de su anillo de hierro y recargó sus muletas contra la pared. Tendría que bajar con cuidado, deteniéndose de las paredes y brincando con su pie izquierdo de escalón en escalón.

Su piel se erizó.

La luz no alcanzaba a iluminar el fondo del pasaje, pero sí podía distinguir las paredes, el techo y el suelo. Al principio creyó que era un efecto de la llama, pero luego se dio cuenta de su error: no era que la piedra ondulara, sino que estaba cubierta de negras alimañas.

Alimañas. La palabra resonó en su interior.

"Vinagrones", pensó. O algo parecido. Eran semejantes a los escorpiones, pero enormes, del tamaño de una mano, con cuatro pares de largas patas y dos tenazas. Emitían un sonido sibilante, como de gente cuchicheando, de multitud diminuta y en constante movimiento: hacia arriba y hacia abajo, disputándose el espacio. No eran tantos como para cubrir por completo la pared pero sí los suficientes como para poder avanzar sin pisotearlos.

Con la llama hizo chirriar a algunos de los que estaban en el techo y en la pared, limpiando así el sitio donde quería apoyar su mano. Trituró uno, dos, tres con su pie. Descendió entre la agitada alfombra de bichos repitiendo en su cabeza el contenido del Libro de los héroes en sentido inverso; alcanzar la página 97 sería más fácil de ese modo.

Después de un rato, perdió la cuenta de los escalones; el frío y la humedad se hicieron casi insoportables. Creyó que se dirigía al mismísimo infierno. Dejó de retirar las alimañas que le caían en el cuerpo. Repasó mentalmente página por página.

Página 131… el familiar de la bruja y sus manifestaciones…

Página 122… el sagsar…

Página 120… meresger…

Página 113…

Al cabo de unos cuantos minutos, llegó al final del túnel. Se sacudió los bichos. El pasillo ahora estaba limpio de insectos y conducía a una puerta con destellos luminosos.

Decidió que avanzaría más rápido si dejaba la antorcha ahí. La puso en el suelo y, dando pequeños saltos, siguió de frente, apoyándose contra la pared con la mano derecha. Ya se anunciaba que lo que le esperaba era una cámara más espaciosa de la que no se desprendía un solo ruido.

Página 105... la médel...

El enorme diablo que dominaba todo desde el trono central lo tomó por sorpresa. En principio creyó que era real, pero pronto se dio cuenta de que se trataba de un monumento de piedra, personificación del único al que rendía cuentas la Condesa Sangrienta.

Esforzándose por controlar el miedo, ingresó al recinto.

Ahí dentro, la cueva se expandía de manera asombrosa; era difícil creer que se encontraba en las entrañas del cerro. Se trataba de una bóveda circular de varios metros de alto y otros tantos de circunferencia, iluminada por nichos de fuego azul en las paredes de mármol reluciente y con siete prismas pentagonales monolíticos distribuidos en perfecta proporción. En el centro, en posición majestuosa, estaba el diablo en su trono de granito: un enorme macho cabrío de tres cabezas sobre un sol negro dibujado en el suelo y, sobrepuesta, una estrella de cinco puntas. En derredor, había cientos de gradas para acoger a los feligreses.

Frente al demonio, de pie, sosteniendo una cuerda que pendía del techo, vestida con una túnica roja e increíblemente hermosa, se encontraba Elsa Bay, sobre una concavidad donde había un dibujo que a Sergio le resultó sumamente familiar: una K en el interior de un diamante. A su lado, fuera de la oquedad, estaba la representación demoníaca de alguien a quien Sergio también conocía muy bien: Nelson. La transformación no estaba completa, pero el muchacho comprendió que era intencional, que lo hacía parecer monstruoso y familiar a la vez: alas de vampiro surgían de su espalda, su rostro era bestial y las garras, puntiagudas: era una mezcla grotesca de murciélago y ser humano. Su túnica también era roja.

—Sabía que no me defraudarías, Sergio —dijo la Condesa.

Nelson emitió un chillido animal; parecía nervioso, asustado.

—¿Dónde está Brianda?

Advirtió entonces que, por encima de la Condesa, estaba suspendida una jaula con cuchillas que hacían las veces de barrotes. En la parte superior de dicha jaula se encontraba un compartimiento, también enrejado, que se comunicaba por una compuerta con la jaula principal.

De ahí pendía la cuerda que sujetaba Elsa. Sergio sufrió un involuntario estremecimiento.

—Tantas cosas por las que hemos pasado juntos —dijo la Condesa—, ¿y ni un "hola" me merezco?

—Esto no va a terminar bien para ninguno de los dos —dijo Sergio, sorprendido ante su propia determinación—. Así que te propongo un trato: si sueltas esa cuerda, permitiré que te vayas por donde viniste y sigas con tus crímenes centenarios. Pero tienes que entregarme el fetiche que liberará a Brianda.

La Condesa tronó en una carcajada. Sergio aprovechó para adentrarse un poco más y recargarse en uno de los monolitos. Advirtió que había otra salida en la parte posterior de la bóveda. Si esa batalla sólo tenía que librarla con Elsa y Nelson, probablemente conseguiría derrotarlos, pero si había más demonios en otra parte listos para ingresar al recinto, no estaba tan seguro.

Página 97, el bucentauro.

¿El bucentauro?

Había dado con la página inconscientemente. Y la decepción fue tal que estaba completamente seguro de que se había equivocado. ¿Qué tenía que ver un demonio de tan baja estofa con lo que estaba por suceder? ¿Había sido una broma de Bruno?

Página 97. No, no se había equivocado, pero por ningún lado veía para qué le servía dicha información. Prefirió no perder más tiempo en cavilaciones estériles.

—Por lo visto nunca diste con el presente que te dejé en cierto departamento de la colonia Anzures.

—Para mi desgracia, sí di con él.

—Ah, entonces sabes cómo terminarás —sonrió la Condesa, jugando con la punta de la cuerda en su mano—. He de decirte que tengo apartado un lugar para ti en mi palacete en Dubai. Te verás muy bien entre mis dos Degas. Aunque a ti sí habré de seccionarte pedazo por pedazo, como debe hacerse en estos casos.

Varios metros lo separaban de Elsa y de su subordinado. ¿Qué movimiento debería de efectuar? Anticipaba el desenlace, pero no quería correr riesgos. Sabía que no tenía alternativa; el Libro era muy específico al respecto. Ya había descartado la idea de salir vivo de esa caverna, pero sí quería, al menos, estar seguro de que al final Brianda saldría ilesa.

"Tengo que acabar con Nelson primero", pensó. No había otra opción. Una vez que enfrentara a Erzsébet, todo habría terminado, así que, por principio, necesitaba asegurarse de que Brianda podría salir de ahí por su propio pie.

—¡Auxilio! —resonó un grito en la cueva abovedada.

—¿Brianda? —respondió Sergio.

—¿Cómo es que puedes...? —preguntó la Condesa—. Ah, claro. Olvidaba que eres un Wolfdietrich que no tiene empacho en ocasionar incendios a la menor provocación. Olvidaba que tú y los muertos tienen cierta relación amistosa.

Sergio temió lo peor. Sin embargo, la voz de Brianda volvió a surgir de la noche cavernosa. Y para Sergio fue, después de tanto tiempo de miedo y dolor, una oleada de buenos sentimientos.

—¿Eres tú, Sergio?

—¡Sí! ¡Soy yo! Vas a estar bien, te lo prometo, Brianda —su voz rebotó entre las paredes causando un eco fantasmal. No hubo respuesta inmediata.

—¡Sergio! ¡Estoy detrás de la pared! La muñeca está junto a mí.

No hubo más. Brianda estalló en lágrimas. Después de tanto esperar, de tanto renunciar a la posibilidad de volver a verlo, al menos ahora podía escucharlo. Un gemido tras otro escaparon de la sección oculta de la bóveda.

—¿No es una ternura? —dijo Elsa, genuinamente divertida.

Sergio decidió que lo más importante era que el plan funcionara, que Brianda saliera de ahí, que se reuniera de nuevo con sus papás. Que recuperara su casa, su familia, sus clases de ballet, la escuela. Al final, nada más importaba. Ni siquiera que él no encajara ya en esos planes. Todo dependía de que Elsa no tirara de la cuerda, que no le hiciera daño al cuerpo de Brianda.

—¡Escúchame, Gorgona maldita! —exclamó Sergio clavando sus pupilas dilatadas en Elsa.

La reacción fue inmediata. Nelson también pudo advertir esa furia ancestral, esa inquietud que la ponía fuera de sí. Era real. Ahí estaba de nuevo.

—Escúchame bien —arremetió Sergio de nueva cuenta—. Puedo aniquilarte. Puedo terminar con cuatrocientos años de crímenes. Sé cómo hacerlo y lo haré, a menos que la liberes. Déjala ir y me entregaré a ti. Lo juro.

—¡No, Sergio! ¿Qué dices? —gritó la muchacha desde el círculo de sal que Elsa había trazado del otro lado del muro.

—Tienes que confiar en mí, Brianda.

—¡No lo escuche, Condesa! Por favor, por favor... —su voz se fue apagando poco a poco.

—Me rompes el corazón, Mendhoza, pero no veo cómo puedes cumplir esa promesa. ¡Por Belcebú! ¡Soy eterna! Con una sola mirada puedo reducirte a tierra; con un solo empujón, a polvo. No eres ningún héroe, aunque pretendas fingir que lo eres. No todos los Wolfdietrich reúnen las características necesarias aunque quieras creer lo contrario. ¡Los hay diabólicos y despiadados! Si lo sabré yo, que he conocido a unos cuantos.

Sergio se estremeció. ¿Y si el demonio tenía razón? ¿Cómo podía asegurar que, en efecto, podía empuñar la espada? ¿Sólo porque su padre se lo había asegurado?

En Elsa se produjo un nuevo efecto.

Detectó el temor de Sergio. Podía sentir el cosquilleo del demonio en su interior, la necesidad de mostrarse y producir terror. En su caso, la muerte. Una sola mirada de cinco segundos bastaría. La carne se le cubriría de escamas, sus ojos se tornarían negros, los cabellos se convertirían en serpientes, la lengua se partiría en dos. Cinco segundos bastarían. Después, podría ir a cenar a París o a Tokio. O retirarse para siempre a Csejthe.

Quería terminar de una vez por todas con ese asunto. ¿Qué más daba si al final no averiguaba la naturaleza de la aprensión que le despertaba Sergio Mendhoza? ¡Bah! Ahora que lo veía atemorizado, le parecía que todo habían sido figuraciones suyas. Ella era Erzsébet Báthory. Pertenecía a la élite universal. Era eterna. Cinco segundos y todo terminaría.

—No eres más que un chiquillo asustado —sonrió—. Sólo me pesa haber perdido tanto tiempo contigo. Pero no todo está perdido. Al final, yo me daré un baño reparador y tú verás a tu noviecita caer en jirones sobre mí. Te desgarrarás de dolor. Entonces, cuando supliques morir, yo te concederé algo muy parecido a la muerte, aunque no tan dulce ni tan bondadoso, pero sí permanente.

Iba a tirar de la cuerda cuando Sergio extrajo la pistola.

—No me hagas reír, Mendhoza, por favor...

—No es para ti. Es para él —dirigió el cañón hacia el vampiro. Nelson se arredró.

—¡No eres más que un mediador de porquería! —escupió Nelson; su voz era una combinación de siseos y sonidos guturales.

—Sé exactamente dónde tengo que apuntar para dar cuenta de un engendro como tú. Y puedo hacerlo. Sirvo a Edeth. Ésta será mi forma de probarlo.

Hubo un momento de duda. Un momento en el que Elsa se preguntó si no estaría yendo demasiado lejos. Un momento en el que Nelson vislumbró la posibilidad de estar enfrentando, en efecto, a un héroe. El primero desde que fuera aceptado en las filas de Oodak. ¿Sería tan mala su fortuna?

Párrafo tres.

—Bien, dispara —dijo Elsa con un leve temblor en la voz.

Párrafo tres.

El horror lo acometió fugazmente. Ahora lo comprendía. Ahora veía a qué se refería Bruno. Era una sutil referencia a una cuestión que nada tenía que ver con el bucéfalo. Una cuestión de vital importancia.

Página 97, párrafo tres.

"Vital, sí", dijo en su interior, enfurecido. "¡Pero, en este caso, no tiene sentido! ¡Vital si fuera yo a vivir...!"

Demasiado tarde.

El gatillo nunca fue accionado.

La cuerda, en cambio, sí.

Elsa abrió los brazos, despojándose de su túnica en un estudiado movimiento. Quedó completamente desnuda. Cerró los ojos. Levantó el rostro. Abrió la boca.

Los pedazos de carne tersa no tardarían en caer. El sedoso cabello. Tal vez un hueso, alguna falange. Vísceras, desde luego. Y sangre. Sobre todo, sangre. Unos cuantos litros, sí. Aunque no era la cantidad lo que importaba, sino la calidad de tan precioso líquido. La mujer de un Wolfdietrich. Virgen, además. Y si a eso se añadían los gritos...

Tiró de la cuerda.

—Disculpa la tardanza, Sergio.

Abrió los ojos.

¡Por Lucifer! ¿Qué diablos estaba pasando?

El mecanismo había fallado.

¿Pero cómo? ¡Si bastaba un soplido! ¡Ella misma lo había revisado al subir y colocar el cuerpo de la doncella ahí! Era un trabajo que siempre hacían otros, pero que ahora ella había tomado en sus manos en esta ocasión para cerciorarse de que todo funcionaría correctamente!

Dio otro fuerte tirón a la cuerda. Y otro más.

Entonces, lo comprendió.

El mecanismo sí había funcionado. Era la escisión lo que repentinamente se había interrumpido. El maleficio estaba roto.

La chica, entre sollozos, se sostenía de los barrotes superiores de la jaula. Con uno de sus pies se apoyaba en la compuerta recientemente abierta, consiguiendo un precario equilibrio que, no obstante, impedía que cayera en la otra sección de la jaula, la de las cuchillas.

Su cuerpo y su espíritu eran de nuevo uno solo.

La Condesa sintió que la rabia se adueñaba de su voluntad. Comprendió demasiado tarde que tendría que haber atado el cuerpo de Brianda antes de subirlo.

Miró a los lados.

Sintió un vértigo irrefrenable.

"Disculpa la tardanza, Sergio", había escuchado. Y a eso siguieron dos detonaciones. Dos estallidos. ¡Por la sangre de todos los inocentes! ¿Qué era ese velo negro que todo lo cubría ahora? ¿Eso que había entrado en ráfagas a su templo? Los gritos eran espantosos y los aullidos, ensordecedores. Las llamas de los nichos amenazaban con apagarse. Trató de enfocar la mirada en ese maremágnum sin sentido. Eran espectros. Almas malditas. ¿O quizá demonios? ¿Ángeles del infierno? ¿No eran, acaso, todos aquellos que la habían precedido? ¿Aquellos que fueron mandados al fuego eterno por algún héroe? ¿Aquellos que habían rendido servicio a Satán por puro placer? ¿No estaba ahí la mismísima Darvulia? ¿Y, más allá, Dorkó?

Sintió el horror acumulado, la vileza desde el inicio de los tiempos, un abismo insondable. Espíritus perdidos, la legión que había jurado lealtad a aquel a quien le había erigido ese templo. ¿Qué hacían? ¿Porqué se habían volcado a tomar ese recinto de manera tan subrepticia?

A través de la cortina de espectros ululantes, distinguió a duras penas a un hombre y a un niño. El hombre tenía un pistola en la mano. A unos cuantos pasos se encontraba Nelson, en su forma humana, tirado sobre las baldosas de la cueva. La cabeza había sido cercenada con dos certeros balazos; la sangre huía de su cuerpo inerte.

¿Qué, por Lucifer, estaba pasando?

El hombre que portaba el arma estaba siendo metódicamente aniquilado. Cada espíritu del averno se ensañaba con su cuerpo. Cada uno desataba su furia en su contra, lo mordían, lo azotaban, lo golpeaban. Aún así, el hombre abrazaba al muchacho, protegiéndolo.

¿Qué era eso?

A ella misma los espíritus no le perdonaban del todo su repentina desnudez, su inexplicable contrariedad. Como obuses la golpeaban, le restaban visibilidad, la hacían perder el equilibrio.

Cuando Sergio se desembarazó del abrazo y la Condesa miró aquello que el hombre ponía en la mano del muchacho, supo el por qué de su aprensión, de esa desazón tan parecida al miedo. Y la memoria le entregó, en bandeja de plata, aquello que había dejado dormir durante más de cuatro siglos en su recuerdo.

—No —dijo con voz trémula. Sufría los embates del huracán.

Comprendió.

No tenía que ver con que fuese un Wolfdietrich o que pudiera, maldita fuera su memoria dormida, empuñar la espada. No. Nada tenía que ver con eso.

Era un miedo completamente justificado.

¿Cómo pudo ser tan ciega? Si el mismo Oodak se lo había advertido, bien lo había dicho Bastian: "Es importante".

El hombre se apartó del chico.

Sus ropas no eran sino hilachos. Toda su piel estaba salpicada de sangre. Elsa al fin encontró una explicación a tan extraño fenómeno cuando vio el *clipeus* en su pecho. Ahí también estaba la razón de su arrojo, y la renuncia a la protección del escudo. ¡La milicia entera de su señor no estaba a la altura de este héroe! No lograrían derribarlo antes de que cumpliera lo que había venido a hacer.

Efectivamente, ahora se dirigía hacia ella. Avanzaba como un fabuloso navío a través de la más furiosa de las tormentas. Se sacudía a los espíritus infectos que castigaban su carne. No cejaba en su esfuerzo por alcanzarla.

Miedo, sí. Terror.

¿Había sentido alguna vez un terror como ése?

¿Ella, Erzsébet Báthory?

"Cinco segundos", pensó la Condesa. "Cinco segundos."

Se transformó casi al instante. Incluso consiguió, a diferencia de otras veces, aumentar significativamente su estatura. No solía hacerlo, pero ahora era necesario. Alcanzó los tres metros. Las serpientes coronaron su cabeza, sus ojos se fundieron en esa noche artificiosa; la nariz, el rostro y los párpados se cubrieron de verrugas escamosas, la lengua bífida salió furiosa de su boca, dos extremidades más se unieron a su torso, sus uñas se volvieron garras, sus pies se fundieron en una cola de dragón

Buscó el rostro del hombre obeso que caminaba hacia ella.

Y, pese a todo, volvió a tener miedo.

Ahora era el momento de confrontar al héroe capaz de sortear la furia del infierno. Capaz de desafiar la marca del sol negro en su carne.

Lo miró a los ojos.

Era una operación que realizaba desde que Oodak la rescató de morir emparedada. Aún recordaba su primer trofeo: aquel campesino que, en la cumbre del horror, quedó para siempre inmóvil sosteniendo su arado. A ése le habían seguido cientos, miles, que terminaba cremando cuando no quería conservarlos más. O cortando en trozos cuando deseaba guardarlos como galardón. ¿Qué podía salir mal?

Acaso lo que ahora se reflejaba en la mirada del hombre.

Acaso eso, que sí hacía mella en su interior.

Lo sentía. Le dolía. Acaso eso.

A unos cuantos metros, la mirada de Sergio Mendhoza.

Y a unos cuantos centímetros…

Nunca antes había enfrentado a un héroe que estuviera dispuesto a hacer lo que ahora acontecía. Nunca había mirado a los ojos a un héroe como ése. Nunca se había mirado a sí misma en los ojos de un héroe como ése.

Sólo entonces vio su destino. Vio qué le esperaba para la eternidad; la más espantosa de las apariencias. Vio que otros cuatro siglos de baños de sangre jamás podrían contrarrestar su cuerpo escamado, su verrugosa nariz, su espalda cubierta de vello, su cabello convertido en serpientes.

El hombre, el héroe, sintió el golpe final. Los demonios llegaron al corazón y arrancaron la víscera de su cuerpo como un fruto maduro. Ocurrió al mismo tiempo en que la Condesa padeció ese horrible dolor, esa transmutación de cada célula, esa rigidez tan espantosa que se parecía tanto a la muerte, pero no era la muerte.

Fue insoportable.

—¡MICHEEEEL! —gritó, maldiciendo ese último recuerdo, esa última certeza de no haber actuado como debió, pese a que cuatrocientos años atrás, cuando fue condenada a morir de hambre y sed en un oscuro encierro y, en cambio, fue rescatada por Oodak, juró que nunca permitiría que sus labios pronunciaran ese nombre que ahora, demasiado tarde, gritaba.

La muerte inapelable llegó al mismo tiempo para la Condesa Erzsébet Báthory y para el teniente Orlando Guillén, pocos minutos antes del alba del Domingo de Resurrección.

Simultáneamente, varios pisos más arriba, en esa misma casa, un árbol terrorífico perdía su cualidad pétrea. Las extremidades, torsos y cabezas que lo componían recuperaban su sustancia carnosa y estallaban en regueros de sangre, permitiendo al fin morir a aquellos cuyas almas habían esperado durante tanto tiempo dicho trance.

Así también ocurría con otras esculturas amorfas en el salón de baño.

Así también, despedazado y reducido a despojos, Bastian de Mallaq perecía en alguna oficina del sur de la Ciudad de México.

Así, muchas almas en varias lujosas casas dispersas alrededor del mundo.

A diferencia de lo que ocurría en un departamento de la colonia Anzures, donde una lágrima resbalaba de un ojo recién lubricado. Donde un cuerpo comenzaba a jadear, liberando un llanto contenido durante días. Donde un ejecutivo con un solo riñón y varios pesares encima, iniciaba el lento camino hacia el desentumecimiento, hacia la movilidad, hacia la vida.

Sobre el mosaico pulido del templo subterráneo de la Condesa sólo quedaron cenizas.

Capítulo treinta y nueve

El más hermoso de los ángeles lo contemplaba desde la base del monumento.

Para Sergio, dicha transmutación fue cien veces peor que otras que había presenciado, por más monstruosas que le hubieran parecido. Donde había estado el demonio de tres cabezas, ahora se encontraba un ángel de tez brillante y el más bello rostro que ser humano contemplara jamás. Sus ojos no se apartaban de Sergio. Y aún cuando se derrumbó sobre las cenizas a llorar, la mirada del ángel continuaba puesta en él.

No le importó.

El silencio repentino, apenas perturbado por el apagado crepitar de las llamas, daba ahora a la caverna cualidades de mausoleo.

¿Qué había pasado exactamente?

De rodillas, con las manos sobre las cenizas del cuerpo de Guillén, trató de reconstruir los eventos. Al final, había comprendido la referencia al Libro que Giordano Bruno había hecho; por eso dudó en disparar. Elsa aprovechó ese titubeo para tirar de la cuerda, pero nada ocurrió. Entonces surgió el torbellino de espectros diabólicos y, en el ojo del huracán, el teniente. "Disculpa la tardanza", dijo increíblemente. Tomó la pistola a pesar de que los diablos le hundían los colmillos en los antebrazos, y acribilló al vampiro como si supiera exactamente qué debía hacer. El cuerpo de Nelson cayó y Guillén arrojó el arma para abrazar a Sergio. Los demonios etéreos no dejaban de hostigarlo, pero él se había tomado el tiempo de abrazarlo. Le entregó el anillo de oro blanco. Se permitió intercambiar algunas frases en medio del fragoroso remolino. "Aún tenemos una partida de ajedrez pendiente." Luego, su lenta aproximación al monstruo en el que se había convertido Elsa. Y, al final, el grito de ella, el desvanecimiento de él, los aullidos insoportables de los espectros. La calma.

Esa espantosa calma en la que sólo quedaban él, la ceniza negra de los demonios aniquilados, la ceniza gris del cuerpo de Guillén, el arma en el suelo y el ángel del mal que no dejaba de mirarlo.

Lloró, pero casi al instante recordó que aún tenía un pendiente.

La jaula estaba vacía.

¿Dónde estaba Brianda?

Se puso en pie, se recargó en el monolito más próximo y levantó la mirada en dirección a la puerta detrás del monumento.

Sus ojos se encontraron en seguida con otros.

Familiares, conocidos.

Sintió que lo invadía una cálida sensación de gratitud, de felicidad.

Jop lo contemplaba desde la puerta del fondo, a pocos pasos.

Sonreía.

Y su sonrisa era la de quien, a pesar de todo lo que acababa de suceder, y de lo que había ocurrido en el último mes, no tiene nada que ocultar, nada que demandar. Sergio apartó la mano del monolito y comenzó a saltar hacia él. El rubio regordete fue a su encuentro para ayudarle y, sin querer, se fundieron en un abrazo.

—Qué onda, Serch —dijo cuando se separaron—. ¿Todo lo tienes que hacer tan complicado?

—¿Qué haces aquí, Jop?

—Vine con el teniente.

Al mencionar a Guillén, ambos sintieron el doloroso peso de la pérdida. Jop paseó la vista por la cámara, torciendo los labios en una mueca de incomprensión.

—¿Qué fue lo que pasó? —preguntó.

—No sé exactamente. Pero parece que el teniente acabó con los dos monstruos.

Sus voces reverberaban en los muros de mármol veteados.

—Al final fue… no sé, raro —añadió Jop—. Como si se hubiera transformado en otra persona. En cuanto llegamos, supo que

Brianda estaba aquí; como que algo en su interior se lo decía. Y de algún modo supo también que teníamos que entrar por el drenaje.

—¿El drenaje?

—Sí. Esta puerta conduce a una gran tubería que desemboca en el cerro. Sólo tuvimos que arrancar una reja. Usando el coche y una cuerda atada a la defensa no fue tan difícil. Claro que a mi papá no le va a dar nada de gusto cómo quedó el auto.

Sergio suspiró. Parecía increíble que ese fuera por fin el tan anhelado desenlace, que estuvieran ahí, de una pieza, él, Jop y, por supuesto...

Alzó la mirada una vez más hacia la jaula vacía. Se descubrió temblando. ¿Dónde estaba?

—¿Fuiste tú, verdad? —preguntó a Jop.

—¡Bah! —dijo el muchacho rubio encogiéndose de hombros y mostrando un encendedor que accionó ociosamente—. Ya una vez intenté rescatarla y fallé. No podía pasarme dos veces. Además, no fue tan difícil. Guillén me dijo lo que tenía que hacer si dábamos con el fetiche. La Condesa puso a la muñeca justo en el paso que conducía a la jaula. Grave error. Nosotros entramos por ahí. Ni modo que no lo hiciera.

—Gracias, Jop.

—No podía dejar que te quedaras con toda la gloria. Ya de por sí eres bastante insoportable.

Lo ayudó a caminar hacia la puerta del fondo. Ambos notaron de inmediato que el ángel de piedra giraba la cabeza para no perderlos de vista.

—Esto está muy feo, Serch. Tenemos que irnos a la de ya —exclamó Jop estremeciéndose.

Sergio confirmó, alegremente, que las piezas caían poco a poco en su lugar. Jop acababa de contemplar la destrucción de un vampiro y una Gorgona, el furioso ataque de los enviados del infierno, la muerte de un héroe, y aun así todavía podía externar su miedo como si nunca hubiera dejado de ser su amigo de siempre. Con todo, no pudo evitar detectar una suerte de amenaza en los ojos del ángel. Una implacable advertencia. El miedo también se hizo presente en su interior, pues no se trataba de una mirada común. Era la mirada de aquel por quien Elsa había cometido tantos crímenes. Era la mirada del que se sabe despojado y no está dispuesto a quedarse de brazos cruzados.

Entonces apareció Brianda por la puerta.

Fue como un golpe, como un estallido; como si le estrujaran a Sergio el corazón. Una revolución interna. La más bella música. El oasis más anhelado. La vuelta al hogar. Después de tantos días de tan terribles angustias, ahí estaba por fin: sana y salva, en un blanco vestido largo de tirantes, descalza, con el cabello suelto y perfectamente peinado, tal cual la había dispuesto la Condesa para el frustrado sacrificio.

Se reflejó en sus claros ojos sin lentes.

Sergio supo en ese instante que no era perfecta. Nunca lo había sido. Pero, para él, poseía una hermosura inalcanzable, irrepetible, sólo posible en ella.

Y supo que estaba bien.

Aunque sobre él pesara esa terrible sensación que no había actuado como debía, supo que estaba bien.

—Ejem... bueno, yo... los veo allá afuera. Nada más no tarden mucho —dijo Jop, abandonando a Sergio y a Brianda, perdiéndose en el túnel oscuro que conducía al exterior.

Brianda, simplemente, no pudo evitarlo.

Sabía que todo lo que había pasado valía la pena sólo por eso, y porque era algo que había deseado hacer prácticamente desde el día en que lo conoció, desde que se presentó con el pretexto de la estatua de Giordano Bruno; desde el primer momento en que le dijo que ellos, algún día, serían novios.

Corrió hacia él y, luego de rodearlo fuertemente con los brazos, lo besó.

Fue un beso tierno, húmedo de lágrimas, ansioso por la espera. Un beso acunado durante días, imaginado durante meses, acariciado en la intimidad de su mente años enteros. Un beso que, además, era toda una afrenta. Un desafío contra todo aquello por lo que habían luchado los súbditos de Luzbel durante milenios.

Sergio supo que estaba bien porque dejó de sentir miedo.

Y porque la estatua a sus espaldas crujió estruendosamente, se produjo una grieta que hizo caer al suelo una de las alas del ángel, la cual retumbó en un profundo, pero inofensivo lamento.

Un gruñido ancestral hizo que Jop acelerara el paso.

—Se apuran, ¿no? —fue lo único que dijo al trasponer la puerta que conducía al enorme pasaje circular del drenaje.

Corrió hasta que logró llegar a un codo y, al dar la vuelta, por fin suspiró. A unos metros se vislumbraba la salida, la boca de la tubería por la que habían ingresado él y Guillén momentos antes. Mientras sus pasos resonaban en el rugoso interior de esa cueva artificial, pensó que, en breve, podría subir al auto, pedirle a Pereda que pusiera algo en la radio, hacerse a la idea de que todo, a pesar de lo que le había ocurrido al teniente, por fin estaría bien. Que su vida podría volver a ser como siempre. Que disfrutaría de las vacaciones al lado de Sergio y Brianda. Que tenía todavía mucho cine de terror por hacer.

No obstante, la figura humana que recortaba el círculo de la salida, sentada sobre la plataforma de cemento en la que antes estaba incrustada la reja, le causó desazón. Definitivamente no se trataba de Pereda. Sospechó que no era buena señal que hubiera alguien ahí tan temprano.

Detuvo su carrera y se acercó con más sigilo. Cuando estaba a unos cuantos metros de la salida, lo reconoció. Un tumulto de sentimientos se arremolinaron en su interior.

—¿Qué haces aquí?

—También me da gusto verte —dijo Farkas. Llevaba el abrigo de piel que lo hacía parecer más grande y robusto. Sostenía en sus manos la ramita de un árbol.

Jop salió del drenaje. Los rayos del sol le dieron en la cara y tuvo que esperar a que sus ojos se acostumbraran a la luz. La ladera del monte, a partir de ahí, era poco inclinada. No muy lejos encontraría el auto donde Pereda esperaba. El cielo estaba completamente despejado; el viento era fresco y revitalizante.

—Antes me enteraba por otros medios, así que no tenía necesidad de preguntar —añadió Farkas—. Pero ahora no puedo evitar hacerlo. Dime: ¿está la Condesa ya con su dueño?

—¿En el infierno? Sí —respondió Jop receloso.

—No puedo negar que estoy sorprendido. Supongo que el teniente también habrá encontrado su fin ahí adentro.

—¿Te da gusto?

—Me da lo mismo. Otros intereses me han traído aquí.

—Deja a Sergio en paz, maldito demonio.

—Calma, calma. De hecho, no vine por Sergio, aunque él sea el principal objeto de mi interés.

Una descarga de temor se apoderó de Jop. Tal vez no todo estaba escrito.

El licántropo se puso en pie. Se sacudió las manos. Sus ojos brillaban con una peculiar chispa de satisfacción.

—Por lo visto, tú y el muchacho han fumado la pipa de la paz, lo cual me parece bien, pero, como te dije hace unos días, tienes que tomar una decisión. Y el tiempo ha llegado.

—¿Qué quieres decir? —su voz delató el miedo que sentía.

—Que tú y yo regresaremos a la Ciudad de México juntos. Es hora de que pagues por el conocimiento que te brindé. Es hora de que decidas si tomas la daga por la hoja o por la empuñadura.

Dos cuervos se posaron en un árbol con el tronco retorcido que estaba a unos cuantos metros. Y Jop no pudo evitar pensar, al verlos plegar sus alas y emitir sus joviales graznidos, que algo ominoso se cernía sobre él. Que el cine de terror quedaría atrás para siempre.

Capítulo cuarenta

Hurgó en su interior y no encontró otra cosa más que tristeza. No miedo, ni coraje. Ni enfado. Sólo tristeza.

Cuando introdujo la mano por el hueco de la puerta y, a tientas, abrió la perilla desde el interior, aún trataba de identificar lo que albergaba su corazón después de tanto tiempo de estar lejos. de estar fuera. Le pareció que el momento en el que salió de casa para intentar "culminar la Krypteia", como decía aquel primer recado pertenecía a otra vida.

Por el momento, no sintió deseos de hacer la cuenta de los días que habían transcurrido desde entonces. Empujó la puerta y ésta le mostró, en toda su crudeza, el panorama.

No sintió nada más que tristeza.

Era peor que si un ciclón hubiera pasado por ahí. No había un solo mueble en pie o de una pieza. No había un solo cuadro en su sitio o adorno que no hubiera terminado hecho trizas. El rostro de su casa era el rostro del ultraje.

Había abrigado la esperanza de que Alicia lo estaría esperando. Que lo recibiría con un abrazo y le ofrecería una reconfortante cena, que podría dormir por primera vez a pierna suelta sin prestar atención a la constante amenaza de los demonios, de su misión. Pero era evidente que Alicia tampoco había vuelto.

Con la opresión instalada en el pecho brincó por encima del caos hasta llegar a su habitación. Naturalmente, ahí tampoco había nada en orden o entero. Nada había escapado la furia de sus enemigos.

Nada, excepto el Libro.

Pasaban de las 10 de la noche, la oscuridad era casi completa. Se las ingenió para colocar el colchón de nuevo sobre la cama y levantar el escritorio y reenderezar, como pudo, su silla. Recogió el Libro del suelo y lo acomodó sobre el escritorio. Lo abrió por el medio. Extrajo el sobre que contenía su propio retrato hecho a mano siglos atrás. Ahora, con el cabello a rape, volvía a ser casi idéntico a dicha imagen, lo cual le produjo una rara nostalgia.

Ni una sola hoja estaba rasgada; ni un solo dibujo descuadrado. Nada. Era una clara metáfora de su destino: incorruptible, irrenunciable. Siempre estaría ahí, aguardándolo, por muy terrible que fuera lo que ocurriera alrededor.

En cambio, sus cosas, su batería…

Suspiró.

Del interior de los pants sacó la bolsa de cuero. La depositó sobre el Libro. La contempló durante algunos segundos.

Se sentó en la silla y miró su alrededor.

¿Qué hacer? ¿Por dónde empezar?

Ahora que había vuelto a casa se daba cuenta de que no tenía vida a la cual regresar. Se la habían arrebatado en su ausencia. Probablemente no tendría una sola camiseta que ponerse. Un pantalón. Nada. ¿Pasaría ahí la noche? El viento se colaba por la ventana abierta; curiosamente, el vidrio era lo único que se mantenía entero, incólume.

Seguía siendo un fugitivo, y por ello había decidido no volver sino hasta después de que se pusiera el sol, aunque nada lo hubiera preparado para ser testigo, en la oscuridad, de su vida destrozada. Recordó que, ante la ley, él seguía siendo el responsable de cinco asesinatos. Ni siquiera había recibido condena. En el mejor de los casos, la policía creería que había muerto en el incendio del penal; en el peor, lanzaría a todos sus sabuesos en su búsqueda.

¿Qué hacer?

Por lo pronto, debía encontrar su prótesis de repuesto. Para su fortuna, después de unos minutos de hurgar a oscuras entre el desastre, dio con ella. Milagrosamente, no había sido destruida. Un golpe de suerte entre los muchos de infortunio. Se ajustó la pierna sólo para sentirse, nuevamente, entero.

Y ahora que lo pensaba, también era menester dar con un pedazo de papel que, aun si había sido reducido a confeti, buscaría cada fragmento y los uniría con cinta adhesiva así le llevara toda la noche.

En menos de un cuarto de hora dio con él y, nuevo golpe de suerte, sólo estaba roto de una esquina. Dicho papel que le ayudaría a mantener una promesa que, cuando el tiempo llegara, a los ojos de Brianda, de los demás, parecería debilitarse, volverse frágil y quebradiza, pero que, en el fondo, siempre sería firme, siempre estaría vigente, siempre estaría dispuesto a cumplirla. Siempre.

Se recostó sobre el colchón tasajeado con la luz del farol de la calle iluminándole la cara.

Trató, sin éxito, de lidiar con esa otra tristeza: la de no haber detonado el arma cuando pudo. Prefirió hacer un rápido recuento del día. El viaje desde Puebla a bordo del auto de Jop, pero sin Jop.

"Me dijo que nos vería en la ciudad", explicó Pereda. "Que tenía algo importante que hacer."

La suspicacia que esto despertó en él.

Las dos primeras horas en el asiento trasero en brazos de Brianda. Brianda silente, cariñosa, gentil, con los pies arriba del asiento, perdiéndose en sus ojos, apretando su mano. Dos horas que decidieron extender, con la venia de Pereda, para detenerse en el camino a almorzar y a caminar brevemente por la carretera como nunca lo habían hecho antes, ella sirviéndole de soporte, fundiéndose en un abrazo protector. Dos horas que se volvieron tres. Cuatro. Seis. Porque cuando Pereda pudo haberlos llevado a casa, recibió una llamada de Jop, informándole que se encontraba bien, preguntando por Sergio y por Brianda, concediéndole licencia para que se quedara con sus amigos hasta que ellos así lo decidieran.

Las horas se transformaron en un día entero, Sergio portando esas horribles prendas que le venían enormes, Brianda ese sencillo vestido que resaltaba su belleza, Pereda asumiendo el rol de discreto acompañante. Miraron la tarde caer con las manos entrelazadas en un parque lejos de casa, las palomas dando fe del milagro y la risa de los niños confirmando que, a pesar de todo, la bondad es posible.

La promesa inevitable.

—Siempre te voy a querer. No importa lo que pase. Siempre te voy a querer.

La despedida frente al edificio de Brianda, la carrera de ella al interior, el sonido de sus pies descalzos sobre el mosaico del vestíbulo, los gritos de alegría de la señora Elizalde que alcanzaron a los transeúntes hasta la calle.

Su propia vuelta a casa.

Y ahora, ¿qué hacer?

—Cumplir con lo que te toca, Mendhoza.

Se incorporó en seguida. La voz había surgido de su propia habitación. Sergio se puso en alerta de inmediato.

En efecto, ahí estaba. Se había escabullido sigilosamente al interior. Había conseguido entrar en la habitación sin ser notado. Estaba recargado contra la puerta del clóset.

—No, no puedo leer la mente, pero igual lo tienes pintado en la cara, mediador. "¿Qué voy a hacer ahora?" *Poor* Sergio...

Sergio se sentó. No tuvo miedo. Probablemente esta conversación era necesaria.

—Es una broma —se disculpó Farkas—. La verdad es que ya no viene al caso mofarse. Lo has hecho muy bien. Estoy impresionado. En teoría, debiste morir. Eras tú o ella. Estoy sumamente impresionado.

Se sentó en la silla sin respaldo.

—No me siento bien por ello —dijo Sergio.

—Tuviste alternativas. Y es eso justamente lo que me tiene impresionado. Jugaste tus cartas. Tomaste una decisión. Ahora sólo resta ver qué tal resulta tu apuesta.

—¡No disparé cuando debí, Farkas! ¡Brianda pudo haber muerto por mi culpa! Dudé en el último momento...

—¿No lo has entendido? Eres un Wolfdietrich —señaló la bolsa de cuero sobre el Libro de los héroes—. ¡Y por mis ancestros que nunca hubo otro como tú! Pero te dije también que pertenecías a otra estirpe, a una más vieja y más peculiar. Y has apostado por esa opción. ¿Quieres que sea completamente sincero? Creo que puedes hacer saltar la banca. Tienes todo lo que hace falta para reventarla. Pero nadie puede saberlo todavía.

—¿De qué estirpe hablas?

—¡Por Belcebú! Eres un tipo listo. ¿En serio no lo sabes?

Sergio asintió. Tenía razón, lo sabía. Lo supo desde que, en el penal, fue rescatado por el Gallo aquel viernes de luna llena. Lo supo cuando revisó su interior cuando le fue entregada la bolsa; cuando pudo reconstruir, en su mente, la página 97, el párrafo tres.

—En fin. Sólo vine a cerciorarme de lo que ya había adivinado —puso sus enormes manos sobre las rodillas, disponiéndose a partir—. Te deseo...

—¡Espera! ¡No hemos terminado! —Sergio se enderezó por completo. Una incipiente rabia se gestaba en su interior— ¿Por qué hiciste todo esto? ¡Pude haber muerto! ¡Y Brianda! ¡Y Jop! ¿Por qué me mandaste a la Krypteia? ¡Debería de acabar contigo!

El licántropo sonrió. Su sonrisa barbada se colgó de la noche.

—No juegues con fuego, Mendhoza.

—Entonces, respóndeme. ¿Por qué, maldito demonio de porquería? ¿¡Por qué!?

—¡Porque, de no haberlo hecho, a la vuelta de la esquina te habría aniquilado el más insignificante diablillo! Y la búsqueda de Edeth no es cosa fácil, ¿me oyes? Te esperan todo tipo de peligros, demonios astutos y milenarios, horrores desconocidos —se serenó repentinamente, como si le pesara haberse dejado llevar por la pasión. En un tono de voz casi paternal, concluyó—: porque para dar con el traidor de Teodorico necesitamos a alguien capaz de hacerlo. Y, para fines prácticos, tú cumpliste con la Krypteia. Y con mención honorífica.

Farkas se puso en pie y Sergio simplemente negó con la cabeza, decepcionado. ¿Algún día acabaría todo eso?

—Voy a dar con Edeth —sentenció—. Y será lo peor que te pueda haber pasado en la vida.

Farkas rio. De sus ropas, extrajo un teléfono celular.

—No te confundas, Mendhoza. No sé qué te haya dicho tu padre, pero si vas a buscar a Edeth, tienes que hacerlo por la razón correcta.

Le arrojó el celular a la cama y abandonó el cuarto. Sergio tomó el teléfono sin saber a qué se refería. Recordó, no obstante, que había una última duda que quería consultarle. Se puso en pie y fue al pasillo, temeroso de no encontrarlo. Lo interceptó cuando estaba a punto de salir por la puerta.

—Una última pregunta.

—Si no hay más remedio —respondió Farkas en la penumbra.

—¿Por qué ya no oigo las voces de los muertos? Desde que recuperé mi herencia sólo las he escuchado una vez. Fueron de gran ayuda, pero luego no volvieron. ¿Por qué?

—Por la elección que tomaste, Mendhoza. Ya no me hagas perder el tiempo.

—Entonces todo tenía que ver, en efecto, con…

Farkas amagó con salir del departamento y Sergio volvió a llamarlo con un grito:

—¡Espera!

—¿Y ahora qué?

—¿Hay forma de comunicarse con un espíritu en particular?

Farkas dejó escapar una leve risita.

—Ya veo el rumbo de tu pregunta. Y no te culpo.

—¿La hay?

—Así que tu padre prefirió no soltarte toda la sopa.

—Farkas, ¿la hay?

—Sí.

El corazón le dio un vuelco. Era una estúpida esperanza, pero, a veces, una estúpida y endeble esperanza es con lo único que se puede contar.

—¿Cómo?

—Primero: debe ser un espíritu que aún ronde la Tierra. Uno que no haya decidido largarse a disfrutar de la eternidad, si me entiendes. Segundo: necesitas contar con alguna reliquia para abrir una línea de comunicación entre tú y él.

—¿Una reliquia?

—Algo que haya pertenecido al cuerpo de aquel en quien estés interesado. Hasta un cabello sirve. Ésa es la razón por la que el infeliz de Giordano Bruno puede hablar contigo y por la que tú puedes hablar con él.

—¿Qué?

—Te dije que todo tiene una razón de ser. Las casualidades no existen. En el interior de la estatua hay una reliquia del bastardo. Creo que un hueso de su mano derecha o algo así.

—¿De Giordano Bruno? ¿El personaje histórico?

—Es un dato por el que no te voy a cobrar un centavo. El maldito infeliz lleva penando desde el último año del siglo XVI. También tiene un interés en todo este asunto, como habrás podido darte cuenta.

Sergio sintió la necesidad de asomarse por la ventana desde la que se alcanzaba a ver la negra estatua del filósofo.

"A veces, la respuesta correcta es la más fácil", pensó. Giordano Bruno en persona, por así decirlo.

—Si te vuelve a hablar, dale mis saludos. Fuimos amigos alguna vez.

Y, como un fantasma, abandonó el departamento sin hacer un solo ruido.

Capítulo cuarenta y uno

A través de las rejas del patio de la escuela se alcanzaba a escuchar una canción de Queen. Él habría podido participar en ese concierto. Incluso podría estar tocando esa misma canción. En cambio, otro chico tocaba la batería. No era tan bueno como él, pero al menos había podido asistir a los ensayos.

Se preguntó cuál sería el nombre de la banda.

Recargado contra un poste, enfundado en una chamarra raída con capucha, esta vez una propia, ocultaba su identidad. Era lunes de Pascua. Eran las once de la mañana y él estaba por iniciar su búsqueda. Con la más pesada angustia a cuestas, iniciaba su búsqueda. Contaba con muy poco dinero y en la mochila sólo llevaba algo de ropa. Y, por supuesto, el Libro de los héroes.

El irrenunciable Libro de los héroes.

No se había despedido de nadie; creía que era lo mejor. El anonimato. El bajo perfil. Que la gente siguiera creyendo que estaba muerto o desaparecido.

Sólo necesitaba despedirse de alguien, pero prefirió que no fuera en persona. Deslizó por debajo de la puerta del departamento una nota apenas garabateada detrás del papel que había recuperado el día anterior.

Reclama esta alhaja, por favor, y luego ve al café
de la plaza a las 12:00 PM. Es importante.

Los autos iban y venían, al igual que la gente, que el mundo.

Recién había enviado un escueto correo a la policía notificando lo acontecido en la casa de Elsa en Puebla, esperando que dieran con los restos humanos que seguramente ya habían iniciado su proceso de descomposición. Y, por diversión, de manera anónima, había publicado en varias redes sociales los nombres que pudo recordar de los miembros de la Krypteia, acusándolos de formar parte de dicha élite. Le parecía una venganza bastante gris, quizás hasta un tanto patética. Igual nadie iba a creerle.

No sabía qué rumbo tomar, qué preguntas realizar.

Tomó el celular que le obsequió Farkas y buscó la carpeta de archivos de video. Lamentó nuevamente haber sido tan ingenuo. Sólo esperaba que, al final, así como Brianda había podido regresar a su vida, sucediera lo mismo con su hermana. Dio con la carpeta y con el video. Lo ejecutó en la pequeña pantalla con una sofocante sensación en la garganta.

Oodak aparecía en primer plano, de traje negro, sentado en una sala de juntas de aspecto lujoso, como si esperara reunirse con gente importante. Hablaba a la cámara.

—No te voy a hacer perder el tiempo, Dietrich, aunque tú no hayas hecho otra cosa que hacerme perder el mío desde el último domingo de febrero. Así que iré al grano. Vas a dar con Orich Edeth. Tienes un plazo de cinco años para encontrarlo. Si no cumples, tu hermana se muere; tú te mueres. Si cumples, sólo tienes la obligación de buscarme, señalarlo y darme una prueba de que efectivamente se trata de él. Yo me encargo del resto. Cuando esto ocurra, tu hermana vivirá, pero tú te mueres. Es el mejor trato que puedo ofrecerte. Es el justo pago por tu rechazo. Te dije que iba a despojarte de algo que en verdad amabas. Algo cuya pérdida lamentarías más que la de tu propia vida. Ten por seguro que no me temblará la mano para aplastar este pedazo de porquería que ahora trabaja para mí. Te deseo suerte. La vas a necesitar.

Después de tal discurso, se abría la puerta. En la toma entraba Alicia seguida de otros ejecutivos. Se le veía resignada mientras se sentaba a la mesa.

—Alicia, *what do you have for me?* —preguntaba Oodak. Súbitamente parecía otro.

—*These three reports, sir* —respondía ella.

¿Qué le había dicho Oodak? ¿Cómo la había embrollado? ¿Qué mentiras le había contado para que ella se mostrara tan dispuesta a colaborar con él, para olvidarse de Julio y de su hermano?

En el patio inició una canción de Led Zeppelin. La canción del inmigrante. Los chicos de la escuela Isaac Newton que habían acudido al Festival de las artes rugieron y aplaudieron, desbordantes de alegría. Sergio sintió un horrible desasosiego.

Pero no tenía alternativa. Ya no había transiciones que superar, cartas que ganar, demonios que derrotar.

Decidió ponerse en marcha.

—Han de estar sordos para aplaudirles de esa forma a esos tarados —dijo una voz a sus espaldas.

Sergio se detuvo alarmado, pero fue una reacción involuntaria. Reconocería esa voz en cualquier lado. Y en cualquier lado sentiría lo mismo.

—¿Qué haces aquí, Jop? Deberías de estar allá dentro.

Su amigo llevaba también una mochila a la espalda. Era la misma donde siempre llevaba su laptop.

—Ni allá dentro, ni en mi casa, ni en ningún otro lado.

—¿A dónde vas?

—Es lo que yo quiero saber: ¿a dónde vamos?

—¿Qué?

—No finjas demencia. Sé por Farkas que te vas para siempre. Y estás loco si crees que vas a irte solo.

—¡Claro que no! ¡Es mentira! Yo nada más…

Jop lo desarmó con la mirada.

—Te lo debo, Serch —dijo completamente decidido—. Me salvaste la vida una vez. No puedo dejarte ir solo así nada más.

—¿Cómo supiste…?

—Sólo digamos que lo sé.

—Tus papás se van a poner como locos—intentó disuadir a su amigo—. ¡No les puedes hacer esto!

Jop sacó su cartera y extrajo una tarjeta bancaria.

—Aunque no lo creas, mi papá nos paga el viaje —dijo Jop—. Con la condición de que no deje de comunicarme con ellos. Qué loco, ¿no?

—¡No puede ser, Jop! ¡No lo puedo permitir! Edeth puede estar en el Polo Sur o en Siberia o en el Congo. Además, podemos tardar años en dar con él. ¡Años!

—Ni modo, Serch. ¿Te digo la verdad? Farkas me estuvo preparando para esto.

—¿Para qué?

—Para apoyarte. Me lo dijo. Sabía que, si cumplías con la Krypteia, necesitarías de alguien que te apoyara económicamente, que te ayudara con la compu, que hablara bien en inglés, que supiera cosas de los demonios que sólo ellos conocen. Obvio, él quiere que te ayude por interés propio y por su señor maldito. Pero yo voy porque no puedo dejarte ir solo. Punto.

—Pero no puedo permitírtelo, Jop. De veras. Puede ser lo más horrible que hayas hecho en tu vida. Lo más peligroso. Lo más...

—Sí, ya sé que parece de locos, pero te juro que quiero hacerlo. Mi papá es otro desde que me secuestraron. Mi mamá lloró mucho, pero también estuvo de acuerdo. De hecho, no me lo vas a creer, pero mi papá me dijo que está orgulloso de mí. Dijo que, después de todo, a lo mejor no soy un caso perdido —remató Jop sonriente—. Que habrá que cambiarme el apodo.

Sergio iba a seguir debatiendo, pero entonces recordó de nuevo. Y ese recuerdo también le hizo sentir un extraño orgullo por su amigo. Por esa apuesta que, según Farkas, tal vez podía saltar la banca en algún momento.

"... porque, como ya se mencionó, la espada transforma al hombre. Y el héroe, aún con un demonio menor, debe estar consciente de esto. Una vez tomada la espada, no hay vuelta atrás."

Ése era el párrafo que podía pasar desapercibido si se hacía una lectura poco atenta: "... como ya se mencionó...", seguramente en el *prefacium*, dedujo Sergio, "la espada transforma al hombre."

Y no hay vuelta atrás.

"De ti depende cómo quieras dar la lucha. Ambas opciones son correctas, pero sólo una de ellas te allanará la búsqueda. La otra, no." Ésas habían sido las palabras de Giordano Bruno. Y él había elegido no cargar la espada.

Había decidido, para su desconsuelo, no detonar un arma cuando quizá debió hacerlo.

Porque la espada cambia al hombre. Lo supo cuando le restituyeron su herencia. O tal vez antes, cuando se desconoció al mirarse en el espejo al principio de la Krypteia. Y se preguntó, por unos instantes, si no podría dar la lucha como un hombre común y corriente. Siendo un muchacho como todos. Porque suya era, antes que ninguna otra cosa, esa estirpe, más peculiar y más antigua, más especial y digna de orgullo: la de la raza humana. Y había apostado a que era en ella donde estaba la salvación.

Porque la mejor parte de ser mediador —lo había descubierto al lado de Guillén— era detectar al héroe. Percibir esa inmensa confianza, ese sentimiento tan parecido al amor, pero distinto del amor, que se desprende del héroe. Y que, como héroe, habría sido incapaz de experimentar. En cambio, como mediador...

Había escogido lo que, a su juicio, era lo mejor. Lo más indicado. Aunque tuviera que cargar con el horrible abatimiento de haber titubeado cuando no debió de hacerlo.

—Está bien —admitió al fin—, pero vas a tener que hacerme un favor.

—¿Cuál?

Se sacó del cuello la bolsa de cuero con sus propias cenizas. Se la extendió a su mejor amigo.

—Carga esto contigo. Todo el tiempo.

—¿Qué es? —Jop se lo colgó al cuello.

—Ya te contaré.

La canción terminó. La respuesta del público fue rabiosa.

—He oído monos que tocan mejor, en serio —dijo Jop.

Eran sólo dos muchachos de trece años que bien podrían estar esperando a otros amigos para ir al cine, para irse de campamento, para organizar una banda de rock. En cambio, estaban por partir hacia un punto desconocido del globo terráqueo, sin mayor equipaje que el que cabía en sus mochilas; sin otra brújula que la exacerbada capacidad de percepción de uno de ellos; sin esperanza de volver pronto.

Sergio le dio una palmada a Jop en la espalda y comenzó a andar por la calle. Apretaba, en el interior de su chaqueta, una cajita metálica en la que había conservado un puñado de cenizas. Un puñado que había sustraído de las entrañas del templo maldito de la Condesa Báthory en un increíble arranque de lucidez. Y del que esperaba que tuviera las mismas virtudes que una reliquia.

Justo en el momento en que, en cierto departamento de la colonia Anzures, un hombre por fin lograba incorporarse , llegar a la llave del agua, beber un trago tras otro...

Justo en el momento en que un héroe anónimo de barba, anteojos y tenis, acechaba a un súcubo en las calles de Santiago de Chile y recibía un mensaje en su celular. Sonreía. Daba un manotazo al escuálido mediador que lo acompañaba y le decía, con sincera alegría:

—Ha iniciado, Ugolino. ¡Ha iniciado! Ya lo verás, ¡ahora todo va a salir bien!

Justo en el momento en que Brianda, con el nuevo anillo de oro blanco que portaba en el dedo anular de su mano izquierda, entraba en el café donde había sido citada en la nota de la joyería "La gran fortuna". Exactamente a las 12:00 PM.

Pese a llevar en su mano tan precioso soporte de una promesa, con las iniciales de su novio, SMA, se sintió estúpida. Porque lo presintió en cuanto entró, en cuanto se sentó a la mesa y advirtió que el cielo azul era benévolo, que las nubes no amenazaban lluvia, que la gente en la plaza reía y la música del local era festiva.

"No va a venir", pensó.

La señorita detrás de la barra se lo confirmó.

—¿Tú eres Brianda? —le preguntó aproximándose a ella.

—Sí.

—Me pidieron que te entregara esto.

Tomó entre sus manos el sobre con su nombre. En el reverso, había una bailarina de ballet, un corazón hecho con trazos simples y una sola palabra que en mayúsculas anunciaba la catástrofe: SIEMPRE.

Conocía la letra demasiado bien.

El llanto se asomó a su rostro.

Mientras leía la carta, las lágrimas bañaron sus manos, sus muñecas y sus antebrazos, impidiéndole ver que, a pocos metros, del otro lado de la plaza, un par de muchachos la observaban. Uno de ellos con un dolor metido en el cuerpo que habría cambiado gustoso por cualquier otro. Era el dolor de hacer lo que, a su juicio, era lo correcto. De cumplir con su deber. Siempre.

La dependienta tuvo la delicadeza de no preguntarle a la señorita qué quería ordenar cuando ésta se quitó los lentes y se cubrió la cara. Incluso bajó el volumen de la radio, apretó los labios y sintió una gran conmiseración. Pensó que, a tan tierna edad, nadie debería sufrir de amores. Nadie.

Miró de reojo a la gente en la plaza y vio un perro que perseguía palomas y a una niña con un globo.

A un repartidor de volantes.

A un vendedor de gas despachando un tanque.

A dos muchachos alejándose.

OCÉANO exprés

Esta obra se imprimió y encuadernó
en el mes de mayo de 2025,
en los talleres de Impregráfica Digital, S.A. de C.V.,
Av. Coyoacán 100-D, Col. Del Valle Norte,
C.P. 03103, Benito Juárez, Ciudad de México.